Tristan Treuherz

Henriette Wich & Christian Dreller

# Tristan Treuherz

Ein Ritter, ein Schatz und ein Abenteuer mit Isolde

*Für meinen Vater, den wahren Treuherz in meinem Leben*
Christian Dreller

*Für Christiane, für das Geschenk unserer Freundschaft*
Henriette Wich

MIX
Papier aus verantwortungsvollen Quellen
FSC® C014496
FSC www.fsc.org




Umschlagillustration, -typografie und Vignette: Max Meinzold
Umschlaggestaltung: formlabor
Lektorat: Brigitte Kälble
Herstellung: Karen Kollmetz
Satz: Dörlemann Satz, Lemförde
Druck und Bindung: GGP Media GmbH, Pößneck
ISBN: 978-3-551-55510-6
Printed in Germany

# Inhalt

# PROLOG

Ein gewaltiger Blitz zerriss den Nachthimmel über Burg Adlerstein und für einen Wimpernschlag erstrahlte der Burghof in kaltem Licht. Erste fette Regentropfen platschten auf das Blechdach des zerbeulten Pritschenwagens, in dem Professor Johannes Neufeld wartete. Gebannt starrte er auf das Display seines Laptops. Der Regenradar zeigte eine tiefviolette Gewitterzelle – wie ein gefräßiges Monster wälzte sie sich heran.

»Ach, du heiliger Einstein!«, flüsterte Neufeld und fuhr sich durch die wirren grauen Haare. Das, was sich da zusammenbraute, war das große, heftige Gewitter, auf das er so lange gehofft hatte.

Wie zur Bestätigung ertönte ein mächtiger Donnerschlag, der Neufeld zusammenzucken ließ. Doch den Burghof behielt er weiter im Auge und das Grinsen wich nicht eine Nanosekunde aus seinem Gesicht. Heute würde er die Gesetze der Physik auf den Kopf stellen!

Der Regen wurde stärker. Neufeld rupfte sich die Brille von der Nase und putzte die fleckigen Gläser mit dem Hemdzipfel. Kaum hatte er die Brille wieder aufgesetzt, zuckte erneut ein Blitz über den Himmel. Einen kurzen Moment lang funkelten draußen auf dem Burghof zwei unförmige Gebilde im geisterhaften Licht: Ringwülste aus Metall, so groß wie Lkw-Reifen und überzogen von einem Gewirr aus Schläuchen und Leitungen.

Hastig aktivierte der Professor die Audio-Aufnahme seines Laptops.

»Donnerstag, 7. Juli 2018, null Uhr, sieben Minuten, fünf Sekunden«, begann er aufgeregt. »Ein historischer Moment! Erstmals in der Menschheitsgeschichte wird ein Objekt durch Teleportation von einem Ort zum anderen befördert.« Dann hämmerte er auf die Tastatur. »Aktiviere Ringbeschleuniger und Blitztraktor.«

Auf diesen Befehl hin begann das Gebirge aus Lkw-Batterien, das auf der Ladefläche des Pritschenwagens thronte, zu arbeiten. Durch ihren Strom wiederum erwachten die beiden Ringbeschleuniger jetzt zum Leben. Grüne und rote Kontrolllämpchen begannen zu blinken, begleitet von einem tiefen Brummen.

»Ringbeschleuniger hochgefahren. Überdruckventile und Kühlkreislauf okay. Blitztraktor ...« Ein gewaltiger Donnerschlag unterbrach ihn und eine heftige Sturmbö schüttelte den Wagen. Immer wilder trommelte der Regen auf das Kabinendach. »Blitztraktor online«, brüllte Neufeld begeistert gegen den Krach an.

Der Blitztraktor war seine genialste Erfindung überhaupt, sozusagen nobelpreisverdächtig. Das Ganze war an der Spitze des Westturms befestigt: eine Spezialtitanschüssel mit magnetischem Schutzschild, die wie eine Art Mega-Staubsauger Blitze einfing, sie verstärkte und dann geradewegs in die Ringbeschleuniger jagte – so lange, bis genug Energie für die Teleportation vorhanden war.

Nahtlos folgte nun Blitz auf Donner. Wie hypnotisiert starrte der Professor durch die Windschutzscheibe. Die Scheibenwischer verrichteten Schwerstarbeit.

»Es tut sich was!« Aufgeregt setzte Neufeld seinen Bericht fort: »Luft über Ringbeschleunigern fängt an zu leuchten!«

So weit, so gut. Aber irgendetwas stimmte nicht. Hektisch überflog er die Anzeigen. Alles im grünen Bereich. Er blickte wieder zu den zwei Beschleunigern. Ihr Leuchten erhellte die kleinen Holzpodeste, die er in die Mitte der beiden Ringe platziert hatte. Die *leeren* Podeste.

»IDIOT!« Neufeld schlug sich mit der Hand gegen die Stirn. An wirklich alles hatte er gedacht ... nur nicht an das, was eigentlich teleportiert werden sollte: Tobi!

Der Professor pfefferte den Laptop auf den Beifahrersitz, riss das Handschuhfach auf und zerrte eine gelbe Gummiente heraus. Er ignorierte das laute Quietschen, mit dem sie gegen die grobe Behandlung protestierte, stieß die Fahrertür auf und kämpfte sich mühevoll durch Regen, Sturm, Blitz und Donner.

Als er vor den Beschleunigern stand, packte ihn kalte Angst. Nicht einmal ein Genie wie er konnte vorhersagen, was geschehen würde, wenn er das neu entstandene Licht berührte. Gut möglich, dass es ihm die Finger samt Tobi bis nach Timbuktu wegfetzte.

Sei's drum! Todesmutig streckte er die Hand aus, tauchte in das wabernde Leuchten ein. Es war, als ob eine Horde Mikro-Quantenmonster an jedem Atom seines Arms zerren würde. Mit einem lauten Fluch setzte er Tobi aufs Podest.

Völlig erledigt und nass bis auf die Knochen schleppte er sich zum Auto zurück. Doch ein Blick auf die Anzeigenwerte des Laptops ließ ihn alle Strapazen vergessen. Es war noch nichts verloren, im Gegenteil. Der Blitztraktor sammelte weiterhin Energie, gleich würde Tobi von seinem Podest auf das benachbarte befördert werden.

Mit zittriger Stimme nahm Neufeld seinen Bericht wieder auf. »Kritisches Energielevel fast erreicht. 90 Prozent … 95 … 98 …«

*WADAWUMM! WADAWUMM!*

Mit offenem Mund starrte Neufeld durch die Windschutzscheibe. Anstelle des Leuchtens hatten sich über den Ringbeschleunigern urplötzlich zwei Kugeln aus ultraweißem Licht materialisiert. Ihre Oberfläche kräuselte sich wie flüssig gewordene Sahne. Von Tobi und den Podesten war nichts mehr zu erkennen.

»Transportzonen stabil!«, brüllte der Professor gegen das tosende Unwetter an. »Initiiere Teleportation.«

Johannes Neufelds Zeigefinger schwebte über der Entertaste. »Gute Reise, Tobi«, flüsterte er.

# 1
# AUSGESPUKT!

Tristan Treuherz blieb wie erstarrt stehen. Ein tosender Donner rollte über Burg Adlerstein hinweg. Doch das war es nicht, was ihn aufgeschreckt hatte. Angestrengt starrte er in die Finsternis – die Hand am Schwertgriff, die Muskeln zum Zerreißen gespannt.

War das eben ein leises Klirren gewesen? Von jemandem, der sich im Kettenhemd bewegte? Dort draußen auf der Wehrmauer, hinter der Turmöffnung, auf die er gerade zuschlich?

Er wartete, bis der Donner verhallt war, und lauschte angestrengt. Doch er hörte nur den Regen, der auf das verwitterte Mauerwerk prasselte. Und die Schritte seiner Verfolger, noch ziemlich weit unten im Turm. Aber sie kamen schnell näher.

Tristan nickte zufrieden. Die Sache lief wie am Schnürchen. Nach 777 Jahren hatte er endlich eine echte Chance, während der Vollmondnacht alle drei seiner Gegner zu besiegen. Mit ein bisschen Glück war der albtraumhafte Spuk ab heute auf immer vorbei.

Er riss sich aus seinen Gedanken, denn jetzt konnte er den keuchenden Atem seiner Verfolger schon deutlicher hören. Er musste weiter, den Köder für die verschiedenen Fallen spielen, die er zu Beginn der Geisterstunde vorbereitet hatte.

Entschlossen schritt er auf die Turmöffnung zu. Doch als ein Blitz den Nachthimmel zerriss, blieb Tristan wie angewurzelt stehen. Für einen Moment war draußen auf der moosüberwachsenen Wehrmauer eine Schattengestalt im grellen Licht zu erkennen. Und die Umrisse einer zum Schlag erhobenen Streitaxt.

*Dreifach verflixte Krötenkacke*, stieß Tristan einen stummen Fluch aus. Hinter der nächsten Ecke lauerte einer seiner drei Gegner: Hartmann von Schwarzthal. Spitzname: Knochenspalter. Markenzeichen: besagte Streitaxt. Tristan konnte nicht mehr zählen, wie oft er in den letzten 777 Jahren schon üble Bekanntschaft mit dem Ding gemacht hatte.

Was zum Henker suchte der Knochenspalter auf einmal hier? Bis eben war Tristan davon ausgegangen, dass er Hartmann erfolgreich in den Kellergewölben abgehängt hatte.

*Na, primos*, dachte Tristan. Jetzt saß er selbst in der Falle. Vor ihm der Knochenspalter und hinter ihm die anderen zwei: Orok aus den Steppenlanden und Tristans Erzfeind Knut Drexel, ehemals sein Mitschüler in der Ritterschule. Der Erste zu Lebzeiten ein gefürchteter Schwertkämpfer übelster Sorte, der Zweite so abgrundtief hinterhältig, dass es auch nach Jahrhunderten einfach nicht zu fassen war.

Den Geräuschen nach zu schließen waren sie nur noch drei Treppenwindungen hinter ihm. Er musste handeln. Und zwar schnell, sonst würden sie ihn in Stücke hacken. Und dann ging in der nächsten Vollmondnacht wieder alles von vorne los.

Eine verschwommene Idee blitzte in Tristans Kopf auf. Nicht gerade ein Plan, aber besser als gar nichts. Leise zog er sein Schwert aus der Scheide. Zählte stumm bis drei. Nahm Anlauf – und warf sich mit einem Hechtsprung durch die Turmöffnung nach draußen.

In elegantem Bogen pfiff Knochenspalters Streitaxt durch die Luft. Aber seine Waffe traf ins Leere. Denn offensichtlich hatte Hartmann nicht damit gerechnet, dass sein Gegner in Schienbeinhöhe an ihm vorbeischießen würde. Genauso wenig wie Tristan damit gerechnet hatte, dass er auf dem patschnassen, moosigen Untergrund so vertrackt viel Schwung bekam. Statt wie gehofft eine halbe Schwertlänge vor Knochenspalters Plattfüßen zu stoppen und ihn mittels einer blitzschnellen Kombination aus Körperdrehung und Schwerthieb in die Knie zu zwingen, sauste er geradeaus weiter – mit dem Kopf voran auf einen Haufen Steinquader zu, die von einer eingestürzten Mauerzinne stammten.

Gleich darauf explodierte trotz Streithelm ein Feuerwerk in Tristans Schädel. Eine Sekunde lang sah er nichts als Sterne.

Stöhnend wälzte Tristan sich herum. *Das war's jetzt*, dachte er. Gleich würde Knochenspalters Axt auf ihn niederkrachen. Gleich war es aus und vorbei ... wieder einmal.

Aber die Axt kam nicht.

Verwirrt blinzelte Tristan in den grellen Gewitterhimmel. Hartmann von Schwarzthal stand am Rand der Wehrmauer und ruderte wie wild mit Armen und Streitaxt. Der Schwung seiner Waffe hatte ihn auf dem rutschigen Untergrund offenbar aus dem Gleichgewicht gebracht. Fast hatte er sich wieder gefangen, als plötzlich der verwitterte Steinboden unter ihm wegbrach. Begleitet von einem mächtigen Donnerschlag stürzte der Knochenspalter in den Abgrund. Tristan beobachtete noch, wie sein Körper durchsichtig wurde und sich dann in Rauch auflöste.

Für Hartmann war die Geisterstunde vorbei. Zumindest bis zur nächsten Vollmondnacht.

Ächzend rappelte Tristan sich hoch und griff nach seinem

Schwert. Keinen Augenblick zu früh. Denn jetzt tauchten seine zwei Verfolger in der Turmöffnung auf.

Tristan wirbelte herum, sprang über den Quaderhaufen und rannte davon, so schnell es auf dem schlüpfrigen Untergrund ging.

»Hat Tristilein mal wieder die Hosen voll?«, höhnte Knut Drexel hinter ihm.

»Abwarten, wer gleich die Hosen voll hat«, murmelte Tristan nur und steuerte auf das andere Ende der Wehrmauer zu, wo eine dunkle Öffnung in den Nordturm führte. Oder in das, was vom Nordturm noch übrig war. Drinnen steckte er das Schwert in die Scheide und wandte sich nach links. Hastete exakt drei Treppenstufen nach unten. Zerrte sich die nassen Lederschuhe von den Füßen. Klemmte sie unterm Schwertgurt fest. Flitzte zur Öffnung zurück. Und lugte vorsichtig um die Ecke. Als der nächste Blitz den Himmel zerriss, sah er, dass seine Verfolger noch ein gutes Stück entfernt waren.

Tristan grinste. *Primos Primissimus!*

Er wartete, bis für einen Moment alles wieder in Dunkelheit getaucht war, sprang an der Öffnung vorbei und flitzte die gegenüberliegende Treppe hoch – jedoch nur eine halbe Windung. Denn dahinter hörten die Stufen jäh auf und machten der abgrundtiefen Höllenschlucht Platz.

Tristan presste den Bauch gegen die Reste der Mauer und krallte sich mit den Fingern in irgendwelche Ritzen. So stand er auf der letzten Treppenstufe. Hoffentlich bröckelte der verwitterte Stein nicht unter ihm weg wie beim Knochenspalter ... Mit angehaltenem Atem lauschte er in Richtung Öffnung.

»Wo ist Tristilein hin?«, hörte er gleich darauf Knuts Stimme. Seine Verfolger waren also da!

»Fußspuren ... Er ... nach unten.« Oroks Antwort wurde vom Gewitterdonner so gut wie verschluckt.

»Du zuerst!« Das war wieder Knut. Klar, der Feigling schickte Orok vor. Genau wie geplant!

Tristan schob seinen Oberkörper ein wenig zur Seite und lugte nach unten. Dort standen die zwei mit gezogenen Schwertern und starrten auf die feuchten Fußspuren, die Tristan auf der Treppe hinterlassen hatte.

Ungeduldig stieß Knut Orok an. Gehorsam setzte der sich in Bewegung. Die Stufen hinunter. Dem Zauberleim entgegen.

Tristan zählte im Kopf die Schritte mit. Eins ... zwei ... drei ... VIER!

»AAAHHH!«, hallte Oroks gellender Schrei durch die Turmruine. Gefolgt von wildem Gepolter und dem metallenen Geschepper, das sein Brustpanzer beim Sturz erzeugte. Dann Stille ... Totenstille.

In Gedanken sah Tristan vor sich, wie auch Orok sich in Rauch auflöste. Dazu verdammt, bis zur nächsten Vollmondnacht als körperloser Geist durch die Ruinen von Burg Adlerstein zu streifen.

Die Sache mit dem Zauberleim war geglückt! Tristan hatte das klebrige Zeug auf der vierten Stufe verteilt, und wie erhofft war Orok mit einem Fuß daran hängen geblieben, gestolpert und dann kopfüber die steile Treppe hinuntergestürzt – seinem diesmaligen Ende entgegen.

Tristan hatte den seltsamen, knallroten Metallschlauch mit Zauberleim vor ein paar Vollmondnächten im Burghof gefunden. Der Schlauch war mit Buchstaben versehen. Mit merkwürdigen Buchstaben, die nur entfernt denen ähnelten, die er aus der Ritterschule kannte:

MOKLEIM.

Was das hieß, wusste er nicht. Was der Zauberleim konnte, allerdings schon. Kaum hatte er nämlich etwas davon zwischen Daumen und Fingern verrieben, bekam er die Hand ums Verrecken nicht mehr auseinander. Leider war es ausgerechnet seine Schwerthand gewesen, wodurch jene Vollmondnacht für Tristan ein schmerzhaftes und jähes Ende gefunden hatte.

Aber egal. Was zählte, war, dass der Zauberleim heute seinen Zweck erfüllt hatte. Genauso wie hoffentlich gleich die magische Schnur – zart wie Engelhaar, durchsichtig wie Eis, aber unglaublich fest –, die er ebenfalls vor Kurzem gefunden hatte.

Denn noch war die Vollmondnacht nicht vorbei.

Rasch schlüpfte Tristan wieder in seine Schuhe, zückte sein Schwert und sprang mit einem Satz die Stufen hinunter. »Hallo, Verräter!«

Knut reagierte blitzschnell. In einer fließenden Bewegung wirbelte er herum und ließ sein Schwert auf Tristan herabsausen. Gerade noch rechtzeitig blockte Tristan mit seiner Klinge den Hieb ab, bevor dieser ihm – Helm hin oder her – den Schädel gespalten hätte. Eins musste Tristan zugeben: Im Gegensatz zu früher war Knut mittlerweile ziemlich auf Zack. Aber 777 Jahre harte Kämpfe hatten auch Tristan geschickter und stärker gemacht. Letzten Endes war er immer noch der bessere Schwertkämpfer. Genau wie damals in der Ritterschule.

»Gib auf, Knut«, knurrte Tristan, während sie ihre Klingen gegeneinanderpressten. »Wir müssen uns nicht dauernd wehtun.«

»Nur damit Herzogs Liebling, der ach so edle Treuherz, vom Fluch erlöst ist?«, keuchte Knut und starrte Tristan wütend an. »Von wegen. So leicht kommst …« Mitten im Satz brach er ab und riss das Knie hoch, um es Tristan in den Unterleib zu rammen.

Doch der hatte das Funkeln in Knuts Augen gesehen und richtig gedeutet. Er fegte die Klinge seines Gegners zur Seite und brachte sich mit einem Sprung aus der Gefahrenzone.

*Na schön*, dachte Tristan. *Dann eben doch die Zauberschnur.*

Statt dem Hagel von Schwerthieben, mit dem Knut ihm jetzt nachsetzte, entschlossen ein Ende zu bereiten, beschränkte er sich darauf, sie zu parieren. Nach und nach lockte Tristan seinen Gegner so zur anderen Öffnung des Nordturmes hinaus und weiter auf die nächste Wehrmauer, die zur Höllenschlucht abfiel. Genau an die Stelle, wo Knut und er in jener fatalen Nacht vor 777 Jahren in den Abgrund gestürzt waren und Knut seinen schrecklichen Fluch ausgestoßen hatte. Der Fluch, der Tristan dazu verdammte, während jeder Vollmondnacht zur Geisterstunde auf Leben und Tod zu kämpfen.

Tristan ertappte sich dabei, wie seine Gedanken abschweiften. *Aufgemerkt, du Esel!*, schalt er sich selbst sofort. *Durch Träumereien wirst du deinen letzten Gegner nie besiegen, geschweige denn den Fluch brechen.*

Während Knut ihn weiter bedrängte, wich Tristan stetig zurück. Hin und wieder warf er einen Blick über die Schulter. Gleich musste es so weit sein.

Dann, im Licht des nächsten Blitzes, sah er sie: die dünne magische Schnur, die er auf Knöchelhöhe gespannt hatte. Das eine Ende hatte er um einen Ast des Ahornbaums geschlungen, der unten im Burghof stand und mittlerweile bis hinauf zur Wehrmauer reichte. Der Ast war jetzt stark zurückgebogen. Das andere Ende hatte er an einem rostigen Ring befestigt, der aus einer Mauerzinne ragte – gerade so fest geknotet, dass sich die Schlinge bei Berührung der Schnur sofort lösen würde.

Mit zwei energischen Schwerthieben zwang er Knut kurz

zum Zurückweichen. Dann wirbelte er herum und rannte davon, sorgfältig darauf bedacht, die Schnur nicht zu berühren.

»Du verfluchter Feigling!«, brüllte Knut, stürmte hinterher – und riss dabei die Schnur los, ohne es zu merken.

Er hatte kaum Zeit, sich zu wundern, warum Tristan unvermittelt stehen blieb, sich umdrehte und einfach nur grinste, da fegte ihn auch schon der zurückschnellende Ast von den Beinen.

Mit voller Wucht knallte Knut rücklings auf den harten Stein. Sein Streithelm kullerte scheppernd über den Rand der Wehrmauer und das Schwert rutschte ihm aus der Hand. Benommen lag er da, während der Regen auf ihn niederprasselte.

Tristan näherte sich mit bedächtigen Schritten.

Er hatte jetzt alle drei Gegner besiegt. Der Fluch war gebrochen. 777 Jahre als ruheloser Geist, der jede Vollmondnacht für eine Stunde wieder ein Mensch aus Fleisch und Blut werden musste, nur um mit den drei anderen zu kämpfen – all das war vorbei.

Jedenfalls fast.

»Sag, dass du dich ergibst!«, befahl Tristan und richtete die Schwertspitze auf Knuts Brust.

Knut starrte ihn aus dunklen Augen an. Die nassen schwarzen Haare klebten ihm auf der bleichen Stirn. Fast tat er Tristan leid, wie er so dalag. Er wollte die Sache eigentlich gar nicht auf diese Art zu Ende bringen. Nicht mehr. Aber das musste Knut ja nicht wissen.

»Los, sag es«, drängte Tristan. Doch plötzlich nahm er aus dem Augenwinkel unten im Burghof etwas Helles wahr. Überrascht wandte er den Blick ab. Und riss staunend den Mund auf.

Dort unten schwebten zwei weiße Bälle in der Luft. Bälle aus flüssigem Licht, die sich wie Spielkreisel drehten. Was für eine Zauberei war das denn jetzt?

Tristan war nur eine Sekunde abgelenkt. Aber mehr brauchte Knut nicht, um ihm einen harten Tritt gegen das Knie zu verpassen. Tristan ruderte hilflos mit den Armen, verlor das Gleichgewicht und stürzte unaufhaltsam hinab in die Tiefe. Genau einem der weißen Bälle entgegen.

*Na primos*, dachte er noch. Dann umfing ihn das flüssige Licht mit heißem Atem. Die Welt wurde weiß. Dann schwarz. Dann ... nichts.

# 2
# Donner, Blitz und noch mehr Ärger

Nebel waberte Isolde entgegen und der Geruch verbrannter Kräuter. Weil sie die Tür ziemlich energisch aufgemacht hatte, schlug das Windspiel mit einem hektischen Dreiklang Alarm. Als es sich wieder beruhigt hatte, hörte Isolde irgendwo aus den dunklen Tiefen des Raums eine Panflöte.

»Hallo? Jemand zu Hause?« Keine Antwort. Der Flötist spielte unbeirrt weiter.

Entschlossen drang Isolde ins Zentrum des Ladens vor, das von einem Zimmerbrunnen beherrscht wurde. Dabei streifte sie achtlos Regale voller Klangschalen, Engelkerzen, Traumfänger, Orakelkarten und eine Vitrine mit antiken Streichinstrumenten.

Der Brunnen war neu. Er bestand aus einem beeindruckenden Rosenquarz, der von innen heraus rosa zu leuchten schien. Der Quarz ruhte in einer mit Wasser gefüllten Schale, aus der die geheimnisvollen Nebelschwaden aufstiegen.

Isoldes Mund verzog sich zu einem Lächeln, als sie den Grund für das magische Glühen erkannte: Ein dünnes schwarzes Kabel schlängelte sich unauffällig am Rand der Brunnenschale entlang, vorbei an einer Fernbedienung und weiter zu einer Steckdose an der Bodenleiste.

»Genug genebelt!« Isolde griff zur Fernbedienung und beendete mit einem Daumendruck die aufdringliche Show. Dann rief sie noch mal lauter: »Hallo?«

Wieder keine Antwort.

Seufzend stellte Isolde ihren Rucksack neben dem Brunnen ab und ging in den hinteren Teil des Ladens. Der Flötenspieler wurde leiser. Über seine dahingehauchten Klänge, die aus den Lautsprecherboxen schwebten, legte sich eine sanfte Männerstimme: »Ich bin jetzt bereit für die Kontaktaufnahme mit dem Jenseits. Ich bin gaaanz ruhig. Ich spreche nun zu den Geistern, die ich rufen möchte.«

Vor der Stereoanlage saß eine Frau im Schneidersitz. Die dunkelblonden Haare rahmten ihr Gesicht wie ein Vorhang ein. Sie hatte die Augen geschlossen und wiederholte feierlich den letzten Satz der CD: »Ich spreche nun zu den Geistern, die ich rufen möchte. Hört ihr mich, Geister von Burg Adlerstein? Heute an Vollmond, da ihr um Mitternacht wieder verdammt seid zum Spuk, öffnet mir eure Seelen, auf dass ich euch Trost spende.«

Fassungslos stand Isolde da und lauschte.

Die Frau fing an zu lächeln. »Ja! Ich spüre etwas. Eine Schwingung, ganz tief in meinem Innern. Ich werde sie jetzt nach außen lenken, mich öffnen und –«

Isolde hatte genug gehört. »Mama, wir müssen los!«

»Wir *müssen*?« Beatrix Neufeld behielt die Augen geschlossen. »Dieses Wort mögen Geister überhaupt nicht. Wohin *müssen* wir denn, Isi?«

Isolde drehte die Stereoanlage leiser. »Zur Schule. Du hast versprochen, dass du mich fährst.«

Ihre Mutter schlug verwundert die Augen auf. »Aber Isi, es ist zehn Uhr abends.«

»Ich weiß. Deshalb heißt unser Schulausflug ja auch *Nachtwanderung*. Wir gehen heute zur Fledermaushöhle.«

»Oh! Das hab ich völlig vergessen. Tut mir furchtbar leid, Schatz.« Beatrix Neufeld stand in aller Ruhe auf. »Ich werde nur noch meinen Zen-Bogen wegräumen und ein Mantra ausdrucken.«

»Kannst du das nicht morgen machen, Mama?«

Frau Neufeld wiegte nachdenklich den Kopf. »Der Zen-Bogen kann vielleicht warten, aber das Mantra brauche ich heute noch. Es ist ein Mitternachts-Mantra, mit dem man Geister aus dem Jenseits ruft.«

»Mama, es gibt keine …«, fing Isolde an, sparte sich jedoch den Rest. Es nützte ja doch nichts. Ihre Mutter hatte sich schon immer brennend für die Geschichte von Burg Adlerstein interessiert, für all die tragischen Schicksale der Menschen, die dort gelebt hatten. Und seit Neuestem beschäftigte sie sich mit den »Geistern« dieser Menschen – den Aura-Schicksalen, wie sie sie nannte.

»Ich sause, ich sause«, sang Beatrix Neufeld jetzt vor sich hin, während sie ihren Computer einschaltete.

Der gab die üblichen Geräusche von sich. Dann zeigte er einen schmalen Balken, der sich langsam von links nach rechts füllte. Sehr, sehr langsam. Eigentlich hätte sich das besonders augenfreundliche Display öffnen müssen. Stattdessen wurde der Bildschirm grau – und blieb es auch.

»Ich komme gaaanz ruhig zum Ende und bedanke mich bei den Geistern«, säuselte im Hintergrund die Stimme aus der Stereoanlage.

»Scheiße!«, brüllte Isoldes Mutter.

Isolde musste lachen. »Also, *die* CD hat den Test definitiv nicht bestanden. Du solltest sie nicht in deinem Laden verkaufen.«

Frau Neufeld stieß drei Verzweiflungsrufe hintereinander aus. »Nein! Nein!! Nein!!!«

»Was ist?«, fragte Isolde und brachte die CD zum Schweigen.

»Das passiert mir jetzt schon zum dritten Mal. Er hängt sich beim Hochfahren einfach auf und bleibt grau. Ausgerechnet Grau! Die Farbe zwischen Licht und Finsternis, wie ein Geist zwischen Leben und Tod.«

Isolde verdrehte die Augen. »Mama! Das ist ein Computer, kein Geist.«

»Ja, stimmt«, räumte Frau Neufeld ein. »Kannst du dir das nicht mal kurz ansehen? Du kennst dich doch mit diesen Dingen so gut aus. – Bitte!«

Isolde schwang sich auf den Gymnastikball, den ihre Mutter zum Bürostuhl befördert hatte. »Du hast hoffentlich eine Komplettsicherung gemacht, oder?« Ein Blick in die halb erschrockenen, halb schuldbewussten Augen ihrer Mutter genügte als Antwort. »Mensch, Mama!« Isolde versuchte den Computer mit einer Tastenkombination zurückzusetzen. Als das nichts brachte, checkte sie die externen Geräte ... und entdeckte prompt einen USB-Stick. Mit einem Seufzer zog sie den Übeltäter heraus.

Beim nächsten Startversuch fuhr der Computer brav hoch und wechselte zügig zum Startbildschirm. Zwei Delfine sprangen aus den Fluten des Meeres. Im Hintergrund ging die Sonne unter.

Frau Neufeld klatschte in die Hände, dass die bunten Holzperlen an ihrem Armband nur so klackerten. »Du hast mich gerettet. Danke, Isi! Dafür darfst du dir auch was aus dem Laden aussuchen. Was möchtest du gerne haben? Einen Heilstein vielleicht? Oder eine Engelkerze?«

»Das ist wirklich nicht nötig«, wehrte Isolde schnell ab.

Sie konnte mit dem abgedrehten Schnickschnack im Laden ihrer Mutter nicht viel anfangen. Da ging es ihr wie ihrem Vater. Wobei der sich als Physiker auch oft mit ganz schön seltsamen Sachen beschäftigte. Zurzeit war es irgendwas mit Quanten und Teleportation und außerdem supergeheim.

Aber Frau Neufeld ließ sich nicht beirren. »Gestern kam doch eine Lieferung mit wunderbaren Sachen aus Nepal. Und vorgestern hab ich auch was Tolles reinbekommen ...«

Hektisch durchwühlte sie zwei Kartons auf dem Boden. Und erntete prompt ein empörtes »Miau!«.

Beatrix Neufeld zuckte zusammen. »Sphinx?! Wie oft soll ich es dir noch sagen? Auf meiner schönen neuen Ware ist kein Platz für dich! Dein Katzenkissen ist da drüben.«

Sie wedelte mit der Hand, um Isoldes Katze zu verscheuchen. Doch Sphinx machte es sich erst recht auf der sternenbestickten Samtdecke gemütlich.

Isolde kraulte ihr das weiche, graue Fell. »Du hast wirklich einen super Geschmack, Sphinx: nur die teuersten Stoffe!«

Die Katze blickte sie ruhig an. *Klar doch, was sonst?*, schienen ihre bernsteinfarbenen Augen zu sagen, denen sie ihren Namen verdankte.

Frau Neufeld seufzte. »Und ich muss dann wieder die ganzen Katzenhaare ... Juhuu!« Triumphierend hielt sie eine Kette hoch, die sie aus einem der Kartons gefischt hatte. »Das ist genau das Richtige für dich, Isi: ein Atlantis-Schutzanhänger!«

Isolde betrachtete das geometrische Muster des länglichen Anhängers. Zwei Dreiecke, eingefasst von sechs kurzen und drei langen Geraden. Weil es so schlicht war, mochte sie das Muster.

Ihre Mutter legte ihr die silberne Kette mit dem Messing-Anhänger um den Hals. »Passt gut zu deinen graublauen Augen. Und er wird dich vor Gefahren und negativen Einflüssen schützen. Selbst wenn du nicht daran glaubst.« Sie zwinkerte verschmitzt.

Der Anhänger fühlte sich schwer und leicht zugleich an. Merkwürdig. Und obwohl Isolde sonst überhaupt keinen Schmuck trug, war es kein unangenehmes Gefühl.

»Danke, Mama«, sagte sie. »Jetzt müssen wir aber *wirklich* los!«

»Ich sause, ich sause«, trällerte Frau Neufeld wieder vor sich hin.

Während sich Sphinx von ihrer Decke erhob, sich genüsslich streckte und langsam zum Ausgang stolzierte, ließ Isoldes Mutter alle magischen Lichter im Laden erlöschen und schloss ab.

»Tschüss, Sphinx!«, rief Isolde.

Draußen blieb sie kurz stehen. Es war noch immer sehr warm, die Hitze des schwülen Sommertages wollte einfach nicht weichen. Dann folgte sie ihrer Mutter zum Zweitwagen der Familie, einem uralten, klapprigen Panda. Er passte perfekt zum renovierungsbedürftigen Haus der Neufelds neben dem Laden.

Isolde faltete beim Einsteigen ihre langen Beine zusammen. Danach klemmte sie den Rucksack zwischen die Füße, schnallte sich an und krallte sich mit beiden Händen am Haltegriff der Tür fest. Keine Sekunde zu früh, denn schon trat Beatrix Neufeld das Gaspedal durch. Isolde kniff die Augen zu und sagte stumm ein selbst erfundenes Spontan-Mantra auf: »Heil ankommen, bloß heil ankommen!« Denn obwohl ihre Mutter zu Kunden sanft wie ein Engel war, fuhr sie rasant wie der Teufel.

Kurz vor dem Ziel gab sie noch mal richtig Stoff. In einer mörderischen Steilkurve nahm der Panda die Auffahrt zur Schule. Die Reifen drehten auf dem Kies durch. Die Handbremse krachte beim Anziehen und Isolde wurde nach vorne in ihren Gurt geschleudert.

»Wir sind da!« Ihre Mutter strahlte wie eine Formel-1-Siegerin. »Viel Spaß bei der Nachtwanderung. Ich geb Papa Bescheid, dass er dich abholen soll. Ruf einfach an, wenn ihr fertig seid.«

»Mach ich, danke.« Endlich hatte Isolde wieder festen Boden unter den Füßen. Nur der Inhalt ihres Magens brauchte noch etwas Zeit, um sich zu sortieren.

Während Beatrix Neufeld den Rückwärtsgang reinrammte und in einem Affenzahn die Auffahrt hinunterraste, lief Isolde hinüber zum Schulgebäude. Dort standen ihre Mitschüler und spielten gelangweilt mit ihren Taschenlampen herum.

»Beeil dich!« Frau Tengler, die Klassenlehrerin, schwang einen roten Regenschirm über ihrem Kopf. »Du bist die Letzte.«

Prompt richteten sich die eingeschalteten Taschenlampen auf Isolde, dankbar für das neue Ziel. Na, toll! Ihr ganz persönlicher Galaauftritt.

Isolde hielt sich die Hand vor die Augen, murmelte eine Entschuldigung und schloss schnell die Lücke am Ende der Zweierreihe, die sich jetzt langsam in Bewegung setzte.

»Hi!«, sagte sie zu der Person neben ihr.

»Hallo, Giraffe!«, kam als Begrüßung zurück.

Isolde zuckte zusammen. Mist! Warum hatte sie nicht zuerst geprüft, *wer* da das Schlusslicht bildete?

Hermann Dodinger musste den Kopf in den Nacken legen, damit er ihr in die Augen sehen konnte. Schadenfroh grinsend fragte er: »Na, was hat dich aufgehalten, Giraffe? Wieder ein bunter Regentropfen? Oder war's diesmal ein Staubkorn aus dem großen, großen Unversum?«

»Du meinst wahrscheinlich Universum«, verbesserte Isolde

ihn. Hermann hatte nicht zufällig den Spitznamen Dödel. Er war zweimal sitzen geblieben, was ihn aber nicht störte. Im Gegenteil, er prahlte sogar damit.

Jetzt schlug sich Dödel auf die Oberschenkel. »Haha, habt ihr das gehört? Giraffe Klugscheißerin weiß mal wieder was.«

»Haha, weiß mal wieder was!«, kam es als Echo vom Trio vor ihnen zurück. Dödels Bewunderer Kevin, Linus und Pascal grölten laut.

Isolde ging gar nicht erst auf den dummen Kommentar ein. Erfahrungsgemäß wurde es sonst nur schlimmer. Denn im Gegensatz zu seinem Verstand war Dödels massiger Körper erstaunlich stark. Und diese Masse brachte er immer dann zum Einsatz, wenn ihm keine doofen Sprüche mehr einfielen.

Die Sache mit Dödel hatte gleich am ersten Schultag begonnen, als er neu in die Klasse gekommen war. Isolde hatte Tafeldienst gehabt und gar nicht gemerkt, wie er sich neben sie stellte. Kurz zuvor hatte es heftig geregnet, doch jetzt schien die Sonne ins Klassenzimmer und die Tropfen der Fensterscheibe spiegelten sich auf der grünen Tafel wider. Das sah wunderschön aus. Als ob die schnöde Tafel plötzlich zum tiefen, unergründlichen Teich geworden wäre. Ein Teich, über den halb verschwommene Schriftzeichen aus einer anderen Zeit dahinglitten. Isolde hatte alles um sich herum vergessen.

Gnadenlos holte Dödel sie aus ihrer Träumerei. »Ey, das sieht ja aus wie Schneckenschleim!« Er zeigte auf den tropfenden Schwamm in ihrer Hand und auf die weiße Kreidepfütze am Boden. »Wach auf, Giraffe, und wisch dein ekliges Zeug da weg.«

»Wisch doch selber!«, hatte Isolde zurückgeblafft und ihm den Schwamm vor die Füße geschleudert. Damit waren die Fronten ein für alle Mal abgesteckt gewesen.

Isolde konzentrierte sich wieder auf die Gegenwart und versuchte Dödel zu entkommen, indem sie sich unauffällig zu den vorderen Reihen durchschlängelte. Leider nicht unauffällig genug für Dödel.

»Pass bloß auf, dass dich kein Vampir beißt!«, rief er ihr nach. »Die tarnen sich als Fledermäuse und saugen dich aus. Hahaha!«

Isolde lief schneller. Dabei pendelte ihre neue Kette hin und her. Von wegen, der Anhänger würde sie vor negativen Einflüssen schützen. Gerade eben hatte er total versagt. Wobei Dödel höchstwahrscheinlich ein Spezialfall war, an dem sich sämtliche Glücksbringer des Universums die Zähne ausbeißen würden.

Fledermäuse, die sich in Vampire verwandelten! Isolde schnaufte. Dödel fiel auch auf jeden schlechten Gruselfilm herein. Sie hätte ihn aufklären können, woher die Idee stammte. Im Mittelalter glaubten die Menschen, dass die Seele nach dem Tod den Körper in Form einer Fledermaus verließ. Daraus waren dann später die Vampirsagen entstanden.

Zum Glück sah Isolde jetzt ihre Banknachbarin Emmi und schloss erleichtert zu ihr auf.

»Hat Dödel dich wieder genervt?«, fragte Emmi.

»Der hat dich echt auf dem Kieker!« Lena, Emmis beste Freundin, fing plötzlich an zu grinsen. »Kann es sein, dass Hermann sich in dich verknallt hat?«

Isolde schnappte nach Luft. »Quatsch! Nie im Leben!« Und eine Sache musste sie gleich noch klarstellen: »Wenn Dödel denkt, er kann mir die Nachtwanderung vermiesen, hat er sich geschnitten!«

»So gefällst du mir«, rief Emmi fröhlich und hakte sich bei Isolde unter.

Inzwischen hatte die Klasse einen bewaldeten Hügel erklommen und den Höhenweg auf der Kuppe erreicht. Hier gab es keine Straßenlaternen, sondern nur den Nachthimmel, an dem sich gerade düstere Wolkenberge auftürmten. Taschenlampen wurden eingeschaltet und Isolde holte ihre Kamera aus dem Rucksack. Zum letzten Geburtstag hatte sie ein lichtstarkes Objektiv mit Bildstabilisator bekommen. Damit konnte sie nachts ohne Stativ Fotos machen, einfach so mit der freien Hand, und es verwackelte trotzdem fast nichts. Isolde schaltete den Blitz aus und stellte die Schärfe ein. »Hallo, ihr zwei!«

Emmi und Lena lachten in die Kamera und waren verewigt. Isolde schoss noch ein paar Fotos von der hügeligen Landschaft. Plötzlich zuckten Blitze am Horizont, gefolgt von tiefem Donnergrollen.

Frau Tengler trieb die Klasse an. »Da braut sich ein Gewitter zusammen. Wir müssen uns beeilen, damit wir noch trocken zur Höhle kommen. Den Abstecher zur Burg Adlerstein lassen wir besser ausfallen.«

Schon fing es an zu regnen. Ein Windstoß fuhr Isolde so stark in den Rücken, dass sie stolperte. Um ein Haar wäre ihr dabei die Kamera aus den Händen gerutscht. Rasch verstaute sie sie im Rucksack, zog ihre Regenjacke an und rannte den anderen hinterher. Der Weg wurde wieder steiler. Nach einer Biegung tauchte am höchsten Punkt des Rundwegs die Ruine von Burg Adlerstein auf.

BRATZ! Ein Blitz jagte über den Himmel und schlug im nächsten Moment in den eingefallenen Wehrturm neben der Höllenschlucht ein. Eine Sekunde lang konnte Isolde sehen, wie einzelne Gesteinstrümmer in die Tiefe stürzten.

Ihr wurde eiskalt. Nicht auszudenken, wenn sie dort oben gewesen wären!

»Ha!« Eine Hand packte sie an der Schulter, heißer Atem streifte ihren Hals. »Jetzt beiß ich dich!«

»Lass mich in Ruhe!«, brüllte Isolde und gleichzeitig ertönte ein ohrenbetäubender Donnerschlag.

GRAWUUUUUHM!

Dödel zog erschrocken seine Hand zurück, als ob sie vom Blitz getroffen worden wäre. Stolpernd suchte er das Weite.

Isolde sah ihm wütend hinterher. »Das wirst du noch bereuen«, murmelte sie.

BRATZZZZ! ... GRAWUUUUUHM! ... BRATZZZZ!

Die Abstände zwischen Blitz und Donner wurden immer kürzer. Der Regen prasselte jetzt wie Streuselkuchen vom Himmel. Alle kreischten panisch und rannten noch schneller. Kurz darauf war ein gleichmäßiges Rauschen zu hören. Dann standen sie vor einer Wand aus Wasser, die von einem gezackten Felsvorsprung bis zum Boden reichte. Ein Wasserfall.

»Wir sind gleich da!«, brüllte Frau Tengler. »Da vorne ist der Eingang.«

Sie hetzten weiter. Inzwischen waren alle nass bis auf die Knochen.

»Rein mit euch!« Die Lehrerin trieb ihre Schützlinge in die Höhle.

Dödel war der Letzte. Mit knallrotem Kopf taumelte er in den Schutzraum, während über ihm zwei verschreckte Fledermäuse tiefer in die Höhle hineinflatterten.

»Das ... ist ja ... die HÖLLE da ... draußen!«, japste Dödel in die Runde. Dann gingen ihm die Worte aus, weil er mit heftigem Sauerstoffmangel zu kämpfen hatte.

Isoldes Mitleid hielt sich in Grenzen. Sie wandte sich von Dödel ab und leuchtete mit der Taschenlampe in die Höhle. Zerklüftete

Felswände auf allen Seiten. Die Decke hatte massive Ausbuchtungen und wirkte, als könnte sie mit ihrem Tonnengewicht jederzeit herabstürzen.

Die Lehrerin scharte die Klasse um sich. »Alles klar bei euch? – Schön. Hier sind wir sicher. Wir können in aller Ruhe das Gewitterende abwarten und ich erzähle euch währenddessen etwas über Fledermäuse. Lasst bitte nur ein paar Taschenlampen an. Wir wollen die Tiere nicht zu sehr stören.«

»Aber hier sind ja gar keine Fledermäuse«, bemerkte Lena.

Frau Tengler lächelte. »Das liegt daran, dass die meisten Tiere zwischen April und September auf Beutejagd sind. Aber keine Sorge. Weiter drinnen werden wir Fledermäuse sehen, die auch im Sommer die Höhle zum Ausruhen und Schlafen nutzen. Bitte bleibt immer in meiner Nähe. Hier gibt es unzählige kilometerlange Gänge. In diesem Labyrinth kann man sich leicht verlaufen.«

Die Lehrerin führte ihre Klasse zu einem schmalen Durchgang. Dahinter öffnete sich eine beeindruckende Halle mit einer Kuppel, die Isolde an eine Kirche erinnerte. Dort oben kuschelte sich eine Gruppe von Fledermäusen aneinander und ließ sich lässig kopfüber hängen.

»Kriegen die davon kein Kopfweh?«, fragte Pascal.

»Nein«, antwortete Frau Tengler. »Für sie ist es sogar sehr bequem. Ihr Blutkreislauf ist darauf eingestellt und pumpt das Blut problemlos wieder aus dem Kopf zum Herzen zurück. Und ihre Fußkrallen rasten praktisch von alleine ein. Das kostet gar keine Kraft.«

Isolde hörte gebannt zu, was Frau Tengler erzählte. Ihre Kamera hatte sie wieder hervorgeholt und ihr gelang ein Schnappschuss von einer Fledermaus, die sich gerade putzte, während das Tier daneben seelenruhig weiterschlief.

Nach einer knappen Stunde war die Führung zu Ende und sie kehrten wieder zum Eingang zurück.

»Das Gewitter ist zwar vorbei, aber wir bleiben trotzdem noch ein bisschen hier«, verkündete die Klassenlehrerin. »Ihr könnt gerne eure Brote herausholen.«

Prompt fing Isoldes Magen an zu knurren. Mist! Sie hatte vergessen, sich Essen mitzunehmen.

Ganz im Gegensatz zu Dödel natürlich. Der packte Vorräte aus, die für eine Woche gereicht hätten: Wurst- und Käsebrote, Kekse, Schokolade, Bananen und eine große Tüte mit Fruchtgummi. Die Tüte riss er zuerst auf und schob sich gierig einen Gummi-Schnuller in den Mund.

Isolde grinste. Das Bild musste sie für die Ewigkeit festhalten. »Da hat das Dödel-Baby aber einen süßen Schnuller«, feixte sie und drückte auf den Auslöser.

Dödel spuckte den Schnuller in hohem Bogen aus. »Spinnst du? Gib sofort die Kamera her!«

»Kannst du vergessen. Das ist meine«, stellte Isolde klar.

»Aber nicht mehr lange.« Dödel gab seinen Kumpels ein Zeichen. »Schnappt sie euch!«

Sofort sprangen Kevin, Linus und Pascal auf die Füße.

Aber Isolde war schneller. Sie schlug einen Haken und rannte aus der Höhle.

Die Bande stürmte hinterher und Frau Tengler starrte ihnen verdutzt nach. »Stopp!«, rief sie. »Wo wollt ihr hin?«

*Gute Frage*, dachte Isolde. *Bloß weg von diesen fiesen Typen.* Bergauf war gut. Da kam Dödel nicht so schnell hinterher.

Also folgte sie dem Höhenweg. Doch der schlängelte sich scheinbar endlos aufwärts. Nach viel zu vielen Kehren erreichte sie doch noch den höchsten Punkt und die Burgruine lag vor ihr.

Der Anblick war so überwältigend, dass es Isolde den Atem verschlug. In dieser Nacht sah Burg Adlerstein aus, als hätten die Jahrhunderte keinerlei Spuren hinterlassen: die Steine frisch gewaschen vom Regen. Das Gras im Burghof saftig grün. Funkelnde Sterne über der Wehrmauer und der Mond als krönende Haube über dem Turm. Fehlten nur noch ein paar Ritter in schimmernden Rüstungen, die auf ihren edlen Pferden aus dem Tor herausgaloppierten.

Isolde lief durch den Burghof zur Wehrmauer. Zwischen den Steinen wuchs Moos. Sie strich mit der Hand darüber. Wie kühle, weiche Kissen fühlte sich das an. Kissen, auf denen man sich ausruhen könnte ...

»Hallo, Giraffe!«, riss eine heisere Stimme sie aus den schönen Gedanken. »Du träumst ja schon wieder mit offenen Augen.«

Isolde fuhr herum. Dödel. Sein Gesicht viel zu nah an ihrem. Sein klebrig-süßer Fruchtgummi-Atem unerträglich. Und seine Augen ganz schmal, als er ruhig sagte: »Gib mir die Kamera.«

»Nein!«, wehrte sich Isolde. »Die gehört mir.«

Dödel schnaufte. »Du tust, was ich dir sage, Giraffe, oder –«

Bevor er ausreden konnte, gab Isolde ihm einen Schubs und versuchte sich rechts vorbeizuquetschen. Doch da war schon Linus. Sie probierte es links, aber Kevin und Pascal schnitten ihr auch diesen Fluchtweg ab.

Die Bande drängte sie zurück gegen die Wehrmauer. Isolde saß in der Falle. Schmerzhaft bohrten sich die rissigen Steine in ihren Rücken. Aber der Schmerz war gar nichts gegen die Riesenwut in ihrem Bauch. Vier Jungs gegen ein Mädchen. Das war so was von gemein!

»Haltet ein, ihr Taugenichtse!«, rief plötzlich jemand. »Lasst das Fräulein in Ruhe, oder ich werde euch eine Lektion erteilen.«

Die Stimme kam von weiter hinten aus dem Burghof.

Zusammen mit den anderen wandte Isolde sich in Zeitlupe um. Dann rieb sie sich ungläubig die Augen.

Ein Junge in Kettenhemd und Beinschienen stand am Rand einer Grube, schwankend und bleich wie der Tod. Kalt funkelte das Mondlicht auf der Klinge des Schwertes, das schlaff an seiner Hand herabhing …

# 3
## Seltsame Menschen mit seltsamen Gebräuchen

Stöhnend erwachte Tristan. Dreifach vermaledeite Krötenkacke! Tat das weh! Jeder einzelne Knochen. Als wäre sein Körper in Tausende Teile zerfetzt und anschließend wieder zusammengestopft worden, wie Wurstmasse in einen Schweinedarm. Mit zitternden Fingern tastete er seine Gliedmaßen ab. St. Georg sei Dank! Wenigstens schien noch alles dran zu sein.

Aber was war eigentlich passiert? Fieberhaft durchforstete Tristan sein Gedächtnis. Dabei erwies sich St. Georg, der Schutzheilige aller Ritter, als wankelmütiger Helfer. Denn die Erinnerung wollte einfach nicht kommen. Egal, immerhin wusste er noch, wer er war. Da hatte so mancher Ritter weniger Glück gehabt.

Entschlossen reckte er sich. Und bereute es auf der Stelle. Ein stechender Schmerz explodierte in seinem Schädel zu einem grellbunten Sternenwirbel. Ihm wurde schlecht und er musste sich übergeben. Reglos wartete er ab, bis die ärgste Pein verebbte. Dann öffnete er die Augen einen Spalt.

Na, primos! Dunkler als in einem Bärenarsch, wie Reik von Aragon, sein Waffenlehrer in der Ritterschule, zu sagen pflegte.

Angestrengt starrte er in die Finsternis und ganz langsam begann er etwas wahrzunehmen. Kein Zweifel, da war ein Licht, matt und bleich wie Gevatter Tod. Von irgendwo über ihm schien es herab und er selbst lag am Fuß eines Hanges aus frischer Erde und Geröll.

Leider konnte er nicht viel von seiner Umgebung erkennen. Reihen wuchtiger Steinsäulen verloren sich in der Dunkelheit. Sie waren mit feucht schimmernden Gewächsen befleckt, die den Stein wie Wunden überzogen, und sie trugen eine Decke aus alten Steinquadern.

Wie es aussah, war er in einem Keller gelandet.

Nein, nicht bloß ein Keller. Denn irgendwo in der Finsternis tropfte Wasser herab und dem Hall nach zu schließen befand er sich in einem riesigen Gewölbe.

Erkenntnis und Erinnerung trafen ihn wie ein Hammer. Natürlich! Das Kellergewölbe von Burg Adlerstein! Der Kampf gegen Knut und Kumpane. Der zum Greifen nahe Sieg nach 777 Jahren! Dann der weiße Ball ... und die bittere Niederlage.

Knut! Verdammt! Bestimmt steckte der auch hier irgendwo. Jeden Augenblick konnte er hinter einer der Säulen hervorstürzen, um Tristan den Rest zu geben.

Mit einer fahrigen Bewegung griff Tristan nach dem Schwert, doch die Scheide war leer. Hektisch flog sein Blick über den Boden. Nichts.

Nun gut, erst mal musste er hier weg.

Er wollte aufstehen, aber ein übler Schwindel fegte ihn gleich wieder von den Beinen. Tristan krachte mit solcher Wucht gegen einen Stein, dass ihm die Luft wegblieb und sein Blick sich erneut vernebelte. Die Schmerzen in seiner Brust waren unbeschreiblich. Doch auf merkwürdige Art so vertraut, dass sie im Grenzreich zwischen Wachen und Ohnmacht eine weitere Erinnerung lebendig werden ließen ...

*Eine Waldlichtung an einem warmen Sommertag. Herzog Max von Adlerstein inmitten seiner ritterlichen Jagdgesellschaft. Fröhliche Worte, Lachen, Scherze. Nicht weniger als sieben erlegte Wildsauen liegen im Gras. Die erfolgreiche Treibjagd neigt sich dem Ende zu. Herzog Max rüstet sich zum Aufbruch, während Tristan das Pferd seines Onkels bereithält und die letzten Treiber aus dem Wald kommen.*

*Sie scheuchen ein braunschwarzes Monstrum auf: einen Keiler mit riesigen Hauern. Wütend bricht das Tier aus dem Unterholz. Prescht auf Herzog Max zu. Schreie hallen, Speere sausen, Pfeile sirren und reißen der Bestie blutende Wunden, die sie nur noch wilder machen.*

*Hilflos fliegt Tristans Blick umher. Gleich wird Herzog Max von den spitzen Hauern durchbohrt werden, doch keine Waffe in Reichweite. Nur der herzogliche Schild, der am Sattel hängt … Der Schild! Ohne nachzudenken, packt Tristan zu und wirft sich dem Keiler entgegen, den schützenden Stahl vor der Brust.*

*Ohrenbetäubendes Scheppern, ein titanenhafter Schlag, Finsternis …*

*Dann das Gesicht seines Onkels. Gerührt blickt es auf ihn hinab. »Mein lieber Tristan, wo Speer und Pfeil versagten, warfst du dich der Bestie mit bloßem Schild entgegen«, hört er Herzog Max' Worte. »Tristan Treuherz sei nunmehr dein Name und Herzoglicher Schildhüter dein Ehrentitel.«*

Tristan wurde es warm ums Herz, als er an seinen Onkel dachte. Aus Dankbarkeit hatte Herzog Max ihn außerdem vom Pagen zum Knappen erhoben. Bei seinen Gefährten in der Ritterschule galt Tristan fortan als Held – sah man einmal vom ewig neidischen Knut ab.

Knut!

Jeden Augenblick konnte der hier aufkreuzen!

»Auf mit dir, Hornochse«, knurrte Tristan und stemmte sich auf die Ellbogen. Dabei spürte seine Hand etwas in der Erde. Vorsichtig betastete er den Gegenstand. Lang, hart, kalt ... Hastig scharrte er die Erde beiseite. St. Georg sei Dank! Sein Schwert! Und gleich daneben der Streithelm.

Höchste Zeit, sich aus dem Staub zu machen. Ächzend rappelte er sich auf.

Diesmal klappte es besser. Zwar tat immer noch alles weh und die Knie waren weich wie Brei, aber zumindest blieb der Schwindel aus. Nur das Schwert bereitete wider Erwarten Probleme, arge Probleme.

Denn als Tristan es vom Boden heben wollte, erlebte er eine faustdicke Überraschung. Das Ding war schwerer als sieben Maltersäcke! Irgendwie schaffte er es schließlich doch noch, die Klinge in der Scheide zu verstauen. Nach dem sperrigen Helm griff er erst gar nicht. Sollte der doch bis zum Sankt-Nimmerleinstag hier unten bleiben.

Auf wackeligen Beinen begann Tristan den Hang hinaufzukraxeln, wobei ihm immer wieder die Knie einknickten.

»Teufelsschiss und Krötenkacke«, schimpfte er. »Was bist du nur für ein elender Jämmerling!« Aber bald schon hatte er nicht einmal mehr Energie zum Fluchen.

Eine Ewigkeit verging, während er sich aufwärtsschleppte. Tristan fürchtete schon, in irgendeiner Hölle gelandet zu sein, dazu verdammt, wie ein Käfer durch den Dreck zu krabbeln, als sich plötzlich etwas veränderte. Er hielt inne und starrte nach unten zu seinen Füßen: Gras! Er hatte es geschafft!

Bäuchlings ließ er sich auf den Boden plumpsen.

Doch zum Ausruhen blieb keine Zeit. Er hörte laute Geräusche: Keuchen, schnelle Schritte. Jemand war in den Burghof gekommen. Nein, nicht jemand, mehrere Menschen.

Tristan rappelte sich auf und sah zur Burgmauer. Dort, etwa hundert Ellen entfernt, waren im Mondlicht fünf Gestalten zu erkennen. Es waren vier Knaben und ein Mädchen, und Tristan hatte nie zuvor so lächerlich gewandete Leute gesehen. Statt anständiger Strumpfhosen trugen sie etwas, bei dem das Teil, welches den Unterleib beherbergte, nahtlos in zwei weite Stoffröhren für die Beine überging. Das Ganze passte noch nicht einmal, denn zumindest bei den Knaben hingen die Beinkleider unterm Hintern. Fast hätte Tristan laut losgeprustet. Doch dann fragte er sich, was die fünf hier zur Geisterstunde trieben. Waren es etwa neue Verbündete von Knut? Teuflische Dämonen in Gestalt lächerlicher Narren?

Tristan blickte zum Mond hinauf, um festzustellen, wie lange die Geisterstunde wohl noch dauern mochte. Und erlebte die nächste Überraschung.

»Ach du heiliger Nonnenfurz«, flüsterte er. So wie Luna stand, musste die Geisterstunde längst vorüber sein! Aber warum war er dann noch ein Mensch aus Fleisch und Blut? Was war hier eigentlich los?

Tristans Verwirrung steigerte sich noch, als er sah, wie die vier Knaben dem Mädchen unbemerkt zu Leibe rückten.

»Hallo, Giraffe!«, hörte er einen von ihnen sagen, bei dessen Anblick Tristan unwillkürlich an eine fettglänzende Schweinebacke denken musste. »Du träumst ja schon wieder mit offenen Augen.«

Erschrocken fuhr das Mädchen herum.

»Gib mir die Kamera«, sagte Schweinebacke.

»Nein!«, wehrte sich das Mädchen. »Die gehört mir.«

Schweinebacke schnaufte. »Du tust, was ich dir sage, Giraffe, oder …«

Ungläubig beobachtete Tristan, wie die vier Knaben das Mädchen gegen die Burgmauer drängten. Heißer Zorn wallte in ihm auf. Was immer hier los war, das ging zu weit!

Er rappelte sich auf. Schwankte, wankte, war noch immer so schwach, dass er kaum das Schwert aus der Scheide brachte. Doch es gab kein Zurück. Das Mädchen brauchte seine Hilfe.

»Haltet ein, ihr Taugenichtse!«, rief er. »Lasst das Fräulein in Frieden, oder ich werde euch eine Lektion erteilen.«

Alle fünf sahen überrascht in seine Richtung. Mit offenen Mündern und großen Augen glotzten sie ihn an.

Schweinebacke fand als Erster die Sprache wieder. »He, guckt euch den Freak an!«, prustete er los und zeigte mit dem Finger auf Tristan. »Zieh deine Fantasy-Rollenspiele woanders ab, du Clown.« Wie auf Kommando brachen seine Gefährten in höhnisches Gelächter aus.

Tristan hatte zwar kein Wort verstanden, aber durch das Geplänkel eine wichtige Erkenntnis gewonnen: Schweinebacke war der Anführer der Meute. Mal schauen, wie er auf eine Beleidigung reagierte.

»Du führst eine kecke Sprache, Speckschwarte«, rief Tristan. »Hüte lieber deine Zunge, auf dass ich dir nicht das Maul stopfe. Lasst ab von dem Fräulein. Dann lasse ich Gnade vor Recht ergehen.«

»Häh?« Jetzt schien der andere nichts zu verstehen, außer dass er beleidigt worden war. »H-h-hast du mich gerade Speckschwarte genannt?«, rief er.

»H-h-habe ich!«, äffte Tristan ihn nach, die Lektion seines

einstigen Waffenlehrers im Ohr: *In unersprießlicher Lage treibe deinen Gegner zur Weißglut, auf dass er sich übertölpeln lässt.*

Wegen des Übertölpelns würde ihm allerdings noch etwas einfallen müssen. Und zwar schnell, denn die vier Knaben kamen drohend auf ihn zu.

Ganz schön groß waren diese Burschen, größer als manch stolzer Ritter, den er kannte. Was übrigens auch für das Mädchen galt, das ihnen zögernd folgte.

»Denk nach, Esel, denk nach«, murmelte Tristan, während seine Finger nervös am Schwertgut nestelten ... und etwas Längliches berührten. Der Schlauch mit dem Zauberleim! Den hatte er sich hinter den Schwertgurt geklemmt, nachdem er die famose Treppensturz-Falle fertig vorbereitet hatte.

In Tristans Kopf nahm ein Plan Gestalt an. Ein verzweifelter Plan, aber er musste es darauf ankommen lassen. Energisch schlossen sich seine Finger um den Schlauch.

Just in diesem Augenblick entdeckten seine Gegner das Loch und den Hang, der hinter ihm in die Tiefe führte.

»Guckt mal!«, rief Schweinebacke. »Das hab ich ja noch nie gesehen. Jede Wette, dass es da in die Burgverliese runtergeht.«

Zu Tristans Überraschung rannten die vier einfach an ihm vorbei und glotzten aufgeregt plappernd in die Tiefe. Er hatte Zeit gewonnen.

Entschlossen wandte er sich dem Mädchen zu, das nun vor ihm stand. »Lauf weg«, sagte er. »Ich halte sie auf!«

»Vergiss es«, schnaubte sie. »Vor den Pappnasen kneif ich nicht.«

Pappnasen? Kneifen? Was redete sie da? Doch bevor er nachfragen konnte, wandte sich Schweinebackes Aufmerksamkeit plötzlich wieder ihm zu.

»So, du Opfer«, sagte der Kerl und rückte mit seinen Kumpanen näher. »Nun zu uns.«

Sofort stellte sich Tristan schützend vor das Mädchen. »Bitte, bitte, tut mir nichts!«, jammerte er dabei und verzog das Gesicht, als ob er kurz vorm Heulen wäre. »Und lasst mir vor allem meinen magischen Leim!«

Mit übertriebener Geste hielt er den knallroten Schlauch in die Höhe. Er war gespannt, ob Schweinebacke auf diese plumpe List hereinfallen würde.

»Magischer Schleim?«, sprang Schweinebacke sofort auf den Köder an. »Gib mal her!« Er riss Tristan den Schlauch aus der Hand. Mit zusammengekniffenen Augen versuchte er die Aufschrift zu entziffern. »MOK … LEIM«, verkündete er nach einiger Mühe stolz. »Klingt ja voll abgefahren!«

Er drehte die Kappe ab, schnupperte und quetschte sich dann einen dicken Streifen auf den Finger. »Hier, du auch«, sagte er zu dem Kumpan neben ihm und bedachte dessen Finger gönnerhaft mit einem noch dickeren Streifen.

Eifrig verrieben beide die zähe Schmiere zwischen den Fingern.

»Und was passiert als Nächstes?«, fragte Schweinebacke.

Bevor Tristan antworten konnte, beugte sich das Mädchen zu seinem Ohr und flüsterte: »Sobald ich den Blitz meiner Kamera auslöse, hauen wir ab.«

»Äh …«, murmelte er, verwirrt von den rätselhaften Worten. Doch dann machte er mit seinem ursprünglichen Plan weiter. »Grundgütiger Jesus!«, brüllte er. Mit dramatisch zitternder Hand – was nicht schwer war, da er sie vor Schwäche sowieso kaum hochbekam – zeigte er auf Schweinebacke und Kumpane. »Was für abscheuliche Kreaturen! Da, auf eurem Kopf!«

Unwillkürlich fuhren sich die beiden in die Haare.

PATSCH!

PATSCH!

»Meine Hand!«, kreischte Schweinebacke und rollte mit den Augen, um zu sehen, was auf seinem Kopf los war. »Es klebt!«

»Bei mir auch!«, plärrte sein Kumpan.

Zufrieden vernahm Tristan die Angst in ihren Stimmen.

Jetzt traten ihre zwei Spießgesellen in Aktion. Wie aufgescheuchte Hühner wuselten sie um die beiden herum, zogen, zupften und zerrten mal hier, mal da, ohne jedoch etwas zu bewirken. Bis einem der Burschen anscheinend etwas noch nicht ganz trockener Zauberleim an die Finger geriet. Denn wunderbarerweise klebte plötzlich auch seine Hand an Schweinebackes Haaren.

»SCHEISSE!«

»He, ihr Vollpfosten! Alle mal hergucken!«, rief da das Mädchen hinter Tristan. »Wo ist das Vögelchen?«

Die vier hielten inne und glotzten sie mit großen Kuhaugen an.

BRATZ! Ein Blitz hüllte sie in grelles Licht.

Geblendet schlossen sie die Augen. Taumelten zwei, drei Schritte zurück Richtung Erdhang, der in die Tiefe führte. Und dann stand die kuriose Truppe wild schwankend und mit allen noch freien Armen rudernd am Rand des Abgrunds, während ihr unversehrter Kumpan verzweifelt an ihnen zerrte, damit sie nicht hinunterstürzten.

»Besser, wir verschwinden«, sagte das Mädchen zu Tristan. »Bevor sie sich wieder sortiert haben.«

Tristan nickte. Und zuckte im nächsten Moment erschrocken zurück, als die flache Hand des Mädchens urplötzlich auf sein Gesicht zuschoss, um dann kurz davor in der Luft zu verharren. Das Mädchen starrte ihn grinsend an.

Tristan starrte mit großen Augen zurück.

»Na, high five!«, sagte das Mädchen, was absolut keinen Sinn ergab. Wahrlich seltsame Menschen, unter die er hier geraten war.

»Du bist mir ja ein komischer Vogel«, seufzte das Mädchen und ließ die Hand sinken. »Na gut, hauen wir hier ab.« Sie wandte sich zum Gehen. Nach ein paar Schritten drehte sie sich um. »Ach, übrigens: Ich bin Isolde«, sagte sie und marschierte weiter.

»Wenigstens ihren Dank hätte sie aussprechen können«, brummte Tristan. Dann folgte er ihr.

# 4

## DER WEG ZUR WAHRHEIT

Schnell wie ein Jagdpfeil durchquerte Isolde den Burghof. Innerhalb weniger Augenblicke hatte sie sich mit ihren ellenlangen Beinen einen erheblichen Vorsprung verschafft. Jetzt war sie bereits durchs südliche Tor gelaufen.

»Warte! Nicht so schnell!«, rief Tristan ihr keuchend nach. Nun, da die Taugenichtse kampfunfähig waren, sah er keinen Sinn darin, sich weiter aufzureiben. Außerdem schlug sein Schwert beim Laufen hart gegen die Beinschienen und er spürte jeden einzelnen Metallring seines schweren Kettenhemdes.

Von wegen, *er* war ein komischer Vogel. *Sie* war ein noch viel seltsamerer Vogel! Mädchen und Frauen rannten nicht, sie setzten zierlich einen Fuß vor den anderen, damit ihre bodenlangen Kleider nicht staubig wurden. Apropos: Wie konnte man als Mädchen bloß die gleichen fürchterlichen Beinkleider wie diese Bande von Taugenichtsen tragen? Hatten die Schurken es deshalb gewagt, sich ihr so unverschämt zu nähern? Und was hatten sie dem Mädchen eigentlich rauben wollen? Dieses schwarze Ding etwa, aus dem ein Blitz herausgeschossen war? Wahrscheinlich ein Feuerstein, so formidabel und groß, wie er noch nie zuvor einen gesehen hatte. Wie hatten sie ihn genannt? *Kamera?* Seltsamer Name, aber vielleicht stammte der kostbare Stein ja aus fernen Landen.

Gedankenverloren bog Tristan um eine enge Kehre des Höhenweges und wäre fast mit Isolde zusammengestoßen. Den Rücken gekrümmt, den Kopf gesenkt und eine Hand ans Ohr gepresst, stand sie wie angewurzelt da.

»Was ist geschehen?«, fragte er besorgt. »Hast du dich verletzt?«

Isolde schüttelte den Kopf. »Nein, alles gut. Ich spreche nur mit meinem Vater.«

Tristans Miene hellte sich auf. »Ach, dein Vater ist in der Nähe? Wo denn?« Suchend sah er sich um, konnte aber in der Dunkelheit niemanden erkennen.

Isolde redete munter drauflos: »Hallo Papa! Die Nachtwanderung ist vorbei. Holst du mich ab? … Was? Frau Tengler hat dich angerufen? Keine Panik, mir gehts gut. Ja, ja, erzähl ich dir später … Nein, nicht bei der Fledermaushöhle. Ich warte unten beim Parkplatz von Burg Adlerstein. Okay, bis gleich.« Isolde richtete sich auf, steckte irgendetwas in eine Tasche ihres Beinkleides und drehte sich zu Tristan um. »Er wird in zwanzig Minuten da sein.«

Tristan stutzte. »Also ist dein Vater doch nicht in der Nähe? Bist du sicher, dass er dich dann auch gehört hat?«

Isolde lachte. »Du liegst gar nicht so falsch. Ich hoffe wirklich, er hat mir richtig zugehört. Papa sagt immer ›Ja, ja‹, dabei ist er in Gedanken nur bei seiner Arbeit. Er bastelt ständig an irgendwelchen abgedrehten Experimenten, aber frag mich bloß nicht, was er da genau treibt. Mal hat es mit Physik zu tun, mal mit den Sternen. Astronomie ist nämlich sein zweites Fachgebiet.« Sie redete so schnell und verwendete dabei wieder so seltsame Wörter, dass Tristan ihr kaum folgen konnte.

»Komm weiter, äh …« Isolde sah ihn fragend an. »Wie heißt du eigentlich?«

»Tristan.«

Isolde lächelte. »Schöner Name. Gefällt mir. Danke übrigens, dass du mir geholfen hast. War echt nett von dir.«

Tristan verbeugte sich ritterlich, dann liefen sie gemeinsam weiter abwärts.

Der Weg war nach dem Gewitterregen matschig und Tristan musste gehörig aufpassen, dass er auf den glitschigen Steinen nicht ausrutschte. Das Licht des Mondes war zu fahl, um ihm dabei zu helfen. Prüfend sah Tristan zum Himmel. Wieder war die Scheibe ein Stück gewandert. Die Zeit schritt nach Ablauf der Geisterstunde also seltsamerweise weiter voran! Und was war bloß mit den Sternen los?

Beunruhigt suchte er nach dem Polarstern, dem vertrauten und verlässlichen Orientierungspunkt am Nachthimmel. Verlässlich? Donnerkeil! Der Stern stand ja wie festgezimmert fast mitten am Himmelspol, statt diesen auf seiner nächtlichen Bahn in gebührendem Abstand zu umkreisen!

Das konnte nichts Gutes bedeuten.

Tristan verdrängte die finsteren Gedanken, denn jetzt waren sie am Fuße des Burgbergs angelangt. Ein riesiges graues Feld breitete sich vor ihnen aus, an das er sich überhaupt nicht erinnern konnte.

Isolde ging zu einer Mauer am Rand dieser merkwürdigen Ödnis, schwang sich darauf und ließ ihre langen Beine baumeln. »Setz dich«, sagte sie zu ihm. »Du siehst echt fertig aus.«

Fertig? Tristan war noch lange nicht fertig mit seinen Überlegungen, aber auf der Mauer konnte er natürlich ebenso gut weiter nachdenken. Im Übrigen lechzten seine geschundenen

Knochen nach Ruhe und er wollte endlich den lästigen Schwertgurt abnehmen.

Isolde sah ihn grinsend an, als er neben ihr Platz genommen hatte. »Von welcher Kostümparty kommst du eigentlich?«

Kostümparty? Schon wieder so ein vertracktes Wort, das er nicht kannte. Tristan wollte nicht nachfragen. Stumm zuckte er nur mit den Achseln.

Leider ließ Isolde nicht locker. »Jetzt versteh ich. Du hast Stress. Ausgerissen, stimmt's? Keine Sorge, ich verpfeif dich nicht.«

Ausgerissen? Prüfend strich Tristan über sein Kettenhemd. So ein Unsinn! Da war nichts ausgerissen. Wovon in aller Welt redete das Mädchen? Bevor er sich einen Reim darauf machen konnte, wurde die Stille der Nacht von einem brummenden Geräusch unterbrochen. Eine Kutsche aus Metall und ohne Pferde raste auf sie zu.

DRÖHN! KNATTER-STINK-RUMPEL!

Die Geisterkutsche hielt urplötzlich an. Die vordere Tür wurde aufgerissen und ein Mann mit wirren, grauen Haaren sprang heraus.

Er lief auf Isolde zu und umarmte sie. »Alles klar bei dir? Deine Lehrerin war total aufgelöst, weil du weggelaufen bist. Wie kommt sie überhaupt darauf, bei so einem mörderischen Unwetter mit euch eine Nachtwanderung zu machen?«

»Reg dich wieder ab, Papa«, sagte Isolde. »Mir geht's super. Du warst ja bei dem Gewitter anscheinend auch draußen unterwegs.« Sie zeigte auf die klitschnasse Abdeckung hinten auf der zerbeulten Geisterkutsche.

Der Mann, offensichtlich Isoldes Vater, rückte zwei merkwürdige durchsichtige Ringe auf seiner Nase zurecht. Dann stutzte er. »Ach, du hast ja Gesellschaft. Hallo, ich bin Johannes Neufeld! Gehst du mit meiner Tochter in eine ...?« Mitten im Satz brach er ab, riss die Augen auf und starrte Tristan erschrocken an.

Isolde grinste. »Tristan kommt von einer Kostümparty. Ich glaube, er hat Stress zu Hause. Er kann doch heute bei uns übernachten, oder?«

Johannes Neufeld nickte abwesend und murmelte vor sich hin: »Das gibt's doch nicht! Der komische Schemen auf dem Kontrollschirm. Das war doch bloß ein bizarrer Überladungsimpuls, nichts Reales. Oder wäre es möglich ...?« Dann blinzelte er, wie um wirre Gedanken zu vertreiben, und lächelte freundlich. »Steigt ein, ihr beiden. Wenn wir ein bisschen zusammenrücken, passen wir alle drei vorne rein.«

Isolde kletterte in die Kutsche und winkte Tristan zu. »Worauf wartest du?«

Er zögerte. Diese Geisterkutsche war ihm ganz und gar nicht geheuer. Womöglich hatte Isoldes Vater einen Pakt mit dem Teufel geschlossen, wie sonst konnte sich das Gefährt ohne Pferde fortbewegen? Aber vor dem Mädchen als Feigling dastehen wollte er auch nicht.

Tristan gab sich einen Ruck. Kaum saß er neben Isolde, schlang sie einen schwarzen Gurt um seinen Bauch. Ihr Vater drehte einen Schlüssel herum, die Kutsche heulte laut auf und ratterte los.

Tristan wurde nach hinten gepresst und eine fürchterliche Höllenfahrt begann, auf platten Wegen und an unzähligen, riesigen Häusern vorbei. Nur manchmal gab es eine kurze Verschnaufpause, wenn Isoldes Vater vor einer Stange anhielt, an der magische Lichter aufblinkten: erst rot, dann rotgelb, dann grün.

Nach einer halben Ewigkeit waren sie endlich am Ziel. Johannes Neufeld schaltete mit dem Schlüssel den Lärm aus, sprang aus der Kutsche und lief zu Tristans Seite, um dort die Tür zu öffnen. »Alle aussteigen, bitte.«

Isolde löste den Gurt von Tristans Bauch. Benommen griff er nach seinem Schwertgurt, kletterte ins Freie und blickte sich um.

Was für ein prachtvolles Haus! Efeu rankte an den roten Mauern bis zu den beiden Erkern empor. Sogar einen kleinen Turm mit einer goldenen Spitze gab es, außerdem ein großzügiges Nebengebäude und dazu noch eine dunkle Höhle, in die Johannes Neufeld jetzt die Kutsche hineinfuhr. Tristan suchte vergeblich nach den üblichen Holzläden oder Teppichen in den Maueröffnungen.

Donnerwetter! Isoldes Familie schien steinreich zu sein. Wie die Kirchenfürsten konnte sie sich große Fenster aus feinstem, durchsichtigem *Glas* leisten.

Selbstbewusst steuerte Johannes Neufeld auf den Eingang des Palastes zu. »Habt ihr Lust auf einen schönen heißen Tee?«

Endlich mal eine einfache Frage, auf die Tristan mit einem einfachen »Ja!« antworten konnte. Rasch folgte er Isolde und ihrem Vater in den dunklen Hauseingang.

Drinnen drückte Isolde auf ein Viereck an der Wand.

BLITZ! Schlagartig wurde es taghell.

Tristan presste eine Hand vor die Augen. Sein Herz raste. Verdammt, eine Falle!

»Alles gut?«, fragte Isolde.

Langsam nahm Tristan die Hand wieder runter. Wenn das Mädchen keine Angst hatte, gab es vielleicht keinen Grund zur Beunruhigung. Also zwang er sich, seine Umgebung kühlen Blutes zu erforschen. An der Decke schwebten zwei längliche Röhren. In ihnen brannte ein gleichmäßiges Feuer, das sich zum Glück nicht ausbreiten konnte, weil es eingesperrt war. Aber es strahlte so hell wie die Sonne zur Mittagszeit.

Das Licht war genau in dem Augenblick aufgeblitzt, als Isolde das weiße Viereck berührt hatte. Zufall? Tristan bezweifelte es.

»Alles gut«, behauptete er. Sein Herzschlag beruhigte sich langsam wieder, während er Vater und Tochter in die Küche folgte. Dabei ließ er Isolde keinen Wimpernschlag aus den Augen.

Da! Sie drückte schon wieder auf so ein weißes Viereck an der Wand.

BLITZ! Auch die Küche war jetzt taghell.

Isolde konnte zaubern!

Während Tristan immer noch stumm staunte, griff Isoldes Vater nach einer blauen Kanne und hielt sie unter einen Hahn. Sofort rauschte Wasser hinein. *Fließendes* Wasser aus einem unsichtbaren Brunnen! Herr Neufeld stellte das Gefäß auf einen schwarzen Sockel, drückte auf einen Knopf und sofort fing es an zu brodeln.

Zweifellos besaß auch Isoldes Vater magische Kräfte.

Unwillkürlich wich Tristan zurück – bis sein Rücken gegen einen leise vor sich hin brummenden Kasten stieß.

»Mann, hab ich Hunger«, stöhnte Isolde. »Hab vergessen, mir für die Nachtwanderung was mitzunehmen. Gibt es noch Nudelsalat?«

»Ich glaub schon«, sagte Johannes Neufeld.

Isolde kam auf Tristan zu und blieb dicht vor ihm stehen. Als Tristan sich nicht rührte, verzog sie den Mund. »Du versperrst den Kühlschrank.«

»Den … was?«, fragte Tristan und trat zur Seite.

Der Brummkasten entpuppte sich als Tür, die man öffnen konnte. Kalte Luft strömte heraus, wie aus einem Felsenkeller.

Wieder flammte ein Licht auf und beleuchtete ein wahres Schlaraffenland im Innern des Kastens: Käse, Wurst, bunte Becher und Flaschen aus Glas, durch die hellbraune, schwarze und gelbe Flüssigkeiten schimmerten.

Isolde holte eine Schüssel heraus, in der sich weiße Schmetterlinge mit rötlichen Fleischstückchen tummelten. Die Schmetterlinge schienen tot zu sein.

Ein starker Geruch nach Schinken stieg Tristan in die Nase. Ihm wurde übel und gleichzeitig rumorte es in seinem Magen. Ein Gefühl, das er lange nicht mehr gehabt und fast vergessen hatte: Nach 777 Jahren hatte er plötzlich wieder Hunger.

Isolde schien zu wissen, was sich in seinem Bauch abspielte. »Du kannst gerne was abhaben.« Aus einer Schublade holte sie zwei Spieße, dann setzte sie sich an den Küchentisch und fing an, sich die Schmetterlinge mit dem seltsamen Werkzeug in den Mund zu schieben.

Tristan sah ihr verblüfft zu. Warum machte sie es sich so schwer? Wieso benutzte sie nicht wie jeder normale Mensch die Hände zum Essen?

Aber in dieser Küche war ja nichts normal. Und ganz entscheidende Dinge fehlten: eine gemauerte Feuerstelle, das Herdfeuer, die Kupferkessel und der Bratenspieß. Stattdessen gab es schwebende Schränke und große Flächen aus zerkratztem Metall. Wo war er hier bloß gelandet? In einem Zauberhaus?

Erschöpft ließ sich Tristan auf einen Stuhl fallen und legte den Schwertgurt mit seiner Waffe zur Seite. Der Hunger war ihm erst einmal vergangen.

Erleichtert nahm er den dampfenden Becher mit Tee entgegen, den Isoldes Vater ihm jetzt reichte. Waldbeerenduft. Endlich etwas Vertrautes hier! Vorsichtig nahm er einen Schluck.

Aaah! Das tat gut. Seit ewigen Zeiten war seine trockene Kehle nicht benetzt worden, seit Jahrhunderten hatte er nicht mehr gespürt, wie wohlig sich ein warmes Getränk im ganzen Körper ausbreiten konnte. Andererseits kannte er das Gefühl, als hätte er es erst gestern gehabt. Ein Schauer jagte ihm über den Rücken. Was, wenn diese 777 Jahre als Geist gar nicht echt gewesen waren? Wenn die unzähligen Kämpfe gegen Knut und Kumpane gar nicht stattgefunden hatten?

Oder war das alles hier nur Trugbild, ein Traum?

Entschlossen zwickte er sich fest in den Arm. Aua! Das tat verdammt weh. So einen Schmerz träumte man doch nicht!

»Hallihallo!« Plötzlich stand eine Frau im geblümten Nachthemd in der Tür. »Zum Glück seid ihr wieder da, meine Lieben! Ich hab mir Sorgen gemacht, als das Gewitter losging. Ich habe sogar mein Mitternachts-Mantra unterbrochen und ... Oh, wir haben Besuch!«

»Das ist Tristan, Mama«, erklärte Isolde. »Ich habe ihn heute Nacht zufällig auf Burg Adlerstein getroffen.«

Die Frau – offensichtlich Isoldes Mutter – schüttelte den Kopf. »Es gibt keine Zufälle, Liebes.« Dann hauchte sie ergriffen: »Heute Nacht? Auf der Burg?! Das Mitternachts-Mantra hat funktioniert! Ein Ritter aus dem Mittelalter ist meinem Ruf an die Geister gefolgt ... Aber halt, Mitternacht und Geisterstunde sind doch längst vorbei?«

Isolde und ihr Vater lachten gleichzeitig los.

»Mama, hör auf mit dem Quatsch!«, sagte Isolde, als sie sich wieder beruhigt hatte. »Das ist Tristan. Er hat sich nur als Ritter verkleidet.«

Herr Neufeld gab seiner Frau einen Kuss auf die Nasenspitze. »Darf ich dich außerdem darauf hinweisen, Liebling, dass Ritter eine Erscheinungsform des Mittelalters sind, also aus einer längst vergangenen Zeit stammen? Ritter gibt es heute nicht mehr.«

*Jetzt reicht es aber*, dachte Tristan erzürnt. Er war doch der lebende Beweis dafür, dass es Knappen und Ritter gab! Doch hinter seinem Ärger schlich sich die Angst an. Er spürte, dass er nur eine Daumenbreite davon entfernt war, die volle Wahrheit zu begreifen.

Frau Neufeld kam auf ihn zu und schüttelte seine Hand so fest und lange, als ob sie einen Blasebalg auf und ab bewegen würde. »Freut mich sehr dich kennenzulernen, Tristan. Deine Hand ist ganz warm, du bist also wirklich kein Geist. Trotzdem, was auch immer dich zu uns geführt hat, mein Mitternachts-Mantra oder eine wundersame Fügung, hör nicht auf die beiden! Es gibt mehr Dinge zwischen Himmel und Erde, als wir ahnen.« Zwinkernd zeigte sie auf sein Schwert. »Verrätst du mir, in welchem magischen Online-Shop du das bestellt hast?«

Tristan schnaufte. Diese Leute waren eindeutig alle verrückt, das *musste* ein Traum sein. Bloß weg hier, bevor er auch noch verrückt wurde! Unauffällig sah er sich nach einer geeigneten Fluchtmöglichkeit um. *Na, primos!* Isoldes Mutter versperrte den Weg zur Tür und ihr Vater das Fenster. Er hätte die beiden natürlich einfach über den Haufen rennen können, aber das wäre wahrhaft unritterliches Benehmen gewesen.

Isolde, die von seinen Fluchtgedanken nichts ahnen konnte, stand auf und holte sich einen bunten Becher aus dem kalten Brummkasten. Sie starrte auf den Deckel und verzog angeekelt das Gesicht. »4. Juli 2018. Der ist seit drei Tagen abgelaufen! Den esse ich nicht mehr.«

Tristan wurde schwindelig. Grundgütiger! Hatte er gerade richtig gehört? Er spürte, wie Isoldes Vater ihn anstarrte, und eine frische Erinnerung flatterte durch seinen Kopf. Hatte Isolde nicht gesagt, dass ihr Vater sich mit Sternen auskannte?

Tristan musste es jetzt wissen, er musste die Tür zur schrecklichen Wahrheit ganz aufstoßen.

Mutig sah er Johannes Neufeld in die Augen. »Was ist hier eigentlich los? Was ist das für ein Ort, wo nicht einmal der Polarstern da ist, wo er hingehört?«, fragte er freiheraus.

Isolde und ihre Mutter starrten ihn verwundert an.

Neufeld blinzelte. »Der Polarstern? Was meinst du?«, murmelte er dann zögernd.

»Na, der steht auf einmal wie festgenagelt am Himmelspol, statt sich um ihn zu drehen!«

Isoldes Vater zuckte zusammen. »Du kennst den Polarstern in einer kreisenden Bewegung?«

Als Tristan nickte, wurde Johannes Neufeld blass. »Das … das kann nicht sein!« Hektisch fuhr er sich durch die Haare. Die waren wirrer denn je, aber sein Verstand schien sich langsam zu sortieren. »Ach, du heiliger Einstein! Vor ungefähr 800 Jahren konnte man den Polarstern tatsächlich um den Himmelspol kreisen sehen. Aber das bedeutet ja …«

Dass an die 800 Jahre vergangen waren, seit Tristan als ein Mensch aus Fleisch und Blut auf der Burg gelebt hatte! Oder genau gesagt: 777! Die Erkenntnis traf ihn wie ein Fausthieb in die Magengrube. Nach 777 Jahren als Geist war er wieder in seinen 13-jährigen Körper zurückgekehrt?!

Johannes Neufeld trat ganz nahe an ihn heran. »An welches Jahr kannst du dich zuletzt erinnern?!«

»1241«, antwortete Tristan mit einer krächzenden Stimme, die nicht zu ihm zu gehören schien. »Da hat man mich vom Pagen zum Knappen befördert. Und jetzt ist das Jahr … 2018?«

Neufeld schluckte. »Ja«, flüsterte er. »Du hast dich nicht verkleidet, stimmt's? Du bist tatsächlich ein Ritter und stammst aus dem Jahr 1242, einer Zeit, die wir heute das Mittelalter nennen.«

Tristan nickte zögernd.

»Was erzählst du denn da, Papa?«, mischte Isolde sich ein.

Ihr Vater beachtete sie nicht. Stattdessen schlug er sich mit den Händen gegen die Stirn. »Und ich bin an allem schuld!«

»Ich verstehe überhaupt nichts mehr«, seufzte Frau Neufeld. »Ist Tristan jetzt ein Geist oder nicht?« Sie holte eine Engelkerze aus einem Schrank, zündete sie an und stellte sie auf den Tisch, als könnte sie damit Licht ins Dunkel der Geschehnisse bringen.

Es schien zu helfen, denn jetzt brach ein wahrer Redestrom aus dem Mund ihres Mannes.

»Ich verstehe es selber noch nicht ganz, aber ich habe da so einen Verdacht. Also ... ich war um Mitternacht auf Burg Adlerstein. Ich wollte die Energie der Blitze für ein Experiment nutzen. Ein absolut bahnbrechendes Experiment, bei dem ein Gegenstand per Teleportation von einem Ort zum anderen befördert wird. Erst lief alles prima. Meine Ringbeschleuniger entfesselten das leuchtende Feuer der Quanten und bändigten es zu Bällen aus wirbelndem Plasma –«

»Ich war da, ich hab die leuchtenden Bälle gesehen!«, unterbrach Tristan aufgeregt. »In der letzten Spuknacht.«

»Spuknacht?«, wiederholte Isolde halb verwirrt, halb spöttisch. »Du glaubst echt an Geister?«

Tristan sah sie böse an. »Von ›glauben‹ kann hier keine Rede sein. Seit meinem Tod vor 777 Jahren habe ich auf Burg Adlerstein als Geist gespukt.«

»Soll das ein Witz sein? Geister gibt es nicht!« Isolde lachte.

»Da wäre ich mir nicht so sicher, Isi«, schaltete sich Beatrix

Neufeld ein. »Ich habe über die seltsamen Vorgänge auf Burg Adlerstein gelesen. Viele Leute haben dort in Vollmondnächten unheimliche Laute gehört, Klagen aus dem Jenseits, metallisches Klirren …«

»Was die mögliche Existenz von Geistern angeht, stimme ich dir zu, Schatz«, übernahm jetzt wieder Johannes Neufeld. »Denn im Grunde sind wir nichts als Energie und Masse. Und Energie geht im Universum nicht verloren. Sie wandelt vielleicht ihre Form, aber existiert immer weiter.«

Tristan, der keine Silbe von dem Gehaspel verstand, unterbrach ihn: »Nun hört mir doch mal zu! Also, ich bin in einen dieser weißen Bälle gefallen. Ich war mittendrin, in flüssigem Licht. Alles war weiß. Dann schwarz …«

Johannes Neufeld keuchte. »Ach, du heiliger Bimbam! Auf dem Kontrollschirm war erst Tobi zu sehen –«

»Tobi?«, fragte Isolde dazwischen.

»Die Ente, die ich teleportieren wollte. Also, jedenfalls war erst Tobi zu sehen – und dann schoss von oben ein Schemen ins Bild, der frappierend an einen Menschen erinnerte. Einen Menschen mit SCHWERT in der Hand! Danach ist das Energiefeld zerfallen und die Bälle sind mit solcher Wucht implodiert, dass ein Loch in den Burghof gerissen wurde. In dem du dann wohl gelandet bist. Es tut mir so leid, Tristan! Durch eine Verkettung unglücklicher Umstände bist du in mein Experiment geraten. Das wollte ich nicht, ich hätte dich retten müssen.«

*RETTEN-RETTEN-RETTEN*. Das Wort hallte wie ein Echo in Tristans Kopf wider. Vielleicht hatte Isoldes Vater ihn ja doch gerettet? Vielleicht hatte er mit seinem Experiment den bösen Fluch, der über Tristan lag, gebrochen? Schließlich war Tristan schon seit Stunden kein Geist mehr.

Johannes Neufeld vergrub sein Gesicht in beiden Händen. In der Küche wurde es still. Nur der kalte Kasten summte leise vor sich hin.

Dann begann Isolde zu lachen. »Nette Gruselgeschichte! Fast hättet ihr mich damit reingelegt. Aber jetzt ist gut.«

Ihr Vater hob müde den Kopf. »Keine Gruselgeschichte.«

»Das ist die Wahrheit«, bekräftigte Tristan. *Seltsam*, dachte er. *Die Wahrheit ist vielleicht gar nicht so schrecklich, wie ich befürchtet hatte.*

Isolde warf ihrer Mutter einen ratlosen Blick zu. »Sag du doch auch mal was!«

Frau Neufeld lächelte Tristan freundlich an. »Ich wusste, dass es auf Burg Adlerstein Geister gibt! Du bist vor 777 Jahren gestorben, sagst du? So lange schon findest du keine Ruhe mehr? Wie schrecklich, Tristan! Aber zum Glück bist du durch das missglückte Experiment meines Mannes wieder zum Menschen geworden.«

Tristan nickte. »Sieht ganz so aus.«

»Krass!«, entfuhr es Isolde. »Jetzt ergibt das alles irgendwie Sinn: dein komisches Kettenhemd, dein Schwert, wie du redest … Und was du alles nicht kennst: Autos, Lichtschalter, Kühlschrank. Echt krass!« Sie wurde rot und fügte hinzu: »Ich meine, das finde ich gut, richtig gut. Die Ritterzeit ist voll spannend.«

Das Lächeln von Isoldes Mutter wurde noch herzlicher. »Willkommen im 21. Jahrhundert, Tristan! Wie schön, dass du hier bist. Johannes? Was hältst du davon, wenn wir Tristan bei uns aufnehmen? Ich finde, das sind wir ihm schuldig.«

»Selbstverständlich«, stimmte ihr Mann sofort zu. »Ich trage die Verantwortung und ich werde alles tun, um ihm zu helfen.«

Tristan sah von einem zum andern. *Die verrückte Familie scheint mich zu mögen. Na primos!*

Johannes Neufeld kratzte sich an der Stirn. »Aber wir müssen es klug anstellen, damit Tristan nicht gleich auffällt. Sonst endet er noch als wissenschaftliches Versuchskaninchen.« Auf einmal grinste der Professor verschmitzt. »Ich hab's! Wir geben ihn als Isoldes entfernten Cousin aus. Wenn die Leute Fragen stellen, erzählen wir einfach, seine Eltern sind auf Weltreise und er hat bisher in einem abgelegenen Tal in der Schweiz gewohnt. Da ist eben alles ein bisschen anders als bei uns.«

Isolde kicherte. »Mein Cousin aus der Schweiz.«

Urplötzlich musste Tristan gähnen. Die Müdigkeit übermannte ihn mit voller Wucht. Kein Wunder nach dieser aufreibenden Nacht, die ihm vorkam wie 30 Nächte wüster Klopperei mit Knut und Kumpanen.

»Schon drei Uhr!« Frau Neufeld pustete die Kerze aus. »Ich glaube, jetzt brauchen wir alle dringend Schlaf. Morgen können wir in Ruhe weiterreden. Tristan, du bekommst das Gästezimmer oben im Turm. Möchtest du vielleicht noch baden?«

Tristan wehrte höflich ab. »Bitte keine Umstände meinetwegen. Ich weiß, wie lange es dauert, warmes Wasser für einen Badezuber zu erhitzen.«

»Das sind keine Umstände«, versicherte Herr Neufeld. »In den letzten Jahrhunderten hat sich die Menschheit einiges ausgedacht, was unser Leben leichter macht. Und ich habe, wenn ich das in aller Bescheidenheit sagen darf, hier im Haus vieles davon noch weiter verfeinert. Du brauchst nur in die Badewanne zu steigen, schon läuft automatisch warmes Wasser ein. Und falls du ein dringendes Bedürfnis haben solltest, musst du dich heutzutage nicht mehr auf ein zugiges Plumpsklo setzen. Wir haben eine tolle Toilette mit Wasserspülung. Wenn du zweimal in die Hände klatschst, rauscht Wasser in die Schüssel und spült alles weg.«

Seine Frau seufzte. »Aber die Mischbatterie in der Dusche lässt sich leider immer noch schlecht einstellen.«

»Ach, Kleinigkeiten ... im Nu behoben!«, murmelte Johannes Neufeld und wurde rot.

Tristan gähnte wieder herzhaft. »Ich bin wirklich sehr müde.«

Isolde lachte. »Komm mit, ich zeige dir das Bad.«

Mit dem Schwertgurt in der Hand folgte Tristan ihr eine breite Stiege hinauf in den ersten Stock. Dort drückte Isolde ihm zwei dicke, weiche Tücher in die Hand – »Zum Abtrocknen« – und eine schmale, froschgrüne Bürste – »Für die Zähne«. Dann zeigte sie ans Ende des Flurs. »Da hinten ist das Bad. Und wenn du noch eine Treppe hochgehst, kommst du direkt ins Turmzimmer. Gute Nacht.«

Tristan verbeugte sich. »Gute Nacht, holdes Fräulein!«

Kichernd verschwand Isolde in ihrem Zimmer. Sie schien ein sehr sonniges Gemüt zu haben. Das gefiel ihm. Er pfiff ein kleines Jagdlied vor sich hin und trat in die Badestube.

BLITZ!

Der Raum wurde taghell. Nanu? Er hatte doch gar keinen Blitzschalter berührt! Tristan wich einen Schritt zurück. Da ging das Licht wieder aus.

*Aufgemerkt!* Tristan grinste. Schritt zurück – Licht aus, Schritt nach vorne – Licht an. Aha! Zufrieden legte er Schwertgurt, Tücher und Bürste ab. Dann erledigte er ein dringendes Bedürfnis und suchte und suchte ... bis es ihm wieder einfiel.

KLATSCH-KLATSCH!

RAUUUSCH!

Danach sah er sich ausführlicher um. Kein Badezuber aus Holz. Stattdessen eine längliche Wanne, so weiß wie frisch gefallener Schnee. Daneben zwei schwebende kleine Becken. Und was war dort drüben hinter den dünnen Glaswänden? Neugierig schlüpfte Tristan durch eine Lücke zwischen den Wänden und betätigte aufs Geratewohl einen Hebel.

ZISCH!

Ein eiskalter Wasserfall stürzte auf ihn herab. Hastig schwenkte Tristan den Hebel zur Seite.

BRODEL-BRODEL-ZISCH!

Plötzlich wurde er mit heißem Wasser übergossen.

Fluchend und klatschnass sprang er aus der Glaskabine. Himmel, Axt und Beil! Was für ein teuflischer Wasserfall!

Er schlidderte über den glatten Boden zu seinen Tüchern, rubbelte sich geschwind trocken, verließ fluchtartig die Badestube und rannte die Treppe hoch zum Turmzimmer.

Endlich! Hier gab es bis auf den Blitzschalter keinerlei Zauberschnickschnack, sondern schlicht ein Bett, einen Stuhl und einen Schrank. Erleichtert zwängte Tristan sich aus seinem Kettenhemd und entfernte die lästigen Beinschienen. Zum Schluss streifte er die völlig durchweichten Lederstiefel ab.

Blitzschalter drücken, Licht aus, ins Bett und Decke her! Jetzt musste er aber mal ganz dringend schlafen. So herrlich! Ein richtiger Schlaf als Mensch, kein rastloses Schweben als körperloser Geist. Ruhe, endlich Ruhe …

HALLO?

Tristan richtete sich kerzengerade im Bett auf. In seiner Zimmertür, im milden Morgenlicht stand ein Wesen ganz in Weiß – so unwirklich, dass er sich fragte, ob es eine Gestalt aus einem Traum war.

»Hast du schlecht geträumt?«, fragte Isolde. »Du hast im Schlaf laut gerufen.«

»Was? Ich soll …«, fing Tristan an.

SCHRILLLL!

Das Mädchen zuckte vor Schreck zusammen und schlang die Arme um ihren Körper.

SCHRILL-SCHRILL!

Hurtig sprang Tristan aus dem Bett. »Bleib hier, Isolde! Ich sehe nach, was es mit dem bösen Schrillteufel auf sich hat.« Damit stürmte er die Treppe hinunter.

# 5

## IN DER NEUEN WELT

Isolde dachte nicht daran zu bleiben. Sekunden später war sie live dabei: Action im Elternschlafzimmer! Fassungslos verfolgte sie von der offenen Tür aus, wie Tristan auf den Nachttisch ihres Vaters zustürzte, seine rechte Faust hob und sie volle Kanne auf den Wecker krachen ließ.

SCHRILL-SCHEPPER-RÖCHEL!

K. o. in der ersten Runde. Der Wecker wechselte seinen Aggregatzustand von fester Form zu Brei. Johannes und Beatrix Neufeld lagen in Schockstarre in ihrem Bett.

Tristan rieb sich mit schmerzverzerrtem Gesicht die Hand. »Die Gefahr ist gebannt! Den Schrillteufel hab ich erledigt.«

Johannes Neufeld fand zuerst die Sprache wieder: »Äh … danke, Tristan. Aber keine Sorge, der Wecker ist gar nicht gefährlich. Das Klingeln habe ich selbst so eingestellt. Es sorgt dafür, dass wir morgens rechtzeitig wach werden.«

»Tut mir leid, Magister Neufeld.« Tristan schnaufte, offensichtlich peinlich berührt. »Aber sagt, braucht man so was wirklich? Die Sonne macht das doch genauso gut. Sie geht auf, es wird hell und ich weiß: Ein neuer Tag fängt an.«

»Wie schön du das gesagt hast, Tristi«, rief Isolde Neufeld

entzückt. »Ich darf dich doch Tristi nennen? Du kannst uns übrigens gerne duzen. Wir sind Beatrix und Johannes.« Bevor Tristan antworten konnte, wandte sie sich an ihren Mann: »Siehst du, Liebling, davon versuche ich dich schon so lange zu überzeugen. Wir sollten uns ganz natürlich wecken lassen, von der Sonne oder von einem Harmonie-Wecker. Der spielt sanfte Musik, dann geht langsam ein Licht an. Und weißt du, was das Beste ist? Er duftet auch noch nach Flieder.«

Professor Neufeld stöhnte. »So was funktioniert bei mir aber nicht. Ich schlafe so tief und fest, da haut mich morgens nur ein anständiges Klingeln aus den Federn.«

Isolde grinste. »Gut, dass wir mal drüber gesprochen haben, Leute. Wie wär's jetzt mit Frühstück?«

Wie auf Bestellung fing Tristans Magen an, laut zu knurren. »Herrlicher Einfall!«, rief er und wollte sofort losstürmen.

»Stopp!« Isolde zeigte auf seine Strumpfhosen, aus deren Löchern eine schmutzverkrustete große Zehe und ein moosgrünes Knie herauslugten. »Du solltest erst mal baden.«

Tristan verschränkte die Arme vor der Brust. »Auf gar keinen Fall.«

»Dann eben duschen, das geht schneller«, schlug Isolde vor. »Hast du die Glaskabine gesehen? Da kannst du dich mit Wasser abduschen, einseifen, noch mal abduschen, fertig.«

»Ganz bestimmt nicht«, bekräftigte Tristan entschlossen. »Der Wasserfall ist die Hölle. Heiß-kalt-heiß-kalt!«

Schuldbewusst meldete sich jetzt Johannes Neufeld zu Wort. »Ich kümmere mich um die Mischbatterie, versprochen! Aber bei den Waschbecken klappt alles prima, Tristan. Da bekommst du schön warmes Wasser. Du musst einfach nur die Hände drunterhalten, dann reagiert der Sensor.«

Isolde wollte ihren neuen Cousin nicht verletzen, aber an der Wahrheit führte kein Weg vorbei. »Also ... ehrlich gesagt, du müffelst.«

Tristan schnupperte kurz an seinem Leinenhemd, prüfte den Geruch unter den Armen, nickte zufrieden und meinte: »Passt doch.« Dann dachte er kurz nach. »Darf ich auch ehrlich sein?«

»Klar!«, sagte Isolde.

Tristan räusperte sich. »Ich finde, *ihr* müffelt. Und zwar nach irgendwelchen magischen Duftnebeln.«

»Endlich ist mal jemand meiner Meinung!« Isoldes Vater lachte. »Also ich bin das nicht, Tristan. Ich verwende nur Seife. Aber die Mädchen und Frauen in unserer Zeit lieben Parfüm. Das sprühen sie sich unter die Achseln und –«

»Danke, Papa!«, unterbrach Isolde ihn. »So genau will Tristan es garantiert nicht wissen. Okay, dann gehe ich eben zuerst ins Bad.«

»Und ich mache uns ein leckeres Frühstück.« Beatrix Neufeld schwang sich gut gelaunt aus dem Bett.

Eine halbe Stunde später versammelten sich alle am großen Esstisch in der Wohnküche. Tristan hatte doch noch einen kleinen Abstecher ins Bad gemacht, was man an den Seifenresten in seinem Gesicht und an den Händen erkennen konnte. Ob er noch weiter vorgedrungen war, ließ sich jedoch nicht feststellen, da seine Beine unter dem Tisch versteckt waren.

Am Wochenende frühstückten die Neufelds immer lange und ausgiebig. Es gab Brötchen, Marmelade, Käse, Wurst, frisch gepressten Orangensaft und Spiegeleier.

»Greif zu, Tristan«, sagte Beatrix Neufeld freundlich.

»Aber gerne doch.« Tristan streckte beide Hände aus und stopfte sich nacheinander Brötchen, Käse und Wurst in den

Mund. Er kaute geräuschvoll mit vollen Backen, schmatzte dabei und gab zum Schluss einen herzhaften Rülpser von sich.

»Vorzüglich«, verkündete er dann und strahlte in die Runde. »Danke für das gute Mahl.« Sorgfältig wischte er sich die fettigen Finger am Tischtuch ab.

Schweigen am Küchentisch.

»Warum nehmt ihr euch denn gar nichts? Habt ihr keinen Hunger?«, fragte Tristan verwundert.

»Äh, doch«, sagte Beatrix Neufeld. »Es ist nur so, dass sich die Tischsitten in den letzten Jahrhunderten ein klein wenig geändert haben.« Sie biss in ihr Marmeladenbrötchen, griff anschließend zur Serviette und tupfte sich die Mundwinkel ab.

Johannes Neufeld nahm es nicht so genau. Hastig verputzte er sein Spiegelei, ignorierte die Eigelbreste an seinem Mund und holte eine schwarze Manschette mit Schlauch aus der Innentasche seiner Strickjacke hervor. Blitzschnell schob er Tristan das Ding auf den Oberarm und pumpte … und pumpte … und …

»PAPA!«

»Johannes, es reicht!«

»Ich muss doch sehen, ob der Junge die Transformation heil überstanden hat.« Neufeld guckte unbeirrt auf die Anzeige des Messgerätes. »120 zu 70. Prächtig! Ein Blutdruck wie Jung Siegfried.«

Während Tristan wie erstarrt dasaß, zog Isoldes Vater den Stuhl neben sich unter dem Tisch hervor. Auf der Sitzfläche thronte ein Kabelsalat-Monstrum, das mit Stahlstiften und Messsonden gespickt war wie ein Igel.

»Was ist das?!«, rief Beatrix Neufeld entsetzt.

»Ein EEG-Helm«, antwortete Neufeld stolz. »Von mir selbst modifiziert, um die Gehirnströme zu messen.«

»Auf keinen Fall setzt du Tristan *das* auf den Kopf«, stellte seine Frau klar. »Er ist doch kein Versuchskaninchen!«

»Vergiss es einfach, Papa!« Energisch schob Isolde den Stuhl samt Igel-Monstrum zurück unter den Tisch.

»Aber die Impulsfrequenz von Tristans Neuronenfluss könnte Aufschluss geben, was genau bei seiner Verwandlung vorgefallen ist«, wandte Neufeld eifrig ein. »Tristan, soll ich nicht doch …?«

Jetzt erwachte das neue Familienmitglied aus seiner Schockstarre. »Nur über meine Leiche!« Tristans Ton ließ keinen Widerspruch zu. »Dieser abscheuliche Blutdrücker hat mir gereicht!«

Nach dem Frühstück zeigte Isolde Tristan das restliche Haus. Zuerst das Erdgeschoss mit dem ziemlich chaotischen Wohnzimmer. Hier hatte Beatrix Neufeld sämtlichen Buddha-Figuren und Heilsteinen, die sie in ihrem Laden nicht losgeworden war, eine neue Heimat geschenkt.

Fasziniert blieb Tristan vor der alten Kommode mit den Familienfotos stehen. »Wer hat diese Porträts gemalt? Bei meiner Ehre, dieser Maler verfügt wahrlich über Zauberkräfte! Ihr seht ja wirklich ganz genauso aus wie in echt.«

»Na ja, in echt lache ich nicht so künstlich«, meinte Isolde kritisch. »Das ist übrigens keine Malerei, das ist ein Foto. Die beste Erfindung aller Zeiten. Warte, ich hol schnell meine Kamera.« Sie lief in den Flur und kehrte mit ihrer Digitalkamera zurück.

»Der schwarze Feuerstein«, murmelte Tristan.

»Wie bitte? Nein, das ist kein Feuerstein. Das ist ein Fotoapparat. Sag ›Cheese‹!«

Tristan blickte todernst in die Kamera. »Hä?«

»Lach einfach«, erklärte Isolde ihm.

»Wieso? Hab ich einen Scherz verpasst?«

»Nein.« Isolde gab es auf und drückte den Auslöser. »Hier, schau! Das bist du, da auf dem kleinen Bildschirm.« Sie winkte Tristan zu sich.

»Donner und Doria!«, entfuhr es ihm, als er sein todernstes Gesicht auf dem Display entdeckte. »Ich stehe doch hier. Wie kann ich dann gleichzeitig da drin in diesem Kasten sein?«

»Der kleine Tristan im Fotoapparat ist natürlich kein Mensch aus Fleisch und Blut«, beruhigte Isolde ihn. »Du musst dir das ungefähr so vorstellen: Du spiegelst das Licht wider und meine Kamera fängt dieses Licht ein und macht ein Bild daraus.«

»Donner und Doria!«, entfuhr es Tristan ein zweites Mal.

Isolde grinste. »Ich find's auch geil. Übrigens, wenn du das Bild haben möchtest, kann ich es dir später am Computer ausdrucken.«

Aber Tristan hörte ihr gar nicht richtig zu. Er nahm eins der gerahmten Fotos von der Kommode. Es zeigte Beatrix Neufeld im Hof von Burg Adlerstein, die Arme weit ausgebreitet, als sei sie die Burgherrin höchstpersönlich. Sie trug ein altmodisches Kleid, das sie auf einem Mittelaltermarkt erstanden hatte, und einen Blumenkranz im Haar.

»Ganz erstaunlich«, murmelte Tristan. »Wie eine vornehme Edeldame, die –«

Isolde hatte keine Lust, über ihre Mutter zu reden, und unterbrach ihn. »Möchtest du jetzt mein Zimmer sehen?«

»Ja, gerne«, antwortete Tristan.

Als sie die Treppe hochgingen, ertönte plötzlich ein lautes Brummen. Oben im Flur begann Johannes Neufeld gerade den Teppich zu bearbeiten. Isolde wollte sich an ihm vorbeidrücken, als Tristan sie plötzlich zur Seite stieß.

»Nicht verzagen, Magister Neufeld. Ich werd die Höllenbestie schon erschlagen!« Mit diesen Worten schmiss Tristan sich auf den fauchenden Staubsauger.

Isolde brauchte ein paar Sekunden, bis sie den Zusammenhang begriffen hatte. »Papa, mach sofort das blöde Ding aus! Du erschreckst Tristan damit total.« Weil ihr Vater nicht gleich reagierte, zog sie kurzerhand den Stecker.

»Darf ich vorstellen? Ein Staubsauger«, erklärte Isolde Tristan in der nachfolgenden Stille.

Und Johannes Neufeld fügte hinzu: »Der erzeugt einen Luftstrom und saugt damit die Staubwolken ein. Damit kann man schneller und gründlicher sauber machen als mit einem Besen.«

Tristan sah sich ratlos um. »Sauber machen? Wieso denn, Magister Neufeld? Hier ist doch gar kein Ofenruß, kein Hühnermist …«

Isoldes Vater musste lachen. »Stimmt. Wir sind in unserer Zeit viel zu pingelig. Dann packe ich das Ding mal weg und forsche ein bisschen weiter. Ich habe da nämlich eine Theorie. Wahrscheinlich bist du exakt zum Ende der Geisterstunde in den Plasmaball geraten. Just als sich deine Körpermaterie wieder auflösen wollte – was die Eindämmungsfelder dann verhindert haben, wodurch sie aber so überlastet wurden, dass …«

Isolde bedachte ihn mit eisigem Blick.

»Okay, okay«, gab Neufeld klein bei. »Ich hab schon verstanden.« Er klemmte sich den Staubsauger unter den Arm und dampfte ab.

Isolde führte Tristan in ihr Zimmer, das sie selbst eingerichtet hatte. Besonders stolz war sie auf die Hängematte, die sie von einer Wand zur anderen gespannt hatte.

Tristan steuerte sofort darauf zu und ließ sich ächzend hineinplumpsen.

»Ganz schön viel auf einmal, was?« Isolde betrachtete ihn mitfühlend.

»Wohl wahr«, antwortete Tristan matt.

Sie konnte ihn gut verstehen. Wenn man sie plötzlich ins Mittelalter gebeamt hätte, wäre sie garantiert auch überfordert. »Am besten, wir chillen erst mal ... äh, ich meine, wir entspannen. Ich mach uns ein bisschen Musik an.« Sie stellte ihr Handy in die Docking-Station. Dann wählte sie ihre Lieblings-Playlist aus, setzte sich an den Schreibtisch und legte die Beine hoch.

Kaum fing der erste, gefühlvolle Popsong an, schreckte Tristan auf und fiel dabei beinahe aus der Hängematte. »Warum hast du mir nicht gesagt, dass wir nicht alleine sind? Wo sind die Spielmänner? Hinter dem Vorhang?«

»Welche Spielmänner?«, fragte Isolde verdutzt.

Tristan sah sich hektisch im Zimmer um. »Na, die Fiedler und Flötenspieler! Und ein Minnesänger scheint auch dabei zu sein. Es geht doch um Liebe in dem Lied?«

»Ja, schon, aber hier ist niemand außer uns«, sagte Isolde. »Die Musik kommt aus meinem Handy. Sie wurde zu einem früheren Zeitpunkt gespielt, aufgenommen und gespeichert, damit man sie jederzeit abspielen kann.«

Das Fragezeichen in Tristans Gesicht wurde immer größer. Und Isolde begriff, vor welcher Mammutaufgabe sie stand. Wie sollte sie Tristan das alles bloß erklären? Dafür würde sie Stunden brauchen!

Sie beschloss die Sache abzukürzen. »Sieh mal, aus dem Teil hier kommt die Musik. Es heißt Handy und ist superleicht zu bedienen.«

Tristan zuckte zurück. »Bleib mir fern mit dem magischen Ziegelstein! Sonst denkt der womöglich, ich bin eine Staubwolke, und saugt mich ein.«

Isolde prustete los. Die Vorstellung war zu komisch. »Ich verspreche dir, dass mein Handy dich nicht einsaugen wird. Das ist aber so ziemlich das Einzige, was es nicht kann. Du kannst damit telefonieren, also mit Menschen sprechen, die ganz woanders wohnen. Du kannst Musik hören, Fotos und Spiele machen und kleine Briefe und Filme verschicken. Und das Handy weiß alles, es ist wie ein superschlaues Buch. Du bist doch ein Knappe, oder?«

Tristan nickte.

»Dann fragen wir einfach mal mein Handy, was es über Knappen weiß.«

Die freundliche Frauenstimme des Spracherkennungsprogramms antwortete sofort: »Knappen gab es im Mittelalter. Mit etwa 14 Jahren wurden sie zu Rittern ausgebildet und dienten ihrem Lehnsherren. Dabei lernten sie kämpfen, jagen, reiten und den Umgang mit Hunden, Pferden und Falken.«

»Das stimmt!«, rief Tristan verblüfft. »Wer hat dem Ziegelstein das gesagt? Und warum kann er überhaupt sprechen?«

»Also, das ist so ...«, fing Isolde an, doch als sie Tristans große müde Augen sah, steckte sie das Handy schnell wieder ein. »Tut mir leid. Das war wohl schon wieder zu viel auf einmal. Lass uns einfach das Wochenende genießen. Heute und morgen ist keine Schule. Wir haben also noch genug Zeit, um zu quatschen. Und du kannst dich in aller Ruhe an deine neue Umgebung gewöhnen.«

»Das werde ich wohl nie«, sagte Tristan mutlos und ließ die Hängematte ausschaukeln.

Das Wochenende wurde eine echte Herausforderung. Vor allem für Tristan, der sich ständig neuen »magischen« Dingen gegenübersah, die ihn verwirrten oder verstörten. Aber auch für Isolde, denn sie redete sich den Mund fusselig, um Tristan alles zu erklären.

Die Welt des 21. Jahrhunderts war echt ganz schön kompliziert!

Noch komplizierter wurde es, als Beatrix Neufeld sich einmischte und von Tristan wissen wollte, wie es als Geist so gewesen war. Hatte er bei aller Traurigkeit wenigstens das Herumschweben genossen? Sich mit anderen Geistern unterhalten? Und konnte er durch Mauern gehen?

»Ja, schon«, antwortete Tristan zögernd. »Dennoch war's eher wie ein endloser, quälender Traum.«

Das brachte Frau Neufeld sofort auf tausend weitere Fragen, die Tristan irgendwann nur noch mit knappem Ja oder Nein beantwortete. Als sie schließlich von irgendeinem famosen Mittelaltermarkt schwadronierte, der demnächst in der Stadt stattfinden sollte und der ihn doch brennend interessieren müsste, schaltete er endgültig auf Durchzug.

Abends sahen sich Isolde und Tristan Filme aus der Neufeld'schen DVD-Sammlung an. Tristan mochte vor allem die Actionfilme, auch wenn ihm vieles daran unerklärlich blieb.

Johannes Neufeld tauchte nur zu den Mahlzeiten auf. »Ich glaube, ich komme meiner Theorie langsam auf die Spur«, verkündete er schließlich am Sonntag beim Abendessen. »Ich bastele da gerade an einer großen Sache!«

Betretene Blicke am Esstisch. Das klang gar nicht gut.

»Apropos«, fuhr Neufeld arglos fort. »Habt ihr irgendwo meinen Molekularleim gesehen? Ich fürchte fast, ich hab die letzte Tube verloren.«

»Molekularleim?«, fragte Tristan, jetzt doch interessiert.

»Ja, selbst gemixter Superkleber.« Neufeld hielt stolz eine platte rote Tube in die Höhe.

»Ah, der Zauberleim!« Tristan strahlte. »Der hat seinen Zweck wahrlich erfüllt.«

Am Montag konnten sie keine Filme schauen und Theorien erforschen. Isolde musste zur Schule. Und für ihren Vater und Tristan gab es auch Pläne – zumindest sah das Frau Neufeld so.

»Du musst doch heute nicht zur Uni, Liebling«, sagte sie beim Frühstück. »Und Tristan braucht dringend neue Kleidung. Gehst du bitte mit ihm einkaufen? Danach könntest du ihn noch zum Friseur bringen und an Isoldes Schule anmelden. Dann kann er im Herbst gleich dort anfangen.«

»Hm ... ja, stimmt«, murmelte Johannes Neufeld.

Tristan schaute von seinem Teller hoch, rülpste und bemerkte: »Bitte keine Umstände. Ihr müsst keinen Schneider ins Haus kommen lassen. Die Strumpfhosen haben schon so manchen Kampf überstanden, die halten noch eine gute Weile durch. Und meine Lederschuhe sind auch wieder trocken.«

Beatrix Neufeld strich Tristan über die verfilzten, schulterlangen Haare. »Glaub uns, Tristi, du brauchst neue Kleider und einen Haarschnitt.«

Während die Männer also zum Einkaufen gingen, verbrachte Isolde einen langweiligen Tag in der Schule. Immerhin waren bald Sommerferien. Und außerdem durfte sie ein Gruppenfoto ihrer Klasse machen, worüber sie sich riesig freute.

Noch mehr Spaß hatte Isolde, als Dödel und seine Kumpels mit kahl geschorenen Köpfen in der Schule auftauchten – ganz offensichtlich eine Folge ihres Molekularleim-Desasters.

Nach der Schule war dann Schluss mit lustig. Als Isolde den Hof überquerte, auf dem ein paar Fünftklässler Fußball spielten, passte Dödel sie mit seinen Freunden ab.

»Jetzt bist du fällig, Giraffe. Her mit der Kamera!«, zischte er hämisch.

*Her mit dem Fußball!*, dachte Isolde, schnappte sich kurzerhand das runde Leder und schoss es mitten in Dödels Clique hinein. Wie geplant stürzten die kleinen Kicker hinterher und Isolde konnte in dem Durcheinander entwischen.

So schaffte sie es ungeschoren und rechtzeitig zur Haltestelle. Jeden Augenblick musste ihr Bus hier ankommen. Aber natürlich hatte er ausgerechnet heute Verspätung! Während Isolde wie auf glühenden Kohlen saß und wartete, rollte die Dödel-Lawine unaufhaltsam näher.

WAS JETZT?

Bevor sie sich etwas ausdenken konnte, bog der Bus zum Glück doch noch um die Ecke. Das Zischen der sich öffnenden Türen vermischte sich mit einem unverkennbaren Keuchen und Schnaufen. Dödel und Co. waren dicht hinter ihr!

Isolde stieg schnell ein und starrte in das Gesicht des unfreundlichsten Busfahrers der Stadt. Gerettet! Lächelnd setzte sie sich in die erste Reihe, gleich unter das Schild: *Nicht mit dem Fahrer sprechen!*

Und der Fahrer machte seinem Ruf alle Ehre: Als Dödel und Co. sich in letzter Sekunde durch die hintere Tür quetschten, blaffte er sie sofort an: »Einen Mucks, und ich schmeiße euch hochkant raus.«

Brav trollte sich die Clique auf die Rückbank und Isolde blieben fünfzehn Minuten Zeit, um sich Plan B für die Ankunft zu überlegen: *Ruck, zuck raus und ab durch die Mitte!*

Der Bus hielt, Isolde sprang auf den Gehsteig, legte die Strecke bis nach Hause in einer neuen Bestzeit zurück und riss die Tür zu *Beatrix' Wunderwelten* auf.

DINGEL-DENGEL-DIENG!, machte das Windspiel. Der nervige Dreiklang vermischte sich mit einer leisen, altertümlichen Melodie.

Ein Junge mit hellen kurzen Haaren, Jeans und T-Shirt stand neben dem Rosenquarzbrunnen. Ganz in sich versunken spielte er auf einer Fiedel aus der Vitrine. Beatrix Neufeld und zwei Kundinnen hörten ihm verzaubert zu, eingehüllt in zarte Nebelschwaden.

Isolde rieb sich die Augen. Beinahe hätte sie Tristan nicht erkannt. Der Vorher-Nachher-Effekt war dramatisch.

DINGEL-DENGEL-DIENG!

Auftritt Hermann Dodinger mit Anhang. Ungläubig blieben die vier im Eingang stehen und glotzten Tristan an. Bei ihnen dauerte es ungefähr zehn Sekunden länger, bis der Groschen fiel. Gerade so lange, bis Tristan sein Musikstück zu Ende gebracht hatte, feierlich den Bogen sinken ließ und aufblickte.

»BÖÖRP!«, haute Dödel erst einmal einen Rülpser raus, der Isoldes Mutter und die zwei anderen Frauen zusammenfahren ließ. Mit einem bescheuerten »Tschuldikowski«, schlug er sich theatralisch die Hand vor den Mund.

Beatrix Neufeld fragte kühl, aber höflich: »Sucht ihr was Bestimmtes?«

Dödel beachtete sie nicht, sondern wandte sich an Tristan. »Der Freak von der Burg! Was ist denn mit deinen Ritterklamotten passiert? Hast du keine Lust mehr auf Rollenspiele?«

Dann fixierte er Isolde und die Kamera, die an ihrer Schulter baumelte, zum Greifen nah und doch unerreichbar wegen all der Zeugen. Da er in der Sache nichts ausrichten konnte, musste etwas anderes passieren. »Ich brauche ein Geburtstagsgeschenk für meinen Hamster. Vielleicht finden wir ja in dem Krempel was.«

Während Dödel an der Tür Posten bezog, verstreuten sich seine Begleiter auf Kommando im Laden und benahmen sich nach Kräften daneben. Wie zufällig streiften sie die Regale und fegten dabei die ein oder andere Glasschale und Vase herunter.

KLIRR! »Ups! Tut mir leid!«

SCHEPPER! »Ach herrje, sorry!«

Isolde, der es kurz die Sprache verschlagen hatte, holte tief Luft und wollte sich wütend auf Dödel stürzen. Doch Tristan hielt sie zurück.

»Ich mach das schon«, sagte er ruhig.

Blitzschnell huschte sein Blick durch den Laden. Streifte Beatrix Neufelds Zen-Bogen. Den dazugehörigen Pfeilköcher, bestickt mit ihrem Namen und dem Spruch *In der Ruhe liegt die Kraft*. Und blieb auf dem Klangspiel haften ... unter dem Dödel stand. *Primos!*

Im nächsten Moment hatte Tristan den Bogen gepackt und einen Pfeil auf die Sehne gelegt. »Aufhören. SOFORT!«, sagte er.

Etwas an seiner Stimme ließ Kevin, Linus und Pascal innehalten. Nur Dödel schien unempfänglich für das drohende Unheil.

»Ach! Und was sonst?«, griente er. »Piekst du mich etwa mit deinem Flitzebogen?«

»Dich nicht«, sagte Tristan nur, spannte den Bogen und ließ los.

Der Pfeil schoss in Richtung Hermann, durchschlug einen halben Meter über seinem kahlen Schädel die Kordel des Klangspiels und blieb sirrend im Deckenbalken stecken. Der Metallring samt Gebimmel sauste senkrecht auf Dödels Kopf herunter, passierte sauber die Segelohren und legte sich akkurat um seinen Nacken.

Entgeistert starrten alle erst auf Tristan, dann auf Dödel.

Der versuchte hektisch sich von dem Halsschmuck zu befreien, was jedoch nicht gelang, weil das Windspiel ständig an seinen Ohren hängen blieb.

DINGEL-DENGEL-DIENG! DINGEL-DENGEL-DIENG!

Isolde hielt Dödel höflich die Tür auf. »Sieht gut aus, Hermann. Viel Spaß mit der Kette und auf Wiedersehen.«

Dödel starrte sie einen Moment lang sprachlos an, dann streckte er die Hand aus und riss ihr die Kamera von der Schulter. Bevor Isolde wusste, wie ihr geschah, war er auch schon hinausgestürmt, dicht gefolgt von seiner Truppe. Beatrix Neufeld schloss mit Nachdruck die Tür.

»Tristan, so geht das aber wirklich nicht«, sagte sie streng, doch um ihre Mundwinkel zuckte ein Lächeln. »Wenn nun was passiert wäre?! Du kannst doch nicht auf Menschen schießen!«

»Hab ich auch nicht«, erwiderte Tristan. »Ich hab auf die Kordel gezielt. Keine Bange, aus *der* Entfernung hätte ich die sogar mit verbundenen Augen getroffen.«

Darauf wusste selbst Beatrix Neufeld nichts mehr zu sagen. Dafür aber eine ihrer Kundinnen.

»Was du alles kannst!«, rief sie und betrachtete Tristan mit unverhohlener Neugier. »Bogenschießen, auf antiken Instrumenten spielen ... Wo hast du das nur gelernt?«

»Äh ... ich hatte gute Lehrer«, sagte Tristan verlegen und wandte sich an Frau Neufeld. »Vielen Dank, dass ich auf der wertvollen Fiedel spielen durfte.«

»Jederzeit, Tristi«, versicherte Isoldes Mutter. »Ich werde das Instrument bestimmt nicht verkaufen, versprochen.«

»Aber das Aura-Schutzspray verkaufen Sie schon noch?«, meldete sich die andere Kundin leicht beunruhigt zu Wort.

»*Natürlich*«, antwortete Beatrix Neufeld. »Ich muss es nur aus dem Lager holen. Ich sause, ich sause!«

Isolde nutzte die Gelegenheit, um Tristan mit nach draußen zu ziehen. Aber Dödel und Co. waren natürlich längst über alle Berge.

»Hast du das Gesicht von Schweinebacke gesehen?«, gluckste Tristan vergnügt.

Isolde seufzte nur. »Komm. Setzen wir uns auf die Bank vor dem Haus.«

Auf ihrem Lieblingsplatz bei den Sonnenblumen erklärte sie Tristan, dass der Sieg über Dödel in Wirklichkeit eine Katastrophe war, weil sie so doof gewesen war, sich die Kamera entreißen zu lassen.

Tristan widersprach ihr entschieden. »*Ich* bin hier der Esel! Ich hätte den Schurken bei seinem Abgang nicht aus den Augen lassen dürfen.«

Er ballte die Fäuste. Die kurzen Ärmel des T-Shirts legten beeindruckende Oberarm-Muskeln frei – und weiße Haut, die anscheinend noch nie mit der Sonne in Berührung gekommen war.

Isolde pfiff durch die Zähne. »Du siehst übrigens echt cool aus in deinen neuen Sachen.«

»Was soll das heißen: cool?«, gab Tristan zurück. Stöhnend kratzte er sich am Kopf. »Diese Haar-Frau hat mir den Kopf mit übel riechendem Zeug gewaschen. Jetzt juckt es und ich stinke wie ihr. Ich mag diese magischen Nebel nicht. Ich mag meine Kleider nicht. Ich möchte wieder nach Hause!«

Betroffen sah Isolde ihn an. »Hey, das wird schon. Papa lässt sich was einfallen. Und so schlimm ist unsere Zeit doch auch nicht, oder?«

»Und ob!«, widersprach Tristan. »Du weißt nicht, wie das ist.

Dagegen kommt mir so manches Gemetzel, das ich erlebt habe, harmlos vor.«

Isolde nickte verlegen. Bisher hatte sie gedacht, dass all die neuen Erfahrungen dem lustigen, kernigen Ritter nichts anhaben konnten. Dass er sie einfach wegschnippte wie eine lästige Fliege. Aber da hatte sie sich anscheinend gründlich getäuscht.

»Du hast recht«, sagte sie schließlich leise. »Ich weiß nicht, wie sich das anfühlt, was du gerade durchmachst.«

Tristan schwieg.

»Ich weiß nur, dass Heimweh verdammt wehtun kann«, setzte Isolde erneut an. »Als ich mit neun eine Woche im Schullandheim war, hab ich meine Eltern wahnsinnig vermisst.«

Tristan schwieg weiter.

Da versuchte Isolde es ein drittes Mal. »Du hast mir noch gar nichts von deiner Familie erzählt. Was ist eigentlich mit deinen Eltern?«

»Meine Eltern?«, wiederholte Tristan tonlos. »Ich kann mich nur ganz verschwommen an ihre Gesichter erinnern. Das letzte Mal hab ich sie gesehen, als ich sieben Jahre alt war. Da haben sie mich zur Ritterausbildung zu Onkel Max geschickt. Einen Monat lang war ich unterwegs.«

Plötzlich kam Isoldes Katze um die Ecke. Zielstrebig steuerte sie die offene Haustür an, auf dem Weg zu ihrem Fressnapf. Doch dann erfassten ihre Bernsteinaugen Tristan. Mit einer eleganten Bewegung machte sie eine Kehrtwendung, lief zur Bank und sprang mit einem Satz auf seinen Schoß. Dort rollte sie sich schnurrend zusammen.

»Hoppla!«, entfuhr es ihm. »Wer bist du denn?« Vorsichtig begann er das Tier zu streicheln.

»Das ist Sphinx«, sagte Isolde. Sie konnte es kaum glauben.

Ihre Katze war noch nie einem fremden Menschen auf den Schoß gesprungen! Geschweige denn, dass sie sich einfach so streicheln ließ.

Während Tristan die Katze kraulte, fing er leise an zu reden: »Meine Familie, das ist vor allem mein Onkel. Er ist der mutigste und gütigste Mensch, den ich kenne. Seine Tochter, meine Cousine Nalia, ist genauso furchtlos wie er und sie weiß alles über Heilkräuter. Ich würde mein Leben für die beiden geben. Als Onkel Max bei einer Jagdpartie von einem Wildschwein angegriffen wurde, hab ich seinen Schild genommen und mich gegen den Keiler geworfen. Mein Onkel hat mich dafür vorzeitig zum Knappen und zu seinem persönlichen Schildträger befördert.«

Isolde staunte. »Das klingt unglaublich mutig. Super, dass du dafür so eine tolle Belohnung bekommen hast.«

Tristan wandte den Kopf. Seine grünen Augen wurden auf einmal ganz dunkel. Ein Kummer, so tief wie ein Brunnen, lag darin. »Die Belohnung habe ich nicht verdient.«

Er stand so schnell auf, dass Sphinx mit einem empörten »Miau!« zu Boden sprang. Hals über Kopf rannte Tristan ins Haus.

# 6

## EIN SAGENHAFTER FUND

Am ersten Tag der Sommerferien stürzte Tristan sich heldenmutig ins nächste Abenteuer.

»Bist du so weit? Ich lasse jetzt gleich wieder los«, verkündete Isolde. Als er entschlossen nickte, rief sie laut: »Auf die Plätze, fertig, los!«

Tristan legte die Hände fest um das Geweih des Hirschen und trat kräftig in die beiden Fußhebel. Bloß nicht zu langsam, das hatte er bereits gelernt.

Der Hirsch machte einen Satz nach vorne, weg von der Neufeld'schen Garage, und wackelte hektisch mit dem Metallgeweih. Bei den vorherigen vier Versuchen hatte dies dazu geführt, dass Tristan sein Gleichgewicht verlor und unschön abgeworfen wurde. Er schien einen ausgewachsenen Dickkopf zu haben, dieser Hirsch.

Tristan packte das Geweih und brachte ihm mit liebevoller Strenge bei, stillzuhalten. Sehr schön, es klappte. Sobald der Hirsch sich vorne beruhigt hatte, schwenkte auch sein Hinterteil nicht mehr so unkontrolliert aus. Seine rollenden Glieder kamen in Schwung. Gleichmäßig surrend drehten sich die beiden Räder und trugen Tristan davon.

Nun konnte er eigentlich auch mal einen Richtungswechsel ausprobieren. Tristan drehte das Geweih sachte nach rechts, umrundete die Garage, machte einen geschmeidigen Bogen um den Laden von Beatrix Neufeld, kehrte zurück und blieb mit seinem Hirschen einen Fußbreit vor Isolde stehen.

»Das glaub ich jetzt nicht!« Isolde klatschte begeistert in die Hände. »Du hast in einer halben Stunde Radfahren gelernt. Weißt du, wie lange ich dafür gebraucht habe? Zwei Wochen!«

Tristan winkte bescheiden ab. »Das war wirklich nicht besonders schwer. Die Pferde meines Onkels sind viel wilder als dieser komische Hirsch hier. Und der Sattel ist ausgezeichnet: nicht zu hart und nicht zu weich.«

»Trotzdem«, sagte Isolde und musste grinsen. »Du bist echt ein Naturtalent. Aber tu mir einen Gefallen: Nenn das Ding besser Fahrrad und das Geweih Lenker, sonst wundern sich noch alle. Ach übrigens: Hast du Lust auf eine Tour zur Burg? Wir könnten unterwegs einen Abstecher zu Dödel machen und meine Kamera zurückholen. Er wohnt in der Nähe von Adlerstein.«

Erfreut stimmte Tristan dem Vorschlag zu. Isolde verstaute eine Ersatzkamera, die sie sich von ihrer Mutter ausgeliehen hatte, in der Umhängetasche. Danach rollten sie und Tristan Lenker an Lenker die Straße entlang. Die Sonne schien von einem blitzblanken Himmel, die Vögel zwitscherten und der Wind kühlte ihre Gesichter. Zum ersten Mal, seit er wieder ein Mensch aus Fleisch und Blut geworden war, fühlte Tristan sich leicht und beschwingt. Das Leben konnte so schön sein!

Apropos schön: Die beiden Mädchen, die da vor ihnen am Weg entlangschlenderten, waren es ganz gewiss. Tristan verlangsamte die Fahrt und Isolde betätigte ihre Fahrradklingel. »Hallo, ihr zwei!«

Die Mädchen drehten sich um. Sie waren auch von vorne ausnehmend hübsch, wie Tristan feststellte.

»Das sind meine Freundinnen Emmi und Lena«, sagte Isolde, bevor sie auf Tristan zeigte. »Und das ist Tristan, mein Cousin aus der Schweiz, von dem ich euch erzählt habe.«

»Hi, Tristan«, flötete Emmi.

»Hi, Tristan«, säuselte Lena.

Mit keckem Blick strahlten sie ihn an.

Tristan stand da. Rot wie eine Tomate, stumm wie ein Pfosten. Isoldes diskreter Seitenstupser riss ihn aus der Starre. *Glotz nicht, Esel! Sag was! IRGENDWAS!!!*

»Hi, Tristan!«, platzte es aus ihm heraus. Der Name war kaum über die Lippen, da hätte er sich schon ohrfeigen können.

Emmi und Lena kicherten und Tristan wurde noch röter.

»Okay, wir müssen los, ich ruf euch an«, leitete Isolde zu seiner Rettung den Abgang ein und bedeutete Tristan, dass er weiterfahren sollte.

Erleichtert trat er in die Pedale, während sein Gesicht langsam wieder abkühlte. Das Gekicher von Isoldes Freundinnen folgte ihnen noch, als sie längst um die Ecke gebogen waren.

Auch Isolde gluckste vor sich hin. »Mensch, Tristan, was war das denn? Na ja. Keine Panik. Ich glaube, Emmi und Lena fanden dich trotzdem nett. Aber das nächste Mal –« Sie brach mitten im Satz ab, brüllte »Stopp!« und hielt mit quietschenden Bremsen an. »Die Ampel ist rot!«

WOOOSCH! Gerade noch rechtzeitig riss Tristan sein Rad herum. Laut hupend raste ein Auto an ihm vorbei.

Isolde war blass geworden. »Mensch, pass auf, sonst kommst du noch unter die Räder!«

Tristan schüttelte den Schreck aus seinen Gliedern und nickte.

Er würde auf jeden Fall besser aufpassen. Das fehlte noch, dass ihn ein Auto plattmachte und er keine Gelegenheit mehr bekam, die hübschen Mädchen wiederzusehen.

Nach diesem Zwischenfall war Tristan genau in der richtigen Stimmung, um sich Dödel vorzuknöpfen. Kurze Zeit später hatten sie ihr Ziel auch schon erreicht: das letzte Haus in einer ruhigen Seitenstraße.

Isolde zeigte auf die Fenster. »So ein Mist! Die Rollos sind alle zu. Sieht ganz so aus, als ob Dödel mit seinen Eltern verreist ist.«

»Und deine Kamera hat er einfach mitgenommen?«, rief Tristan entrüstet.

»Ich fürchte schon.« Isolde seufzte. »Aber vielleicht sind sie ja bald zurück. Würde mich sehr wundern, wenn seine Eltern mehr als ein paar Tage Urlaub mit ihm aushalten.«

Enttäuscht fuhren sie weiter. Doch als sie auf eine Allee kamen, die von alten Buchen gesäumt wurde und über sanfte, grüne Hügel in den Wald hineinführte, atmete Tristan wieder auf. Die frische Luft tat ihm gut und auf dem breiten Weg kamen sie flott voran. Später ging es dann langsam bergauf, bis sie die Bäume hinter sich ließen und eine Anhöhe erreichten.

»Von hier hat man einen tollen Blick auf …«

»… Burg Adlerstein!«, beendete Tristan Isoldes Satz staunend.

Zum ersten Mal seit Jahrhunderten erblickte er die Burgruine am helllichten Tag. Zum ersten Mal seit langer Zeit war der Anblick nicht mit dem Gefühl von Bedrohung verbunden, die hinter jedem Mauervorsprung lauern konnte.

Bei Sonnenschein wirkte Burg Adlerstein friedlich: eingebettet in sattes Grün, die verwitterten Zinnen von lieblichen Heckenrosen bekränzt. Gleichzeitig machte es Tristan traurig, dass die einst so stolze Burg nur noch ein Schatten ihrer selbst war.

»Burg Adlerstein, wir kommen!«, rief Isolde übermütig und sauste los. In wilder Fahrt schossen sie den Hügel hinab und mit dem gewonnenen Schwung rasch die letzte Anhöhe zur Burg hinauf.

Tristan ließ sein Rad neben dem Südtor ins hohe Gras fallen und lief durch den Burghof, ohne auf Isolde zu warten. Er wollte den Ort sehen, an dem er nach seiner Ohnmacht aufgewacht war. Kurz darauf stand er an der Stelle, wo der Hang aus Geröll und dunkler Erde in die Tiefe führte.

Isolde, die jetzt neben ihn trat, schnappte überrascht nach Luft. »Das ... das ist ja ein uraltes Kellergewölbe!« Anscheinend war ihr das Loch in der Vollmondnacht gar nicht aufgefallen. Aber sie war ja auch mit Dödel und seiner Bande beschäftigt gewesen. »Sieh dir nur diese fetten Steinsäulen an und das viele Moos! Das Gewölbe muss ewig verschüttet gewesen sein. Hat hier etwa der Blitz eingeschlagen?«

Tristan antwortete nicht. Er dachte daran, wie er dort unten gelegen hatte, ganz zerschunden und verwirrt. Nie wieder wollte er sich so fühlen.

Ein lautes Stöhnen riss ihn aus seinen Gedanken.

Er blickte zu Isolde, die das Gesicht verzog. »Jede Wette: Für *das* hier ist das Experiment meines Vaters verantwortlich! Ein Gewitterblitz hätte bestimmt keine so riesige Grube in den Burghof gesprengt. Apropos Blitz.« Sie holte die Kamera ihrer Mutter hervor.

Der grelle Kamerablitz erhellte in kurzen Abständen die finsteren Schatten des Gewölbes. Tristan sah unzählige Risse, die das uralte Mauerwerk durchzogen. Der Sockel an der vordersten Säule war besonders stark ramponiert, sie konnte jeden Augenblick einstürzen und alles unter sich begraben. Sie hätte *ihn* unter sich begraben können. Tristan fröstelte. Er hatte verdammt viel Glück gehabt.

»Holla, die Waldfee!«, entfuhr es Isolde. Ungläubig starrte sie auf das Kameradisplay.

»Was ist?«, fragte Tristan neugierig.

Isolde hielt ihm den Fotoapparat hin. »Siehst du das ausgebrochene Loch? Hier oben an der vordersten Säule? Mit bloßem Auge erkennt man es nicht, weil es in einem dunklen Winkel liegt, aber mein Blitz hat die Stelle super ausgeleuchtet.«

Tristan kniff die Augen zusammen. »Du meinst, was da an der Abbruchkante zwischen Säule und Decke so glitzert? Das ist doch nur ein nasser Stein.«

»Garantiert nicht«, widersprach Isolde. »Das ist irgendwas aus Glas.« Sie bewegte sich in Richtung Abgrund.

Tristan griff nach ihrer Schulter. »Das ist viel zu gefährlich, die Säule könnte jederzeit zerbröseln!«, warnte er. »Und wer weiß, wie lange die Gewölbedecke noch standhält.«

Isolde schüttelte seine Hand ab. »Ich kann gut klettern, keine Sorge.«

*Na primos*, dachte Tristan. Warum mussten Mädchen manchmal so störrisch sein? Fluchend folgte er Isolde, die sich einfach auf den Hosenboden setzte und den steilen Abhang hinunterrutschte. Unten angekommen kraxelte sie kurzerhand auf einen kleinen Geröllhaufen am Fuß der Säule, um nach dem Ding aus Glas zu greifen.

Nachdem sie sich ein paarmal vergeblich gereckt und gestreckt hatte, drehte sie sich zu Tristan um. »Kannst du eine Räuberleiter machen?« Sie zeigte auf seine Hände.

Tristan kannte den Ausdruck zwar nicht, aber die Sache war naheliegend. Er verschränkte die Finger fest ineinander, damit Isolde hineinsteigen konnte. Dann hievte er sie langsam nach oben. Sie war zum Glück sehr leicht.

Isolde ächzte. »Ich komm nicht dran. Du musst einen Schritt nach rechts machen!«

Auf Tristans Stirn traten Schweißperlen. Jeder Moment hier unten war einer zu viel. Warum hatte er sich bloß auf diese verrückte Sache eingelassen?

Plötzlich gab die Gewölbedecke ein leises Ächzen von sich. Erde und kleine Steine rieselten herunter. Im selben Moment ließ Isolde einen Jubelschrei erklingen.

Flink wie ein Wiesel sprang sie zu Boden und hielt Tristan voller Stolz eine verdreckte Glasflasche hin, von der sich eine aufgeschreckte Spinne hastig abseilte.

Tristan schüttelte den Kopf. »Erst mal weg hier, bevor noch alles zusammenkracht.«

Als sie laut keuchend wieder oben am Hang standen, wurde Tristan dann doch ein bisschen neugierig. »Zeig her, was du da gefunden hast.«

Wortlos überreichte ihm Isolde die Flasche.

Er starrte durch das trübe, grüne Glas und erkannte die Umrisse eines zusammengerollten Pergaments. Ein altes Pergament in einer sehr alten Flasche! Das Gefäß schien genauso wenig in die heutige Welt zu gehören wie er selbst. Es musste aus einer längst vergangenen Zeit stammen!

Tristan befreite es von Staub und Erdklumpen und kratzte auch das hartnäckige Moos ab.

Isolde flüsterte: »Eine Flaschenpost! Was da wohl drin ist?«

Entschlossen zog Tristan am Korken, doch der zerbröselte ihm einfach unter der Hand. Die Flasche musste vor *sehr* langer Zeit verschlossen worden sein! Tristan schüttelte die Korkkrümel ab. Sein Herz pochte vor Aufregung.

Tristan und Isolde sahen sich an. Einerseits konnten sie es gar nicht erwarten, das Pergament aus der Flasche zu holen. Andererseits zögerten sie den Moment hinaus, als ahnten sie, dass danach nichts mehr sein würde wie zuvor.

Auf einmal kam ein Schmetterling angeflogen und ließ sich auf der Flasche nieder. Ruhig blieb er einen Moment lang sitzen, faltete seine roten Flügel auseinander und wieder zu. Auf, zu, auf, zu. Dann flatterte er davon.

Es war wie ein Startzeichen. Isolde übernahm jetzt die Flasche. Geduldig fummelte sie so lange daran herum, bis das Pergament sich herausziehen ließ. Verheißungsvolles Rascheln erklang, als sie es langsam entrollte.

Ein Gewirr aus dunklen Linien überzog das Blatt. Manche liefen nebeneinander her, andere trafen sich an einer Stelle und verzweigten sich. Nein, das waren nicht einfach nur Linien, das mussten Wege oder Pfade sein! Größtenteils verliefen sie unregelmäßig, nur rechts am Rand wurde ihr Lauf geometrisch. Mittendrin prangte ein kunstvoll gemalter Drache. Er hielt etwas fest in seinen Klauen, etwas rot Schimmerndes. Aus seinem Maul spie er eine feurige Sprechblase mit der rätselhaften Botschaft: »Draco cave!«

»Das … das ist keine Flaschenpost.« Isoldes Stimme zitterte.

»Nein«, sagte Tristan wie betäubt. »Ich glaube, das ist eine Karte.«

»Von einem Labyrinth«, ergänzte Isolde.

»In dem ein Schatz versteckt ist«, flüsterte Tristan. Ihm wurde schwindelig.

»Was hält der Drache in seinen Klauen? Eine Truhe mit Gold?«, sprudelte es nach einer kurzen Stille aus Isolde hervor. »Und wo ist die? Hier auf Burg Adlerstein?«

Viel zu viele Fragen auf einmal! Tristan strich vorsichtig über das Pergament, um es nicht zu zerstören. Aber die Ziegen- oder Schafhaut hatte sich weitaus besser gehalten als der Korken.

Er betrachtete die Beute des Drachen genauer. Wie eine Schatztruhe sah sie nicht gerade aus. »Ich glaube, es ist ein Edelstein«, sagte er.

Isoldes Augen glänzten ehrfürchtig. Doch dann deutete sie auf den rechten Rand der Karte. »Das ist ja komisch. Warum ist das Pergament hier so ausgefranst?«

Tristan war auch etwas aufgefallen. »Schau mal! Die Wege an der Stelle gehen eigentlich noch weiter, aber das Pergament ist zu Ende.«

»Heißt das, wir haben nur die Hälfte der Schatzkarte?«

»Scheint so.« Tristan zuckte mit den Schultern. »Bedauerlich, aber kein Grund zur Klage. Der Fund ist trotzdem großartig.«

Isolde sah das genauso. »Was glaubst du, wie alt die Karte ist? Meinst du, sie kommt aus dem Mittelal…«

Der Rest des Satzes ging in lautem Motorengeräusch unter. Durch das Südtor erblickten sie einen Geländewagen, der den Weg zur Burg heraufrumpelte. Wenig später wurde er draußen vor der Burgmauer abgestellt.

Tristan und Isolde sahen sich an.

»Frag nicht wieso«, stieß Tristan hervor. »Aber irgendein komisches Gefühl sagt mir, wir sollten lieber in Deckung gehen.«

Wie auf Kommando sprinteten sie Richtung Nordturm, wo sie sich hinter den brusthohen Mauerresten versteckten. Isolde fädelte die Pergamentrolle zurück in die Flasche und ließ sie in ihrer Umhängetasche verschwinden. Tristan beobachtete unterdessen, wie zwei Männer und eine Frau in den Burghof kamen.

»Endlich haben wir die Burg für uns allein«, sagte einer der Männer, ein Kerl mit braun gebranntem Gesicht unter einer ausgeblichenen Baseballkappe.

Tristan grinste in sich hinein. Da täuschte er sich aber gewaltig.

»War verflixt schwer, die Genehmigung des Landesamts für Denkmalpflege zu bekommen«, sagte die Frau. »Ich bin wochenlang jeden Tag bei denen aufgekreuzt, bis sie die Grabung erlaubt haben.«

Der andere Mann, ein blonder Hüne mit abgewetzter Lederjacke, lachte. »Bei dir schöpft eben keiner Verdacht, Susanne. Du siehst so nett und vertrauenswürdig aus.«

Die Frau verschränkte die Arme vor der Brust. »Na hör mal, Frank: Ich *bin* absolut vertrauenswürdig. Schließlich bin ich Archäologin mit Doktortitel und allem Drum und Dran und arbeite hier an der Uni. Außerdem graben wir ganz offiziell nach Kunstgegenständen aus dem Mittelalter.«

»Ich weiß«, feixte Frank. »Und wenn wir das verschüttete Kellergewölbe freigelegt haben, kriegen die Stadt und das Land den Mittelalterkrempel von unserer Buddelei und wir …«

»… reißen uns klammheimlich den sagenumwobenen Rubin von Burg Adlerstein unter den Nagel«, vollendete der andere Mann grinsend den Satz. »Und nur zur Erinnerung: *Ich* hab im Archiv die alte Chronik mit dem Hinweis auf den verschollenen Rubin entdeckt. *Ich* krieg das größte Stück vom Kuchen, damit das mal klar ist!«

Die Frau bedachte ihn mit einem säuerlichen Lächeln. »Keine Bange, Rainer. Der Rubin bringt genug Geld für uns alle. Seit fast

800 Jahren wartet er in den Tiefen der Burg auf uns. Wir werden unfassbar reich sein. Aber erst mal müssen wir rausfinden, an welcher Stelle wir uns am besten zu den Kellergewölben durchgraben. Kommt, wir holen die Radargeräte aus dem Wagen.«

Isolde griff nach Tristans Hand und drückte sie so fest, dass er sich nur mit Mühe einen Schmerzenslaut verkneifen konnte. Aber er wusste genau, was in ihr vorging. Das passte alles formidabel zusammen: ein sagenumwobener Rubin und eine alte Schatzkarte. Egal wie schlau sich diese drei hinterhältigen Schurken auch anstellen mochten, Isolde und er würden immer einen Schritt voraus sein.

Sie besaßen die Schatzkarte.

# 7

## Eingeholt von der Vergangenheit

Die werden mit ihren Geräten gleich alles abgrasen. Ich hab echt keine Lust, diesen komischen Typen zu begegnen.« Vorsichtig streckte Isolde den Kopf vor, um selbst einen Blick zu riskieren. »Hey, kneif mich mal!«, flüsterte sie im nächsten Moment.

»Wieso?«, flüsterte Tristan zurück, ohne etwas derart Unritterliches zu tun. Dann sah er, was Isolde gemeint hatte.

Durch das Südtor radelte jemand, der täuschende Ähnlichkeit mit Hermann Dodinger hatte. Allerdings sprachen drei Tatsachen dagegen: Erstens war Dödel mit seinen Eltern im Urlaub. Zweitens passten er und Fahrrad ungefähr zusammen wie der Knochenspalter und Kamillentee. Und drittens hätte er nach der Plackerei des steilen Anstiegs und bei seiner Leibesfülle schnaufen müssen wie ein altersschwacher Bulle. Aber weit gefehlt: Frisch wie der Morgentau fuhr der Junge in den Burghof, umrundete Susanne in einem eleganten Bogen und hielt lässig an.

Die Archäologin verzog ihr Gesicht, ganz ähnlich wie Isolde. »Hermann!? Was machst du hier – und dann auch noch auf *meinem* E-Bike? Weißt du überhaupt, wie *teuer* so ein Rad ist? Außerdem wolltest du doch zum Badesee.«

Dödel, der es tatsächlich war, nickte selbstgefällig. »Stimmt genau, Tante Susi. Ich fahre zum Badesee und werde schwimmen gehen. Und weil das anstrengend ist, kaufe ich mir zur Belohnung Pommes und vielleicht noch ein Eis, was dort übrigens total *teuer* ist. Und deshalb brauche ich dringend Taschengeld.« Erwartungsvoll hielt er die Hand auf.

»Aber du hast doch was von deinen Eltern bekommen!«

»Ist alle«, brachte Hermann die Sache auf den Punkt.

»Warum hab ich mich nur von meiner Schwester breitschlagen lassen, dich zwei Wochen bei mir aufzunehmen?«, stöhnte Susanne. »Bloß weil sie und mein Schwager sich diesen bescheuerten Tattoo-Workshop auf Mallorca in den Kopf gesetzt haben!«

»Nun gib ihm schon Geld«, drängte Rainer. »Damit er endlich abschwirrt.«

Isolde verdrehte die Augen. Fehler! Mit so was hatte man Dödel erst recht an der Backe.

»Was macht ihr hier eigentlich Spannendes?«, fragte Hermann prompt. Demonstrativ blickte er sich im Burghof um.

Die Archäologen sahen sich unsicher an. Riesenfehler! Jetzt hatte Dödel endgültig Blut geleckt.

»Kann ich euch vielleicht helfen?«, fragte er, entschlossen den Preis hochzutreiben.

»Ist total langweilig«, versicherte Susi hastig.

»Wir schrubben nur mit dem Bodenradar die Oberfläche«, eilte Rainer zur Hilfe.

»Um den besten Zugang zu den Kellergewölben zu finden«, schloss Frank ab. »Kann *Tage* dauern.«

Dödel grinste mit schief gelegtem Kopf. »Was kriege ich, wenn ich verrate, wie man sofort runterkommt?«

Die Archäologen starrten ihn an, als hätte er gerade eine Kröte verschluckt.

»Kommt mal mit«, sagte Dödel und marschierte los.

Mit angehaltenem Atem beobachteten Tristan und Isolde, wie er die Archäologen geradewegs zum Loch im Burghof führte.

Gleich darauf hallten überraschte Rufe zu ihnen her.

»Das gibt's doch nicht!« – Susi.

»Da geht's ja direkt runter ins Burggewölbe!« – Rainer.

»Wir müssen nicht mal mehr graben!« – Frank.

»Seit wann ist das denn da?« Wieder Susi.

»Öhm, keine Ahnung«, antwortete Dödel, kurz aus dem Konzept gebracht. »Bin ... äh ... neulich zufällig drüber gestolpert.«

Tristan und Isolde grinsten. So konnte man es auch ausdrücken.

Tante Susi ließ ihren Neffen stehen und verschwand mit ihren Komplizen in der Tiefe.

»HE!«, rief Dödel und kraxelte unbeholfen hinterher. »Was ist mit meiner Belohnung?«

»Wofür?«, rief Tante Susi zurück. »Das Loch hätten wir sowieso gefunden. Und Extra-Taschengeld gibt's auch nicht. Du kannst dir ja einen Ferienjob besorgen. Tschüss, Hermann!«

»Du bist so gemein!«, brüllte Dödel los. »Das erzähle ich meinen Eltern und dann werden die ...«

Tristan und Isolde wechselten einen Blick. Dödels Wutausbruch war die perfekte Gelegenheit!

Hastig rappelten sie sich hoch und rannten zum Südtor hinaus. Ohne sich noch einmal umzusehen, schwangen sie sich auf die Räder und traten kräftig in die Pedale. Hügelab, hügelauf ging es mit vollem Karacho erst den Sandweg, dann die asphaltierte Straße und den Bergwald hinunter.

»Puh«, stöhnte Tristan, als sie endlich den Stadtrand erreichten. »Höchste Zeit für eine Stärkung.«

»Gute Idee«, lächelte Isolde. »Ich weiß auch genau das Richtige.«

Kurz darauf hielten sie vor einem leuchtend bunten Kaufladen, schlossen die Räder ab und gingen hinein.

Drinnen blieb Tristan wie angewurzelt stehen. Von wegen Kaufladen. Das war ein Palast. Würdig eines Kaisers! Und all die Leute! Hier wimmelte es ja wie in einem Ameisennest.

»Was willst du essen?«, riss Isolde ihn aus den Gedanken. Sie zeigte auf ein kunterbuntes Bildergewimmel an der Wand.

Verwirrt zuckte Tristan die Achseln.

Isolde nickte verständnisvoll. »Kein Problem, ich besorg uns was Leckeres. Warte einfach draußen, wenn's dir zu wuselig ist.«

Wenig später kehrte Isolde mit einer prall gefüllten Papiertüte zurück und sie radelten das letzte Stück nach Hause, wo sie es sich mit ihrer Beute in Isoldes Zimmer gemütlich machten.

»Hier, dein Burger.« Isolde drückte ihm eine Pappschachtel in die Hand.

Neugierig klappte Tristan die Schachtel auf und starrte auf den Inhalt: zwei kurios dünne Bratklopse mit Käse und Salatblatt, gefangen zwischen schlappen Brötchenscheiben. Suchend glitt sein Blick umher, während Isolde ihren Computer hochfuhr.

»Was ist?«, fragte sie.

»Äh, Besteck?«

»Ach so, brauchst du nicht!«

Tristan fielen fast die Augen aus dem Kopf, als Isolde sich neben ihm in ihren Schreibtischstuhl fläzte, mit beiden Händen ihren Bratklops-Turm packte und herzhaft hineinbiss. Nicht zu fassen. Die ganze Zeit hieß es, *Nicht mit den Händen essen!*, und jetzt ... das?

»Rülpsen?«, fragte Tristan hoffnungsvoll.

»Denk nich mahh dran«, nuschelte Isolde mit vollem Mund.

Kopfschüttelnd ließ Tristan es sich schmecken. »Ausgezeichnet, dieser Würger!«, sagte er schließlich. Bedauernd starrte er auf die leere Pappschachtel.

»Würger?«, prustete Isolde los. »Du meinst *Börger*! Aber Würger ist super. Den muss ich mir merken.«

»Schön, dass du dich freust.« Tristan schleckte sich die Soßenreste von den Fingern. »Und was jetzt?«

Isolde gab ihm überflüssigerweise eine Serviette aus der Tüte. »Wir versuchen etwas über diesen sagenumwobenen Rubin rauszufinden. Im Internet.«

»Internetz? Wie sollen wir in einem Netz was finden, das uns weiterhilft?«

»Internet! Nicht Internetz«, verbesserte Isolde grinsend. »Aber kein übler Vergleich. Das Internet ist tatsächlich so was wie ein gigantisches Netz. Ein Netz voller Informationen.«

»Aha, und wie fischen wir danach?«

»Mit den richtigen Suchwörtern, hier am Computer.«

Computer, aha! Wenigstens den kannte Tristan mittlerweile, jedenfalls ein bisschen.

Achtlos drückte Isolde ihm einen Papierbogen in die Hand, um an ihr Klackerbrett zu kommen.

»Was ist das?« Verwirrt starrte Tristan auf die weiße Ödnis aus Einsen und Zweien.

»Nur mein Zeugnis. Leg's einfach irgendwo hin«, antwortete Isolde, ohne den Blick von ihrem bunten Guckkasten zu wenden. »Also«, murmelte sie. »Geben wir ein: *Burg Adlerstein, Rubin, verschollen.*«

»Und?«, fragte Tristan ungeduldig. »Was sagt der Guckkasten?«

»Nicht Guckkasten. Bildschirm.«

»Meinetwegen Bildschirm. Aber was ist nun?«

»Das sind fast hundert Treffer. Ich muss erst mal sehen, ob was für uns dabei ist«, erwiderte Isolde lächelnd. »Ist Geduld nicht eigentlich auch eine Rittertugend?«

»Aber nicht gerade meine Stärke«, gab Tristan achselzuckend zu.

Mit wachsendem Verdruss verfolgte er, wie Isolde mithilfe ihres Mausdings die Textzeilen in Windeseile rauf- und runtertanzen ließ. Zwischendurch erweckte sie irgendwelche Buntbildseiten zum Leben, aber nur, um ihnen gleich darauf wieder mit einem Knurren den Garaus zu machen.

Bald hatte Tristan genug. »Lieber glotze ich einen Tag in eine Schüssel Würmer als eine Minute länger auf das Teil da«, stöhnte er. »Sag Bescheid, wenn du was hast. Ich hau mich in die Hängematte.«

Isolde nickte nur.

Während sie weiter eifrig vor sich hin klackerte, wurden Tristans Augen langsam schwerer ... und schwerer ... und ...

»WOW! VOLLTREFFER!«, brüllte Isolde und knallte mit lautem RUMMS die Hand auf den Tisch.

Wie von der Tarantel gestochen schnellte Tristan hoch.

»Ich bin auf eine alte Chronik gestoßen«, erzählte Isolde atemlos. »Ein gewisser Kurvenal von Schöningen hat sie vor rund 820 Jahren geschrieben. Ein Mönch aus dem Franziskanerkloster Schöningen, ganz ...«

»... in der Nähe von Burg Adlerstein«, beendete Tristan aufgeregt ihren Satz. »Da war ich schon! Außerdem sind die Mönche häufig auf der Burg gewesen, um uns Knaben zu unterrichten. Lass hören, was der gute Kurvenal zu berichten weiß.«

»Also, zunächst erwähnt er einen gewissen Erik von Zorn, auch Erik ›Blutaxt‹ genannt. Das ist ein entfernter Verwandter von Herzog Max und so was wie der große Star auf allen Ritterturnieren. Kurvenal beschreibt ihn als gewaltigen Recken von anmutiger Erscheinung, aber ziemlich jähzornig. Na, da ist der Name wohl Programm, was? Erik ist zudem ein ...«

»... skrupelloser, hinterfotziger Stinkstiefel, der hinter Herzog Max' Thron her war«, platzte es aus Tristan heraus. »Ich weiß, ich kenne ihn.«

»Äh, ja, könnte man so sagen«, erwiderte Isolde grinsend. »Kurvenal drückt es etwas vornehmer aus, aber das trifft es ungefähr. Mensch, wie toll ist das denn? Du kennst die alle persönlich.«

»Was diesen blonden Widerling anbelangt, hast du nichts verpasst«, knurrte Tristan. In Gedanken sah er Eriks Gesicht vor sich: schöne Züge, kalte, unerbittliche Augen – grün das rechte, stahlblau das linke –, die einem Schauer über den Rücken jagten, sobald er sie auf einen richtete.

»Also wohl nicht gerade der nette Typ von nebenan«, bemerkte Isolde. »Dasselbe gilt dann vermutlich auch für Zacharias Drexel, den Berater deines Onkels. Der wird in der Chronik ebenfalls erwähnt.«

Bei dem Namen ballte Tristan die Fäuste.

»Kurvenal schreibt von Gerüchten, nach denen Drexel deinen Onkel an Erik Blutaxt verraten haben soll«, fuhr Isolde unbeirrt fort.

»Keine Gerüchte«, brachte Tristan mit heiserer Stimme hervor. »Ich habe die beiden belauscht. Nur hab ich ... ich ...« Von Gefühlen überwältigt ließ er die Fäuste wieder sinken.

Isolde drehte sich überrascht um. »Echt? Was ist denn passiert?«

Doch Tristan brachte kein Wort heraus, während sich rote Flecke auf seinen Wangen bildeten. »Ich konnte es nicht mehr verhindern«, murmelte er schließlich und starrte an die Decke.

Isolde schien zu spüren, dass sie einen wunden Punkt berührt hatte. »Sollen wir erst mal Pause machen?«, fragte sie verständnisvoll.

Tristan räusperte sich, um den Kloß im Hals zu vertreiben. »Nein, schon gut. Was sagt Kurvenal denn nun über den Rubin?«

»Das kommt gleich noch. Zunächst geht er auf ein weiteres Gerücht über Drexel ein. Demnach war er ein begnadeter Alchemist, denn er hat wohl den sogenannten Stein der Weisen gefunden. Das heißt, er konnte wertloses Metall in Gold verwandeln, angeblich mithilfe eines vom Himmel gefallenen Steins.« Isolde hielt inne. »Krass!«

Tristan nickte. Über Drexels dunkle Experimente war auf Burg Adlerstein viel gemunkelt worden. Gut möglich, dass es stimmte.

»Dann schildert Kurvenal Erik Blutaxts Überfall auf Burg Adlerstein«, redete Isolde weiter. »Der Fiesling war als Gast auf der Burg und hat dort auch übernachtet. Man vermutet, dass Drexel bei Morgengrauen die Torwachen ausgeschaltet und Eriks Leute in die Burg gelassen hat. Himmel, Tristan, das muss ja furchtbar gewesen sein«, rief Isolde. »Hör zu, was Kurvenal schreibt.«

Doch das musste Tristan gar nicht. Denn auf einmal sah er alles wieder klar vor sich:

*Vor ihm der Burghof in dichtem Nebel, Waffen klirren, Schreie hallen. Er hastet zum Palas. Um Onkel Max zu retten und seinen entsetzlichen Fehler wiedergutzumachen. Rechts und links die dunklen Schemen von Erschlagenen.*

»Zu mir, Mannen von Adlerstein«, übertönt plötzlich eine vertraute Stimme den Lärm.

Tristans Blick fliegt zum nördlichen Wehrgang empor, von wo der Ruf gekommen ist. Im blutroten Licht der Morgendämmerung kämpfen dort Herzog Max und Reik von Aragon, Seite an Seite mit einer kleinen Schar Getreuer gegen Eriks Mannen. Doch die Feinde sind in der Überzahl und haben die Adlersteiner in die Zange genommen.

Tristan greift sich ein herumliegendes Schwert und stürmt zum Nordturm, um auf die Wehrmauer zu kommen. Zusammen mit ein paar anderen wirft er sich Eriks Leuten entgegen. Stahl klirrt auf Stahl. Schreie, Flüche, heißer Zorn, Blut ... sein Blut? Es spielt keine Rolle!

Er erhascht einen Blick auf Herzog Max. Verwundet steht er Rücken an Rücken mit Reik, während Klingen und Äxte nur so auf sie niederprasseln. Gleich, gleich sind wir da!

Doch dann taucht Knut Drexel vor Tristan auf. Der Verrätersohn!

»Ach, Herzogs Liebling lebt noch«, faucht Knut und deckt ihn mit Schwerthieben ein. Aber Tristan gibt nicht auf und drängt Knut gegen die Zinne zurück. Klinge an Klinge stehen sie da. Knuts Kraft erlahmt. Unerbittlich nähert sich Tristans Schwert seiner Kehle. Da gibt das verwitterte Mauerwerk plötzlich nach. Schwankend verharren Tristan und Knut einen Augenblick am Rande der Höllenschlucht, sie lassen die Schwerter fallen, klammern sich aneinander. Vergeblich.

»Verflucht seist du, Tristan Treuherz«, hört Tristan Knuts Stimme, als sie miteinander verschlungen in die Tiefe stürzen. »Zu Kampf und Leid. AUF EWIG!«

AUF EWIG! AUF EWIG! AUF EWIG!

»Tristan! TRISTAN!«

Eine vertraute Stimme verscheuchte Knuts Worte. Tristan schreckte hoch, blickte sich um ... und ließ sich mit einem erleichterten Seufzer wieder in die Hängematte fallen.

»Hey, alles in Ordnung?«, Isolde sah ihn besorgt an. »Du warst plötzlich wie versteinert und gar nicht mehr ansprechbar.«

»Tut mir leid«, krächzte Tristan und räusperte sich. »Aber Kurvenals Bericht vom Überfall hat eine Erinnerung wachgerufen«, fuhr er mit festerer Stimme fort. »Eine ziemlich unangenehme, um ehrlich zu sein.«

»Wie gedankenlos von mir«, sagte Isolde betroffen. »Du warst ja dabei. Es muss schrecklich sein, das alles noch mal zu hören.«

Tristan winkte ab. »Schon gut«, sagte er mit schiefem Lächeln. »Hab's ja überlebt. Irgendwie jedenfalls. Also, was sagt Kurvenal noch?«

»Jetzt wird es richtig spannend. Er berichtet, dass man munkelte, Herzog Max wäre noch am Leben und würde im tiefsten Kerker der Burg schmachten. Angeblich, weil er Erik von Zorn nicht verraten wollte, wo das sagenumwobene ›Rote Herz des Berges‹ versteckt ist. Laut Kurvenal ist das der berühmte Rubin von Burg Adlerstein.«

In Tristans Kopf wirbelten wieder die Gedanken. Herzog Max hatte den Angriff womöglich überlebt! Könnte Tristan doch nur in die Vergangenheit zurück und alles wiedergutmachen. Aber das war natürlich unmöglich.

»Hier steht noch etwas«, fuhr Isolde fort. »Bald nach dem Überfall wurden viele Kinder von einer unheimlichen Krankheit befallen, die ihren Körpern die Seele raubte. In alten Sagen heißt es, das Rote Herz des Berges könnte sie womöglich heilen.«

»Das bringt uns nicht weiter«, brummte Tristan enttäuscht.

»Nein, eher nicht«, musste Isolde zugeben. »Und leider ist der Rest der Chronik einem Brand zum Opfer gefallen, wie hier steht. Es ist nur noch kurz von einem edelmütigen Jüngling die Rede, der nach heldenhaftem Kampf gegen die Verräter den Tod fand. Er hieß ...« Isolde brach ab und riss die Augen auf. »Ach, du dickes Ei«, hauchte sie. »Er hieß Tristan Treuherz! Mensch, Tristan, bist du das etwa?«

Es war wie ein Schlag in die Magengrube. »Nein«, stieß Tristan mit gepresster Stimme hervor. »Der edelmütige Treuherz ist ein anderer. Ein ganz anderer ...«

Mit einem Mal hatte er das Gefühl, als würden die Wände auf ihn einstürzen und das alte Dach des Neufeld'schen Hauses gleich mit dazu. »Ich muss raus!«, keuchte er. »Frische Luft schnappen.« Bevor Isolde etwas sagen konnte, stürmte er schon aus dem Zimmer.

Er rannte hinaus auf die Straße, rannte und rannte immer weiter durch die Stadt, bis er nicht mehr konnte und keuchend stehen blieb. Langsam beruhigte sich sein Atem und auch seine Gedanken wurden klarer. Plötzlich tat es ihm leid, dass er einfach so die Flucht ergriffen hatte. Die Neufelds machten sich bestimmt Sorgen. Zeit umzukehren.

Doch das war leichter gesagt als getan. Denn auf einmal wurde ihm klar, dass er gar nicht wusste, wo er war. Straßen, Gebäude, Läden – alles war fremd. Oder doch nicht ganz. Ein Stück weiter vorne gab es eine Bushaltestelle.

Isoldes Vater hatte ihm eine Monatskarte besorgt. Damit konnte er angeblich überall hinfahren, ohne etwas zu bezahlen. Er musste nur vorne einsteigen und die Karte vorzeigen. Bisher hatte er es allerdings noch nicht ausprobiert.

Passenderweise näherte sich gerade ein roter Bus, die Nummer 10. Hatte Isolde nicht gesagt, dass die Linie 10 direkt zu ihnen nach Hause fuhr? *Primos!*

Im nächsten Augenblick hielt der Bus und seine Türen öffneten sich wie von Zauberhand. Entschlossen stieg Tristan vorne ein und hielt dem Busfahrer seine Karte unter die Nase.

»Guten Tag, braver Busmann. Freut mich sehr, Ihre Bekanntschaft zu machen. Ich heiße Tristan Neufeld und habe eine Monatskarte.«

Der Fahrer starrte ihn verblüfft an, während einige Fahrgäste kicherten. »Sag mal, willst du mich verarschen?«, blaffte er. »Sieh zu, dass du nach hinten kommst.«

Eine solche Grobheit musste Tristan sich nicht anhören. Mit einem höflichen »Guten Tag und auf Wiedersehen!« stieg er sofort wieder aus und ließ den Bus davonrauschen. Dann eben nicht. Er würde auch ohne diesen ungehobelten Garstling zurechtkommen.

Entschlossen ging er weiter, bis er zu einer belebten Straßenkreuzung kam, die auf einer Hügelkuppe lag. Aber leider war der Ausblick von dort nicht so, wie er sich das erhofft hatte. Wütend starrte er auf das rote Ampelmännchen auf der anderen Seite des Zebrastreifens.

*Moment mal!* Sein Blick glitt den Ampelmast hinauf. Jede Wette, dass man von da oben einen Großteil der Stadt überblickte.

Kaum tauchte der grüne Bruder des Ampelmännchens auf, stürmte Tristan auch schon hinüber und kletterte flink wie ein Eichhörnchen den Mast hinauf. Er umklammerte die Spitze, spähte in die Ferne und seufzte erleichtert. Na also, jetzt wusste er wieder, wo er war.

Im nächsten Augenblick hörte er Bremsen quietschen und ohrenbetäubendes Hupen. Obwohl die Autofahrer längst wieder

Grün hatten, war das vorderste Fahrzeug einfach stehen geblieben. Hinter ihm kam es rasch zu einem ansehnlichen Stau. Fensterscheiben wurden heruntergelassen, empörte Stimmen mischten sich in das Hupkonzert.

Die Fahrerin des ersten Wagens, eine ältere Frau mit sorgfältig in Wellen gelegten weißen Haaren und blauer Strickjacke, verließ in aller Ruhe ihr Auto. Sie stellte sich vor die Ampel, legte den Kopf in den Nacken und winkte Tristan freundlich zu. »Hallo junger Mann! Was machst du denn da oben? Das ist doch gefährlich!«

# 8
## DAS GRAUEN DES NORDTURMS

Guten Tag, werte Dame«, grüßte Tristan höflich lächelnd zurück, während sich unter ihm immer mehr Menschen sammelten. »Keine Bange. Ich bin absolut geübt in derlei Dingen. Mir geschieht schon ni…«

Plötzlich blieb sein umherschweifender Blick an einem Mann haften, der trotz Sommerhitze einen langen sandfarbenen Mantel trug. Tristans Lächeln gefror.

*Das blasse, kantige Gesicht … die schwarzen Haare … die Hakennase.*

*Der Verräter!*

*Zacharias Drexel!*

*WAS??? UNMÖGLICH!*

Tristan rieb sich die Augen und sah noch mal hin. Der Mann war verschwunden. Also doch nur ein Trugbild am helllichten Tag. Dem Himmel sei Dank.

»Jetzt reicht's!«, riss ihn eine erboste Stimme von unten in die Wirklichkeit zurück. Ein Mann im schwarzen Anzug presste sich das Handy ans Ohr und blaffte ein paar schnelle Sätze hinein.

Kurz darauf hörte Tristan aus der Ferne einen durchdringenden Ton. Ein Streifenwagen, wie er ihn inzwischen aus Filmen kannte, brauste heran und blieb mitten auf der Kreuzung stehen.

Ein Mann und eine Frau in Polizeiuniform sprangen aus dem Wagen. Gleich würden sie sich die garstigen Rabauken dort unten vorknöpfen ...

»Hey, du da! Runter von der Ampel!«, sagte der Mann.

»Sofort«, fügte die Frau hinzu.

Tristan war baff. Die meinten ihn und das war keine freundliche Aufforderung. Seufzend machte er sich bereit für einen eleganten Abgang.

SIRRRRRRR! Wie ein Pfeil sauste er nach unten.

Ein Aufschrei ging durch die Menge. »Er rutscht ab!«

»Keine Angst, wir fangen dich auf.« Die Polizistin und ihr Kollege hechteten mit ausgestreckten Armen zur Ampelstange.

»Aus dem Weg!«, brüllte Tristan. Aber die beiden wollten nicht hören.

Mit einer gewaltigen Kraftanstrengung katapultierte Tristan seine Beine in die Horizontale, schnellte haarscharf über die Köpfe der Ordnungshüter hinweg und ... SCHRAMM-SCHRUMMMS! ... fiel aufs Knie, bevor er mit der Wange über den harten Straßenbelag kratzte. Benommen rappelte er sich auf.

Die ältere Dame beugte sich besorgt über ihn. »Alles in Ordnung, junger Mann? Hast du dir wehgetan?«

»Nein, gar nicht«, sagte er und machte gute Miene zum bösen Spiel. Das hätte so ein schöner, sauberer Abgang sein können ...

Die Polizistin schüttelte missbilligend ihren blonden Pferdeschwanz. »Jetzt sperr mal schön beide Ohren auf, mein Lieber: Du kletterst nie wieder auf eine Ampel!«

»Das ist kein Spaß hier«, setzte ihr Begleiter nach. »Die Autos hätten reihenweise ineinanderkrachen können. Was, wenn es Verletzte gegeben hätte?«

»Ich mach's nie wieder«, versprach Tristan betroffen und

starrte auf seine Füße. Wie hätte er aber auch wissen sollen, dass die Menschen hier verrücktspielten, nur weil jemand auf einen Ausguck kletterte?

Der Polizist schnaufte. »Das will ich dir geraten haben.« Unsanft bugsierte er Tristan auf den Gehsteig. »Du wartest hier, verstanden?«

Tristan nickte. Stumm beobachtete er, wie die Ordnungshüter alle Anwesenden beruhigten und ruck, zuck in ihre Autos beförderten. Bald brummte der Verkehr wieder, als ob nie jemand auf den Ampelmast geklettert wäre.

Jetzt wandten sich die Polizisten wieder Tristan zu.

»Wie heißt du eigentlich?«, fragte die Frau.

Ohne nachzudenken, schoss es aus ihm heraus: »Tristan Treuherz! Äh ... nein, Tristan Neufeld.« Hastig erklärte er, dass er sich oben auf der Ampel nur hatte orientieren wollen, da er sich verlaufen hatte.

Der Mann wiederholte gedehnt: »Tristan *Neufeld*. Aha. Und wo wohnst du?«

»In einem sehr schönen Haus mit richtigem Wasserklo.«

Die Polizistin verzog den Mund, als ob sie zu viel Sauerkraut gegessen hätte. »Wir möchten wissen, in welcher *Straße* du wohnst.«

Worauf wollte sie hinaus? »Die Straße ist auch sehr schön«, sagte Tristan höflich. »Nicht so grau wie hier, sondern mit Bäumen am Rand.«

»Wie *heißt* die Straße, Tristan?« Inzwischen klang sie wie die besorgte Mutter eines Kleinkindes.

Tristan musste jetzt dringend erklären, wo er wohnte. Sonst gab es Ärger, das war klar. Er überlegte kurz, dann sagte er mit kräftiger Stimme: »Meine Eltern sind gerade auf Weltreise, darum wohne ich bei meinem Onkel.« Er richtete sich zu voller Größe auf. »Er ist sehr mächtig. Ein Magister, ein berühmter Forscher: Johannes Neufeld.«

»Kennen wir nicht«, sagte die Polizistin ungerührt.

Schnell redete Tristan weiter: »Meine Tante ist auch berühmt. Sie verkauft allerlei Heilkräuter und andere wertvolle Dinge. Ihr Laden heißt ›Beatrix' Wunderwelten‹.«

Jetzt begann die Polizistin zu lächeln. »Warum hast du das nicht gleich gesagt? Ich *liebe* diesen Laden! Mein Aura-Schutzspray hab ich im Dienst immer dabei. Wenn ich das Teil aus der Tasche ziehe, denken die meisten, es ist Pfefferspray. Weniger ist manchmal mehr, gerade in brenzligen Situationen.«

Ihr Kollege lachte, dann sagte er zu Tristan: »Komm, wir bringen dich nach Hause.«

Als sie losfuhren, drehte sich Tristan noch einmal zum Ampelmast um, den er gewiss nicht so schnell vergessen würde. Durch die Heckscheibe sah er jemanden die Straße überqueren. Einen Mann in sandfarbenem Mantel, das blasse Gesicht so nah, dass es keinen Zweifel gab. Langsam hob er die linke Hand, führte zwei Finger an die Augen und zeigte anschließend auf Tristan.

Dann bog das Polizeiauto ab und der Mann verschwand.

Zur selben Zeit lag Isolde ausgestreckt auf ihrem Bett und versuchte möglichst stillzuhalten. Die kleinste Bewegung würde genügen, um den brummenden kleinen Motor auf ihrem Bauch zu stoppen, und dieser Motor war das Einzige, was sie im Moment beruhigte. Durch Sphinx konnte sie für ein paar Sekunden glauben, dass alles in Ordnung war – auch wenn sie gleich darauf wieder in Unruhe und Panik verfiel.

Die Uhr an der Wand tickte laut und unerbittlich. Tristan war jetzt schon seit fast zwei Stunden weg. Erst war sie wütend auf ihn gewesen, aber das war rasch verflogen, als sie sich vor Augen geführt hatte, wie verstört er gewesen war.

Warum bloß hatte sie ihm den Überfall von Erik Blutaxt in allen Einzelheiten vorgelesen? Tristan hatte unvorstellbar schreckliche Dinge erlebt, so viel war mittlerweile klar. Sie hätte ihm gerne geholfen, ihn getröstet, aber er zog sich ja immer in Schweigen und Andeutungen zurück. Er hielt sein Geheimnis so fest wie der Drache auf der Schatzkarte die Beute. Er wollte einfach nicht reden.

*Er kann nicht reden, weil sonst die alten Wunden wieder aufreißen.*

Das machte Isolde ganz verrückt und so hilflos.

Wenn ihm nun was passiert war? Tristan kannte sich doch nicht aus mit all den Gefahren und Fallstricken der modernen Zeit.

Isolde starrte aufs Handy. Warum meldete sich Mama nicht? Sie kurvte schon ewig mit ihrem Panda in der Stadt herum. Isolde wäre ja mitgefahren, aber einer musste zu Hause die Stellung halten, für alle Fälle. Papa hatte ein wichtiges Seminar an der Uni und konnte bei der Suche nicht mithelfen.

Sphinx fing an zu schnarchen. Die Katze hatte es gut. Sie verschlief die ganze Aufregung einfach. Obwohl ... so wie ihre linke Pfote jetzt zuckte, hatte sie im Traum wohl auch irgendein aufreibendes Abenteuer zu bestehen.

Isolde streckte in Zeitlupe die Hand aus, um Sphinx nicht zu wecken, und angelte sich den Atlantis-Schutzanhänger vom Nachttisch. Seit der Nachtwanderung hatte sie ihn nicht mehr getragen. Manchmal beneidete sie ihre Mutter. All die nutzlosen Dinge in ihrem Laden gaben ihr Halt und Sicherheit im Leben. Isolde dagegen wusste überhaupt nicht mehr, woran sie glauben sollte, seit Tristan aufgetaucht und ihre sämtlichen Grundsätze über den Haufen geworfen hatte. Tristan, der seinen Onkel so tapfer verteidigt hatte, Tristan, der viel zu bescheiden war, um sich selbst als Helden zu sehen. Tristan, der …

Was war das? Motorengeräusch!

Isolde richtete sich ruckartig auf.

MIAUUU! Sphinx kugelte aufs Bett, fauchte empört und wartete auf eine Entschuldigung in Form einer streichelnden Hand.

»Später, Süße«, sagte Isolde, stürzte aus dem Zimmer und die Treppe hinunter. Als sie die Haustür aufriss, bog ein Polizeiauto in die Auffahrt, dicht gefolgt von Beatrix Neufelds Panda. Fast sah es so aus, als lieferten sich die zwei Wagen eine Verfolgungsjagd. Dann stoppten beide.

Eine junge Polizistin und ein älterer Kollege mit schrankartigem Oberkörper stiegen aus. Der Mann zog seinen Gürtel zurecht.

Isolde schluckte. Pistole, Handschellen, Pfefferspray … Die volle Montur, genau wie bei seiner Kollegin.

Isoldes Mutter sprang aus dem Panda. »Oh Gott! Was ist passiert?«

»Sie sind die Tante von Tristan Neufeld?«, fragte der Polizist.

Beatrix Neufeld nickte mit schreckgeweiteten Augen. Isolde trat neben sie und spürte, wie ihre Mutter zitterte. Oder war das sie selbst?

»Was ist mit Tristan? Haben Sie ihn gefunden?«

Im gleichen Moment öffnete sich die hintere Tür des Polizeiautos. Zwei muskulöse Beine in kurzen Hosen schwangen sich aus dem Wagen, danach erschien ein kräftiger Oberkörper.

»Tristan!«, rief Isolde. Sie war so erleichtert, dass sie ihm am liebsten um den Hals gefallen wäre.

»Wo warst du denn, Tristi?«, fragte Frau Neufeld. »Wir haben uns solche Sorgen um dich gemacht.«

»Mir geht's gut«, winkte Tristan verlegen ab. »Die beiden waren so freundlich, mich nach Hause zu bringen.«

»Der Traum jedes Jungen, was?« Der Polizist zwinkerte Isoldes Mutter zu. »Aber jetzt im Ernst: Ihr Neffe hat sich verlaufen und ist auf die dumme Idee gekommen, auf eine Ampel zu klettern, um sich zu orientieren. Zum Glück ist außer ein paar Schrammen und einem Stau an der Kreuzung nichts Schlimmes passiert.«

»Du bist auf eine Ampel geklettert?« Isolde war baff. Sie hatte sich alles Mögliche ausgemalt, aber darauf wäre sie nie gekommen.

Beatrix Neufeld stieß erst einen erleichterten Seufzer aus, dann setzte sie ihr gewinnendes Harmonielächeln auf. »So etwas wird nicht wieder passieren, das verspreche ich Ihnen. Möchten Sie als kleines Dankeschön vielleicht eine Tasse Tee? Oder etwas aus meinem Laden? Sie dürfen sich aussuchen, was Sie wollen.«

»Äh, nein, danke«, sagte der Polizist leicht pikiert.

Seine Kollegin war dafür umso begeisterter. »Ich war neulich schon in Ihrem Laden und hab ein Aura-Schutzspray gekauft. Es wirkt super.«

Isoldes Mutter strahlte. »Das freut mich aber. Nur einen kleinen Moment, ich sause, ich sause!« Singend verschwand sie im Laden und kam kurz darauf mit einem Kissen zurück. »Hier, für Sie! Ein Lama-Schlafkissen, der letzte Schrei auf der Esoterikmesse.«

Auf der Vorderseite war das Foto eines Lamas aufgedruckt und darunter stand in goldenen Buchstaben: *Kein Einschlaf-Drama mit Lama.*

Die blonde Polizistin nahm das Kissen entgegen und drückte es mit einem Grinsen ihrem verdutzten Kollegen in den Arm. »Danke! Das ist genau das Richtige für Johannes. Der hat nämlich oft Probleme, nach der stressigen Spätschicht einzuschlafen.«

»Alles klar, Katja«, brummelte der Polizist mit hochrotem Kopf. »Wir müssen los zum nächsten Einsatz.«

Isolde hatte fest damit gerechnet, dass Tristan sich nach dem Schock mit der Chronik und seinem Ampelabenteuer einfach nur ausruhen wollte. Aber weit gefehlt. Nachdem er seine Energiereserven mit ein paar Wurstbroten aufgefüllt hatte, war er wieder topfit und lehnte es entschieden ab, dass Isoldes Eltern aus Sorge um ihn auf ihren geplanten Kinoabend verzichteten. Sobald der Panda knatternd um die Ecke verschwunden war, schlug Tristan vor, noch mal zur Burg zu fahren.

»Was? Jetzt?« Isolde kickte mit dem Fuß den Kühlschrank zu und sah auf ihre Armbanduhr. »Aber es ist gleich sieben.«

»Na und?« Die Uhrzeit beeindruckte Tristan nicht im Geringsten. »Passt doch alles primos. Deine Eltern vermissen uns nicht. Und die drei gierigen Schatzsucher sind bestimmt schon weg, da können wir uns in aller Ruhe umsehen. Ich will unbedingt dieses Labyrinth von der Schatzkarte finden.«

Isolde schüttelte lachend den Kopf. »Du gibst nicht auf, was?«

»Niemals!« Plötzlich klang Tristan sehr ernst. »Nur so kommen wir an den Rubin. Er ist die einzige Erinnerung an Onkel Max ... und mein verlorenes Leben.«

Isolde erhaschte einen Blick in seine Augen. Sie sah Traurigkeit darin, aber auch Trotz und wilde Entschlossenheit. Und dann fügte Tristan etwas hinzu, das sie nicht ganz verstand. »Wir haben nicht mehr viel Zeit. Ich glaube, da kommt was ganz Übles auf uns zu.« Doch als Isolde nachhakte, reagierte er nicht.

»Also dann«, sagte Isolde extra forsch, weil sie sich ihre Enttäuschung nicht anmerken lassen wollte. »Ich hole schnell meinen Rucksack und leg Mama für alle Fälle einen Zettel hin, dass wir noch ein bisschen mit dem Fahrrad unterwegs sind.«

Tristan holte die Räder aus der Garage und außerdem noch ein paar nützliche Dinge aus dem Werkzeugfundus von Johannes Neufeld, die er in einem Leinensack verstaute.

Als sie auf Burg Adlerstein ankamen, tauchte die Sonne den Burghof in warmes Abendlicht. Ergriffen sah Isolde sich um. Sie kam sich vor wie im Märchen. Als ob jemand die Uhr angehalten hätte. Alles so still und friedlich.

RASCHEL-KNISTER. Erschrocken hob Isolde ihren Fuß. Sie war auf etwas getreten ... eine leere Keksschachtel. Ein paar Meter weiter lagen jede Menge Zigarettenstummel am Boden und ein zerknautschter Kaffeebecher.

»Von Umweltschutz haben diese Typen wohl noch nichts gehört!«

Tristan sah sie verständnislos an.

»Na, die hätten ihren Müll ruhig mitnehmen können«, erklärte Isolde. »Dödel übrigens auch.« Angewidert betrachtete sie eine Plastiktüte, aus der ein angebissener Fruchtgummi-Schnuller herauslugte.

Tristan nickte gedankenverloren, während er über das Absperrband, das die Archäologen gespannt hatten, hinab ins Einsturzloch blickte. Kurz verharrte er so, bevor er sich umdrehte und sich versonnen an der Stirn kratzte.

»Zeigst du mir noch mal die Schatzkarte?«

Isolde holte die Flasche aus ihrem Rucksack und fischte die Pergamentrolle heraus.

Tristan kniete sich auf den Boden und rollte die Karte auf

einem verwitterten Mauerstück aus. Nachdenklich fuhr er über den ausgefransten rechten Rand. »Diese Gänge hier verlaufen geometrisch. Der Teil des Labyrinths wurde von Menschenhand gemacht. Aber weiter links ist es so, wie die Natur es geschaffen hat. Dort geht es in ein natürliches Labyrinth über.«

Er tippte auf die geometrischen Linien. »Weißt du, was ich glaube? Dass man über die Krypta zum natürlichen Labyrinth kommen könnte.«

Isolde verstand kein Wort. »Was für eine Krypta?«

»Die liegt unter den Kellern der Burg. Dort halten Adlersteins verstorbene Herrscher und deren Angehörige ihren ewigen Schlaf. In Steinsärgen, die in Mauernischen ruhen. Das Ganze wurde als Labyrinth angelegt, um all jene abzuschrecken, die dort unten nichts zu suchen haben. Onkel Max hat mir davon erzählt.«

Isolde rieb sich fröstelnd die Arme. Die Vorstellung, dass Tristans Ahnen immer noch dort unten in der stummen Finsternis ruhten, jagte ihr einen kalten Schauder über den Rücken.

Tristan redete schnell weiter: »Das Labyrinth ist kreisförmig angelegt und in der Mitte steht Tante Isoldes Sarg. Onkel Max wollte mir die Krypta irgendwann einmal zeigen, aber dazu kam es leider nicht mehr.«

»Warte«, unterbrach Isolde ihn. »Tante Isolde war die Frau von Herzog Max?«

Tristan nickte. »Ich habe sie leider nicht kennengelernt. Sie starb bei der Geburt meiner Cousine Nalia.«

»Dann lass uns ins Kellergewölbe klettern und von da aus runter in die Krypta steigen!«, schlug Isolde aufgeregt vor.

»Geht leider nicht. Der Zugang von den Kellern aus ist mittlerweile verschüttet. Hab ich bei einem meiner nächtlichen Ausflüge als Geist entdeckt.«

»Wär auch zu schön gewesen.« Isolde seufzte. »Und einen anderen Zugang gibt es nicht?«

Tristan beugte sich wieder über die Karte und tippte auf eine Reihe schwarzer Quadrate. »Das sind die Kerker. Man kann sie über eine Treppe im Nordturm erreichen. Und irgendwo da unten gibt es wohl einen Gang, der in die Krypta führt. Aber ganz sicher bin ich mir nicht.«

Plötzlich fiel Isolde wieder die Chronik ein. Darin hatte doch gestanden, dass Herzog Max vielleicht im tiefsten Kerker der Burg festgehalten wurde. »Wenn ich mir vorstelle, wie dein armer Onkel da unten …«

Tristan rollte energisch die Karte zusammen. »Schluss damit!« Auf einmal klang seine Stimme ungewohnt scharf. »Gehen wir lieber zum Nordturm und machen uns auf die Suche, bevor es dunkel wird.«

»Die Dunkelheit ist kein Problem.« Isolde griff in die Hosentasche und zog ihre Taschenlampe heraus. BLINK-BLINK. »Funktioniert einwandfrei.«

Tristan hielt sich die Hand vors Gesicht. »Äh, ich hab's kapiert.«

Der Nordturm war erstaunlich gut erhalten, aber im unteren Bereich von wilden Brombeerbüschen überwuchert.

Isolde stöhnte. »Wir hätten eine Gartenschere mitnehmen sollen.«

»Wie wär's damit?« Tristan öffnete den mitgebrachten Leinensack. Ein Brecheisen, ein Teleskop-Spaten und zwei Paar Arbeitshandschuhe kamen zum Vorschein. »Tatatataaa!«

Isolde pfiff durch die Zähne. »Super. Dann legen wir mal los.«

Mit gezielten Spatenhieben bahnte Tristan einen Weg durch

das Gestrüpp. Dabei stieß er auf eine schmale Spur, offenbar ein Wildpfad, was ihm die Arbeit erleichterte. Hinter ihm zerrte Isolde das Grünzeug zur Seite.

Wenig später entdeckten sie eine dunkle Öffnung in der Turmmauer.

Isolde schnappte nach Luft. »Da ist ja wirklich eine Treppe!«

»Potztausend! Ich wusste es!«, rief Tristan triumphierend. Er klemmte sich das Brecheisen unter den Arm und verstaute den Spaten wieder im Leinensack. »Darf ich bitten, wertes Fräulein? Vorsicht, die Stufen könnten glitschig sein.«

Kichernd machte Isolde sich an den Abstieg, doch nach ein paar Schritten hielt sie inne. »Sieh mal.« Sie zeigte auf ein zerrissenes Spinnennetz hinter dem Eingang. »Hier war schon jemand.«

»Wahrscheinlich nur ein Tier«, sagte Tristan. Er fegte das Spinnennetz beiseite, wischte seine klebrige Hand an der Hose ab und ging beherzt voraus.

Isolde knipste ihre Taschenlampe an. Sie tauchten ein in schummriges Licht und klamme Luft. Modrige Gerüche schlugen ihnen entgegen, von denen Isolde lieber nicht wissen wollte, wo sie herkamen. Trotz Taschenlampe war die Treppe kaum zu erkennen.

*Am besten mache ich mich auf alles gefasst*, dachte Isolde. *Ratten, Totenschädel, klapprige Skelette ...*

Im nächsten Augenblick stießen ihre Füße gegen etwas Hartes und sie schrie erschrocken auf.

»Aua, das war meine Ferse!«, zischte Tristan.

»Warum bleibst du denn so plötzlich stehen?«, zischte Isolde zurück.

Tristan griff nach der Taschenlampe und richtete den Lichtkegel auf eine Holztür. »Nicht weitergehen, Lebensgefahr!« verkündete ein offizielles Warnschild. Es hing nur noch an einem einzigen, rostigen Nagel und pendelte quietschend hin und her. Mehrere Latten der einst stabilen Holztür waren gesplittert oder herausgebrochen.

Isoldes erster Gedanke war, dass sich hier jemand mit roher Gewalt Zugang verschafft hatte, aber dann entdeckte sie die großen Gesteinsbrocken vor der Tür. Und die unzähligen Löcher und Steinsplitter im Mauerwerk daneben. Die von der Stadt errichtete Sperre war regelrecht zerfetzt worden, wie von einer Explosion. Auf einmal fiel es ihr wie Schuppen von den Augen.

»Mannomann!«, murmelte sie. »Das Experiment meines Vaters hat echt voll eingeschlagen.«

Tristan grinste. »Ist doch primos. Das spart uns jede Menge Arbeit.« Munter kraxelte er durch eine Lücke in der zertrümmerten Holztür.

Isolde folgte ihm über eine zweite, noch steilere Treppe in die Tiefen der Burg hinab.

Die Luft wurde immer stickiger und der Gang immer düsterer. PLITSCH-PLITSCH-PLATSCH!, tropfte es von der Decke und den Felswänden, die näher und näher zu rücken schienen. TRIPPEL-TRIPPEL-HUSCH-HUSCH! Ein pelziges kleines Wesen flitzte vorbei.

Isolde presste sich die Hand vor den Mund. Da war sie also, die erste Ratte – und bestimmt nicht die letzte hier unten.

»Erschrick nicht«, sagte Tristan leise. »Hier sind die Kerker.«

Halb verrottete Türen, hinter denen sich dunkle Zellen mit rostigen Eisenringen an den Wänden verbargen, säumten ihren Weg. Isolde senkte den Blick und beschleunigte ihre Schritte. Nur nicht stehen bleiben!

Noch eine Treppe. Wie tief ging es denn noch runter?

Plötzlich blieb Tristan stehen. »Ach du grüne Froschkacke! Das muss es sein.«

Isolde trat neben ihn und starrte auf einen solide gemauerten Torbogen, breit genug, dass sie sogar zu zweit durchgepasst hätten – wenn nicht jede Menge Geröll davorgelegen hätte, in unterschiedlichen Größen aufeinandergestapelt wie Weihnachtspakete.

Während Isolde leuchtete, versuchte Tristan mit der Brechstange einen Stein herauszuhebeln. Schweiß rann ihm über die Stirn, er keuchte. Nach ein paar Minuten knirschte es leise und das war's. »Höllenbrut und Schleimgezücht! Hier kommen wir nie durch.«

»Wir finden bestimmt noch einen anderen Weg«, tröstete Isolde ihn. Als sie sich umdrehte, erfasste das Licht ihrer Taschenlampe einen dunklen Fleck, wo Geröllberg und Decke aneinanderstießen. Ein Loch klaffte dort oben, groß genug für einen Menschen.

Tristans Laune besserte sich schlagartig. »Sieht aus, als hätten wir doch Glück! Dann werde ich mal ... He, was machst du?«

Isolde hatte sich die Taschenlampe zwischen die Zähne geklemmt und war blitzschnell zum Loch hochgekraxelt. »Ich bin leichter als du«, rief sie grinsend von oben. »Da kommt das Ganze nicht so schnell ins Rutschen.«

»Na, schön«, brummte Tristan. »Kannst du was sehen?«

Isolde lenkte den Strahl ihrer Taschenlampe in die Finsternis. Plötzlich richtete sich ihr Oberkörper auf und Tristan hörte, wie sie hektisch die Luft einsog. »Mist! Ich glaube, ich muss ... HATSCHIIIEEEE!«

Prompt kam Bewegung in den Geröllhaufen. Der gesamte Berg

rauschte – zusammen mit Isolde – wie flüssige Lava davon, geradewegs in den Raum hinter dem Torbogen.

Dann … Stille.

»ISOLDE!«, schrie Tristan und stürzte sich vorwärts durch eine Wolke aus Staub.

Er hörte ein Husten, gefolgt von einem »Hier!«. Im nächsten Moment sah er den matten Schein von Isoldes Taschenlampe.

Sie selbst saß auf einem flachen Schutthügel und blickte sich verwirrt um.

In wenigen Schritten war Tristan bei ihr. »Alles in Ordnung?«

Vorsichtig tastete sie sich ab. »Scheint noch alles dran zu sein«, grinste sie. Dann richtete sie die Taschenlampe in den Raum. Sie wollte zu gern wissen, wie es hier nach dem Torbogen weiterging.

Zwei dunkle Gänge, nein, drei führten vor ihnen in die Tiefen des Berges. Es waren endlose Fluchten aus schwarz schimmerndem, geschliffenem Obsidian-Gestein, in dem sich ihre beiden Gesichter in hundertfachen Facetten widerspiegelten.

Sie hatten es gefunden! »Das Labyrinth … RINTH … RINTH … RINTH!« Isoldes Stimme hallte durch den Raum. Das Echo warf sie so oft zurück, dass ihr angst und bange wurde.

Dann hörten sie neue Geräusche aus einem der Gänge. Ein Knurren, ein leises Klackern, wie von scharfen Krallen auf Stein. Das war keine Ratte, das war etwas viel Größeres. Und es kam rasend schnell näher.

Gleich darauf sah Isolde rote Augen, feurig wie glühende Kohlen.

»Vorsicht, eine Bestie!«, schrie sie und ließ die Taschenlampe fallen, als das Scheusal zum Sprung ansetzte.

# 9
# Ein Bote aus dem Mittelalter

Tristan bekam gerade noch die Hände hoch, bevor sich die Bestie mit der Wucht eines Streithammers an Isolde vorbei auf ihn warf. Ein stechender Schmerz jagte durch seinen Körper, als er auf den Felsboden krachte.

Knurrend stieß das geifernde Maul des Monsters auf seine Kehle zu. Unwillkürlich spannten sich Tristans Muskeln in Erwartung des Schmerzes.

Doch dann passierte etwas Unerwartetes: Statt die Zähne in ihn zu schlagen, fuhr ihm die Kreatur so heftig mit ihrer riesigen Schlabberzunge übers Gesicht, dass ihm fast die Luft wegblieb. Und das Grollen verwandelte sich in etwas, das wie freudiges Winseln klang. Ein Winseln, das ihm seltsam vertraut vorkam.

»Riw… ieeehhh… Riwa… bähhh… Riwalin?«, brachte Tristan schließlich hervor.

Schlagartig hörte das Geschlabber auf und ein fröhliches »WORUFF!« donnerte durch den Raum.

Tristan schob seinen Angreifer von sich herunter und rappelte sich auf.

»Alles in Ordnung?«, hörte er Isoldes zittrige Stimme. Offensichtlich hatte sie ihre Taschenlampe wiedergefunden, denn im nächsten Moment wurde die Höhle in grelles Licht getaucht.

Fassungslos starrte Tristan auf den gewaltigen Hund, der eifrig wedelnd vor ihm stand und ihn aus großen, klugen Augen ansah.

»Das gibt's doch nicht!«, hauchte er schließlich. »Riwalin! Bist du's wirklich?«

»WORUFF!«, kam die Bestätigung. Dann schmiegte das doggengroße Tier seinen Kopf an Tristans Hüfte und ließ sich ausgiebig im Nacken kraulen.

Isolde, die das Ganze misstrauisch beäugt hatte, konnte sich nicht länger zurückhalten. »Ach, übrigens: Mir geht's gut, danke der Nachfrage. Und könntest du mir jetzt bitte erklären, was das *ist?*«

Tristan grinste. »Du meinst, *wer*! Darf ich vorstellen: Riwalin, einer von Onkel Max' Jagdhunden. Na ja, richtiger wäre wohl: sein Lieblingshund. Für die Jagd ist Riwalin nämlich viel zu gutmütig. Aber er ist meinem Onkel sehr ans Herz gewachsen. Genauso wie mir! Große Freundschaft, stimmt's, Riwalin?«

Begeistertes Hecheln.

»Okaaaay«, sagte Isolde gedehnt. »Damit wäre dieser riesige Kerl hier dann so ungefähr 777 Jahre alt.« Heldenhaft streckte sie die Hand aus, damit der Hund daran schnuppern konnte, und zog sie auch nicht zurück, als er sie stattdessen schlabbernd abschleckte. »Das kann unmöglich dein Riwalin sein, Tristan.«

»Aber er ist es! Die weißen Flecken auf dem dunklen Rücken, das halbmondförmige Mal auf seiner Schnauze, das Lederhalsband von Onkel Max ... kein Zweifel!«

Kopfschüttelnd blickte Isolde von Riwalin zu Tristan und wieder zurück. Dann riss sie die Augen auf. »Mein Vater! Sein durchgeknalltes Experiment! Was, wenn ...« Sie brach ab.

»Wenn was?«, fragte Tristan ungeduldig.

»Wenn Riwalin aus deiner Zeit gekommen ist? Geradewegs aus dem Mittelalter?«

»Pah, unmöglich!« Der Gedanke war so ungeheuerlich – und in seinen Auswirkungen so verwirrend –, dass Tristan ihn gar nicht erst zulassen wollte.

Isolde schnaufte laut. »Ach, und dass ein Geist wieder zum Menschen wird, ist das vielleicht auch unmöglich?«

Tristan schluckte. Plötzlich wurden ihm die Knie weich und er musste sich an der Wand abstützen. Wenn Isolde recht hatte, könnte er wieder nach Hause. Zu Onkel Max ... der laut Kurvenal vermutlich noch lebte. Ihn retten, irgendwie doch noch alles gutmachen ...

»Tristan! TRISTAN!«

Isolde hatte ihre Hand auf seine Schulter gelegt und sah besorgt aus. Auch Riwalin schien zu spüren, dass etwas nicht stimmte. Aufmunternd stupste er Tristan in die Seite.

Der rang sich ein Lächeln ab. »Geht schon wieder. Ich habe nur einen Bärenhunger. Die Wurstbrote vorhin waren wohl doch nicht genug. Na ja, kein Wunder bei dem, was wir heute alles erlebt haben.«

Isolde kniff zweifelnd die Augen zusammen, hakte aber nicht nach. Stattdessen sagte sie: »Komm, lass uns nach Hause gehen und Papa wegen Riwalin um Rat fragen. Wenn jemand rauskriegen kann, was da genau passiert ist, dann er. Und im Kühlschrank findet sich garantiert eine Lösung für dein Hungerproblem.«

»WORUFF!«

»Und für deins auch, Riwalin!«, fügte sie grinsend hinzu. »Du kommst natürlich mit.«

Zu dritt machten sie sich auf den Rückweg, wobei Riwalin ständig vorneweg rannte oder in irgendwelchen dunklen Ecken verschwand. Für einen Hund, der vielleicht 777 Jahre alt war, hatte er ziemlich viel Energie!

Als sie endlich beim Ausgang am Nordturm waren und nach draußen traten, lag der Burghof bereits im Dunkeln – und von Riwalin war keine Spur! Auch auf Tristans Rufen tauchte er nicht auf.

Im Licht von Isoldes Taschenlampe suchten sie den weichen Boden ab. Riwalins riesige Pfoten hätten sicherlich Spuren hinterlassen.

»Komisch. Wie's aussieht, ist er noch gar nicht hier rausgekommen«, sagte Tristan.

»Mist. Das heißt dann wohl, wir müssen wieder runter ins Labyrinth«, stöhnte Isolde. Der Gedanke war alles andere als verlockend.

Tristan versuchte sie aufzumuntern. »Was gibt's da unten schon Schlimmeres als ein paar ängstliche Ratten?« Im selben Moment schoss ihm der Gedanke durch den Kopf, dass es durchaus Schlimmeres geben könnte, so spät am Abend: nämlich Knut, Orok und der Knochenspalter!

»Wie spät ist es?«, stieß er hervor.

»Wieso interessierst du dich auf einmal für die Uhrzeit?«

»Ach, bloß weil ich Hunger habe«, antwortete Tristan leichthin – wenn auch nicht leichthin genug, so wie Isolde ihn musterte.

»Kurz vor elf«, sagte sie schließlich.

Noch reichlich Zeit also bis zur Geisterstunde. Tristan seufzte erleichtert. »Donnerwetter. Erst elf! Na, dann halte ich es wohl noch ein bisschen aus, was?« Während er weiter vor sich hin plapperte, fing plötzlich Isoldes Taschenlampe an zu flackern.

»Bestimmt hat das Ding vorhin beim Sturz was abgekriegt. Damit wagen wir uns wohl besser nicht nach unten ins Verlies.« Isolde schaute zum Himmel. »Wenigstens geht gleich der Mond auf. Zwar kein Vollmond, aber für den Nachhauseweg sollte es reichen.«

*KEIN VOLLMOND!* Tristan schloss kurz die Augen. Was war er nur für ein Esel. Heute *konnte* überhaupt keine Geisterstunde sein! Ganz klar: Er brauchte dringend etwas Ruhe. Sonst würde er irgendwann noch den Verstand verlieren.

»Also gut«, sagte er mit fester Stimme. »Treten wir den Rückzug an. Riwalin kommt wohl auch allein zurecht. Und morgen suchen wir weiter.«

»WORUFF!«, hallte es da hinter ihnen aus dem Nordturm und wenig später tauchte eine bekannte vierbeinige Gestalt im Eingang auf.

»Riwalin!«, rief Tristan erleichtert. »Wo warst du denn?«

Wie zur Antwort legte der Hund ihm etwas vor die Füße.

Neugierig richtete Isolde die Taschenlampe darauf, um im nächsten Moment laut »Buäh, wie eklig!« zu rufen.

»Eklig?«, wiederholte Tristan mit leuchtenden Augen. »Ganz und gar nicht. Das ist das Leckerste, was ich seit Jahrhunderten gesehen habe.«

»Dieser braune Schlabberlappen von Riesennacktschnecke da?«

Tristan war empört. »Das ist eine geräucherte Ochsenzunge. Mein Lieblingsimbiss!«

»Imbiss?«, hauchte Isolde fassungslos.

»Eine Zwischenmahlzeit«, erklärte Tristan sofort.

»Ich weiß, was ein Imbiss ist. Ich meine, du willst so was doch nicht essen, oder?«

»Wieso denn nicht? Du meinst, weil sie ein bisschen Dreck abbekommen hat?« Tristan hob die Zunge auf, wischte etwas Sand ab und schnupperte. »Tadellos! Dem Duft nach von Küchenmeister Severin höchstpersönlich über Buchenholz geräuchert. Und zwar erst vor Kurzem …« Er hielt inne und ließ die Hand mit der Ochsenzunge sinken.

Entgeistert blickten sie sich an.

»Sieht immer mehr danach aus, als würde es einen Weg ins Mittelalter geben, findest du nicht?«, brach Isolde das Schweigen.

Tristan nickte … und zuckte im nächsten Augenblick erschrocken zusammen, als etwas Feuchtes seine Hand berührte.

»Anscheinend denkt er, du verzichtest«, kicherte Isolde und zeigte auf Riwalin, der sich mit Feuereifer über die Ochsenzunge hermachte.

Als Tristan und Isolde mit Riwalin nach Hause kamen, waren Beatrix und Johannes Neufeld noch nicht wieder aus dem Kino zurück. Schnell ließ Isolde ihren Zettel mit der Nachricht für ihre Eltern verschwinden. Es reichte, wenn sie am nächsten Tag von dem spontanen Radausflug erfuhren.

»Na, dann essen wir erst mal was«, schlug Tristan vor. »Und fragen den Magister morgen um Rat.«

Im Nu war der Küchentisch mit allem gedeckt, was der Kühlschrank hergab. Während Isolde sich mit einem Joghurt begnügte, ließ Tristan es sich ordentlich schmecken – genau wie

Riwalin, der in einem solchen Tempo Würstchen vertilgte, dass Isolde ganz große Augen bekam.

»Sag mal, was verputzt der eigentlich so am Tag?«, fragte sie, als Riwalin die letzte Wurst vernichtet hatte und nahtlos auf Käse umstieg.

»Alles, was er kriegen kann«, grinste Tristan nur.

Doch irgendwann war sogar Riwalin satt. Mit einem zarten Fiepen, das gar nicht zu seiner Größe passte, riss er das Maul zu einem Gähnen auf und rollte sich unter dem Küchentisch zusammen.

»Gute Idee, Riwalin«, sagte Tristan, der plötzlich selbst kaum noch die Augen aufbekam. »Schlaf ist jetzt das Richtige. War ein harter Tag.«

»Aber du kannst ihn doch nicht einfach hierlassen!«, protestierte Isolde, als Tristan Anstalten machte, sich in sein Zimmer zu verkrümeln.

Tristan gähnte. »Wieso? Guck doch, wie niedlich er daliegt. Er scheint sich richtig wohlzufühlen.«

»Na klar fühlt sich die Fressmaschine vor dem Kühlschrank wohl«, schnaubte Isolde. »Aber Papa und Mama kriegen einen Herzanfall, wenn sie ihn hier finden. Und sobald Sphinx aufkreuzt, ist das Chaos perfekt.«

»Schon gut«, seufzte Tristan. »Dann nehme ich ihn eben mit nach oben.«

Todmüde ließ er sich wenig später ins Bett fallen, während Riwalin es sich auf dem Teppich daneben gemütlich machte.

Doch der Schlaf ließ auf sich warten.

Denn kaum schloss Tristan die Augen, stürzten auch schon die Gedanken auf ihn ein: Onkel Max ... am Leben!? ... das Rote Herz des Berges ... Labyrinth ... Riwalin ... und Drexel ...

Um sich zu beruhigen, konzentrierte er sich auf Riwalins Atemzüge, bis sie nach und nach in sanftes Schnarchen übergingen.

»AAHHHHHHHHHH!«

Tristan schreckte hoch und blinzelte ins helle Morgenlicht. Was war los? Wo war er? ... Ach so, das Turmzimmer.

Erleichtert ließ er sich wieder ins Kissen sinken. Alles nur ein Traum.

»HILFE!«

Doch kein Traum.

»WORUFF!«

Pest und Teufel! Das war Riwalin.

Ein Blick neben das Bett bestätigte Tristans Vermutung: Anscheinend hatte der Hund sich in der Hoffnung auf eine Frühstückswurst nach unten geschlichen und gerade Bekanntschaft mit Isoldes Mutter gemacht.

Tristan sprang aus den Federn und stürmte zur Küche hinunter, wo eine noch ziemlich verwuschelte Beatrix Neufeld im Bademantel gerade den Schock ihres Lebens verdaute. Mit dem Rücken an der Kühlschranktür stand sie stocksteif da und starrte auf das Ungetüm, das es sich vor ihr bequem gemacht hatte. Erwartungsvoll schaute Riwalin zu ihr auf, das Maul halb geöffnet, was seine riesigen Fangzähne prächtig zur Geltung brachte.

»Keine Angst«, rief Tristan. »Der tut nichts. Riwalin, hierher!«

Mit einem bedauernden Blick zum Kühlschrank trottete der Hund zu Tristan, während sich Isoldes Mutter kreidebleich auf den nächsten Stuhl plumpsen ließ.

»Er dachte nur, du würdest ihm was zu fressen geben«, sagte Tristan verlegen und packte Riwalin am Halsband.

Bevor Beatrix Neufeld die Sprache wiederfand, platzten auch schon Isolde und ihr Vater in die Küche.

»Mein Gott, was ist denn hier los?«, fragte Johannes Neufeld. Verwirrt glitt sein Blick von seiner Frau zu Riwalin. »Und was ist DAS?«

»Äh, vielleicht setzen wir uns erst mal«, schlug Isolde mit betont ruhiger Stimme vor.

Nachdem sich alle um den Küchentisch versammelt hatten, erzählte sie kurz von ihrem Ausflug auf die Burg und dass ihnen dort Riwalin in die Arme gelaufen war. Alles andere – die Schatzkarte, das Labyrinth mit seinen halb eingestürzten Gängen, ihre späte Rückkehr – ließ sie weg, um die Nerven ihrer Eltern zu schonen.

Beatrix Neufeld war sprachlos. Johannes Neufeld hingegen hatte jede Menge Fragen. Sein Forschergeist entbrannte wie trockener Zunder. »Bist du dir sicher mit dem Hund, Tristan? Er könnte deinem Riwalin ja auch nur frappierend ähnlichsehen.«

»Todsicher«, bestätigte Tristan und zählte wieder seine Beweise auf.

»Außerdem ist Riwalin längst ausgestorben«, schaltete sich Isolde ein und knallte einen Computerausdruck auf den Tisch. »Na ja, natürlich nicht Riwalin. Aber seine Rasse. Ich habe das gestern Abend noch recherchiert. Riwalin ist ein sogenannter Alaunt, das ist eine ausgestorbene Jagdhundrasse. Hier steht alles. Ein paar Bilder gibt es auch.«

Verdutzt starrte Professor Neufeld erst auf den Artikel, dann auf Riwalin und schließlich wieder auf den Artikel. »Du heiliger Einstein!«, flüsterte er. »Mein Experiment! Die Implosion ... sie könnte eine Quantendisruption erzeugt haben ... samt Gravitationswellenschock ... ergo: lokaler Riss im Raum-Zeit-Kontinuum ... ergo: Wurmloch ... ergo: ZEITREISE!«

Beim letzten Wort sprang er so schnell auf, dass sein Stuhl nach hinten kippte. »Tristan, wie war das gleich mit der Ochsenzunge?«, fragte er. »Hat Riwalin die schon von Anfang an dabeigehabt?«

»Nein, Magister Neufeld. Er ist zurück ins Lab ... AUA!« Er verstummte und rieb sich das Schienbein, dem Isolde gerade einen Tritt verpasst hatte.

»Oh, 'tschuldige!« Sie ignorierte seinen empörten Blick. »Äh, also Riwalin ist kurz verschwunden und dann mit diesem Ding wiederaufgetaucht. Wieso?«

»Weil er wegen der Zunge womöglich noch mal ins Mittelalter zurück ist. Ergo: Es gibt ein *stabiles* Wurmloch. Einen festen Tunnel in Tristans Welt!« Professor Neufeld lächelte verträumt.

»Und wenn er die Zunge schon dabeihatte und sie nur irgendwo in unserer Zeit versteckt hat?«, holte Beatrix Neufeld ihren Mann wieder auf den Boden der Tatsachen.

Neufeld gab sich einen Ruck. »Das wäre möglich«, räumte er ein. »Ich muss sofort die Messwerte überprüfen. Und ihr beide«, er zeigte auf Isolde und Tristan, »bleibt schön hier und sucht NICHT nach dem Wurmloch! Das ist viel zu gefährlich.« Sprach's und war verschwunden.

Frau Neufeld stieß einen Seufzer aus. »Johannes hat recht. Kommt jetzt bloß nicht auf dumme Gedanken, Kinder. Außerdem sind nicht alle Geister so freundlich, wie du es warst, Tristan. Es gibt leider auch sehr, sehr böse ruhelose Seelen auf Burg Adlerstein.«

Wie zur Bestätigung meldete sich jetzt Riwalin zu Wort: »WORUFF!«

»Ach, Riwi«, rief Beatrix Neufeld, die den Hund anscheinend schon in ihr großes Herz geschlossen hatte. »Du hast Hunger.«

Nachdem die letzten Reserven des Kühlschranks mobilisiert waren und alle – außer Professor Neufeld – ordentlich gefrühstückt hatten, machte Isoldes Mutter sich auf zum Laden.

Kaum waren Tristan und sie allein, sagte Isolde: »Das mit dem Tritt vorhin tut mir übrigens leid. Ich wollte nur nicht, dass du dich verplapperst.« Sie grinste. »Du hast ja gesehen, wie meine Eltern reagieren. Hätten die auch noch was vom Labyrinth spitzgekriegt, würden sie durchdrehen. Vom Rubin und den zweifelhaften Archäologen ganz zu schweigen.«

Tristan nickte. »Verstehe. Aber was machen wir jetzt? Gehen wir trotzdem zurück zur Burg und suchen nach dem Wurmdings?«

Isolde zuckte mit den Schultern. »Ehrlich gesagt hab ich keine große Lust, gleich wieder in die dunklen Gänge abzutauchen. Und dieser Susi und ihren zwei Typen möchte ich auch nicht unbedingt über den Weg laufen.«

Tristan überlegte kurz, dann schlug er mit strahlender Miene vor: »Wie wär's, wenn wir uns stattdessen ihren lieben Dödel-Neffen vornehmen? Und deine Kamera wiederholen? Eine erfrischende Plänkelei am frühen Morgen würde mir gefallen!«

»Gute Idee«, stimmte Isolde zu. »Das heißt, wenn du unter Plänkelei kein Blutbad verstehst!«

»Keine Bange«, beruhigte Tristan sie. »Ich habe einen ausgefeilten Plan, in Raffinesse und Elegance würdig eines Chevaliers.«

»Schöwa was?«

»Ein vornehmer französischer Ritter«, erklärte Tristan grinsend. »Aber erst müsste ich wissen, wo diese Tante Susi haust, bei der Dödel untergekrochen ist.«

»Sollte mit etwas Glück kein Problem sein«, erwiderte Isolde. Eine kurze Handy-Recherche auf der Homepage der Uni ergab Tante Susis vollen Namen, der sich tatsächlich im öffentlichen Telefonverzeichnis wiederfand.

»Sternstraße 5«, sagte Isolde zufrieden. »Gar nicht mal so weit von hier. Schnappen wir uns die Räder und los!«

Als sie mit Riwalin im Schlepptau aus dem Haus traten, kam Sphinx um die Ecke stolziert – und erstarrte, kaum dass sie den Hund entdeckte. Dann ging alles blitzschnell. Sphinx fauchte, Riwalin winselte und schon hatte er einen Krallenhieb auf die Nase kassiert.

Tristan packte den Hund am Halsband, während aus dem wehleidigen Jaulen ein erbostes Knurren wurde. »Lass gut sein, Riwalin. Der Klügere gibt nach.«

Aber Riwalin war anderer Meinung und bellte sich die Seele aus dem Leib.

»Sieht nicht gerade nach dem Beginn einer großen Freundschaft aus«, stellte Isolde fest, während Sphinx unbeeindruckt davonstolzierte. »Mach dir nichts draus, Riwalin.« Sie klopfte ihm zum Trost auf die Flanke. »Sphinx steht nun mal auf Privatsphäre.«

»Was genau hast du eigentlich vor?«, fragte Isolde kurz darauf vor Susis Haustür. Die dazugehörige Garage stand offen und war leer, die Tante würde ihnen also hoffentlich nicht in die Quere kommen.

»Keine Sorge«, strahlte Tristan. »Der Plan ist todsicher.«

»Genau das fürchte ich ja«, murmelte Isolde und drückte auf den Klingelknopf.

DING-DONG.

Nichts passierte.

»Ordentlich draufhalten!«, ermunterte Tristan sie. »Jede Wette, dass sich der nichtsnutzige Kerl noch in den Federn lümmelt.«

Isolde läutete Sturm.

DING-DONG. DING-DONG. DING-DONG.

»JA-HA, verflixt noch mal! Komm ja schon!«, brummte eine Stimme hinter der Tür. Eine vertraute Stimme.

Geschmeidig schob Tristan sich vor Isolde. »Lass mich einfach machen«, bekräftigte er. »Sorg du nur dafür, dass Riwalin sich zu nichts hinreißen lässt.«

Isolde packte den Hund am Halsband. Das konnte ja heiter werden.

Die Tür ging auf. Ein verschlafener Hermann Dodinger starrte ihnen in Jogginghose und verknittertem T-Shirt entgegen. Starrte. Starrte. Und schlug die Tür wieder zu.

Doch die war bereits durch Tristans Fuß blockiert. Bevor Dödel es noch mal versuchen konnte, drängte Tristan schon ins Haus, gefolgt von Isolde – oder besser gesagt von Riwalin, der Isolde hinter sich herzerrte.

»Also! Wo ist die Kamera?«, fragte Tristan.

»D-d-das dürft ihr gar nicht«, protestierte Dödel kreidebleich.

Tristan seufzte. »WO. IST. DIE. KAMERA?«

Dödels Blick huschte nervös zur Seite. »Äh, b-bei Kevin.«

»Lass gut sein, Tristan«, schaltete sich Isolde ein. »Halt du Riwalin.«

Während Tristan den knurrenden Hund daran hinderte, sich auf Dödel zu stürzen, stolzierte Isolde durch die Tür, zu der Dödel geschaut hatte, und tauchte gleich darauf samt Kamera wieder auf.

»Die Kamera lag auf dem Nachttisch«, verkündete sie freudestrahlend.

Dödel verfiel in Schnappatmung, als plötzlich eine Polizeisirene losging. Er holte sein Handy aus der Hosentasche und zischte: »Shit! Der blöde Wecker! Warum klingelt der erst jetzt?«

Ohne sich weiter um Dödels Probleme zu kümmern, verließen Tristan und Isolde das Haus.

»Lief primos, was?«, sagte Tristan, als sie wieder draußen auf dem Gehsteig standen.

»Ja, klar doch! Ein ausgefeilter Plan«, schnaubte Isolde und fügte näselnd hinzu. »Voller Raffinesse und Elegoohhns! Andere würden es Hausfriedensbruch nennen.«

»Was denn? Hat doch funktioniert.«

Erst schüttelte Isolde den Kopf, aber dann musste sie lachen. »Jedenfalls hab ich meine Kamera wieder. Komm, lass uns nach Hause fahren, damit wir sie in Sicherheit bringen können.«

Kaum war das erledigt, machte Isoldes Handy mit einer kurzen Klangfolge auf sich aufmerksam. »Emmi hat geschrieben. Sie und Lena wollen raus zum Badesee. Hast du Lust?«

Tristan klatschte in die Hände. »Welch famoser Einfall! Da schließen wir uns selbstverständlich an.«

Sie packten ihre Sachen und radelten zum See, der sich in der Nähe von Burg Adlerstein am Waldrand versteckte. Als sie ankamen, wimmelte es bereits vor Leuten. Tristan hielt Ausschau nach Emmi und Lena, fand sie aber nicht.

Sie beschlossen, erst mal ihre Decke auszubreiten. Doch das war gar nicht so leicht.

»Die liegen ja wie die Ölsardinen«, stöhnte Isolde. »Wie sollen wir da ein schönes Plätzchen kriegen?«

Tristan grinste. »Notfalls mit Hauen und Stechen.« Kaum

hatte er das gesagt, stürmte Riwalin davon und war im nächsten Moment im Wald verschwunden.

»Was ist denn mit dem los?«, fragte Isolde verblüfft.

Tristan zuckte die Achseln. »Vielleicht hat er ein Kaninchen in der Nase. Keine Angst, der taucht schon wieder auf.«

Wenig später erspähte Isolde ein freies Stück Wiese beim Kiosk und saß ruck, zuck im Badeanzug auf der Decke. Neben ihr starrte Tristan derweil an seinem Körper hinab. Die blau gestreifte Badeshorts von Professor Neufeld reichte ihm bis über die Knie.

Isolde kicherte. »Steht dir auf jeden Fall besser als meinem Vater!«

Tristan zupfte missmutig am Stoff herum. »Soll ich die wirklich anlassen beim Schwimmen? Wenn wir mit der Ritterschule am See waren, sind wir immer nackt geschwommen.«

»Die Badehose bleibt an!«, zischte Isolde. »Es sei denn, du bist scharf darauf, dass die Polizei wieder anrückt und dich mitnimmt.«

Tristan verzog das Gesicht. »Kein Bedarf. Also, ich geh dann mal ins Wasser.«

»Cremst du mir vorher noch den Rücken ein?« Isolde hielt ihm eine sonnengelbe Tube hin.

Tristan runzelte die Stirn. Eigentlich war hier nicht der richtige Ort für weibliche Schönheitspflege, außerdem erledigten Frauen derlei Dinge doch eher unter sich. Aber er wollte mal nicht so sein. Nachdem er Isolde geholfen hatte, marschierte er schnurstracks zum Ufer, stürzte sich kopfüber in die Fluten und kraulte los. Zügig umrundete er einmal den See und stieg anschließend zufrieden aus dem Wasser.

»Wow. Cool!«, wurde er von bewundernden Rufen empfangen. Vor ihm standen Emmi und Lena, genauso entzückend, wie er sie in Erinnerung hatte. Sie waren in zwei schmale Stoffstreifen gekleidet, die ihre Schönheit noch vergrößerten.

Tristan errötete. »Nicht der Rede wert«, versicherte er bescheiden. »Schwimmen gehört zu den sieben ritterlichen Fertigkeiten.«

»Ach, und was gehört noch dazu?«, erkundigte sich Lena prompt und lächelte ihn so keck an, dass es kein Zufall sein konnte. Potzblitz! Sie machte ihm schöne Augen!

Tristan spürte, wie sich die Hitze in seinem Gesicht bis zu den Haarwurzeln ausbreitete. Während er nach einer passenden Antwort suchte, ließ er seinen Blick über die Wiese schweifen – und sah, wie ein paar bekannte Gestalten den Kiosk ansteuerten. Trollfurz und Krötenschleim! Was machten Dödel und seine Kumpanen hier?!

»Davon berichte ich euch später«, vertröstete Tristan die Mädchen und spurtete los, um Isolde beizustehen, die nichtsahnend auf ihrem Platz neben dem Kiosk lag.

»Hallo, Giraffe!«, hörte er Dödels laute Stimme schon von Weitem. »Danke, dass du mich geweckt hast, sonst hätte ich doch glatt meinen Ferienjob verpennt. Ich arbeite nämlich seit gestern im Kiosk hier!«, verkündete er mit stolzgeschwellter Brust.

Isolde schreckte hoch, ließ sich aber von Dödels Anblick nicht aus der Fassung bringen. Mindestens genauso laut tönte sie zurück: »Na, und? Was geht mich das an?«

Während Dödel noch überlegte, welchen schlauen Spruch er als Nächstes anbringen könnte, war Tristan schon zur Stelle.

»Habt ihr nicht gehört? Das Fräulein legt keinen Wert auf eure Gesellschaft.«

»Du schon wieder!«, setzte Dödel wutschnaubend an, doch als er Tristans muskelbepackten Körper sah, hob er abwehrend die

Hände. »Kein Stress, Alter. Ich wollte die liebe Isolde bloß auf ein Eis einladen. Ich hab ja jetzt freien Zugriff auf die Kühltruhe vom Kiosk, hehe …«

Sofort schalteten sich seine Freunde ein: »Ey, wir wollen auch Eis!«

Tristan hielt Isolde die Hand hin und zog sie hoch. »Findest du nicht auch, dass es hier übel riecht?«

Isolde rümpfte mit Blick auf Dödels Bande die Nase. »Ja, total schlechte Luft.«

Dann schlüpften sie in ihre Kleider, rollten die Decke zusammen und schritten hoch erhobenen Hauptes zu ihren Rädern.

»Danke, dass Ihr mich vor den Widerlingen gerettet habt, werter Herr Chevalier«, rief Isolde lachend beim Losfahren. »Das war jetzt wirklich *sehr* elegant.«

»Mit dem größten Vergnügen«, erwiderte Tristan. »Und nun lass uns ordentlich in die Pedale treten. Ich wette, Riwalin ist schon zu Hause.«

Dem war tatsächlich so. Vor der Haustür der Neufelds blickte Riwalin ihnen erwartungsvoll entgegen. Wieder einmal hatte er etwas im Maul, das er sogleich vor Tristans Füße fallen ließ. Es waren zwei abgewetzte Lederhandschuhe.

Tristan wurde bleich. »Himmel!«, flüsterte er und bückte sich danach.

»Alles in Ordnung?«, fragte Isolde besorgt.

»Wie man's nimmt«, stieß Tristan mit gepresster Stimme hervor. »Das hier sind meine Waffenhandschuhe, die ich immer im Schwertkampfunterricht getragen habe. Das letzte Mal vor 777 Jahren.«

»Aber wieso … woher hat Riwalin …« Verwirrt brach Isolde ab.

»Er hat sie apportiert«, erklärte Tristan tonlos. »Aus der Vergangenheit. Auf meinen Befehl hin. Erinnerst du dich noch, was ich gesagt habe, als es am Badesee so voll war?«

Isolde schüttelte den Kopf.

»Notfalls mit Hauen und Stechen«, half Tristan nach. »Hauen und Stechen: Das ist ein Kommando, das ich Riwalin einst beigebracht habe, damit er mir die Handschuhe holt. Weil ich so oft verschlafen habe und dann meistens ohne sie zum Unterricht geflitzt bin.«

»Das heißt dann ja ...«

»... dass die Brücke in meine alte Welt stabil ist«, vollendete Tristan den Satz. »Es gibt einen Weg zurück.«

»Das ist großartig, Tristan!«, freute sich Isolde.

Tristan nickte nur und senkte den Blick – plötzlich niedergedrückt von der Last der neuen Möglichkeiten und seiner schweren Schuld, die auf einmal wieder ganz nah war.

»Und warum stehst du dann da wie das heulende Elend?« Behutsam legte Isolde die Hand auf seinen Arm. »Du hast doch irgendetwas. Spuck's schon aus: Was ist los mit dir?«

»Nichts. Nichts ist los mit mir!«, blaffte Tristan und riss sich los.

Enttäuscht sah Isolde ihn an. »Na schön, wie du meinst«, sagte sie kühl.

Schweigend gingen sie mit Riwalin ins Haus.

# 10
# DER KAMPF GEHT WEITER

Das Turmzimmer lag nur ein Stockwerk über Isoldes Zimmer, aber Tristan hätte genauso gut auf dem Mond sein können. Schlaflos wälzte Isolde sich im Bett herum und dachte an den unerfreulichen Rest des Tages.

Beim Abendessen war Tristan ungewöhnlich ruhig gewesen. Mit gesenktem Kopf hatte er die Kartoffelsuppe in sich hineingelöffelt, ohne ein einziges Mal zu schlürfen oder zu schmatzen.

Beatrix Neufeld hatte ihn gelobt und munter drauflosgeplappert, wie super »ihr Tristi« sich inzwischen im 21. Jahrhundert eingelebt hätte und wie glücklich sie alle seien ihn bei sich zu haben. Johannes Neufeld hatte nichts dazu gesagt. Er war nämlich gar nicht erschienen. Es war wohl vertrackter als gedacht, dem Wurmloch seine Geheimnisse zu entlocken.

Nach dem Essen hatte Tristan »Gute Nacht« genuschelt, obwohl es gerade mal halb acht war. Dann hatte er Riwalin nach draußen in den Schuppen gebracht, wo der Hund von jetzt an übernachten sollte. Das war Frau Neufelds Idee gewesen, um es Sphinx ein wenig leichter zu machen. Isoldes Katze, die Riwalin ganz klar als Eindringling betrachtete, lag nachts oft auf den Treppenstufen zum Turmzimmer.

»UUUHHJAUAUUU!«

Isolde vergrub ihren Kopf im Kissen, aber Riwalins herzzerreißendes Winseln drang durch sämtliche Daunen. Das ging jetzt schon seit einer Stunde so und Tristan tat nichts dagegen. Wütend schlug Isolde die Decke zur Seite. Dann würde *sie* sich eben um Riwalin kümmern.

Doch als sie zum Fenster ging, hörte das Winseln plötzlich auf. Anscheinend hatte Riwalin sich mit seinem Schicksal abgefunden. Isolde betrachtete noch eine Weile seufzend den Mond, der an diesem warmen Sommerabend besonders schön leuchtete, und kehrte schließlich ins Bett zurück.

Wenn Tristan nicht mit ihr reden wollte, war er selbst schuld. Sie hatte wirklich alles versucht. Jetzt war es an ihm, den nächsten Schritt zu tun.

Mit diesem Gedanken fiel Isolde endlich in einen tiefen Schlaf.

»WORUFF-WORUFF-WORUFF!«

Isolde schreckte schweißgebadet hoch. Was leuchtete da so blau und gespenstisch? Ach so, die Ziffern auf ihrem Wecker: 23:16.

»WORUFF-WORUFF-WORUFF!«

Riwalins Gebell wollte einfach nicht aufhören. Isolde stürzte zum Fenster und riss es auf.

Ein Stockwerk über ihr wurde ebenfalls ruckartig ein Fenster geöffnet. »Riwalin, leise!«, hörte sie Tristan zischen.

Der Hund gehorchte augenblicklich, wetzte aber weiterhin unruhig winselnd hin und her. Dann verschwand er in Richtung Garage. Zwei Sekunden später raste er wieder zurück und setzte sich an genau die Stelle, die er gerade verlassen hatte.

»Was ist denn mit ihm?«, rief Isolde leise zu Tristan hinauf.

Der zuckte kurz zusammen, als er sie bemerkte, antwortete aber sogleich: »Ich glaube, er will mir etwas zeigen. Ich gehe zu ihm.«

Riwalins Körper zitterte vor Erregung. Mal schaute der Hund zu Isolde hoch, mal legte er den Kopf noch weiter zurück und fixierte Tristan.

»Er will *uns* etwas zeigen«, stellte Isolde klar. »Ich komme mit.«

Sie schloss das Fenster, schlüpfte in ihre Kleider und steckte die Taschenlampe ihres Vaters ein. Im dunklen Flur kam ihr Tristan bereits entgegen. Ein langer, matt glänzender Gegenstand schlug gegen seine Hüfte.

Isolde stutzte. Es war das erste Mal seit der verhängnisvollen Gewitternacht, dass Tristan sein Schwert wieder angelegt hatte. Aber ihr war sofort klar, warum. Gefahr lag in der Luft, das spürte nicht nur Riwalin. Es hing mit dem Wurmloch zusammen, mit dem Tunnel ins Mittelalter ... Auch dort auf der anderen Seite könnte jederzeit jemand auf die Verbindung zwischen den Welten stoßen und sie durchqueren. Typen wie Erik Blutaxt zum Beispiel.

Tristan streifte seine Lederhandschuhe über die Finger. »Danke, dass du mitkommst«, sagte er leise.

Und Isolde antwortete ebenso leise: »Ist doch selbstverständlich.«

Alles, was am Vortag passiert war, wurde unwichtig. Seite an Seite liefen sie die Treppe hinunter. Beide spürten die Entschlossenheit des anderen, die Neugier und darunter versteckt die Angst, was sie heute Nacht erwarten mochte.

Sie holten die Räder aus der Garage und folgten Riwalin, der sie im gleichmäßigen Trab zu Burg Adlerstein lotste. Die Luft war immer noch warm und am Himmel funkelten unzählige Sterne. Kaum hatten sie die Burg erreicht, steuerte der Hund den Nordturm an und schnupperte aufgeregt am Mauerwerk herum. Dann bellte er kurz. Was hatte er bloß entdeckt? Einen Totenschädel? Oder irgendein Tier?

Während Isolde die Taschenlampe einschaltete, zog Tristan lautlos sein Schwert aus der Scheide. Vorsichtig kratzte er mit der Klinge die Mauersteine entlang, bis er irgendwann auf eine kleine Mulde stieß. Es klirrte leise.

Isolde stockte der Atem. »Was ist da?«

Tristan beugte sich vor, zog einen silbrigen Gegenstand aus der Vertiefung und fing an zu grinsen. »Mensch, Riwalin, du hast meine Silberdose gefunden!«

Riwalin wurde ganz unruhig, als Tristan das Schwert in die Scheide steckte und die Dose aufschraubte. Isolde nahm ihm den Deckel ab.

Ein intensiver Duft verbreitete sich. Riwalin musste niesen, schüttelte sich und schnaufte empört.

»Lavendel?«, fragte Isolde zögernd.

»Richtig! Lavendel, Arnika, Beinwell und Schafgarbe. Alles ganz harmlose Kräuter. Aber Riwalin konnte Nalias Heilsalbe noch nie ausstehen.« Tristan klopfte seinem Hund beruhigend auf den Rücken. Als er Isoldes fragenden Blick bemerkte, fügte er hinzu: »Ich hab doch neulich von meiner Cousine erzählt. Nalia ist die einzige Tochter von Herzog Max und ganz schön dickköpfig, aber auch sehr klug und einfühlsam. Sie kann Menschen und Tieren bis auf den Grund der Seele blicken und weiß unvorstellbar viel über Heilkräuter. Sie mischt mir regelmäßig diese Heilsalbe. Wirkt Wunder bei kleinen Verletzungen.«

Jetzt musste auch Isolde grinsen. Riwalin war wirklich ein

ungewöhnlicher Jagdhund. Konnte keiner Fliegen was zuleide tun und hatte Angst vor einer Creme!

Sie wollte Tristan den Deckel der Silberdose zurückgeben, als ihr etwas auffiel. »Da steckt was drin.«

»Zeig her!« Vorsichtig pulte Tristan eine kleine Pergamentrolle aus dem Verschluss und strich sie auf seinem Knie glatt.

Isolde richtete die Taschenlampe darauf. Was waren das für rätselhafte Zeichen? So etwas hatte sie noch nie gesehen.

Tristan starrte auf die eng untereinander gekritzelten Zeilen. »Es ist also wirklich wahr.«

»Was?«, fragte Isolde beunruhigt.

Tristan holte tief Luft. »Das … das ist eine Botschaft von Nalia, ein Brief in der Geheimschrift, die wir uns als Kinder ausgedacht haben. *Sie* hat die Dose hier an der Mauer versteckt. In diese Mulde haben wir immer Murmeln gelegt, wenn wir im Burghof spielten.« Panik flackerte in seinen Augen auf. Er strich das Pergament glatt und dann übersetzte er endlich den Brief.

Lieber Tristan,

ich habe Riwalin mit deinen Handschuhen gesehen und bin ihm durch einen reißenden Strom in diese unheimliche Welt gefolgt. Bist du hier, Tristan? Ich habe schon die ganze Zeit das sonderbare Gefühl, dass du noch lebst. Komm zurück zu uns, wir brauchen dich!

Gott schütze dich,

Nalia

Du bist in Gefahr! Als ich mit dieser Botschaft hierher zurückkam, hat Drexel mich gesehen. Ich fürchte, er kennt den Weg in diese Welt.

»Drexel? Oh nein!«, flüsterte Isolde.

Riwalin schmiegte sich an Tristans Beine. Kein Laut kam mehr aus seiner Kehle. Mit gespitzten Ohren wartete er auf die Befehle seines Herren.

»Du hast Nalia mit deiner feinen Nase gewittert, stimmt's?«, fragte Tristan leise.

Riwalin blickte ihn mit treuen Augen an.

»Gut gemacht, mein Freund!« Tristans Stimme klang heiser. Er stand auf und verstaute umständlich die Schriftrolle in der Dose, dann schraubte er sie fest zu und steckte sie in die Tasche.

»Was machen wir denn jetzt?«, fragte Isolde, als von der Stadt her Glockenschläge zu ihnen drangen, zwölf an der Zahl.

Riwalin fing an zu knurren und Tristan stutzte. »Du hast doch nicht etwa Angst vor der Geisterstunde, mein Freund?« Er ging in die Knie und kraulte den Hund hinter den Ohren. »Keine Bange, die kann uns heute einerlei sein.«

Plötzlich strich ein eisiger Wind durch die Gemäuer von Burg Adlerstein.

»Äh, i-ich glaube, das stimmt so nicht«, stotterte Isolde und zeigte auf eine Stelle hinter Tristan.

Er wirbelte herum. Eine Gestalt tauchte wabernd vor ihm auf, die schwarzen Haare streng gescheitelt, das Gesicht weiß wie ein Bettlaken. Unter den linken Arm hatte sie einen Streithelm geklemmt, die rechte Hand umfasste entschlossen ein Schwert.

*»Duuuu?«* Das Wort ertönte gleichzeitig aus zwei Kehlen.

»Da staunst du, was, Tristilein? Ich bin's, dein guter alter Erzfeind Knut Drexel! Tja, aus irgendeinem Grund werde ich jetzt jede Nacht zum Menschen und kann tun und lassen, was ich will.«

»Drexel?«, zischte Isolde Tristan zu. »Sag bloß, das ist …«

Doch Tristan reagierte nicht. Stattdessen redete er halblaut vor sich hin: »Heute ist doch gar keine Vollmondnacht. Wie ist das möglich? Knuts Fluch! Er hat unsere Schicksale untrennbar miteinander verwoben ... Magister Neufeld hat mich dem gewaltsam entrissen ... Was, wenn sich dadurch auch Knut aus der Verstrickung gelöst hat – nur nicht so ganz?«

Während Isolde vergeblich versuchte sich einen Reim auf Tristans verworrene Worte zu machen, klopfte Knut mit dem Schwert auf seinen Streithelm, sodass es laut schepperte.

»Seht her, da steht er, der tumbe Tor, und hält Maulaffen feil! Damit hast du nicht gerechnet, was?«

»Nein«, antwortete Tristan, scheinbar ganz ruhig.

»Tut's noch weh, dein armes, armes Knie?« Knuts Stimme triefte vor Schadenfreude. »Ein Fußtritt, mehr war nicht nötig, um dich zu besiegen!«

»Was willst du hier?« Jetzt klang Tristan nicht mehr ganz so ruhig.

Lässig ließ Knut seine Schwertklinge wirbeln. Mit unheilvollem Sirren pfiff sie durch die Luft. »Na, was wohl, du Schlaufuchs? Das, was wir immer tun, wenn wir uns begegnen: kämpfen! Oder hast du schon wieder die Hosen voll, Tristilein?« Knuts schmieriges Lächeln verschwand. Er setzte seinen Helm auf und stapfte auf Tristan zu, das Schwert mit beiden Händen umklammert, die Augen voller Hass.

Tristan bewegte sich nicht. »Ich muss nicht mehr kämpfen. Ich bin frei von deinem Fluch.«

»Ja, du vielleicht«, schnaubte Knut. »Natürlich, Herzogs Liebling denkt mal wieder nur an sich. Und was ist mit mir? Soll ich bis zum Jüngsten Gericht dieses elende Geisterdasein führen? Wenn ich dich niederstrecke, dann wird der Fluch auch von mir endgültig abfallen.«

»Es gibt noch einen anderen Weg.« Tristan wies auf Isolde. »Ihr Vater ist ein sehr kluger Gelehrter. Er wird dir helfen. Ein Kampf ist überflüssig.«

»Von wegen«, spie Knut ihm entgegen. »Du bist doch nur ein jämmerlicher Feigling!«

Tristan wurde rot bis unter die Haarwurzeln. »*Niemand* nennt mich Feigling. Wenn du mich also unbedingt herausfordern willst, dann auf ritterliche Art und Weise. Schließlich ist eine Dame anwesend.«

»Oh, danke, dass du dich an mich erinnerst«, murmelte Isolde, die sich auf einen abgebröckelten Mauerrest zurückgezogen hatte und diese ganze unfassbare Aktion von dort aus verfolgte.

»Die geschwollenen Worte kannst du dir sparen«, schäumte Knut. »Sprich geradeheraus!«

»Ich schlage einen Zweikampf nach festen Regeln vor. Schwert gegen Schwert, ohne Streithelm und ohne dass einer von uns ernsthaft zu Schaden kommt. Ziel ist es, den anderen zu entwaffnen.«

Knut nahm den Helm wieder ab und spuckte Tristan vor die Füße. »Nach höfischen Regeln will der feine Knappe kämpfen? Nur zu gerne! Ich weiß auch schon den Siegespreis.« Grinsend drehte er sich zu Isolde um. »Ein Kuss von der schönen Unbekannten.«

Jetzt platzte Isolde endgültig der Kragen. »Nie im Leben! Seid ihr völlig durchgeknallt? Ihr wollt doch nicht wirklich mit den Schwertern aufeinander losgehen?! Und haltet mich gefälligst aus eurem Jungsding raus, ist das klar? Sonst werde ich ...«

Zack! Plötzlich stand Knut hinter Tristan.

»Pass auf!«, schrie Isolde, als Knuts Schwert auf Tristans Schulter zusauste. Gleich würde es ihn treffen und verletzen!

Aber halt, was war das? Kaum hatte die Klinge die Schulter berührt, wurde sie brüchig. Sie zerbröselte einfach wie grobkörniger Sand und rieselte auf den Boden. Schließlich hielt Knut nur noch den nutzlosen Schwertknauf umklammert.

Tristan drehte sich grinsend zu seinem Erzfeind um. »Jetzt hältst *du* Maulaffen feil! Tja, sieht ganz so aus, als ob du es nicht bis zum Ende der Geisterstunde schaffst.«

»Na, warte!«, zischte Knut und verzog wütend den Mund, während seine Konturen zu wabern begannen. Rasch löste sich seine Gestalt auf und war im nächsten Augenblick verschwunden.

Erleichtert verstaute Tristan sein Schwert in der Scheide.

»Zum Glück ist der Widerling weg«, schnaufte Isolde und sprang von der Mauer. »Aber jetzt will ich endlich Antworten auf meine Fragen! Ist dieser Kerl mit Zacharias Drexel verwandt? Was hat es mit dem Fluch auf sich? Und was ist damals passiert beim Überfall auf Burg Adlerstein?«

Tristans Gesicht verdüsterte sich. »Der Überfall ... der Fluch. Das ist keine Gutenachtgeschichte, die sich leichtherzig erzählen lässt.«

»Ich bin nicht so zartbesaitet, wie du denkst«, antwortete Isolde. »Ich kann die Wahrheit vertragen, egal wie schrecklich sie sein mag.«

Tristan rang mit sich, doch dann schüttelte er den Kopf. »Irgendwann erzähle ich dir alles, versprochen. Aber jetzt schaffe ich das einfach noch nicht.«

»Klar, kein Problem«, sagte Isolde gereizt. »Lass dir ruhig Zeit, bis der fiese Drexel seinem noch fieseren Freund Erik das Wurmloch zeigt und die beiden hier auftauchen. Die können sich dann mit Susi und Co. um den Rubin kloppen. Das Ganze geht mich ja auch überhaupt nichts an.«

»Doch, schon, nur …« Tristan fummelte an seinem Schwertgurt herum, an dem es nichts zu fummeln gab.

Als er nicht weitersprach, sagte Isolde leise: »Eigentlich hatte ich gedacht, dass wir Freunde sind und du mir vertraust.« Im Gehen fügte sie noch hinzu: »Viel Glück! Du schaffst das alles garantiert auch ohne mich, du cooler Superheld.«

»Warte!«, rief Tristan ihr nach. »Ich komme mit.«

Doch da hatte Isolde sich schon in den Sattel geschwungen und radelte in einem mörderischen Sprint über den Burghof.

Winselnd drückte Riwalin sich an Tristans Bein. »Ja, ich weiß«, stöhnte der Knappe. »Ich Esel hab's mal wieder verbockt!«

Am nächsten Vormittag saß Isolde in ihrem Zimmer und überspielte die Bilder von ihrer Kamera auf den Computer. Es beruhigte sie immer, wenn sie sich mit ihren Fotos beschäftigte.

Denn Fotos erzählen die Wahrheit. Das war einer der Gründe, warum Isolde ihre Kamera so mochte. Am liebsten fotografierte sie Menschen. Wenn sie auf den Auslöser drückte, gelang es ihr manchmal, das Wesen einer Person einzufangen. Verborgene Eigenschaften, von denen keiner etwas ahnte.

Erstaunlicherweise hatte Dödel die Aufnahmen nicht gelöscht. Wahrscheinlich war er von der Technik des Geräts überfordert gewesen. Deshalb hatte er wohl auch keine eigenen Bilder gemacht. Er hatte die Kamera völlig umsonst geklaut. So was konnte auch nur Hermann Dodinger bringen!

Isolde scrollte sich durch ihre Dateien und ließ die letzte Woche noch einmal im Schnelldurchlauf an sich vorüberziehen. Unfassbar, wie viel in sieben Tagen geschehen konnte. Es kam ihr vor wie sieben Wochen.

Da waren Emmi und Lena auf der Nachtwanderung. Ihre fröhlichen Gesichter entlockten Isolde ein kleines Lächeln. Auf dem nächsten Foto zuckte ein verästelter, greller Blitz über einen tintenschwarzen Himmel. Wow! Die Aufnahme war richtig gut geworden. Danach kamen die Schnappschüsse aus der Höhle mit diversen kopfüber hängenden Fledermäusen. Und das Beste: Dödel mit Schnuller.

Isolde scrollte weiter. Dödel und seine Bande beim Kampf mit dem Molekularleim. Das hatten sie so was von verdient!

Dann erschien ein Schwarz-Weiß-Porträt auf dem Bildschirm. Eine Nahaufnahme, gestochen scharf. Tristan blickte ihr direkt in die Augen, ohne Ausflüchte, ohne Geheimnisse, offen und ehrlich.

*Ich habe großen Kummer*, sagte sein Blick. *Ein riesiger Stein liegt auf meinem Herzen. Er erdrückt mich. Ich weiß keinen Ausweg.*

Isolde schluckte. Sie spürte Tristans Last am eigenen Körper. Was war nur passiert beim Überfall auf Burg Adlerstein?

Sie konnte nicht länger hinsehen und klickte das Foto schnell weg. Vorhin beim Frühstück hatte Tristan kein einziges Wort zu ihr gesagt. Danach war er in seinem Zimmer verschwunden und brütete seitdem dort oben vor sich hin.

PLING!

Ohne auf den Absender zu sehen, öffnete Isolde die neue Mail.

*Hi Giraffe,*
*ihr wart am Badesee so beschäftigt, da wollten wir euch nicht stören. Aber das Foto ist super geworden, nicht? Morgen stelle ich es ins Schulnetz. Damit alle sehen, wie glücklich ihr seid.*
*LOL, Hermann*

An die Mail war ein Handyfoto angehängt, das zwei Personen zeigte: Isolde, leicht vorgebeugt, und Tristan, der mit beiden Händen Sonnencreme auf ihrem Rücken verteilte.

Das Ganze war mit einem typischen Dödel-Kommentar versehen:

*Ei, ei, ei, was seh ich da,*
*ein verliebtes Ehepaar!*

Isolde kniff die Augen zusammen, bis die Buchstaben fast verschwammen. Wut stieg in ihr auf. Wie konnte Dödel es wagen, ihr zu drohen? Ihr erster Gedanke war, ihm eine böse Mail zurückzuschreiben. Aber das wäre nur Wasser auf Dödels Mühlen gewesen. Nein, sie würde es ihm auf andere Art heimzahlen. Auf Isolde-Art!

Und sie hatte auch schon eine Idee. Es gab da etwas, das sie schon längst hatte tun wollen. Jetzt war der richtige Zeitpunkt gekommen, wie ihre Mutter immer so schön sagte, und das wusste Isolde ganz ohne Mondkalender oder Tarotkarten.

Fieberhaft öffnete sie ihren Browser und gab zwei Schlagworte ein: »Schüler« und »Fotowettbewerb«. Auf dem Bildschirm erschien an erster Stelle ein Aufruf aus ihrem Bundesland.

*Liebe Schülerinnen und Schüler,*
*das diesjährige Thema unseres Fotowettbewerbs steht fest. Es lautet: »Das soll für immer sein«. Schickt uns eure Aufnahmen bis spätestens 31. August. Zu gewinnen gibt es eine wertvolle Fotoausrüstung.*
*Wir freuen uns auf kreative und einfallsreiche Beiträge.*

Isolde kehrte zu ihren Fotodateien zurück, traf in Windeseile ihre Wahl und markierte eine Aufnahme. Sie lud sie auf der Wettbewerbsseite hoch, füllte die Online-Anmeldung aus, lehnte sich genüsslich zurück und klickte auf Senden.

WOOOOSCH!

Die Rache auf Isolde-Art nahm ihren Lauf, sie rauschte mit Lichtgeschwindigkeit durch das World Wide Web. Ein Lächeln umspielte Isoldes Mund und in ihrem Bauch breitete sich wohlige Zufriedenheit aus.

Dann bekam sie plötzlich ein schlechtes Gewissen. Vielleicht hätte sie mit Tristan über die Sache reden sollen, bevor sie etwas unternahm. Schließlich war er auf Dödels Foto mit drauf. Andererseits wollte Tristan ja ganz offensichtlich keine Probleme mit ihr wälzen. Und wer wusste, wie lange er sich noch in Schweigen hüllen würde? Tage, Wochen, Monate? In 777 Jahren als Geist hatte er vielleicht ein anderes Zeitgefühl entwickelt.

*Klopf-Klopf.*

Beinahe hätte Isolde das leise Geräusch an der Tür überhört. »Herein«, rief sie energisch.

Tristans Kopf und Schultern schoben sich ins Zimmer, gefolgt vom widerstrebenden Rest seines Körpers. »Ich finde einfach keine Ruhe«, presste er gequält hervor. »Wir müssen reden.«

»Na endlich! Ich dachte, du kommst nie.« Isolde schwang ihren Drehstuhl zu ihm herum und erschrak. Tristan sah furchtbar aus. Blass und völlig übermüdet.

»Leg dich in die Hängematte«, sagte sie trotzdem betont munter. »Mach's dir bequem und schieß los.«

Tristan schüttelte den Kopf. »Wenn es dir recht ist, würde ich gerne stehen.«

Isolde nickte und versuchte sich ihre Anspannung nicht anmerken zu lassen.

Mit steifen Schritten ging Tristan zum gekippten Fenster, schloss es und starrte hinaus in den Vorgarten. Er schwieg so lange, dass sie schon befürchtete, er hätte es sich anders überlegt. Aber dann fing er an zu erzählen, zunächst stockend, doch bald immer hastiger, als wollte er es so schnell wie möglich hinter sich bringen.

»Der Überfall auf Burg Adlerstein war der schwärzeste Tag meines Lebens. Ich bin schuld daran, dass Erik von Zorn und seine Mannen mit Drexels Hilfe die Burg erobern und Herzog Max überwältigen konnten.«

»*Was?*«, rief Isolde. »Das glaube ich nicht!«

»Es ist aber so«, sagte Tristan. »Es gab einen Plan, ein Komplott und ich habe davon gewusst. Ich habe zufällig ein Gespräch der Verräter belauscht und hätte meinen Onkel rechtzeitig warnen können, aber ich ... ich bin zu spät gekommen, weil ich nichts Besseres zu tun hatte, als Nalia einen Streich zu spielen.« Er räusperte sich und dann kam seine Stimme auf einmal wie aus weiter Ferne.

*Verdammte Nebelsuppe! Immerhin, noch ist alles ruhig. Und er muss rasch zu Onkel Max, bevor der Tag anbricht und der Überfall beginnt. Dann plötzlich Stimmen ... ganz in der Nähe! Tristan duckt sich hinter die Brunnenmauer. Vor ihm tauchen drei Gestalten auf, zwei von ihnen mit Schwertern bewaffnet. Ist es doch schon so weit? Sind das die Feinde?*

*»Also, Nalia«, dringt Reiks Stimme zu ihm her. »Wir üben jetzt den Oberhau.«*

*Nalia und sein Lehrer, Reik von Aragon! Hat seine Cousine ihn* nun doch überredet, ihr Unterricht im Schwertkampf zu geben, obwohl das den Mädchen gar nicht erlaubt ist? Aber wer ist die dritte Gestalt? Ach so, die Übungspuppe.

Trotz der drohenden Gefahr ist die Versuchung einfach zu groß. Flink klettert er in den Brunnen, die aus groben Feldsteinen gemauerte Wand bietet ihm dafür reichlich Halt.

»Als Linkshänderin packst du das Schwert so, um den Hieb dann so auszuführen«, hört er gleich darauf Reik. Mit einem dumpfen Aufklatschen trifft sein Schwert auf die Strohpuppe. »Verstanden?«

»Ja«, sagt Nalia eifrig.

Weitere klatschende Geräusche verraten Tristan, dass sie ihrem Strohgegner nun Saures gibt – und das ist genau der richtige Moment für seinen Streich!

»AAAAH! Gnade!«, brüllt er aus voller Lunge. Der hohle Brunnen lässt den Schrei schön schaurig klingen.

»Was war das?«, ruft Nalia erschrocken.

Tristan grinst zufrieden.

»AAAHHRG!«, hallt gleich darauf der nächste Schrei über den Hof.

Tristan erstarrt. Denn dieser Schrei kommt nicht von ihm.

Dann Pferdegetrappel, Wiehern, Waffengeklirr. »Bring dich in Sicherheit, Nalia!«, hört er Reiks entsetzten Ruf.

Eriks Mannen! Sie dringen schon in die Burg ein. Hastig klettert er aus dem Brunnen und sieht sich um. Der Nebel teilt sich wie ein Vorhang und bringt Furchtbares zutage: Der Überfall hat begonnen …

Tristan kehrte in die Gegenwart zurück und Isolde kämpfte mit den Tränen. »Deshalb warst du also zu spät?«

»Ja. Ich wollte es wiedergutmachen und mich zu meinem Onkel durchschlagen. Fast hätte ich es auch geschafft, aber dann hat sich mir der verdammte Knut in den Weg gestellt. Er ist Drexels Sohn und ebenfalls Knappe bei Onkel Max. Wir haben gekämpft, haben mit gekreuzten Klingen am Rand der Höllenschlucht gestanden, als das verwitterte Mauerwerk nachgab. Wir sind gefallen, aneinandergeklammert im tödlichen Sturz. Und da hat Knut mich verflucht. Seine Worte hallen mir noch immer in den Ohren: ›Verflucht seist du, Tristan Treuherz, zu Kampf und Leid. Auf ewig.‹«

Isolde hielt es nicht länger auf ihrem Stuhl. Sie ging zu Tristan ans Fenster. »Und deshalb musstest du all die Jahrhunderte als Geist herumirren?«

Tristan nickte. »Von da an musste ich in jeder Vollmondnacht gegen Knut kämpfen und gegen zwei gefallene Gefolgsleute von Erik Blutaxt – üble Kerle, die nach ihrem Tod zu Geistern wurden, weil wohl nicht mal die Hölle sie haben wollte. Um Knuts Fluch zu brechen, hätte ich alle drei in einer Vollmondnacht besiegen müssen, was … was …«

»… was praktisch unmöglich war«, sagte Isolde leise.

Wieder nickte Tristan. Ein Stöhnen kam tief aus seiner Brust, wie von einem verletzten Tier.

»Hey«, sagte Isolde. »Hey, Tristan Treuherz.« Sie legte ihm eine Hand auf die Schulter und Tristan ließ es geschehen.

# 11 Eine gefährliche Falle

Die Vergangenheit war immer noch da und sie tat immer noch weh. Trotzdem hatte Tristan das Gefühl, als wäre ihm ein ganzes Gebirge vom Herzen gefallen. All die Jahrhunderte hatte er sein dunkles Geheimnis gehütet, hatte Mauern des Vergessens darum gezogen – was die Last auf seiner Seele nur schwerer gemacht hatte. Warum hatte er sich Isolde nicht früher anvertraut? Manchmal war er wirklich ein Hornochse.

Tristan seufzte. »Danke, dass du mir zugehört hast.«

»Hey, dafür sind Freunde doch da«, erwiderte Isolde und verpasste ihm einen aufmunternden Hieb in die Rippen. »Aber künftig lässt du dieses Ich-komm-alleine-klar-Jungsding bitte bleiben.«

»Versprochen!«, grinste Tristan. Dann wurde er wieder ernst. »Ich muss dir übrigens noch was sagen: Ich habe Zacharias Drexel gesehen, als ich auf die Ampel geklettert bin. Und dann noch mal vom Polizeiauto aus. Er hat mir gedroht.«

Isolde ließ sich mit einem Stöhnen auf den Schreibtischstuhl sinken. »Nalia hat es ja schon befürchtet. Langsam schwirrt mir echt der Kopf: die Schatzkarte … der Rubin … Drexel … die Archäologen … das Wurmloch … Herzog Max im Kerker und vielleicht auch noch seelenlose Kinder, wenn es stimmt, was in der Chronik steht ... Ach ja, Dödel dürfen wir nicht vergessen!« Sie erzählte Tristan von dem Handyfoto.

Der schnaubte nur verächtlich. Denn im Moment gab es Wichtigeres als Hermann Dodinger, da waren Isolde und er sich einig.

»Am besten gehen wir hübsch Schritt für Schritt vor«, überlegte Isolde laut. »Erst finden wir den Rubin und forschen nach, was es mit den Kindern auf sich hat. Dann kümmern wir uns um Drexel und die Archäologen, anschließend suchen wir das Wurmloch und ...« Sie hielt ratlos inne.

Tristan sah sie an, als würde ihr Gras aus den Ohren sprießen. »Zuallererst müssen wir das Wurmloch finden und dann zurück in meine Zeit! Nalia ist in Gefahr, jetzt wo Drexel sie gesehen hat. Und Onkel Max braucht unsere Hilfe, falls er wirklich noch am Leben ist. Isolde, dieser Zeittunnel ist meine Chance, alles wieder ins Lot zu bringen!«

»Ich verstehe dich ja«, seufzte Isolde. »Aber mit Zeitreisen ist nicht zu spaßen. Das weiß ich von Papa. Was ist zum Beispiel, wenn wir auf der anderen Seite einem von Papas Ahnen begegnen und ihn zufällig umbringen? Dann wird Papa nie geboren. Genauso wenig wie ich. Was dann heißt: kein Papa, kein Experiment, kein Wurmloch!« Langsam kam Isolde in Fahrt. »Dafür Tristan Treuherz in doppelter Ausführung: erstens als Mensch aus der Zukunft, der durch ein Wurmloch kam, das es dummerweise plötzlich nicht mehr gibt, weil der Verursacher, also Papa, nicht mehr geboren wird, und zweitens als Geist, der bei jedem Vollmond zur Geisterstunde auftaucht. Hey, ihr könntet euch ja auf einen Tee treffen, um –«

»Hör auf!«, fiel Tristan ihr ins Wort. »Ich fühle mich plötzlich wie ein Gaukler, der zu viele Bälle jongliert.« Er setzte sich auf die

Hängematte. »Jetzt mal ehrlich: Wie wahrscheinlich ist es, dass wir einem deiner Ahnen begegnen und ihn dann auch noch umbringen?«

»Nicht sehr«, räumte Isolde ein.

»Also, wenn's dich beruhigt: Ich schwöre, dass ich jeden fremden Kerl nach seinem Namen frage, bevor ich ihn umbringe«, schlug Tristan grinsend vor.

»Ha-ha, sehr witzig«, grummelte Isolde. »Da musst du mich schon anders überzeugen.«

Nachdenklich rieb Tristan sich das Kinn. »Was, wenn wir den Rubin einfach in der Vergangenheit suchen?«

»In der Vergangenheit?«

Tristan nickte. »Ob heute oder vor 777 Jahren: Der Rubin ist an derselben Stelle versteckt. Finden wir ihn in der Vergangenheit, können sich unsere wackeren Archäologen hier und jetzt die Finger wund suchen – selbst wenn sie die richtige Stelle entdecken.«

»Donnerwetter!« Isolde war verblüfft.

»Entscheiden wir uns fürs Wurmloch«, redete Tristan unbeirrt weiter, »schlagen wir mehrere Fliegen mit einer Klappe.« Er hob die Faust und streckte den Daumen empor. »Erstens: Wir verlieren keine kostbare Zeit und kommen den Archäologen nicht in die Quere.« Er ließ den Zeigefinger folgen. »Zweitens: Wir könnten den Rubin suchen und dabei zugleich Nalia, den seelenlosen Kindern und Onkel Max helfen.«

»Wenn das mit den Kindern stimmt und der Herzog noch lebt!«, wandte Isolde ein.

»Wenn das mit den Kindern stimmt und der Herzog noch lebt.« Tristan seufzte. Dann machte er weiter. Mittelfinger. »Drittens: Onkel Max kennt sich im Krypta-Labyrinth aus. Er könnte uns bei der Suche helfen. Abgesehen davon weiß er vielleicht, wo der zweite Teil der Schatzkarte versteckt ist. Und viertens ...« Ringfinger. »Wenn Onkel Max wieder über Adlerstein herrscht, könnte er dafür sorgen, dass das Wurmloch auf der anderen Seite versiegelt wird. Dann können so finstere Schergen wie Drexel nicht mehr hierher in diese Zeit gelangen. Also, wenn du mich fragst, ist das Wurmloch die erste Wahl.«

Isolde nickte. Tristan hatte recht. Allerdings nur unter einer Voraussetzung. »Aber eben nur, wenn dein Onkel noch lebt«, spielte sie ihre Trumpfkarte noch einmal aus.

Jetzt nickte Tristan. »Das werden wir gleich herausfinden. Hier und jetzt.«

»Ach!« Isolde klappte der Mund auf. »Und wie, bitte schön?«

Tristan hievte sich aus der Hängematte und zeigte auf Isoldes Computer. »Na, mit deinem Internetz natürlich. Wenn Onkel Max den Überfall überlebt hat, haben doch bestimmt irgendwelche Leute darüber geschrieben im Laufe der Jahrhunderte. Oder liege ich da falsch?« Den Kopf zur Seite geneigt musterte er sie mit schlauem Lächeln.

Isolde schlug sich mit der Hand an die Stirn. »Tristan Treuherz! Du bist echt erstaunlich.« Sie schwang den Drehstuhl zum Computer herum und begann ihr Klackerbrett zu traktieren.

HERZOG MAX VON ADLERSTEIN

ENTER

»Ha! Gleich an erster Stelle, ein Artikel auf Online-Lex. Da steht: Herzog Max von Adlerstein, geboren 1213 auf Burg Adlerstein, gestorben ebenda im Jahr ...« Sie stockte und sah Tristan mit großen Augen an. »Im Jahr 1293!«

Tristan ließ sich wieder in die Hängematte fallen. »Heilige Krötenkacke! Onkel Max hat den Überfall also tatsächlich überlebt. Steht da noch was, das uns helfen könnte?«

»Nur dass unter ihm Handel und Wirtschaft aufblühten. Vor allem weil er die Privatfehden unter seinen Lehensrittern unterband. Was ihn bei einigen wohl nicht sehr beliebt machte. Darunter – na, wer hätte es gedacht – der gute alte Erik Blutaxt, der durch Verrat kurz die Herrschaft an sich riss –«

»Kurz?« Tristan krallte die Finger in die Hängematte. »Steht da etwa auch, wie Onkel Max die Verräter besiegte?«

Isolde überflog den Text. »Die historischen Quellen geben nicht viel her. Anscheinend hat Großkotz Erik sich schnell unbeliebt gemacht, nicht nur bei den Untertanen, sondern auch bei den Ritterkollegen. Ah, hier wird noch eine Legende erwähnt. Der zufolge soll ein totgeglaubter Neffe von Herzog Max wundersamerweise als Retter aufgetaucht sein. Er hieß ... oh GOTT!« Isolde schlug sich die Hand vor den Mund.

»Gott?«, fragte Tristan verwirrt. »Nicht dein Ernst, oder?«

»Nein. Er hieß – halt dich fest – Tristan Treuherz. Und er hatte auch eine Gefährtin: Isolde Nuiweveld.

Schweigend blickten sie sich an.

»Tja, ich schätze, damit ist wohl entschieden, was wir machen.«

Aber es kam alles anders als gedacht. Denn als sie in der Küche noch schnell eine kleine Stärkung zu sich nehmen wollten, platzte Beatrix Neufeld herein.

»Isi, Tristi!«, rief sie voll überströmender Begeisterung. »Ihr ratet *nie*, was mir eben beim Staubwischen im Laden eingefallen ist! Dieses Wochenende ist doch großer Mittelaltermarkt. Mit spirituellen Attraktionen, Gauklern, Kräuterbuden, Ritterkämpfen und vielem mehr. Da dachte ich, Mensch, pfeif auf das bisschen Umsatz am Freitagnachmittag, mach den Laden zu und unternimm was Schönes mit Tristi und Isi. Papa hat sich ja leider immer noch verbunkert wegen dieser Wurmloch-Sache.«

Tristan und Isolde tauschten einen Blick. Attraktionen und Ritterkämpfe hatten sie zurzeit mehr als genug in ihrem Leben.

»Also, ehrlich gesagt wollten wir ...«, begann Isolde.

»... was Leckeres essen?« Beatrix Neufeld lächelte. »Das könnt ihr auch auf dem Markt. Ich lade euch ein.«

»Nein, wir wollten mit Riwalin los«, unternahm jetzt Tristan einen Versuch. »Er braucht dringend Bewegung.«

»Ah, genau wie ich!« Johannes Neufeld stand plötzlich in der Küchentür. Bleich, mit beeindruckenden Ringen unter den Augen. »Ich brauche frische Luft, um meine Gedanken zu sortieren. Ein Spaziergang mit Riwalin ist da genau richtig. Was das Wurmloch anbelangt, sehe ich schon klarer. Meine Untersuchungen haben seine Existenz einwandfrei bestätigt, ebenso eine gute Stabilität.«

»Super, Papa«, griff Isolde dankbar nach dem Strohhalm. »Dann kannst du Mama ja begleiten. Und wir kümmern uns wie geplant um Riwalin.«

Beatrix Neufeld runzelte die Stirn. »Sagt mal, habe ich etwa die Pest? Man könnte meinen, ihr wollt nichts mit mir zu tun haben.«

»Ganz im Gegenteil«, versicherte Tristan hastig.

»Wir wollen einfach, dass ihr mal einen netten Nachmittag zu zweit verbringt«, nahm Isolde die Vorlage auf.

»Ach, Isi, Tristi!« Beatrix Neufeld strahlte. »Wie süß von euch!«

»Danke für das liebe Angebot«, sagte Johannes Neufeld. »Aber leider, leider muss ich nachher gleich weiterarbeiten. Die Daten deuten auf etwas Sensationelles hin, das mit dem Riss des Raum-Zeit-Kontinuums einhergegangen ist.« Bedeutungsvoll linste er über den Rand seiner Brille. »Ich spreche von nichts Geringerem als einer Temporalverzerrung.«

»Temporalverzerrung?«, echote Isolde. »Was heißt das?«

»Nun, dass unsere Zeit und die auf der anderen Seite unterschiedlich schnell dahinfließen natürlich. Wie's aussieht, vergeht drüben die Zeit etwa vierundzwanzigmal schneller.«

»Vierundzwanzig Mal?« Beatrix Neufeld war erschüttert. »Herrje, die armen Leute. Was für eine Hektik!«

Johannes Neufeld winkte ab. »Wäre man dort, würde man davon nichts merken, aber –«

»Moment, Moment«, unterbrach Isolde ihn, atemlos vor Aufregung. »Kapier ich das richtig? Man geht durchs Wurmloch, bleibt einen Tag drüben, kommt zurück und hier ist nur eine Stunde um? Mensch, super! Da können wir ja –« Sie brach ab, als Tristan ihr einen warnenden Blick zuwarf. »Äh … ja richtig stolz auf dich sein«, kriegte sie gerade eben noch die Kurve.

Beatrix Neufeld warf ihr einen prüfenden Blick zu. »Ihr kommt doch nicht etwa auf dumme Gedanken?«

»Haltet euch vom Wurmloch fern!«, stimmte ihr Mann mit ein. »Theoretisch könnte die Zeit auch hier und *nicht* dort schneller fließen. Nur mal eben Minus mit Plus vertauscht, schon hat man den Salat.« Er seufzte. »Bei aller wissenschaftlichen Neugier: Selbst ich würde da nicht durchgehen. Im Übrigen werde ich alles daransetzen, den Riss im Raum-Zeit-Kontinuum wieder zu schließen. Er ist höchst gefährlich! Aber dazu brauche ich einen klaren Kopf, und ein Spaziergang mit Riwalin kommt da wie gerufen.«

»Prima, dann wäre das ja geklärt!« Beatrix Neufeld klatschte vergnügt in die Hände.

Der Mittelaltermarkt fand auf dem Rathausplatz statt. Es gab ein richtiges kleines Dorf aus Holzbuden und Leinenzelten und sämtliche Aussteller trugen historische Gewänder. Einen Moment lang hatte Tristan das Gefühl, über den Markt zu schlendern, der in seiner Zeit in der Siedlung nahe von Burg Adlerstein abgehalten wurde. Doch auf den zweiten Blick wirkte alles falsch und fremd.

»Na, Tristi, fühlst du dich hier zu Hause?«, riss Beatrix Neufeld ihn aus seinen Überlegungen.

Sie waren vor einem Jongleur im Narrenkostüm stehen geblieben, der sage und schreibe sechs Bälle in der Luft balancierte – Plastikbälle, wie Tristan sofort bemerkte.

»Schon, irgendwie«, erwiderte Tristan. »Aber vieles stimmt einfach nicht. Außerdem ist hier alles ...« Er suchte nach dem richtigen Wort. »Na ja, viel zu sauber.«

»Zu sauber?«, fragte Isolde verblüfft.

Tristan nickte. »Die Gewänder der Leute haben kaum einen Schmutzfleck, und wie die erst riechen! Nicht nach Schweiß oder Kaminrauch, sondern nach Duftnebeln oder diesem üblen Schlappspüler.«

»Du meinst Weichspüler«, sagte Beatrix Neufeld lachend. Prüfend hob sie die Nase. »Stimmt, dieser Gaukler hat's damit wirklich übertrieben.«

Kurz darauf kamen sie zu einem mit Seilen abgetrennten Bereich, auf dem sich zwei Männer im Kettenhemd einen Schwertschaukampf lieferten. Unter wüstem Gebrüll droschen sie wie tapsige Bären aufeinander ein. Es war so zum Gotterbarmen unglaublich, dass Tristan mit offenem Mund stehen blieb.

»Was soll denn das werden, wenn's fertig ist?«, platzte es schließlich aus ihm heraus.

Die falschen Recken hörten auf zu kämpfen. Einer der beiden

streifte den Streithelm ab und sagte spöttisch: »Ach, ein Dreikäsehoch und schon Langschwertexperte, was? Kannst du es etwa besser?«

»Und ob«, antwortete Tristan knapp.

Zur Verblüffung der beiden Scharlatane kletterte er unter der Absperrung durch und baute sich vor seinem Herausforderer auf. Gleichzeitig blieben einige Besucher stehen und verfolgten das Ganze neugierig, darunter ein hochgewachsener Mann im schwarzen T-Shirt.

Isolde sah, wie der Mann noch einen Schritt näher kam – den Blick starr auf Tristan geheftet. Ohne dass sie wusste, wieso, wurde ihr mulmig zumute.

»Tristan!«, zischte sie. »Lass es. Das hast du doch gar nicht nötig.«

Keine Reaktion. Tristan war bereits voll im Kampfmodus.

»Oje, Tristi«, hauchte Beatrix Neufeld aufgeregt. Denn Tristans Gegenüber war drei Köpfe größer und hatte eine Gestalt wie ein Gefrierschrank.

»Schwert bitte«, sagte Tristan und streckte die Hand aus.

»Okay, machen wir eine kleine Trainingsdemo.« Gefrierschrank wandte sich an seinen Partner. »Hol uns die Übungsschwerter.«

»Schon wieder Plastik«, murrte Tristan, als er gleich darauf seine Waffe in Empfang nahm.

»Wenn du denkst, wir kämpfen gleich mit richtigem Stahl, hast du dich geschnitten.« Gefrierschrank platzte offensichtlich langsam der Kragen.

Tristan zuckte nur die Achseln und ging lässig in Grundstellung. Verdutzt tat sein Gegenüber es ihm nach.

Einen Moment standen sie sich reglos gegenüber – bis Gefrierschranks Schwertklinge zuckte und von unten auf Tristans Bauch vorstieß. Mühelos parierte Tristan den plumpen Hieb. Ehe sein Gegner wusste, was Sache war, hatte er auch schon Tristans Schwertspitze vor der Nase. Verdutzt schielte Gefrierschrank auf die Klinge, dann ließ er unter lautem Jubel der Zuschauer sein eigenes Schwert sinken.

Isolde, die erleichtert mitklatschte, hörte plötzlich, wie jemand neben ihr murmelte: »Offensichtlich hat der junge Treuherz über die Jahrhunderte nichts verlernt.« Eiseskälte griff nach ihrem Herz.

Sie blickte zur Seite und erstarrte. Der Mann im schwarzen T-Shirt!

Tristan hatte von alldem nichts bemerkt, war er doch damit beschäftigt, seinem Gegner Ratschläge zu erteilen: »Du musst wirklich mal an deiner Schnelligkeit arb– HE!« Verblüfft starrte er auf Isolde, die ihn am Arm gepackt hatte.

»Weg hier«, zischte sie jetzt ihm und ihrer Mutter zu.

Tristan war so verblüfft, dass er sich widerstandslos an den Buden vorbeibugsieren ließ. »Was soll das denn?«, beschwerte er sich dabei aber lautstark. »Darf man jetzt nicht mal mehr höflich sein zu seinen Gegnern?«

Weil ihre Mutter sie verwundert anstarrte, überlegte sich Isolde eine unverfängliche Antwort: »Klar! Wenn du irgendwelchen Reportern verklickern willst, warum du mit dem Schwert hantierst wie ein Chinese mit Essstäbchen?!«

»Ah, da hat Isolde recht, Tristi«, sprang Beatrix Neufeld wie gehofft drauf an. »Du weißt doch: nur keine Aufmerksamkeit erregen.«

»Na gut«, brummte Tristan. »Können wir jetzt was essen? Deswegen sind wir doch eigentlich hier, oder?«

Dagegen war nichts einzuwenden, zumal von dem unheimlichen Fremden keine Spur mehr zu sehen war, wie Isolde erleichtert feststellte. Sie suchten sich einen Stand, an dem es Fleischspieße vom Lagerfeuer gab.

»Hm, lecker«, stöhnte Tristan, nachdem er den dritten Spieß vernichtet hatte. »Das war wirklich mal ganz wie früher. Und was jetzt?«

»Ich möchte noch zu einer Freundin«, erwiderte Beatrix Neufeld. »Sie hat hier einen Stand mit spirituellem Schmuck und wollte mir ihre neue Einhorn-Produktlinie zeigen.«

Als sie in zwei lange Gesichter sah, seufzte sie. »Wie wär's, wenn wir uns in einer halben Stunde wieder hier treffen?«

Sofort nahmen Tristan und Isolde das Angebot an.

»Eigentlich sind Einhörner ja schöne Wesen!« Tristan grinste.

»Tja, nur leider genauso ein Hokuspokus wie Zwerge und Drachen!« Während sie das sagte, blickte Isolde sich nervös um. »Hör mal, eben bei deinem Kampf –«

»Kommt näher und lasst euch verzücken«, wurde sie von einer dunklen Männerstimme unterbrochen.

Überrascht schauten Tristan und Isolde zur Seite. Ein Händler in wallendem Mantel, die Kapuze tief ins Gesicht gezogen, winkte sie lebhaft heran.

»Hier findet ihr alle Wunder aus Orient und Okzident: Gewürze, Kräuter, Tees und, nicht zu vergessen, meinen berühmten Vollmond-Ziegenkäse. Kommt, staunt und lasst die Münzen klimpern.«

Isolde musste schmunzeln. Der Mann spielte seine Rolle wirklich gut.

»Vielleicht bringen wir Mama einen Kräutertee mit«, überlegte sie laut.

»Oder diesen komischen Vollmond-Ziegenkäse«, antwortete Tristan grinsend. »Klingt, als könnte das was für sie sein.«

»Ja, spottet nur, junger Herr«, rief der Mann theatralisch. »Aber dem Zauber meines bei Vollmond geschöpften Käses werdet Ihr Euch nicht entziehen können. Überzeugt Euch selbst!« Er wies auf ein Holzbrett mit kleinen Probierstückchen.

Kaum streckte Tristan die Hand aus, hatte der Marketender sie schon gepackt. Sanft, aber unerbittlich drehte er sie um.

»Faszinierend!«, murmelte er. »Jung, doch schon so stark … und gezeichnet von bösen Erfahrungen. Lasst mich Eure Hand lesen, werter Herr. Auf dass Ihr wisst, ob Fortuna Euch hold ist! In Glück oder Liebe.«

Isolde kicherte ein wenig. »Hey, womöglich erfährst du was Nützliches über Emmi oder Lena.«

»Sehr witzig«, knurrte Tristan. Aber er wollte kein Spielverderber sein.

Der Mann beugte sich tiefer und begann zu murmeln. »Ah, ich sehe Heldentaten. Und … ein treues Herz.« Bedeutungsvoll hob er den Kopf und fixierte Tristan aus der abgrundtiefen Schwärze seiner Kapuze. »Unerschrocken trotzte es des Keilers Hauern, allein mit schimmerndem Schild …«

*Die Stimme!* Eisige Furcht ergriff Tristan. Neben ihm sog Isolde erschrocken die Luft ein.

Im gleichen Moment hatte der Mann seinen Griff geändert, ohne Tristans Hand aus der schraubstockartigen Umklammerung zu lassen. Ein Ring schob sich in Tristans Blickfeld, verziert mit einem gelblichen Stein – der plötzlich rot erglühte.

*Lauf weg!*, riefen sämtliche Instinkte. Aber es ging nicht. Wie hypnotisiert starrte Tristan auf den glühenden Stein. Es war, als hätte sich ein pulsierendes Auge den Weg in seine Gedanken gebrannt – die nun wie ein offenes Buch vor diesem ausgebreitet lagen.

»Mein armer Knut ist also auch am Leben. Ahnte ich doch, dass eure Schicksale miteinander verwoben sind, als ich dich in dieser Welt erblickte«, hallte Drexels geisterhafte Stimme – denn kein anderer war es – durch Tristans Kopf. »Oh, was ist *das*? Ihr wisst etwas über das Rote Herz des Berges!« Jetzt war es, als würde das Auge an Tristans Seele zerren.

»He, was machen Sie mit dem Jungen?!«, drang plötzlich eine weibliche Stimme in Tristans Bewusstsein, gefolgt von einer Menge Radau und Gepolter. Er spürte, wie sich das Auge fluchtartig zurückzog. Dann war auch der Ring aus seinem Blickfeld entschwunden. Stöhnend sah Tristan sich um.

Isolde starrte ihn an. Der Händler war fort. Dafür stand eine Frau vor ihnen und redete besorgt auf sie ein. »Entschuldigt, bitte. Ich musste nur mal kurz wohin. Der Kerl wollte so lange auf meine Sachen aufpassen. Na, wenn ich den erwische! Und mein Kostüm hat er auch geklaut! Kann ich euch irgendwie helfen?«

Isolde schüttelte den Kopf und führte den noch etwas benommenen Tristan weg. »Tut mir leid«, flüsterte sie. »Aber es ging alles so rasend schnell und dann kam ja zum Glück die Frau.«

Tristan winkte ab. »Ist schon gut!«

»Das glaube ich nicht«, erwiderte Isolde. »Ich hab so einen unheimlichen Typ gesehen, vorhin beim Schwertkampf. Und das war niemand anders als dieser Händler gerade. Bei seiner Flucht ist ihm die Kapuze verrutscht. Sag mal, könnte das etwa …«

Tristan blieb stehen. »Wenn du Drexel meinst, liegst du leider richtig. Und er ist hinter dem Roten Herz des Berges her.«

»Hinter dem Rubin? Woher weißt du das?«

»Er hat in meine Seele gesehen«, erwiderte Tristan nur.

# 12
## Reise ins Ungewisse

Isolde warf vom Fahrrad aus einen letzten Blick zurück zum Haus. Dunkel und ruhig stand es da, als ob es auf etwas wartete. Der Efeu legte sich wie feingliedrige, schützende Hände über die alten Backsteinmauern und rahmte die Fenster im ersten Stock ein. Hinter einem von ihnen lagen ihre Eltern und schliefen hoffentlich tief und fest. Schließlich war es vier Uhr morgens.

Neben ihr radelte Tristan, heute wieder in seinem geliebten Lederwams und Strumpfhosen. Schwert und Gurt waren auf dem Gepäckträger festgeklemmt, Riwalin lief an der Leine neben ihm her.

Isoldes Kehle war wie zugeschnürt. Wann würde sie ihr Zuhause das nächste Mal sehen? Würde sie es überhaupt je wiedersehen?

Tristan schien ihre Gedanken erraten zu haben. »Das wird schon. Was sagt ihr bei solchen Gelegenheiten? Augen zu und Wurst?«

Sofort sah Riwalin erwartungsvoll zu seinem Herrchen hoch.

Isolde musste grinsen. »Augen zu und durch. Aber nimm das jetzt bloß nicht wörtlich!«

Ihr war gleich ein bisschen leichter ums Herz. Dennoch kam

es ihr vor, als ob sie ein Stück Kindheit zurückließ, während sie gemeinsam mit Tristan durch die Nacht fuhr. Unaufhaltsam näherten sie sich Burg Adlerstein und dem Wurmloch.

Es war wie ein Tunnel ins Ungewisse. In eine Welt voller Gefahren, ein Abenteuer, das viel zu groß für sie war. Und was hatte sie dem entgegenzuhalten? Das Mittelalter-Kleid ihrer Mutter, mit dem sie bestimmt trotzdem auffallen würde. Und einen lächerlichen Leinenbeutel mit Wasser, Taschenlampe, Pfefferspray und einem Survival-Set für den Notfall.

»Hast du eigentlich gar keine Angst?«, fragte Isolde kurz vor der Burg.

»Doch, natürlich«, gab Tristan zu. Er war kaum außer Atem, obwohl er kräftig in die Pedale getreten hatte. Riwalin dagegen hechelte ganz schön. »Aber wir sind bestens vorbereitet: Die Schatzkarte ist als Foto auf deinem Handy und uns bleiben etwa drei Tage, sobald wir das Wurmloch durchschritten haben. Das sollte reichen, um meinen Onkel zu befreien und rechtzeitig zum Frühstück mit deinen Eltern zurück zu sein. Die werden überhaupt nichts merken.«

»Wahrscheinlich hast du recht«, murmelte Isolde, auch wenn sie fand, dass ihre Eltern bei der ganzen Sache wohl das geringste Problem waren.

Am meisten fürchtete sie sich vor Drexel. Tristan hatte ihr nicht erzählen wollen, was der Alchemist und sein Stein ihm angetan hatten. Demnach musste es wirklich schlimm gewesen sein.

Sie versteckten die Räder in einem Gebüsch und betraten den Burghof. Düster sah er in der fahlen Morgendämmerung aus. Der Himmel war bedeckt und man konnte die Umrisse der verfallenen Gemäuer gut erkennen.

»Du glaubst also, dass das Wurmloch irgendwo beim Eingang zum Labyrinth ist?« Isolde zeigte zum Nordturm, der sich wie ein stummer Wächter aus dem gezackten Fels der Höllenschlucht erhob.

Tristan nickte. »Ganz bestimmt. Riwalin ist uns doch entgegengesprungen, als wir da unten beim Torbogen waren, erinnerst du dich?«

»Den Moment werde ich so schnell nicht vergessen«, antwortete Isolde. Mit Bangen dachte sie an das schreckliche Labyrinth und die schwarzen, spiegelnden Obsidian-Wände.

»Auf geht's!« Tristan lächelte ihr zu und marschierte zum Nordturm, Riwalin treu an seiner Seite.

Isolde zückte ihre Taschenlampe und folgte den beiden. Als hinter den Ranken die dunkle Öffnung des Eingangs auftauchte, wurde sie auf einmal ganz ruhig. Seltsam, die Angst war verflogen!

Zügig stiegen sie die steilen Treppen hinab und gingen weiter, bis sie den Torbogen erreicht hatten. Den Eingang zum Labyrinth.

Isolde leuchtete in die Gänge, die sich vor ihnen verzweigten. »Und was jetzt?«

Tristan stützte sich an der rauen Felswand ab und überlegte kurz. Dann hockte er sich neben Riwalin hin und sah ihm ernst in die Augen. »Hör gut zu, alter Freund. Du musst uns den Weg zeigen. Ohne dich finden wir nicht in deine und meine Zeit!«

»GRUMMMMPF!«

Riwalin schnaufte einmal kurz und presste seinen Kopf gegen Tristans Knie. Dann trabte er los.

»Braver Junge«, sagte Tristan zufrieden und folgte ihm.

Isolde konzentrierte sich auf Tristans Umrisse, während sie hinterherstapfte, und das war gut so. Denn bei dem, was sie aus den Augenwinkeln wahrnahm, kam ihr das kalte Grausen. In den schwarzen, geschliffenen Steinen des Labyrinths spiegelte sich ihr Gesicht hundertfach verzerrt. Grauenhaft.

*Weiter, bloß weiter!*, dachte sie die ganze Zeit.

Irgendwann stieß Riwalin ein kurzes Bellen aus, dann rannte er um die nächste Biegung und plötzlich wurde es ganz still im Tunnel.

Tristan und Isolde sahen sich an. Vorsichtig folgten auch sie der Biegung – und standen vor einem mannshohen, kreisrunden Durchgang, der durch eine Art flüssige Wand verschlossen war. Die Oberfläche kräuselte sich zäh wie Öl und ein bläuliches, kaltes Leuchten ging von ihr aus.

Riwalin war verschwunden.

Isolde bekam eine Gänsehaut.

»Das muss es sein, das Wurmloch«, rief Tristan. »Komm!«

Langsam näherten sie sich der schimmernden Wand. Als sie direkt davorstanden, merkten sie, dass die Oberfläche leicht pulsierte, als hätte sie einen eigenen Herzschlag. Und offenbar war sie ganz weich.

Vorsichtig streckte Tristan seine Hand aus, bis sie in die Wand eintauchte. Es gelang ihm mühelos.

»Ich spüre einen Sog!«, flüsterte er. Dann zog er die Hand zurück und bewegte die Finger. Er grinste erleichtert. »Alles noch dran!«

Auf einmal wurde Isolde auch ganz aufgeregt. »Sollen wir?«

»Klar«, antwortete Tristan.

Sie sahen sich an und lasen in ihren Augen dieselbe Frage: Wer zuerst?

»Gemeinsam?«, schlug Isolde vor.

Tristan nickte, nahm ihre rechte Hand und drückte sie so fest, dass sie jeden einzelnen Finger spürte. Dann platzte es aus ihm heraus: »Du bist übrigens das Beste, was mir in den letzten 777 Jahren passiert ist!«

Isolde wurde rot und wusste nicht, was sie antworten sollte, doch das war gar nicht nötig.

»Drei, zwei, eins, LOS!«, rief Tristan.

Die Finger ineinander verflochten, tauchten sie gleichzeitig ein. Das blaue Licht pulsierte und rauschte in ihren Ohren, breitete sich in ihrem Körper aus.

FLOSCHHHHHHH!

Tristan und Isolde wurden von einem reißenden Strom erfasst, von einer Kraft, die tausendmal stärker war als sie. Sie verloren die Hand des anderen und jegliche Kontrolle über sich selbst.

Wo war oben, wo unten? Isoldes Magen drehte sich, ihr wurde schlecht. Doch im nächsten Moment vergaß sie die Übelkeit und riss die Augen auf. Planeten rasten an ihr vorbei: rote, blaue, grasgrüne ... dann leuchtende Sterne, dann Galaxien, eine nach der anderen und jede neue noch schöner als die vorige. Auf einmal wurde alles wieder schwarz. So blitzschnell, wie sie aufgetaucht waren, verschwanden die Galaxien wieder. Es gab nur noch das Rauschen und den Sog und einen endlosen Sturz durch einen endlosen Tunnel. Weiter, weiter in immer helleres Blau hinein, dann Grau, dann Weiß.

FLUSCHHHHHHH!

Sie schossen aus dem Tunnel heraus, wurden durch die Luft gewirbelt, fielen, trafen auf festen Untergrund. Isoldes Taschenlampe rutschte ihr aus der Hand und knallte auf den Boden. Gleichzeitig fuhr ein stechender Schmerz durch ihren Ellbogen. Sie krümmte sich und blieb liegen, die Augen fest geschlossen. Hinter den Lidern flimmerte es in allen Farben des Regenbogens.

»Isolde! Kannst du mich hören?«

»Ja.« Ihre Stimme war rau, als hätte sie im Tunnel geschrien, aber sie konnte sich nicht daran erinnern.

»Isolde!« Tristans Rufe wurden drängender. Dann spürte sie, wie er ihren Arm leicht berührte. Aua! Sie blinzelte. Sanftes Morgenlicht. Ein gleichmäßiges Rauschen. Frische, feuchte Kühle auf der Haut. Vogelzwitschern.

VOGELZWITSCHERN?

Vorsichtig richtete sie sich auf und sah sich um. Sie lag auf einem Moospolster neben einem Stein, an dem sie sich wohl den Ellbogen gestoßen hatte. Und was war da noch? Verzerrte Konturen von Bäumen hinter einer seltsamen, durchsichtigen Wand aus Wasser. Und direkt vor ihr zwei kräftige Beine in Strumpfhosen.

»Haben wir es geschafft?«, flüsterte sie.

Tristan verbeugte sich lächelnd. »Gott zum Gruße, edles Fräulein! Ein dreifach Hoch, wenn Ihr erratet, wo wir sind.«

»Im *Mittelalter*?« Auf einmal verspürte Isolde keinen Schmerz mehr. Sie rappelte sich hoch. Ihre Füße zitterten, der Boden unter ihr schien leicht zu schwanken.

Aber die Wand aus Wasser war wunderschön. Wie ein fließender Vorhang ergoss sie sich von einem gezackten Felsvorsprung in einen Teich. Ein Wasserfall? Irgendwo hatte sie den doch schon mal gesehen …

Isolde war noch zu benebelt, es fiel ihr nicht ein.

»Okay, Mittelalter … Aber wo sind wir hier genau?«, fragte sie.

»Erkennst du es nicht?«, fragte Tristan zurück.

Isolde starrte wieder auf den Wasserfall und auf einmal machte es Klick. Die Nachtwanderung, das Gewitter, die hastige Flucht zur Fledermaushöhle und etwa zehn Meter davor der Wasserfall. Damals hatte sie keine Zeit gehabt, ihn zu bewundern.

Dann musste ja Burg Adlerstein ganz in der Nähe sein!

Gemeinsam mit Tristan trat sie hinter dem Wasserfall hervor, ging am Teich entlang und ließ dabei den Blick über die Landschaft schweifen.

Sanfte grüne Hügel und schräg gegenüber ein schroffer Berg. Eben ging die Sonne auf und vergoldete die Baumwipfel, über denen gewaltige Mauern und trutzige Türme aufragten, vier an der Zahl, mit wehenden Fahnen an den stolzen Masten.

Burg Adlerstein in voller Größe und Pracht.

Ein feierlicher Ton schwang in Tristans Stimme, als er sagte: »Endlich bin ich zu Hause.«

Isolde hätte gerne den Arm um ihn gelegt, aber Tristan wurde schon wieder unruhig. Die eine Hand am Schwertgurt, die andere an der Stirn, um nicht von der Morgensonne geblendet zu werden, spähte er umher und lauerte auf drohende Gefahren.

Doch Isolde konnte weit und breit keine entdecken.

»Entspann dich«, sagte sie. »Die niedlichen kleinen Kühe da drüben tun uns nichts. Hier ist niemand. Nur wir und die Vögel, die Kühe, der schöne gelbe Schmetterling und ...«

»Riwalin!«, riefen Tristan und sie gleichzeitig und sahen sich betroffen an.

Einen Moment später zischte Tristan »Psst!« und zog Isolde nach unten ins halbhohe, taufeuchte Gras. Ihr Herz schlug bis zum Hals.

Was hatte Tristan mit seinen feinen Ohren gehört? Pferdegetrappel? War Erik von Zorn mit seiner Mördertruppe in der Nähe? Oder noch schlimmer: Zacharias Drexel? Angestrengt versuchte Isolde, die Geräusche der Natur auszublenden. Und plötzlich hörte sie es auch: ein Summen, ganz leise.

Jemand summte eine kleine Melodie. Eine Frau?

Tristan gab Isolde zu verstehen, dass sie warten sollte. Dann pirschte er sich zu einer Anhöhe am Waldrand und verschwand aus dem Blickfeld. Isolde verharrte etwa zehn Minuten in ihrem Versteck, bis ihr ein furchtbarer Gedanke kam: Was, wenn Tristan in eine Falle lief?

Auf allen vieren bewegte sie sich die Anhöhe hinauf. Ihr Ellbogen begann wieder zu schmerzen. Die Schürfwunde sah böse aus, aber momentan gab es Wichtigeres. Isolde wagte sich aus ihrer Deckung und starrte zum Waldrand hinüber. Dort bei der alten Eiche bewegte sich etwas. Zwei Gestalten lehnten sich links und rechts gegen den mächtigen Stamm: Tristan und ein junges Mädchen. So vertraut, wie die beiden wirkten, war der Knappe wohl nicht in Gefahr.

Isolde fasste sich ein Herz und huschte zu den beiden hinüber.

Tristan runzelte vorwurfsvoll die Stirn. »Du solltest doch auf mich warten. Ich hätte dich schon geholt.«

»Junger Krieger, mach er sich nicht so wichtig!«, sagte das Mädchen und warf ihre langen braunen Haare zurück. Dabei blitzte ein goldenes Medaillon auf, das sie an einer zierlichen Kette um den Hals trug. Es verlieh ihrem hellgrünen, ziemlich schmutzigen Leinenkleid einen besonderen Glanz. In den Händen trug sie einen kleinen Weidenkorb, der mit Kräutern, Nüssen und Beeren gefüllt war.

»Nalia?«, fragte Isolde.

»Die bin ich«, antwortete das Mädchen ruhig. »Und du heißt Isolde, nicht wahr? Wie meine Mutter.«

»Ja.«

Nalia betrachtete Isolde eine Weile mit gerunzelten Augenbrauen. Dann verzog sich ihr Mund zu einem Lächeln und Isolde entdeckte, wie schön Tristans Cousine war.

»Ich bin so froh, dass ihr meine Nachricht bekommen habt

und hergekommen seid. Aber du bist am Ellbogen verletzt, Isolde. Und du hast ein paar Kratzer an den Armen. Lass mich raten: Himbeeren, Brombeeren?«

»Brombeeren«, sagte Isolde verblüfft. Wie hatte Nalia das alles bloß so schnell gesehen? Sie musste wirklich eine besondere Gabe haben.

»Ich werde mich gleich darum kümmern.« Nalia nahm ein paar Kräuter aus ihrem Korb und zerrieb sie zwischen den Fingern. Dann pflückte sie ein Eichenblatt, rollte die Kräuter sorgfältig darin ein und legte das Päckchen auf Isoldes Ellbogen. »Halte mal bitte kurz«, bat sie, zog ein geblümtes Tuch aus der Tasche ihres Kleides und band es geschickt um Isoldes Arm.

»Danke.« Isolde konnte es kaum glauben. Die Wunde brannte auf einmal nicht mehr!

»Und jetzt wäre die Dose ganz hilfreich, die ich dir geschickt habe«, wandte sich Nalia an ihren Cousin.

»Die Dose? Ach so, ja« Tristan kramte in den Taschen seines Lederwamses und gab sie Nalia.

Die bestrich die zwei größten Kratzer an Isoldes Armen sorgfältig mit der Heilsalbe. Ihre Finger waren angenehm kühl.

»Das tut gut, vielen Dank«, sagte Isolde.

Nalia betrachtete sie noch einmal mit einem forschenden Blick, dem nichts entging. Offenbar fiel die Prüfung positiv aus, denn am Ende lächelte sie wieder und sagte freiheraus: »Ich mag dich.«

Tristan wurde ungeduldig. »Spart euch die Höflichkeiten für später auf. Es wird höchste Zeit, dass wir von hier verschwinden.«

Nalia schob die Unterlippe vor. »Pass bloß auf, sonst bringe ich nur Isolde in mein Versteck und du kannst sehen, wo du bleibst!«

# 13 Mit dem Kopf durch die Wand

Tristan hatte natürlich gewusst, dass Nalia ihre Drohung nicht wahr machen würde. Er und seine Cousine neckten sich zwar gerne, aber sie mochten sich sehr und konnten sich felsenfest aufeinander verlassen. Tristan vertraute Nalia und sie vertraute ihm.

Seine Cousine führte sie zu ihrem Versteck, einem Ort, den sie nicht näher beschreiben wollte. Tristan hätte gerne mehr gewusst, aber vermutlich war es sicherer so.

Wo Riwalin jetzt wohl war? Tristan vermisste seinen treuen Freund. Doch er wusste, dass der Hund ihn irgendwann wiederfinden würde. Schließlich hatte er das selbst durch den Zeittunnel geschafft.

Seufzend heftete Tristan seinen Blick auf Nalias Stiefel. Er kannte niemanden sonst, der sich so selbstverständlich in der Natur bewegte. Wie ein Reh lief Nalia durchs Gras, anmutig, flink, immer auf der Hut. So führte sie ihre Begleiter nach Süden, weg von Burg Adlerstein, talabwärts auf verschlungenen Pfaden. Sie machten einen weiten Bogen um das Dorf und das Kloster. Von ferne hörten sie die Rufe der Mägde beim Melken und das Bimmeln der Kuhglocken. Und kurz bevor sie erneut in den Wald eintauchten, sahen sie einen Bauern mit seinen Knechten bei der

Getreideernte. Sie folgten einem kleinen Bachlauf, an dem Tristan früher manchmal gespielt hatte. Nach einer Weile lichtete sich der Wald und vor ihnen tauchte eine Holzbrücke auf, die zu einem verlassenen Anwesen führte.

»Die alte Wassermühle!«, rief Tristan verblüfft. »Die hatte ich ganz vergessen.«

»Ich nicht«, sagte Nalia stolz. »Kommt mit, aber passt auf, dass ihr nicht auf eine morsche Holzlatte tretet.«

Bei der Mühle war Tristan nur ein einziges Mal gewesen. Nalia und er hatten sie etwa drei Jahre vor dem Überfall zufällig bei einem Ausflug entdeckt. Wegen ihrer abgeschiedenen Lage war sie nicht mehr in Betrieb. Das Wasserrad stand still und das einst so stattliche Mühlenhaus verfiel langsam.

»Ist das schön hier«, stellte Isolde fest, während sie die Brücke vorsichtig überquerte. »Ein kleines Paradies.«

Nalia schob einen Riegel beiseite und öffnete die Eingangstür. »Herzlich willkommen in meinem bescheidenen Reich.«

Innen roch es intensiv nach Holz, das stapelweise an den Wänden aufgeschichtet war. Es gab auch noch die Einblattsäge, die früher mithilfe der Wasserkraft dicke Stämme zerteilt hatte. Im hinteren Teil des großen Raumes hatte Nalia aus mehreren Decken ein gemütliches Lager geschaffen.

»Macht es euch bequem«, sagte sie, holte mit einem Krug rasch noch frisches Wasser aus dem Bach und bot Tristan und Isolde die Nüsse und Beeren aus ihrem Korb an.

Dann setzte sie sich im Schneidersitz auf eine Decke und betrachtete ihre Gäste. »Ich kann es kaum fassen, dass du wieder da bist, Tristan! Alle haben dich für tot gehalten – nur ich mochte es nicht glauben. Ihr müsst mir von der unheimlichen Welt erzählen, in der du warst.«

Isolde leckte sich die roten Beerenfinger. »*War* ist nicht ganz der richtige Ausdruck. Es ist nämlich eine Welt in der Zukunft.«

Tristan legte seinen Schwertgurt ab. »Irgendwann erkläre ich dir alles, Nalia. Aber jetzt haben wir keine Zeit dazu. Sag: Was ist seit dem Überfall auf die Burg passiert?«

»Furchtbare Dinge.« Nalia umklammerte ihr goldenes Medaillon. »Es gab so viele Tote. Ich höre jetzt noch die Glocke, die deswegen immer wieder geschlagen hat. Ich hab mich nämlich zuerst im Schuppen neben der Friedhofskapelle versteckt, nachdem ich mit Glück aus der Burg entkommen konnte.«

Tristan pfiff leise durch die Zähne. »Gut gemacht, Cousine! Ich bin übrigens sehr, sehr froh, dass du lebst.«

Nalia lächelte kurz, bevor sie weiterredete: »Als der Kampf endlich vorüber war, hat Erik von Zorn mit seinen Mannen die Burg besetzt. Danach hat er Herolde ausgeschickt. Die verkündeten überall im Land, dass nun Erik von Zorn als neuer Herr über Adlerstein und das Herzogtum regiert.« Nalias Augen füllten sich mit Tränen. »Seither rätsele ich, was Erik meinem Vater angetan hat. Angeblich soll er im Kerker schmachten, aber ich traue den Gerüchten nicht. Vielleicht hat Erik Vater ja in einem Wutanfall getötet.«

»Nein, er lebt!« Tristan zerriss es fast das Herz, seine Cousine so leiden zu sehen.

»Wirklich?«, rief Nalia überglücklich. Doch sogleich sprang sie auf und funkelte Tristan zornig an. »Spiel nicht mit meiner Hoffnung! Woher willst *du* das wissen? Du warst doch gar nicht hier, du warst mit Isolde in dieser anderen Welt.«

»Und genau deshalb wissen wir auch, dass Max nicht getötet wurde«, sagte Tristan ruhig.

»So ein Unsinn!« Wütend kickte Nalia ein Holzscheit weg.

»Bitte lass es uns erklären«, schaltete sich Isolde ein. »Wir haben Aufzeichnungen gefunden, in einem Lexikon. Das ist ein Buch, in dem alle möglichen Informationen zusammengetragen sind, zum Beispiel über berühmte Menschen aus der Vergangenheit. Darin steht geschrieben, dass Herzog Max von Adlerstein achtzig Jahre alt wurde und es den Menschen unter seiner Herrschaft sehr gut ging. Und da steht auch, dass Erik Blutaxt deinen Vater gefangen setzte, aber nur *kurz* die Herrschaft an sich reißen konnte.«

In Nalias Gesicht spiegelten sich rasch hintereinander die unterschiedlichsten Gefühle: Zweifel, ungläubiges Staunen, Angst und schließlich zögerliche Freude. »Wenn das wirklich wahr wäre, dann …«

»Es ist wahr«, bekräftigte Tristan feierlich. »So wahr, wie ich einmal Tristan Treuherz hieß.«

Seiner Cousine fiel nicht auf, dass er die Vergangenheitsform benutzt hatte. Sie sah ihm einfach nur in die Augen und erkannte, dass er sie weder belog noch trösten wollte. Da ließ sie ihrer Freude endlich freien Lauf. »Papa lebt!«, jubelte sie und tanzte leichtfüßig durch den Raum.

Staubwolken wirbelten auf, die Isolde mit den Händen verscheuchte. »Ja … hust, hust … das ist wirklich wunderbar.«

»Aber noch ist der verfluchte Erik von Zorn an der Macht«, erinnerte Tristan die Mädchen an den Ernst der Lage. »Und den Menschen im Herzogtum geht es bestimmt sehr schlecht, oder?«

Nalia ließ sich wieder auf der Decke nieder. »Oh ja! Alle leben seither in Angst und Schrecken. Niemand darf mehr frei sprechen, ohne befürchten zu müssen, dafür im Kerker zu landen. Und Erik hat die Abgaben für die Bauern erhöht. Ihnen bleibt kaum noch etwas zum Leben. Die Menschen müssen hungern.«

»Wie schrecklich«, murmelte Isolde und bekam sofort ein schlechtes Gewissen. »Und ich esse hier deine Nüsse und Beeren auf! Wenn ich gewusst hätte, dass ...«

Nalia schüttelte energisch den Kopf. »Mir geht es gut, ich leide keinen Hunger. Davor bewahrt mich das hier.« Lächelnd zeigte sie auf einen Köcher an der Wand, in dem drei Pfeile steckten.

»Du gehst ... auf die *Jagd?*«, platzte Tristan heraus. »Aber du bist doch ein Mädchen!«

»Glaubst du etwa, Mädchen sind zu schwach, um einen Bogen zu spannen?«

Tristan wurde verlegen. »Nein, natürlich nicht.«

Nalia stemmte die Hände in die Hüften. »Dann hätten wir das ja schon mal geklärt. Und übrigens: Mit dem Schwert kämpfen kann ich auch.«

Tristan blickte betreten auf den Boden. Beinahe wäre ihm ein »Ich weiß« herausgerutscht. Doch er besann sich noch rechtzeitig, denn jetzt war nicht der Moment, den Brunnenstreich zu beichten.

Er schlug mit der Faust auf den Oberschenkel. »Dieses Leid muss ein Ende haben. Wir müssen Onkel Max befreien!« Voller Tatendrang sprang er auf und griff nach seinem Schwertgurt. »Los, kommt!«

»Stopp!«, rief Isolde. »Wie stellst du dir das vor? Wir spazieren einfach zur Burg, klopfen ans Tor und sagen Erik von Zorn, dass er gefälligst abhauen soll? Und wenn er sich weigert, was er selbstverständlich tun wird, machen wir mal locker zu dritt seine hundert Mannen platt, oder was?«

Tristan schnaufte. »Da wird uns schon ein guter Plan einfallen. Außerdem rotten sich die hundert Mannen nicht auf einem Fleck zusammen. Wie auch immer: Ich werde jedenfalls nicht tatenlos hier herumsitzen. Wir müssen handeln! Mein Onkel darf keine Sekunde länger leiden.«

»Da gebe ich dir völlig recht«, stimmte Nalia zu. »Aber zu dritt ist das aussichtslos. Wir helfen Papa nicht, wenn wir uns umbringen lassen.«

Tristan packte seinen Schwertgurt. »Ich werde mich nicht töten lassen, das schwöre ich. Und egal was *ihr* macht, *ich* gehe jetzt zur Burg!«

Wie berauscht lief Tristan am Bach entlang zurück zu Burg Adlerstein.

Heute war sein großer Tag, der Tag, an dem er seinen Onkel befreien würde! Er wusste zwar immer noch nicht, wie, aber er malte sich das erstaunte Gesicht des Herzogs in den schönsten Farben aus, wenn er ihn aus dem Kerker befreite. Wie er Tristan um den Hals fiel und sagte: »Tristan Treuherz, mein Retter, mein Held!«

KRAKRAKRA!

Tristans stolperte vor Schreck über eine Wurzel.

Eine Rabenkrähe erhob sich vom Wipfel einer Tanne und flog krächzend davon.

*Du Esel! Pass gefälligst besser auf, sonst brichst du dir noch das Genick.*

Von jetzt an hielt Tristan Augen und Ohren offen, was auch nötig war, denn inzwischen hatte er den Schutz des Waldes verlassen. Mit geducktem Oberkörper hastete er durchs Gras. Bald wurde das Gelände hügeliger und hinter einer Kuppe tauchte die stolze Burg auf. Tristan hielt einen Augenblick inne, um zu verschnaufen. Er musste irgendwie in die Burg hinein und zum Nordturm gelangen und von dort runter ins Verlies.

Er überlegte kurz und entschied, es über das kleinere Osttor zu versuchen. Wenn er sich recht erinnerte, war es nicht so stark bewacht wie das Südtor. Also nichts wie los!

Als er sich dem Südturm näherte, der von der Sonne hell angestrahlt wurde, blieb er wie angewurzelt stehen. Die Turmwachen, verflixt! An die hatte er gar nicht gedacht.

Tristan ging hinter einem Baum in Deckung und beobachtete mit zusammengekniffenen Augen die zwei Soldaten. Anscheinend hatten sie eine lange Nacht hinter sich, weil sie ständig gähnten und mit den Füßen aufstampften, um sich wach zu halten. Dann steckten sie die Köpfe zusammen und begannen ein angeregtes Gespräch.

Jetzt oder nie! Tristan flitzte wie ein Wiesel in den nahen Bergwald. Geschafft! Die Wachen hatten nichts bemerkt und im Gewirr der knorrigen Äste und Blätter war er gut getarnt. Tristan sah sich um und entdeckte einen Wildpfad, der nach Osten führte. Primos! Dem würde er folgen.

Wenig später erreichte er eine Lichtung und erblickte vor sich den Ostturm – und darauf zwei Dinge, die ihm wie Stiche ins Herz fuhren: eine große, flatternde Fahne, mit einer gelben Schlange auf schwarzem Grund. Das verhasste Wappen Erik von Zorns. Und oben auf der Plattform drei Männer, zwei Soldaten mit einem Gefangenen, den sie rechts und links gepackt hielten.

Onkel Max! So gebeugt und schwach hatte Tristan den Herzog noch nie gesehen! Und sein edler Waffenrock war völlig zerlumpt. Was hatten die verdammten Kerle mit seinem Onkel vor?

Eine Antwort bekam er, als der Wind die schnarrende Stimme des einen Soldaten herübertrug. »Schau dir die Sonne gut an. Wenn du uns nicht endlich verrätst, wo das Rote Herz des Berges versteckt ist, hast du sie das letzte Mal gesehen.«

Obwohl er die Frage noch einmal scharf wiederholte, schwieg Max beharrlich.

Missmutig versetzte sein Kumpan dem Herzog einen kräftigen Fußtritt, dann zerrten sie ihn zur Treppe. »Zurück in den Kerker, wo du hingehörst!«

Auf einmal erfüllte Tristan ein unglaublicher Hass auf die Sonne. Warum sah sie unbeteiligt zu, wie sein Onkel litt? Warum entzündete sie kein flammendes Inferno?

Die Wut verlieh ihm neue Kraft. Wie ein Braunbär, den ein unbedachter Jäger vorzeitig aus seinem Winterschlaf geholt hatte, brach Tristan durchs Unterholz. Bei seiner Ehre, er würde Onkel Max auch aus dem tiefsten Kerker heraushauen, notfalls mit blanken Fäusten. Immer näher rückte sein Ziel, nur noch ein paar ...

Da hörte er ein metallisches Schaben hinter seinem Rücken. Ein Geräusch, das er nur zu gut kannte. Es war ein Schwert, das in einer fließenden Bewegung aus der Scheide gezogen wurde.

Einen Wimpernschlag später hatte Tristan seine Waffe in der Hand und wirbelte herum.

SCHOCK!

Blitzende Klingen überall. Sternförmig richteten sich ihre scharfen Spitzen auf seine Körpermitte. Er war umzingelt von einem Dutzend Rittern in Kettenhemden.

*Warum habe ich sie nicht kommen hören? Ich bin viel zu laut gewesen.*

Einer der Ritter hob sein Schwert leicht an und zielte auf Tristans Herz. »Wer auch immer du bist: Ich verhafte dich im Namen Erik von Zorns, des Herzogs von Burg Adlerstein.«

Die Worte hallten wie Donnerschläge in Tristans Ohren wider. Starr vor Angst ließ er sich entwaffnen. Im Hintergrund hörte er das Schnauben von Pferden, die zwischen den Bäumen grasten.

Auch sie hatte er nicht bemerkt. Wo war er bloß mit seinen Sinnen gewesen?

»Schaffen wir ihn weg«, hörte er einen Ritter rufen.

»Der ist ja noch grün hinter den Ohren«, lachte ein anderer.

»Hoho, so klein und traut sich schon alleine zur Burg! Wo ist denn deine Mama, du Grünspecht?«

Tristans Augen brannten. Er hatte sein Leben verwirkt und das von Onkel Max mit dazu. Warum hatte er bloß nicht auf Isolde und Nalia gehört?

Plötzlich sprengte aus dem Hintergrund ein Reiter heran, im langen schwarzen Mantel, die Kapuze tief ins Gesicht gezogen.

Erschrocken stoben die anderen Ritter beiseite. »He! Kannst du nicht aufpassen?« – »Du hättest mich fast über den Haufen geritten!« – »Was soll das?«

Unbeirrt galoppierte der Kapuzenmann auf Tristan zu, streckte seine Hand aus – und auf einmal hatte Tristan keinen Boden mehr unter den Füßen. Er wurde gepackt, durch die Luft geschleudert und landete eine Sekunde später hart auf dem Pferderücken.

»Festhalten!«, brüllte der Reiter, gab seinem Ross die Sporen und preschte in den Wald hinein.

Tristan klammerte sich an der Mähne fest. Zweige schlugen ihm ins Gesicht, Kiefernzapfen prasselten auf seinen Kopf, bis sie endlich einen Waldweg erreichten. Sein Entführer trieb das Pferd an: »Schneller!«

Schneller ... aber wohin? Schneller in den Tod? Ein eiskalter Ring schloss sich um Tristans Herz. Alles, bloß nicht sterben!

»Brrrrr!« Plötzlich riss der Reiter an den Zügeln. Das Pferd wieherte und fiel zurück in Trab, dann in Schritt, bis es schließlich mit bebenden Flanken stehen blieb.

Benommen richtete Tristan sich auf. Sie standen auf einer

Lichtung mit ein paar alten Eichen. In ihren Wipfeln erblickte er Baumhäuser, erstaunlich groß und kunstvoll gezimmert. War das der Ort, an dem er sterben musste?

»Parole!«, zischte jemand aus dem Dickicht.

Kaum hatte der Kapuzenmann »Freiheit« gerufen, kamen dunkle Gestalten hinter den Büschen hervor, vermummt, mit schussbereiten Pfeilen auf den gesenkten Sehnen. Langsam bildeten sie einen Halbkreis um die neu Eingetroffenen.

Tristan starrte sie an. *Worauf wartet ihr? Bringen wir es endlich hinter uns.*

Da machte sein geheimnisvoller Entführer eine kleine Handbewegung. Sofort verstreuten sich seine Leute und verschwanden wieder im Dickicht.

Der Reiter stieg ab, zerrte Tristan vom Pferd und zu einem der Baumhäuser. »Rauf mit dir!«, befahl er barsch und zeigte auf eine Strickleiter.

Tristans Knie zitterten. Er griff nach dem rauen Strick und schaffte es mit viel Mühe, hochzuklettern und sich in das Baumhaus zu hieven. Innen war es dunkel. Tücher hingen vor den Fensteröffnungen.

Auf einmal schwankten Baum und Haus. Jemand kletterte die Leiter hoch.

Tristans Herz schlug wild gegen seine Brust. Er rutschte so weit wie möglich weg vom Eingang und starrte auf das helle Rechteck, in dem nun der geheimnisvolle Unbekannte erschien. Seine kräftige Gestalt sperrte das Tageslicht aus, während er stehen blieb und Tristan stumm musterte. Dann griff er unter den Mantel nach seinem Schwert.

# 14 IN DER HÖHLE DES LÖWEN

Bei allen Heiligen! Tristan! Bist du’s wirklich?«

Tristans Gedanken überschlugen sich. Er kannte diese Stimme! Aber das war unmöglich. Er hatte doch selbst gesehen, wie …

Ungläubig verfolgte Tristan, wie der Unbekannte seinen Schwertgurt unter dem Mantel hervornestelte und achtlos auf einen Tisch poltern ließ, bevor er seine Kapuze zurückschlug. Aus einem wettergegerbten Gesicht, über dessen rechte Wange sich eine Narbe zog, funkelten ihn stahlblaue Augen an.

»REIK!«, rief Tristan. »Ich dachte, du wärst tot!«

»Die Berichte über meinen Tod sind glücklicherweise stark übertrieben«, grinste sein alter Waffenlehrer. Aber gleich darauf wurde er wieder ernst. »Was man von deinem Ende nicht sagen kann. Ich kenne einige, die beschwören könnten, wie du mit dem Verräterbalg Knut in die Höllenschlucht gestürzt bist. Sag also, bist du’s wirklich, Tristan? Oder hat Erik uns einen teuflischen Doppelgänger geschickt?«

Tristan hob sein Lederwams an und zeigte auf die Narbe an seiner Hüfte, wo ihn einst der Keilerhauer gestreift hatte. »Die da kennst du doch noch, oder?«

Reik starrte fassungslos auf die Stelle. »Du bist es!«, flüsterte er schließlich. »Aber wie ist das möglich?«

»Das ist eine ... komplizierte Geschichte«, antwortete Tristan stockend. »Lange war ich irgendwo zwischen Leben und Tod, bevor es mich in ein fernes Land verschlug. Wo ich Freunde fand, die mich zurückbrachten.«

»Lange? Fernes Land?« Reik fuhr sich durch das graue Stoppelhaar. »Seit dem Überfall sind doch nur wenige Wochen vergangen!«

»Ich weiß, das klingt abgefahren«, sagte Tristan. »Aber ...«

»Abgefahren?«

»Äh, so sagt man in dem fernen Land für *verwirrend*«, erklärte Tristan schnell. »Aber jetzt sollten wir überlegen, wie wir Onkel Max befreien. Lange wird er Eriks Kerker nicht mehr überleben und –«

Mit einer Handbewegung schnitt Reik ihm das Wort ab. »Nicht so hastig! Herzog Max lebt, sagst du?«

Tristan nickte und erzählte, was er auf dem Ostturm gesehen hatte. »Und Nalia ist auch am Leben. Sie hält sich versteckt, zusammen mit Isolde, einer Freundin, die mich aus dem fernen Land hierher begleitet hat.«

Reik schüttelte den Kopf. »Ganz schön viele Neuigkeiten für einen müden Haudegen wie mich«, knurrte er. Dann jedoch huschte ein Lächeln über sein Gesicht. »Aber endlich einmal gute, verdammt noch mal! Dein Onkel und deine Cousine, beide noch am Leben, das hätte ich nie zu träumen gewagt. Wo ist Nalia?«

»In der verfallenen Wassermühle.«

»Kein schlechtes Versteck«, sagte Reik. »Trotzdem müssen wir sie schnellstmöglich herholen. Erik hat eine hohe Belohnung auf ihre Ergreifung ausgesetzt. Nicht auszudenken, wenn sie ihm am Ende doch noch in die Hände fällt. Er würde Herzog Max damit drohen, sie umzubringen oder sie gar zu seiner Ehefrau zu machen!«

»Nie im Leben würde Nalia diesen Mistkerl heiraten!«, rief Tristan empört.

»Sie hätte gar keine Wahl«, erwiderte Reik knapp. »Erik und sein dämonischer Berater, dieser Drexel, würden sie, wenn nötig, gefesselt und geknebelt vor den Altar zerren. Du weißt doch: Eine Trauung, die von einem Diener Gottes vollzogen wird, gilt als heilig. So könnte Erik seine Herrschaft vor aller Welt rechtfertigen.« Reik schnaubte verächtlich. »Er wäre dann der Schwiegersohn und rechtmäßige Nachfolger von Herzog Max von Adlerstein, den kurz nach der Hochzeit natürlich *zufällig* ein tragischer Tod ereilen würde.«

Tristan schloss kurz die Augen. »Das darf nicht passieren«, brachte er mit bebender Stimme hervor.

Reik legte ihm den Arm auf die Schulter. »Wird es nicht!« Rasch trat er an den Eingang und ließ einen Pfiff ertönen. »Juri, Caspar, raufkommen. Es gibt Dringendes zu besprechen.«

Die beiden Namen entlockten Tristan ein frohes Grinsen. Die zwei angesehenen Kämpfer gehörten zu Herzog Max' Leibwache, die Reik als Hauptmann angeführt hatte. Gleich darauf standen die Männer vor ihm.

»Himmel, Tod und Teufel!«, rief Juri. »Unser guter alter Keilerschreck höchstselbst!«

Ehe Tristan wusste, wie ihm geschah, drückte Juri ihn auch schon an sich.

»Bei allen Höllenhunden. Lass noch was übrig!« Caspar befreite Tristan aus der Umklammerung – nur um ihn seinerseits so fest an sich zu pressen, dass Tristans Rippen knackten. »Nicht zu fassen, dass du noch lebst!«, sagte er.

»Nicht mehr lange, wenn ihr so weitermacht!«, beendete Reik die Begrüßung und erzählte, was er von Tristan erfahren hatte.

Kaum hatte er seinen Bericht beendet, rief Caspar: »Worauf warten wir noch? Schlagen wir los!«

»Ach, du hast also einen Plan?«, fragte Reik mit einem Funkeln in den Augen.

»Und ob«, erwiderte Caspar. »Wir bringen Nalia in Sicherheit, reiten zur Burg und ...« Er überlegte.

»... schmeißen Erik Blutaxt samt Drexel in die Höllenschlucht«, schaltete sich Juri ein, »befreien Herzog Max und ...«

»... feiern, bis der Medicus kommt«, übernahm Caspar wieder. »Genialer Plan!«

»Stimmt«, antwortete Reik schmunzelnd. »Aber etwas ausgefeilter müsste er vielleicht noch sein. Doch in Punkt eins stimmen wir schon mal überein: Nalia in Sicherheit bringen.« Sein Gesicht wurde schlagartig ernst. »Ihr beiden bringt sie und dieses Mädchen Isolde hierher. Ihr kennt den Weg zur Mühle?«

Caspar und Juri nickten und waren bereits im nächsten Moment verschwunden.

»Wie bist *du* eigentlich bei dem Überfall entkommen?«, fragte Tristan jetzt neugierig.

»Das habe ich Juri und Caspar zu verdanken«, antwortete Reik. »Als dein Onkel und ich im Kampfgetümmel getrennt wurden, war ich mehr tot als lebendig. Einer von Eriks Schurken, dieser verdammte Orok, wollte mich gerade einen Kopf kürzer machen. Da kamen Juri und Caspar auf die Wehrmauer gestürzt. Ich sah noch, wie Juri Orok über die Mauer und hinab in die Höllenschlucht stieß. Caspar hielt uns die anderen vom Leib. Danach weiß ich nichts mehr. Ich bin erst hier im Wald wieder aufgewacht. Möge dieser Orok ewig in der Hölle schmoren.«

»Keine Bange«, murmelte Tristan leise. »Für den wurde gründlich gesorgt.«

»Was?« Reik starrte ihn verwundert an.

»Ach, nichts. Sag, habt ihr etwas zu essen? Ich könnte einen Bären verputzen«, wechselte Tristan rasch das Thema. Tatsächlich knurrte ihm heftig der Magen, denn außer Nalias Nüssen hatte er heute noch nichts bekommen.

»Na ja, einen Bären kann ich dir nicht anbieten«, antwortete Reik. »Unsere Kost ist ziemlich karg. Wir jagen in den Wäldern und die Leute hier zwacken von dem wenigen, das Erik ihnen lässt, hin und wieder etwas für uns ab. Es gibt Pökelfleisch und Brot. Komm, gehen wir zu den anderen, damit du sie ordentlich begrüßen kannst und was in den Magen kriegst.«

Die Sonne neigte sich schon dem Horizont entgegen, als vom Rand der Lichtung Rufe ertönten, die kurz darauf in lauten Jubel übergingen. Juri und Caspar brachten Nalia und Isolde ins Lager. Für eine Weile waren alle Sorgen vergessen, während Nalia, Reik und seine Schar sich gegenseitig auf Stand brachten.

Isolde bekam neugierige Blicke ab, wurde jedoch freundlich aufgenommen und für ihr schönes Kleid bewundert. Den Verband hatte sie abgelegt, denn Nalias Kräuter waren wirklich heilsam.

Es war dunkel, als Reik sich mit Tristan, Isolde und Nalia in ein Baumhaus zurückzog, um Pläne zu schmieden. Juri und Caspar als Reiks Stellvertreter und Vertraute folgten.

»Also, irgendwelche Vorschläge?«, kam Reik zur Sache, kaum dass der Letzte am Tisch saß.

Caspar legte gleich los. »Wir könnten tagsüber zwei von unseren Leuten in die Burg schmuggeln. Auf einem Karren mit Vorräten, den ein Dritter als Bauer verkleidet lenkt. Sie verstecken sich, bis es Nacht wird, schleichen zum Osttor, schalten die Wachen aus, öffnen das Zuggitter und lassen uns rein. Dann niedermetzeln, was sich uns in den Weg stellt, Herzog Max befreien und ab durch die Mitte.«

»Ein trojanisches Pferd!«, entfuhr es Isolde.

Reik überlegte. »Nicht schlecht«, sagte er und blickte in die Runde. »Aber leider hat die Sache ein paar Haken.«

Nalia nickte sofort. »Wir wissen nicht, wo genau Vater steckt. Bis wir ihn gefunden haben, sind vielleicht schon so viele von Eriks Leuten auf den Beinen, dass am Ende *wir* abgemetzelt werden.«

Reik warf ihr einen anerkennenden Blick zu. »Richtig. Wir müssen herausfinden, wo Herzog Max gefangen gehalten wird. Und wie die Lage in der Burg ist. Also: Wir machen einen Ausflug zur Burg ... in die Höhle des Löwen!« Er hielt inne. »Genauer gesagt, Tristan und ich machen das. Bist du bereit, Tristan?«

Was gab es da zu überlegen? »Natürlich!«

Um ihn herum erhob sich lautstarker Protest.

»Wieso nicht Juri und ich?«, polterte Caspar.

»Ach, und Isolde und ich sollen brav daheimbleiben?«, rief Nalia. »Kommt nicht infrage, was, Isolde?«

Isolde nickte empört.

Mit einer energischen Handbewegung brachte Reik alle zum Schweigen.

»Euer Mut ehrt euch«, sagte Reik. »Aber so ist es am vernünftigsten. Geriete Nalia in Eriks Fänge, wäre unsere Sache so gut wie verloren. Und Isolde würde sofort auffallen.«

»Verstehe. Aber wieso Tristan und nicht Caspar oder ich?«,

beharrte Juri. »Wir kennen uns in Adlerstein aus und wissen zu kämpfen.«

Reik musterte ihn mit verschmitztem Grinsen. »Das gilt alles auch für Tristan. Aber er hat etwas, das ihr nicht habt: Er ist kaum größer als ein Kind.«

WAS!? Wie immer bei derlei Bemerkungen wurde Tristan wütend.

»Nichts für ungut, Tristan«, fuhr Reik fort. »Aber mit der richtigen Verkleidung wirst du dich frei in der Burg bewegen können. Jeder wird dich für eines der Gesindekinder halten oder für den Burschen eines Handwerkers und nicht weiter auf dich achten.«

Tristan beruhigte sich wieder. Da war was dran.

»Schön und gut, aber warum ausgerechnet du, Hauptmann?« Juri ließ nicht locker. »Auf Adlerstein bist du bekannt wie ein bunter Hund.«

»Genau wie ihr beide«, nahm Reik ihm den Wind aus den Segeln. »Aber ich bringe die größte Erfahrung mit. Abgesehen davon: Könnt ihr Latein?«

Juri starrte ihn verblüfft an.

Reik grinste. »Als Mönch sollte man doch Latein können, oder?«

Am nächsten Morgen rumpelte ein Eselskarren Richtung Burg. Je näher Adlerstein rückte, desto verwundbarer fühlte sich Tristan. Besorgt beäugte er unter seiner Kapuze heraus das südliche Torhaus. Wie drohende schwarze Augen starrten die Schießscharten auf ihn herab.

Bisher war alles wie am Schnürchen gelaufen. Reik hatte Juri zu Ludger, dem Abt des Klosters Schöningen, geschickt. Er war Herzog Max treu ergeben und daher bereit zu helfen: Pünktlich bei Morgengrauen hatten zwei seiner Mönche einen Karren voller Getreide zu dem vereinbarten Treffpunkt gebracht. Sie brachten auch eine Mönchskutte mit und einen dicken Strohsack, mit dessen Hilfe sich Reik in Egbert verwandelt hatte – den Mönch mit stattlichem Bauch, der jetzt neben Tristan den Karren lenkte.

Tristan registrierte, wie die beiden Wachsoldaten vor dem Tor ihre Hellebarden fester packten und ihnen entgegenblickten. Unwillkürlich tastete er unter dem Bauernkittel nach seinem Schwert – und griff ins Leere. Reik war gegen Waffen gewesen. Zu gefährlich, falls man sie durchsuchte.

Somit waren sie unbewaffnet – bis auf die Möhre, die helfen sollte, wenn Esel Hieronymus nicht mehr weiterwollte. Und natürlich die beiden Weinschläuche an ihren Gürteln. Den Wein hatte Nalia mit Schlafmohnsaft vermischt.

»HALT!«, blaffte ihnen einer der Wachsoldaten entgegen, ein feister Kerl mit verschwitztem Pickelgesicht. »Wohin des Weges, Mönch?«

Unbehaglich rutschte Tristan auf seinem Sitz herum. Das konnte ja heiter werden.

»Einen schönen guten Morgen, mein Sohn«, erwiderte Reik munter. »Das Kloster bringt euch Korn für den Burgmüller, wie immer am ersten Freitag im Monat.«

»Hm, werden sehen, werden sehen«, knurrte Pickelgesicht nur und machte seinem Kumpan, einem langen Lulatsch, ein Zeichen.

Die beiden stocherten mit ihren Hellebarden im Kornhaufen herum, während sie den Karren umrundeten. Plötzlich rümpfte Pickelgesicht die Nase und starrte Tristan an. »Du stinkst ja schlimmer als ein ganzer Schweinestall, Bursche!«

Damit lag er völlig richtig. Nalia und Isolde hatten Tristans

Gesicht mit Ruß und Dreck und seinen Bauernkittel mit Mist beschmiert.

»Lasst den armen Jungen«, schaltete sich Reik rasch ein. »Er riecht, wie man eben riecht, wenn man tagaus, tagein zum Ruhme des Herrn in den Viehställen des Klosters arbeitet.«

Pickelgesicht zuckte die Achseln. »Ihr könnt passieren.«

»Benedicat tibi Dominus et custodiat te«, antwortete Reik und schlug das Kreuz.

»Hä?«

»Der Herr segne und beschütze dich, mein Sohn.«

Während Reik ihr Gefährt zur Burgmühle lenkte, sah sich Tristan neugierig im Burghof um. Auf den ersten Blick wirkte alles wie früher. Soldaten, Handwerker, Gesinde oder deren Kinder gingen ihren verschiedenen Aufgaben nach. Allerdings war das Treiben weit weniger munter. Offenbar hatte so mancher Bewohner die Burg lieber verlassen, als unter Erik zu dienen.

Wenig später begannen die Gehilfen des Müllers das Korn in Säcke zu schaufeln.

»Sieh zu, dass du mit den Leuten ins Gespräch kommst«, raunte Reik Tristan zu. »Jede Information könnte nützlich sein. Wir treffen uns nachher wieder hier.« Mit diesen Worten zog er davon.

Tristan schlenderte aufs Geratewohl los. Mit den Leuten sprechen! Leichter gesagt als getan bei diesen verschlossenen Mienen. Vielleicht könnte er …

»He, du Bauerntrampel!«, riss ihn eine barsche Stimme aus den Gedanken. »Lauf mir nicht im Weg rum. Ich hab's eilig!«

Tristan drehte sich um. Eine Wache! Der Mann trug einen Eimer mit Küchenabfällen, was höchst ungewöhnlich war.

Tristan hatte eine Idee. Demütig senkte er den Kopf, wie man es von jemandem seines Standes erwartete. »Tut mir leid, Herr! Ich wollte Euch nicht verärgern. Lasst mich es wiedergutmachen und den Eimer für Euch tragen. Das ist doch keine Aufgabe für einen stolzen Soldaten!«

Der Soldat war sichtlich geschmeichelt. »Hier, nimm. Mir nach zum Kerker. Aber pass auf damit! Der Saufraß ist nämlich für ein ganz besonderes Schwein – und zwar für ein hochherrschaftliches.«

Wortlos trottete Tristan los, während sich in seinem Kopf die Gedanken überschlugen. *Hochherrschaftlich ... das konnte doch nur Onkel Max sein!*

Dann stiegen sie auch schon die steile Treppe in den Kerker hinab – den Isolde und er erst vor Kurzem durchschritten hatten oder den sie in Hunderten von Jahren durchschreiten würden. Puh, ganz schön verwirrend!

Am Zugang zum Kerkertrakt erwartete sie ein zweiter Wachsoldat. »He, was macht denn der Bauernlümmel hier?«

»Hat mir seine Dienste als Träger angeboten«, grinste Tristans Begleiter. »Wie geht es denn unserem hochwohlgeborenen Gast? Hat er schon Appetit?«

Tristan beschloss, alles auf eine Karte zu setzen. »Ihr habt Max hier unten, richtig?«, rief er. »Gut, dass Erik den Kerl abserviert hat. Ich bin Eriks größter Bewunderer, wisst ihr? Hab kein Turnier hier verpasst. Zu gerne würde ich mir diesen Schnöselherzog mal ansehen. Nur kurz! Es wäre auch nicht umsonst«, fügte er hinzu.

Verblüfft starrten die beiden Männer ihn an. »Was hat ein Bauerntrampel wie du schon zu bieten?«, fragte der eine schließlich.

Tristan nestelte den Weinschlauch von seinem Gürtel los. »Besten Klosterwein! Von den Mönchen, für die ich arbeite.«

Die Wachen wechselten einen Blick und nickten dann gierig.

Einer riss Tristan den Schlauch aus der Hand, zerrte den Korken heraus und setzte zum Trinken an.

»He, lass mir auch noch was«, protestierte der andere, als sich der Schlauch in Windeseile leerte.

»Hm, is' ja gut«, nuschelte der Angesprochene. »Da hasssu!«

Mit dem Schlauch in der Hand wandte sich der erste Soldat an Tristan. »Auf geht's! Und nimm den Eimer mit.«

Als sie kurz darauf vor einer Zellentür stehen blieben, war der Wein auch schon ausgetrunken. Der Mann ließ den Schlauch einfach fallen, pfriemelte umständlich einen Schlüsselring von seinem Gürtel, wählte einen Schlüssel und bugsierte ihn im dritten Anlauf ins Schloss. Dann stieß er die Tür auf und trat schwankend zurück.

»Los, Eimer rein!«, befahl er.

Mit klopfendem Herzen trat Tristan in den pechschwarzen Raum. Kaum hatte er den Eimer abgesetzt, als hinter ihm ein lautes Krachen ertönte.

RUMMS! SCHEPPER!

Der Wachsoldat war umgefallen wie ein gefällter Baum.

Donnerwetter! Nalias Schlafmohn wirkte ja verflixt schnell. War nur die Frage, ob die Wirkung lange genug anhielt.

»Tristan?«

Er hatte fast nicht mehr daran geglaubt, diese Stimme jemals wieder zu hören! Voller Freude drehte er sich um. Der Schock war umso größer.

Ein ausgemergeltes Gesicht tauchte im trüben Licht der Gangfackel auf. Müde Augen starrten ihn aus riesigen Höhlen an.

»Onkel!«, rief er und stürmte los, um die dünne Gestalt an sich zu drücken.

»Nicht so fest, mein Junge«, krächzte Herzog Max. Mit zittriger Hand fuhr er Tristan über die Wange. »Du bist es wirklich! Ich glaubte, du wärest in die Höllenschlucht gestürzt.«

»Bin ich auch«, erwiderte Tristan. »Hab aber Glück gehabt. Genauso wie Nalia, Reik und einige deiner Gefolgsleute.«

»Nalia lebt? Und Reik auch? Das sind wahrlich gute Nachrichten«, seufzte Herzog Max. »Das gibt mir Kraft, noch eine Weile durchzuhalten.«

»Eigentlich bin ich nur zur Erkundung hier«, sprudelte es aus Tristan hervor. In knappen Worten erzählte er, wie er und Reik in die Burg gekommen waren. »Aber warum nicht die Gunst der Stunde nutzen? Komm einfach mit, Onkel.«

Herzog Max schüttelte den Kopf. »Verlockender Gedanke, aber zu gefährlich. Ihr würdet es mit mir zusammen nicht einmal bis zum Tor schaffen. Reik und dir darf nichts geschehen. Sonst verlieren die Menschen da draußen ihre letzte Hoffnung.«

»Aber was, wenn Erik dir in der Zwischenzeit so zusetzt, dass du …« Tristan brach ab, unfähig das Furchtbare auszusprechen.

»Hab keine Angst«, beruhigte Herzog Max ihn. »Es ist wahrlich kein Zuckerschlecken hier, aber umbringen wird er mich nicht.«

»Wie kannst du da so sicher sein?«

Der Herzog blinzelte. »Erik ist aus irgendeinem teuflischen Grund hinter dem Roten Herz des Berges her. Der Rubin ist seit Ewigkeiten im Besitz unserer Familie und hat einen hohen Wert. Aber ich glaube, dass mehr dahintersteckt. Irgendetwas Abgrundfinsteres, an dem dieser Verräter Drexel seinen Anteil hat.«

»Darauf wette ich«, schnaubte Tristan und musste plötzlich an Drexels Ring denken, der ihn in seinen schrecklichen Bann gezogen hatte.

»Solange Erik den Rubin nicht hat, bleibe ich am Leben.« Der

Herzog lächelte schief. »Und den wird er nie bekommen – denn nicht einmal ich weiß, wo er ist.«

»Was?« Tristan glaubte sich verhört zu haben.

»Als unsere Provinz vor vielen Jahren durch die Mongolen bedroht wurde, beschlossen deine Tante und ich, den Rubin in den Tiefen des Berges verstecken zu lassen – von unserem treuen Freund Abt Rodger. Die Stelle verzeichnete er auf einer Karte, die Isolde und ich in zwei Teile zerschnitten und jeweils an einem geheimen Ort verbargen. Meine Hälfte steckt im Gemäuer einer Säule, in den Kellern der Burg. Aber dieses Wissen würde Erik und Drexel nichts nützen. Denn meine geliebte Frau nahm ihr Geheimnis mit ins Grab, als sie bei Nalias Geburt starb.«

Das klang zwar alles sehr ausgeklügelt, richtig beruhigen konnte es Tristan aber nicht. »Rubin hin oder her: Was, wenn Erik Blutaxt einen seiner Wutanfälle bekommt?«

Herzog Max hob die Hand. »Keine Bange, ich werde ihn schön auf Trab halten – mit einer falschen Fährte.«

KNIRSCH! RUMPEL!

»Schnell, bring dich in Sicherheit!«, flüsterte der Herzog und schob Tristan aus seiner Zelle. »Das war die Geheimtür aus den Kellergewölben. Gleich wird hier jemand auftauchen!«

Herzog Max schlug die Tür zu und Tristan drehte hastig den Schlüssel um, der noch außen im Schloss steckte. Dann schleppte er den bewusstlosen Wachsoldaten in eine leere Zelle gegenüber.

Schwere Schritte näherten sich auf dem Gang. Dem Klang nach zwei, drei Mann. Mit stockendem Atem drückte Tristan sich neben der Zellentür an die Wand.

Die Schritte stoppten. Schlüssel klirrten. Knarrend schwang die Tür zu Herzog Max' Zelle wieder auf.

»Mit meiner Geduld ist es vorbei. Sag mir, wo das Rote Herz

des Berges ist ... oder es kostet dich ein Auge«, dröhnte eine verhasste Stimme.

Tristan gefror das Blut in den Adern. Erik Blutaxt.

»Du hast gewonnen«, hörte er Herzog Max stöhnen. »Ich bin am Ende. Aber wisse, Bastard, der Stein wird dich nicht glücklich machen. Er ist zwar allerhand wert. Aber bei dem, was dich deine Söldnerbanden kosten, wird dir auch dieses Geld schnell zwischen den Fingern zerrinnen. Und ehe du dich's versiehst, prangt dein Kopf auf einem Lanzenspieß.«

Tristan erschrak fürchterlich bei diesen harten Worten, doch dann begriff er, dass sie Teil von Herzog Max' Plan waren.

Erik lachte böse. »Du begreifst gar nichts. Es geht nicht um Geld, sondern um Macht. In dieser und einer faszinierenden, fremdländischen Welt, die Drexel für mich entdeckt hat. Macht durch eine Armee der Toten, die er mithilfe des Rubins erwecken wird.«

»Armee der Toten?«, raunte Herzog Max, für einen Moment aus der Fassung gebracht. Doch gleich darauf fing er sich wieder. »Na schön, genug der Höflichkeiten«, seufzte er scheinbar entmutigt. »Der Rubin hängt an der Halskette meiner Frau.«

»Aber deine Frau ist tot!«, stammelte Erik verwirrt.

»Wir haben sie mit der Kette bestattet. Das, was du suchst, findest du in ihrem Sarkophag, in den Tiefen der Krypta.«

Es folgte ein kurzes Schweigen. Offensichtlich musste Erik diese Neuigkeit erst einmal verdauen. »Na, also! Warum nicht gleich so?«, hörte Tristan dann seine zufriedene Stimme.

Primos! Erik hatte also angebissen. Die Zellentür wurde zugeschlagen und abgeschlossen, Schritte entfernten sich. Und verharrten gleich darauf wieder. War Erik etwa noch etwas eingefallen? Ja, war es.

»He, du da hinten, Soldat!«, dröhnte seine Stimme durch den Gang. Zweifellos meinte er die Wache am Eingang. »Brauchst du eine Einladung oder machst du deinem Herrn auch von alleine Meldung?!«

Tristan erstarrte. Von dem weinseligen Soldaten dort drüben würde keine Antwort kommen – und hier deswegen gleich die Hölle losbrechen …

# 15
# IM BANN DES ROTEN AUGES

Verzeihung, Herr! Keine besonderen Vorkommnisse, Herr!«, brüllte zu Tristans Verblüffung dann doch jemand eine zackige Antwort heraus.

Die darauffolgende Stille kam ihm wie eine Ewigkeit vor.

Doch Erik hatte nach dem vermeintlichen Erfolg mit Herzog Max wohl gute Laune, denn er ließ es bei einem Rüffel bewenden. »Noch ein Mal, und du landest als Geierfutter in der Höllenschlucht.«

Dann zog er mit zufriedenem Grunzen endlich ab.

Tristan wartete, bis ein dumpfes Knirschen ihm verriet, dass Erik und seine Begleiter den Kerker verlassen hatten. Vorsichtig lugte er um die Ecke. Im matten Licht der Wandfackeln war kaum etwas zu erkennen. Halt, was war das?

Eine Gestalt löste sich aus der Dunkelheit. »Jetzt schwing schon deinen Hintern da raus, Tristan!«

Tristan verschlug es einen Moment lang die Sprache. Erleichtert lief er auf den Gang hinaus. »Reik! Wie kommst du denn her?«

»Habe dich gesucht, als du nicht zum Karren kamst«, erklärte sein alter Waffenlehrer. »Der Sattler wusste, dass du mit einem Soldaten in die Kerker runter bist. Also bin ich euch gefolgt.

Gerade noch rechtzeitig, wie mir scheint! Und, hast du etwas herausgefunden?«

»Jede Menge!«, rief Tristan. »Und ich habe sogar mit Onkel Max gespr–«

»Später«, schnitt Reik ihm das Wort hab. »Verschwinden wir erst einmal. Mein Gefühl sagt mir, dass wir unser Glück genug strapaziert haben.«

Sie gelangten aus dem Kerker, ohne dass ihnen jemand begegnete.

Reik hatte ihren Karren in weiser Voraussicht schon vor dem Eingang platziert. Rasch stiegen sie auf. Dabei fiel Tristans Blick auf ein dickes Leinenbündel.

»Was ist denn da drin?«, fragte er neugierig.

»Eine Schinkenkeule!«, erwiderte Reik strahlend. »So was haben wir im Wald schon seit Ewigkeiten nicht gegessen. Hat mir Küchenmeister Severin geschenkt.«

»Er hat dich also erkannt?«, fragte Tristan entsetzt.

»Hat er, ja«, erwiderte Reik seelenruhig. »Aber keine Angst, er ist auf unserer Seite.«

Tristan schüttelte den Kopf und musste an Reiks Worte von eben denken: Sie hatten ihr Glück mittlerweile wirklich arg strapaziert. Sogar überstrapaziert, wie sich herausstellte …

Sie rumpelten gerade durchs Südtor, als der Esel Hieronymus urplötzlich stehen blieb und sich nicht mehr vom Fleck rührte, sosehr sie auch riefen, schimpften und lockten.

In sichtbar übelster Laune näherten sich die zwei Torwachen.

»He, seht zu, dass ihr hier wegkommt«, rief Pickelgesicht. »Ihr versperrt den Durchgang.«

»Entweder *ihr* macht dem verdammten Vieh Beine«, knurrte Lulatsch, »oder ich. Und zwar mit meiner Hellebarde!«

*Die Möhre!* Hastig griff Tristan in seine Kitteltasche. »Hier, Hieronymus, guck mal!«

St. Georg sei Dank! Der Esel sah die Möhre mit großen klugen Augen an und … schüttelte nur den Kopf.

»So, jetzt reicht's«, schnaubte Pickelgesicht und hob seine Hellebarde.

»Einen Moment, mein Sohn!«, schaltete sich Reik ein.

Hastig erhob er sich vom Sitzbrett, um ordentlich mit den Zügeln zu schnalzen. Da passierte es: Der Strohsack auf seinem Bauch flutschte unter der Kutte hervor und plumpste von der Karre in den Dreck.

Alle glotzten auf den Sack.

Tristan.

Reik.

Lulatsch.

Pickelgesicht.

Dann überschlugen sich die Ereignisse. Reik sprang vom Karren, entriss Lulatsch die Hellebarde und rammte ihm den Stiel in den Magen, sodass er grunzend zusammenklappte und zu Boden ging. Währenddessen packte Tristan mit beiden Händen die Schinkenkeule und schmetterte sie Pickelgesicht mit vollem Schwung ins Gesicht.

FLATSCH!

Tristans Gegner knallte mit dem Kopf gegen das Torgemäuer und landete ebenfalls auf dem Boden. Zusammen mit dem Schinken, der Tristans Händen entglitten war.

Reik stürmte zum Torausgang, Tristan folgte. Sie waren kaum durch, als hinter ihnen krachend das Fallgitter abwärtsrauschte.

»Zickzack!«, rief Reik.

Tristan verstand. Sie mussten den Bogenschützen das Zielen

erschweren. Wilde Haken schlagend stürmten sie über die freie Fläche davon, während um sie herum sirrend Pfeil auf Pfeil einschlug.

Als sie endlich außer Reichweite waren, blickten sie keuchend zurück. Schon wurde das Zuggitter wieder hochgezogen. Dahinter wartete eine Horde Berittener ungeduldig darauf, aus dem Tor zu preschen.

»Bei allen Höllenhunden«, fluchte Reik. »Das sieht übel aus. Denen entwischen wir nicht.«

»Na, wer wird denn gleich den Kopf hängen lassen?«, sagte jemand hinter ihnen.

Überrascht drehten sie sich um. Juri und Caspar grinsten von ihren Pferden auf sie herunter.

»Braucht ihr etwa noch eine Einladung?« Caspar klopfte auf den Pferderücken.

Brauchten sie nicht. Rasch schwangen sich Tristan und Reik hinauf.

»Der schöne Schinken«, knurrte Reik noch. Dann ging es in wildem Galopp dem rettenden Wald entgegen.

»Mensch, Tristan! Mir wird ganz schlecht bei dem Gedanken, was alles hätte schiefgehen können«, stöhnte Isolde, als er und Reik später am Nachmittag im Baumhaus von ihrer Mission berichteten.

»Denk lieber daran, was wir erfahren haben«, sagte Tristan sanft. »Immerhin wissen wir jetzt, wo Onkel Max ist und was Drexel mit dem Rubin vorhat.«

»Ja, super! Eine Armee der Toten wecken«, schnaubte Isolde. »Da geht's mir gleich besser!«

»Vermutlich nichts als eine Geschichte, mit der Drexel Erik

bei Laune hält«, schaltete Reik sich ein. »Eine Armee der Toten. Ich bitte euch!«

Juri schüttelte nachdenklich den Kopf. »Es wird allerhand gemunkelt über Drexel. Angeblich hat er den Stein der Weisen gefunden und trägt ihn jetzt als Kleinod am Finger. Und seit Erik und er an der Macht sind, verschwinden immer wieder Kinder, um irgendwann mit kranker Seele wieder aufzutauchen.«

»Die Leute reden viel«, winkte Reik ab. »Gerade in finsteren Zeiten. Wir dürfen uns nicht durch Schauermärchen von unserer Aufgabe abbringen lassen.«

Wie Juri glaubte Tristan nicht, dass es nur Schauermärchen waren. Trotzdem beschloss er, die unheimlichen Erfahrungen, die Isolde und er mit Drexel gemacht hatten, vorerst für sich zu behalten. Denn sein alter Waffenlehrer hatte recht: Sie mussten sich um Onkel Max und Erik kümmern.

Auch Nalia war dieser Meinung. »Wir müssen schnell handeln. Wenn Erik merkt, dass Vater ihn mit dem Rubin an der Nase herumgeführt hat, wird er außer sich sein vor Wut.«

Ein Lächeln umspielte Reiks Lippen. »Was das anbelangt, bleibt etwas Zeit«, verkündete er zur allgemeinen Überraschung. »Denn erstens wird das Krypta-Labyrinth Erik eine Weile beschäftigen. Und zweitens: Letztlich wird er genau das finden, was er sucht, das Rote Herz des Berges – an einer Kette, die die Herzogin in ihrem ewigen Schlaf um den Hals trägt.«

Verblüffte Gesichter.

»Aber wie kann das sein?«, rief Tristan. »Das Herz des Berges ist doch eigentlich woanders verst…« Plötzlich begriff er. »Eine Fälschung! Richtig?«

Reik nickte. »Eine täuschend echte Kopie. Der Herzog und die Herzogin ließen sie anfertigen, als sie den echten Rubin vor den

Mongolen versteckten. Der Mongolensturm blieb wie durch ein Wunder aus, aber trotzdem haben die beiden es bei dieser Lösung belassen, bis zu Herzogin Isoldes Tod. Außer Max und Isolde wusste nur ich davon.«

Caspar pfiff anerkennend durch die Zähne. »Donnerwetter! Und ehe Erik und Drexel kapieren, dass was faul ist, haben wir Herzog Max schon befreit. Genial!«

Reik nickte. »Wir können also abwarten, um im richtigen Moment zuzuschlagen. Wie ich auf der Burg mitbekam, hat Erik Probleme, seine Soldaten zu bezahlen. Mit der Kampflust ist es bei den meisten also nicht weit her. Eigentlich kann er sich nur auf ein knappes Dutzend seiner eigenen Ritter verlassen. Dazu gehören die, die Tristan vor der Burg geschnappt haben.«

»Weiß man, wie die anderen Ritter im Herzogtum zu Erik stehen?«, fragte Juri.

»Was das anbelangt, ist morgen ein wichtiger Tag«, erwiderte Reik. »Erik hat alle zu einem Fest samt großer Jagd eingeladen, auch das gemeine Volk. Um sich beliebt zu machen und sich von den Rittern den Treueid leisten zu lassen. Den Gerüchten nach kommen nicht viele. Aber wir werden sehen.«

Damit war die Besprechung beendet und Reik zog sich zurück, um in Ruhe einen Schlachtplan auszuarbeiten.

»Und was machen *wir?*«, fragte Tristan die beiden Mädchen, als sie wieder unten auf der Waldlichtung waren.

»Es ist noch ein paar Stunden hell«, erwiderte Nalia. »Ich wollte die Zeit nutzen und Kräuter sammeln. Habt ihr Lust mitzukommen?«

Nach all den Aufregungen war das eine ausgezeichnete Idee, fanden sowohl Isolde als auch Tristan und so zogen sie kurz entschlossen los. Die Ruhe des Waldes tat ihnen gut. Fast unbeschwert streiften sie durchs Unterholz, während sie Nalias Ausführungen über die verschiedenen Wildpflanzen lauschten.

Es wurde bereits schummrig, als sie zu dem Weg kamen, der von der nahen Siedlung zu Burg Adlerstein führte.

»Kehren wir lieber um«, sagte Nalia. »Bevor es richtig dunkel wird.«

Isolde nickte, doch Tristan zögerte noch.

»Da vorne kommt jemand!«, murmelte er und zeigte auf einen Jungen, der hinter der nächsten Wegbiegung aufgetaucht war und sich mit schlurfenden Schritten in ihre Richtung bewegte. Als er sie bemerkte, blieb er abrupt stehen und starrte sie mit schief gelegtem Kopf und flackerndem Blick an.

Tristan stutzte. »Sag mal, kennen wir uns nicht?«

Ein Ruck ging durch den Jungen und sein Kopf richtete sich auf. »Hans«, kam die tonlose Antwort. »Eiwins Sohn.« Dann legte er wieder den Kopf schief, als müsse er in sich hineinhorchen.

Jetzt erinnerte sich Tristan. Eiwin hatte sich um die Jagdhundezucht des Herzogs gekümmert. Er lebte mit seiner Familie in der Siedlung nahe der Burg. Und Hans hatte häufig als Treiber an den herzoglichen Jagden teilgenommen.

»Schön dich wiederzusehen«, sagte Tristan und gab ihm die Hand.

Doch statt einzuschlagen, trat Hans erschrocken einen Schritt zurück, während sein Kopf hierhin und dorthin ruckte, wie bei einem verängstigten Vogel.

»Geht es dir nicht gut?«, fragte Nalia. »Möchtest du nach Hause?«

»Nach Hause?«, murmelte der Junge. Jäh stoppte das Kopfrucken und dann geschah etwas Unheimliches. Plötzlich schossen seine Hände an die Schläfen und aus seinen Augen blitzte ein rotes Glühen. Doch im nächsten Moment war es schon vorbei.

Mit trübem Blick sah Hans sie an. »Das rote Auge!«, sagte er. »Es mag nicht, wenn ich mit Fremden rede. Ich muss weiter.«

Mit diesen Worten schlurfte er davon. Verblüfft starrten sie ihm nach, bis er hinter der nächsten Wegbiegung verschwand.

Tristan fand als Erster die Sprache wieder. »Habt ihr das auch gesehen? Dieses Leuchten in seinen Augen?«

Nalia und Isolde brachten nur ein fassungsloses Nicken zustande.

»Und wie komisch er sich benommen hat«, fuhr Tristan fort. »Wie eine ...«

»... seelenlose Marionette«, vollendete Isolde den Satz. »Hat Juri nicht so etwas über die verschwundenen Kinder hier aus der Gegend erzählt?«

»Das rote Auge«, sagte Nalia nachdenklich. »Was hat er wohl damit gemeint?«

»Ich habe es schon gesehen«, murmelte Tristan.

Isolde stöhnte. »Der Mittelaltermarkt, richtig?« An Nalia gewandt erklärte sie: »Drexel hat Tristan in meiner Welt aufgelauert und dazu gebracht, auf seinen Ring zu starren.«

Tristan nickte. »Dann erwachte der Stein an seinem Ring zu rotem Glühen, wie ein alles verschlingendes Auge, das meine Gedanken aufsog. Meine ...« Tristan brach ab, unfähig weiterzusprechen.

»Deine Seele«, flüsterte Nalia. »Dann hat Drexel bestimmt auch die Kinder damit verhext. Wir müssen Hans folgen und herausfinden, wo er hinwill.«

»Gute Idee«, stimmte Isolde zu. Auch Tristan war einverstanden.

In sicherem Abstand und immer auf der Hut vor Gefahr schlichen sie Hans hinterher. Wie vermutet war er auf dem Weg nach Adlerstein. Aus dem Dickicht am Waldrand beobachteten sie, wie der Junge die freie Fläche vor der Burg überquerte und auf das Osttor zusteuerte.

»So weit, so gut«, flüsterte Tristan. »Und was jetzt?«

»Schnell mir nach«, sagte Nalia nur.

Während es immer dunkler wurde, folgten sie Nalia durch den Bergwald, im sicheren Abstand zur Burg und parallel zur Wehrmauer. So schnell sie konnten, hasteten sie über Stock und Stein, bis sie die Ausläufer der Höllenschlucht erreichten.

»Das Gelände wird jetzt ziemlich tückisch«, raunte Nalia. »Passt gut auf, wo ihr hintretet. Und seid leise! Die Wachen auf der Wehrmauer könnten uns hören.«

Dann verschwand sie auf einem schmalen Pfad, der sich einen steilen Geröllhang hinunterschlängelte, bis er nach einer Linkskurve wieder parallel zur Burg verlief.

Mit mulmigem Gefühl äugte Isolde nach rechts, in einen gähnend schwarzen Abgrund. Kein Zweifel, sie hatten mittlerweile die eigentliche Höllenschlucht erreicht.

Plötzlich blieb Nalia stehen. Der Pfad war zu Ende. Und wie es aussah, fiel der Fels dort senkrecht in die Tiefe. »Wir sind da!«, sagte sie ... und sprang.

Tristan und Isolde tauschten einen entsetzten Blick.

»Wo bleibt ihr?«, hörten sie Nalias Stimme von unten. »Wollt ihr nicht mit?«

»Grundgütiger!«, flüsterte Tristan. »Wie ich es hasse, wenn sie so was macht.«

Isolde grinste.

Vorsichtig traten sie an die Kante und spähten hinab. Nalia

stand direkt unter ihnen auf einem Felsvorsprung. »Nicht schlecht, was?«, kicherte sie.

»Ich lache später«, brummte Tristan und sprang hinunter, gefolgt von Isolde.

»Wir sind hier unter dem Nordturm.« Nalia deutete auf die Felswand. »Und da ist der Zugang zum geheimen Fluchttunnel von Burg Adlerstein.«

Da es mittlerweile fast völlig dunkel war, dauerte es einen Augenblick, bis Tristan und Isolde den Eingang sahen. Er war gerade groß genug, dass sich ein Mensch auf dem Bauch liegend hindurchzwängen konnte.

»Von so einem Tunnel habe ich noch nie gehört«, sagte Tristan.

»Er ist für die Herzöge von Adlerstein, damit sie sich in höchster Not mit ihren Getreuen in Sicherheit bringen können. Außer Vater und mir weiß daher niemand davon«, erwiderte Nalia. »Durch diesen Gang kommen wir ungesehen in die Burg. Und sind wir erst mal drinnen, bringe ich uns unbemerkt in Drexels Gemächer.«

»Das ist ja genial«, jubelte Tristan.

Entschlossen trat Nalia auf die Felsöffnung zu. Doch plötzlich hielt sie inne. »Äh, so genial vielleicht doch nicht«, sagte sie und klang auf einmal ganz kleinlaut.

»Wieso, was ist los?«, fragte Isolde.

»Ich Eselin hab ganz vergessen, an Licht zu denken!«, stöhnte Nalia. »In den Höhlen werden wir uns ohne Fackel hoffnungslos verirren.«

»Na ja, eigentlich wollten wir ja auch nur Kräuter sammeln«, versuchte Tristan sie zu trösten. Dann fiel ihm etwas ein. »Isolde, du hast doch die Taschenlampe«

»Kaputtgegangen«, kam Isoldes Antwort aus der Dunkelheit. »Beim Sturz aus dem Wurmloch. Aber wartet mal …« Nalia und Tristan vernahmen das Rascheln von Stoff und dann einen triumphierenden Schrei. »HA! Mein Handy!«

»Na, primos«, schnaubte Tristan. »Willst du etwa Reik anrufen, damit er uns eine Fackel bringt?«

Isolde hielt einfach das Handy in die Höhe – aus dem im nächsten Augenblick ein helles, kaltes Licht erstrahlte.

»Taschenlampenfunktion. Noch Fragen?«, grinste sie Tristan an und drückte Nalia das Gerät in die Hand. »Hier, damit sollten wir klarkommen. Wir dürfen nur nicht trödeln. Keine Ahnung, wie lang der Akku hält.«

»Akku?«, fragte Nalia verwirrt.

»Die Macht, die das Licht speist«, übersetzte Tristan und musste kurz über sich selbst staunen.

Gleich darauf robbten sie durch den Felstunnel, allen voran Nalia mit dem Handy. Nach wenigen Metern endete der Tunnel in einer funkelnden Tropfsteinhöhle.

»Wunderschön«, flüsterte Isolde und Tristan nickte nur.

Nalia war schon weitergegangen. Wortlos folgten sie ihr durch ein endloses Gewirr aus Höhlen und Gängen.

*Hier finden wir nie mehr raus, wenn wir uns verlaufen*, dachte Isolde beklommen.

Wenig später machte Nalia vor einer Wand aus Steinquadern halt.

»Die Grundmauern von Adlerstein«, verkündete sie leise und zog an einem Eisenring, der in die Wand eingelassen war. Unter mächtigem Knirschen glitt ein Quader beiseite und gab eine Öffnung frei. Sie waren kaum hindurch, als der Stein sich von alleine zurückschob.

Sie stiegen eine enge steinerne Wendeltreppe nach oben, vorbei an etlichen Türen. Vor einer blieb Nalia plötzlich stehen. Sie drehte sich um und legte den Finger an die Lippen. Dann zog sie die Tür einen Spalt auf und schlüpfte hindurch. Isolde und Tristan folgten ihr.

Vor ihnen im Handylicht erstreckte sich ein Gang, kaum eine Brust breit und so lang, dass er sich in der Dunkelheit verlor. Links wurde er von Backsteingemäuer begrenzt, rechts von einer Art Holzverschalung, die Tristan irgendwie vertraut vorkam. Dann dämmerte es ihm: Es war die Wandvertäfelung in Drexels Studierzimmer, wo auch der Unterricht für die Ritterschüler stattgefunden hatte!

Gedämpfte Wortfetzen drangen durch die Holzwand. Es waren zwei Personen, eine davon Drexel. Wer war der andere? Hans?

»Versteht ihr, was sie sagen?«, flüsterte Tristan.

Isolde schüttelte den Kopf. »Kein Wort.«

»Krötenkacke«, fluchte Tristan. »Und jetzt? Sollen wir Drexel etwa bitten ein bisschen lauter zu reden?«

»Nicht nötig«, wisperte Nalia glucksend. Sie richtete das Handylicht auf einen Holzpfropfen, der etwa auf Augenhöhe in der Wandverschalung steckte. »Unser Logenplatz zu Drexels Studierzimmer!«

»Ein Guckloch?« Isolde fand zuerst die Sprache wieder.

Nalia nickte stolz. »Ich habe es selbst hineingebohrt, um heimlich am Unterricht teilzunehmen.« Sie gab Isolde das Handy, zog vorsichtig am Pfropfen und blickte durch das Loch. »Drexel und Hans!«, flüsterte sie, bevor sie Tristan Platz machte.

Dem schlug das Herz plötzlich bis zum Hals. Zögernd spähte er ins Studierzimmer, erfüllt von böser Ahnung.

Dort saß Drexel an seinem großen Arbeitstisch, der übersät

war von Folianten, Pergamentrollen und geheimnisvollen Apparaturen. Ein Bodenständer mit drei flackernden Kerzen tauchte den Raum in spärliches Licht und ließ wilde Schatten auf Wände und Decke tanzen.

Hans stand vor Drexel. Stocksteif starrte er auf den Ring an dessen ausgestreckter Hand.

»Du hast das rote Auge enttäuscht und mit Fremden geredet«, schnarrte Drexel.

»Ja, Meister«, flüsterte Hans. »Es war unrecht.«

»Du kannst nichts dafür. Es war mein Fehler. Das rote Auge und ich waren nicht gründlich genug bei dir«, antwortete Drexel und klang jetzt wie ein gütiger Vater. »Die meisten Menschen verstehen nicht, was für eine üble Sache so ein freier Wille ist. Wie sehr er die arme Seele quält, mit Unsicherheit, Angst, Zweifeln ...« Einen Moment hing Drexel dem Klang seiner Worte nach, dann fuhr er mit kalter Stimme fort: »Aber keine Sorge, mein Sohn. Öffne deine Seele, auf dass du für immer in den weichen Schoß von Vergessen und Gehorsam eintauchst.«

Kaum war Drexel verstummt, erwachte der kalte gelbe Stein an seinem Ring zu rotem Leuchten. Um im nächsten Augenblick blutrot zu erglühen und wie ein lebendiges Herz zu pulsieren.

*Das rote Auge!*, dachte Tristan entsetzt.

Die Luft zwischen Hans und dem Stein fing an zu flirren. Der schmächtige Körper des Jungen begann zu zucken.

Es war zu viel. Stöhnend ließ Tristan sich zu Boden gleiten.

»Was hast du?«, flüsterte Isolde erschrocken.

Tristan schüttelte nur den Kopf. Rasch presste Isolde das Auge gegen das Loch. Und sank gleich darauf stumm neben Tristan.

»Was ist los?«, fragte Nalia beunruhigt und machte Anstalten, selbst hindurchzusehen.

»Tu's nicht! Bitte!«, krächzte Tristan.

Die Verzweiflung in seiner Stimme ließ Nalia gehorchen.

Schweigend starrten sie vor sich hin – bis sie Schritte hörten und gleich darauf das Knarren einer Tür. Offenbar hatte Drexel Hans weggeschickt. Oder das, was von ihm übrig war.

Nalia erhob sich, um das Loch wieder zu verstopfen.

»Nichts wie weg hier«, ächzte Isolde. »Wir haben mehr als genug gesehen.«

»Ich fürchte nicht«, raunte Nalia. Verwirrt warfen Tristan und Isolde ihr einen Blick zu. Den Pfropfen in der Hand, stand sie vor dem Loch und spähte hindurch. »Ich denke, das solltet ihr euch anschauen.«

# 16

## BÖSE ZEICHEN

Obwohl jede Faser seines Körpers sich dagegen sträubte, blickte Tristan erneut durchs Loch.

Drexel saß am Tisch und starrte auf eine seiner Apparaturen. Tristan erkannte sie aus dem Unterricht. Es war ein Stundenglas: zwei Glaskolben, die durch einen engen Hals verbunden waren. Darin enthalten war etwas Sand, der von einem in den anderen Kolben rieselte, je nachdem, wie man die Apparatur kippte. Anhand der durchgelaufenen Sandmenge ließ sich so etwas Flüchtiges wie Zeit exakt messen. Durchaus verblüffend, aber nach dem, was gerade in Drexels Zimmer geschehen war, doch kaum einen weiteren Blick wert.

Moment! Während Drexel das Glas mit beiden Händen hielt und dem Sand beim Rieseln zusah, sprach er etwas vor sich hin.

*Stundenglas, Stundenglas*
*Löse des Kosmos Bande*
*Auf dass ich wandle*
*von Zeit zu Zeit und Ort zu Ort*
*frei, in einem fort.*
*Stundenglas, Stundenglas …*

Während Tristan noch überlegte, was das bedeuten sollte, geschah das Unfassbare. Plötzlich wurden Drexels Arme durchsichtig und verschwanden ... sodass das Stundenglas in der Luft zu schweben schien. Als gleich darauf Drexels Kopf teilweise zu verblassen begann, zog sich Tristan entsetzt vom Loch zurück.

Ehe er etwas sagen konnte, nahm Isolde seinen Platz ein. Erschrocken sog sie die Luft ein, als sie sah, wie Drexels Körper verschwand, wieder auftauchte und abermals verschwand, während er weiter vor sich hin murmelte.

»Bloß weg hier«, sagte sie mit zittriger Stimme.

Hastig drückte Nalia den Pfropfen ins Loch. Sie wandten sich gerade zum Gehen, als ein lauter Schrei sie zusammenfahren ließ.

»AHHHHHHH! Bei allen Höllenpforten! Warum funktionierst du nicht?« Es war Drexels Stimme.

Sie sahen sich kurz an, dann stürmten sie in Windeseile die Geheimtreppe hinunter. Erst als sie wieder sicher im Höhlenlabyrinth waren, gestatteten sie sich eine Verschnaufpause.

Allerdings nicht lange. Denn als Isolde das Handy hervorholte, um es Nalia zu geben, entfuhr ihr ein Stöhnen. »Nur noch 30 Prozent.«

So wie sie es sagte, brauchten weder Tristan noch Nalia eine Erklärung. Sofort hasteten sie weiter, darauf gefasst, jeden Moment von ewiger Schwärze verschlungen zu werden.

Doch sie schafften es noch rechtzeitig ins Freie. Als sie aus der Tunnelöffnung krochen, waren sie völlig erledigt und mit blauen Flecken und Schrammen übersät. Aber zum Ausruhen blieb keine Zeit. Reik musste so schnell wie möglich von Drexels grauenhaften Machenschaften erfahren und die Dorfbewohner mussten vor der Gefahr gewarnt werden, in der ihre Kinder schwebten.

Und noch etwas machte ihnen Sorgen und trieb sie zur Eile:

die Armee der Toten! Denn auf einmal schien die Vorstellung entsetzlich real – so real, dass jeder Felsbrocken in der Höllenschlucht im kalten Mondlicht wie ein todbringendes Geisterwesen wirkte.

Unter Nalias Führung erreichten sie die Stelle, wo Hans ihnen begegnet war. Dort, am Rande des dunklen Waldes, machten sie unschlüssig halt.

»Weiß eigentlich jemand, wie wir zurück ins Lager kommen?«, brachte Tristan die Sache auf den Punkt.

»Null Ahnung«, gestand Isolde.

Nalia blickte sich prüfend um. »Bei Tage würde ich den Weg natürlich finden«, sagte sie schließlich. »Aber nachts ist das auch für mich schwer. Außerdem liegt Reiks Lager sehr versteckt. Aber ich werde mein Möglichstes versuchen. Notfalls legen wir uns irgendwo schlafen und warten bis Sonnenaufgang.«

Das war kein verlockender Gedanke. Aber eine bessere Wahl hatten sie nicht und so machten sie sich auf den Weg.

Es war, als würden sie in einem zähen, endlosen Traum versinken. Stumm trotteten Tristan und Isolde hinter Nalia durch den finsteren Wald. Inzwischen waren sie so müde, dass ihnen fast die Augen zufielen und sie weder auf zurückschnellende Zweige noch tiefes Geäst achteten. Plötzlich blieb Nalia stehen – so abrupt, dass Tristan fast in sie hineingestolpert wäre.

In der Nähe schrie ein Käuzchen.

Sie hatten eine etwas lichtere Stelle erreicht. Der Mond warf bizarre Schatten auf Stämme und Büsche. Ein zweites Käuzchen antwortete.

Nalia legte den Kopf schief.

»Stimmt was nicht?«, flüsterte Isolde.

»Das erste Käuzchen klang recht seltsam.« Wieder lauschte

Nalia. Dann zuckte sie die Achseln. »Ich bin so müde, dass ich schon Gespenster höre. Kommt, gehen wir wei–«

Ein Pfeil schoss aus der Dunkelheit. Sirrend bohrte er sich in einen Baumstamm, kaum eine Handbreit vor Nalias Nase.

»Noch ein Schritt und der nächste trifft!«, hallte eine Stimme zu ihnen her.

Dunkle Gestalten lösten sich aus den Schatten, allesamt mit Pfeilen und Bögen bewaffnet. Bedächtig kamen sie näher.

Tristan musste sich nicht umdrehen, um zu wissen, dass es hinter ihnen genauso aussah. Nach allem, was sie durchgemacht hatten, waren sie am Ende in eine Falle getappt! Eine falsche Bewegung, und sie würden von Pfeilen gespickt.

»Haltet still!«, raunte er den Mädchen zu.

Die Gestalten blieben jäh stehen.

»Tristan?«, rief eine von ihnen überrascht.

Wie Isolde verblüfft feststellte, hatte Nalia ein Meisterstück vollbracht und sie fast direkt zum Lager geführt. Aber Reiks Begeisterung darüber hielt sich arg in Grenzen – oder besser gesagt: Er war außer sich!

»Was habt ihr euch nur gedacht, einfach so davonzuschleichen?«, polterte er los, als sie im Baumhaus vor ihm standen. Doch nachdem sie ihm von Hans und vor allem von Drexel erzählt hatten, ließ er sich fassungslos auf einen Stuhl sinken.

»Dann stimmen die Gerüchte also«, murmelte er. »Der Stein der Weisen ... Kinder, die ihre Seele verlieren ...«

»Was bezweckt er bloß damit?«, fragte Juri.

Tristan runzelte die Stirn. »Das wüssten wir auch gerne.«

»Aber es gibt vielleicht einen Weg, wie man den Kindern helfen kann«, fügte Isolde hinzu. »Wir sind auf eine Chronik gestoßen, die besagt, dass das Rote Herz des Berges die Kinder heilen könnte.«

Verstohlen wechselte sie einen Blick mit Tristan. Dass diese Chronik erst in ein paar Jahren geschrieben werden würde – von Kurvenal, dem jungen Stellvertreter des Klosterabtes –, mussten sie ja nicht erwähnen.

Caspar hob die Augenbraue. »Der Rubin, hinter dem auch Erik und Drexel her sind.«

»Dann ist also die Armee der Toten womöglich doch kein Schauermärchen«, knurrte Reik. Er hob den Kopf. »Habt ihr irgendwas gesehen, was darauf schließen lässt, dass Drexel den falschen Rubin schon hat?«

»Nein«, antwortete Nalia. »Da waren zwar allerlei merkwürdige Sachen, aber er hat sich nur mit diesem gruseligen Stundenglas beschäftigt. Ich möchte zu gerne wissen, was es damit auf sich hat.«

»Nichts Gutes, so viel steht fest«, antwortete Reik.

»Na, hoffentlich erfahren wir es nicht früher, als uns lieb ist«, seufzte Juri.

Alle nickten betreten.

»Genug der trüben Gedanken«, brach Reik schließlich das Schweigen. »Einen Vorteil haben wir: Noch wissen Erik und Drexel offenbar nicht, dass Herzog Max sie mit dem Rubin übertölpelt hat. Und da Drexel mit anderen Dingen zugange ist, wird das hoffentlich auch noch eine Weile so bleiben.«

»Aber was bringt uns das?«, warf Tristan ungeduldig ein.

Reik grinste. »Zeit, um Herzog Max zu befreien. Herrscht er wieder über Adlerstein, erledigt sich ein Großteil unserer Probleme von selbst. Dann können wir ungestört nach dem echten Rubin forschen, um die Kinder zu heilen. Ich habe auch schon einen Plan. Zuerst werden wir morgen während Eriks Fest die Lage auskundschaften. Wollen doch mal sehen, wie es um seine Stärke steht. Und wie viele von Herzog Max' Vasallen sich ihm anschließen.«

»Primos!«, jubelte Tristan begeistert. »Wir sind dabei!«

Reik schwieg. Und so, wie er sie musterte, hatte Isolde das Gefühl, dass er das anders sah – völlig anders.

»Kommt nicht infrage«, blaffte Reik, als Tristan ihn am nächsten Morgen darauf ansprach. »Herzog Max würde es mir nie verzeihen, wenn Nalia etwas zustößt. Sie bleibt auf jeden Fall hier im Lager. Und was euch angeht«, fuhr er fort und musterte Tristan und Isolde grimmig, »so sind heute kühle Köpfe und klarer Verstand gefragt, womit ihr bestimmt nicht dienen könnt nach der Sache mit Drexel.«

»Aber –«, hob Tristan zum Protest an.

Reik schnitt ihm mit einer Handbewegung das Wort ab. »Die Sache ist beschlossen. Ich will mir nicht noch einmal solche Sorgen um euch machen.«

Bedrückt verfolgten die Mädchen und Tristan wenig später, wie Reik mit seinen Leuten zwischen den Bäumen im Wald verschwand.

»Und was machen wir jetzt?«, fragte Isolde.

»Mir fehlen noch ein paar Kräuter«, antwortete Nalia. »Kommt ihr wieder mit?«

Tristan stutzte. »Du sollst doch im Lager bleiben?«

»Ich habe Reik versprochen mich in der Nähe zu halten. Und Gerold hat sich sofort bereit erklärt, mich zu begleiten.« Lächelnd wies Nalia auf einen Mann, der in einiger Entfernung an einer Eiche lehnte und zu ihnen herüberstarrte.

Er war einer der drei Kämpfer, die zum Schutz des Lagers zurückgeblieben waren. Als Gerold merkte, dass er beobachtet wurde, sah er hastig weg.

»Komischer Kerl«, brummte Tristan.

»Schüchtern trifft es eher«, kicherte Nalia. Im nächsten Moment legte sich ein ernster Ausdruck auf ihr Gesicht. »Da ... da ist was, das ich euch noch sagen muss. Wollte ich schon länger, aber irgendwie war nie der richtige Augenblick.« Sie zögerte kurz, dann platzte es aus ihr heraus: »Ich weiß, wo Mutters Teil der Schatzkarte ist, die zum Rubin führt.«

Tristan und Isolde sahen sie wie vom Donner gerührt an.

»Mutter hat ihr Geheimnis nicht mit ins Grab genommen. Sie hat mir eine Botschaft hinterlassen.« Nalia nestelte an ihrem Medaillon und hob es vom Hals. »Hier drin. Als ich mich nach dem Überfall bei der Friedhofskapelle versteckt hielt, habe ich es vor lauter Angst ganz fest umklammert, und da muss ich irgendwie einen geheimen Mechanismus ausgelöst haben. Jedenfalls klappte plötzlich der hintere Deckel auf und ich fand eine Nachricht.« Nalia schluckte. »Es waren ein paar letzte liebe Worte von Mutter. Und ... und ein Hinweis, dass ihr Teil der Schatzkarte in Riwalins Halsband versteckt ist.«

»In Riwalins ...«, begann Isolde, bevor ihr die Spucke wegblieb.

»Genau genommen im Halsband von Riwalins Vater Portus«, erklärte Nalia. »Aber nach Portus' Tod hat Riwalin es bekommen.«

»Die Karte war die ganze Zeit in Greifweite«, hauchte Tristan fassungslos.

Nalia nickte. »Mutters Hinweis war eigentlich nur für mich bestimmt. Aber jetzt, da der Rubin so wichtig ist, solltet ihr auch davon wissen.«

»Danke, Cousine«, murmelte Tristan.

»Toll, dass du uns so vertraust«, fügte Isolde hinzu.

»Wir sind doch Freunde«, winkte Nalia verlegen ab. Dann wechselte sie das Thema. »Also, was ist? Kommt ihr nun mit oder nicht?«

Isolde und Tristan hatten keine rechte Lust, mit einem Aufpasser durch den Wald zu spazieren, und außerdem mussten sie Nalias Neuigkeit erst einmal verdauen. Sie beschlossen zu bleiben.

Tristan wollte die Zeit für ein wenig Waffentraining nutzen. Kurz überlegte er, sein Schwert aus dem Baumhaus zu holen, um sich an einer der Trainingspuppen abzuarbeiten. Doch dann schnappte er sich lieber einen Bogen, der samt Pfeilköcher an einem Ast in der Nähe parat hing.

In der Sonne ihren Gedanken nachhängend verfolgte Isolde, wie er Pfeil um Pfeil in eine Strohzielscheibe jagte – fast ausnahmslos ins Schwarze. Vom monotonen PFLOG-PFLOG wären ihr beinahe die Augen zugefallen, als Tristan sich zu ihr ins Gras setzte.

»Mir ist da so eine Idee gekommen«, verkündete er.

Etwas an seiner Stimme vertrieb Isoldes Müdigkeit schlagartig. Abrupt setzte sie sich auf. »Bin mir nicht sicher, ob ich das hören will.«

»Wie viel Akku hat dein Handy eigentlich noch?«, ignorierte Tristan ihren Kommentar.

Sie musterte ihn misstrauisch. »Was hast du vor? Komm schon, spuck's aus.«

Tristan grinste. »Erst, wenn du meine Frage beantwortest.«

Mit einem Stöhnen fischte Isolde das Handy aus der Tasche. »20 Prozent. Warum?«

»Genug für ein paar Fotos?«

»Ja, schon«, erwiderte Isolde.

»Und da gibt's doch diese Summ-Funktion, oder?«, bohrte Tristan nach.

»Du meinst *Zoom*«, korrigierte Isolde, der nun langsam der Kragen platzte. »Ja, doch, zum Henker, aber was soll die blöde ...« Sie brach ab. Starrte ihn an. »Oh nein, du hast doch nicht etwa vor, was ich denke?«

»Wenn du meinst, dass wir uns Eriks tolles Fest angucken und ein paar Fotos machen, lautet die Antwort: ja.«

»Tristan!«

»Lass mich ausreden«, sagte Tristan hastig. »Ich habe alles genau überlegt. Wir bleiben hübsch im Wald versteckt. Durch dieses Zoom-Ding kriegen wir trotzdem alles mit.«

»Ich weiß nicht«, murmelte Isolde. »Reik war es ziemlich ernst damit, als er sagte, wir sollen hierbleiben.«

»Aber am Ende wird er begeistert sein«, versicherte Tristan. »Wir beschaffen ihm wichtige Informationen. Jede Wette, dass Erik aus Angst vor seinen unzufriedenen Untertanen alles an Truppen zusammenkratzt, was er hat. Truppenstärke, Bewaffnung – all das auf einem Foto zu haben wäre von unschätzbarem Wert.«

Isolde musterte ihn mit schiefem Grinsen. »Etwas schmalbrüstig, das Argument, was?«

Tristan zuckte die Achseln. »So schmalbrüstig nun auch wieder nicht. Außerdem finden wir unterwegs vielleicht Riwalin! Und mal ehrlich: Du willst doch auch unbedingt zu dem Fest, oder?«

Isolde starrte ins Gras. »Na schön«, seufzte sie schließlich und nickte. »Unter einer Bedingung.«

Gespannt sah Tristan sie an.

»Kein Risiko!«

»Abgemacht«, jubelte er.

Ein günstiger Moment zum Davonschleichen ergab sich, als Reiks verbliebene Männer einen Schwertkampf begannen, um sich die Zeit zu vertreiben.

»Los, gehen wir« Tristan hängte sich Bogen und Pfeilköcher über die Schulter. »Ich weiß: kein Risiko«, fügte er hinzu, als er Isoldes kritischen Blick auf die Waffe bemerkte. »Das ist nur für den Fall der Fälle.«

Das Fest sollte auf der Ebene vor dem Südtor der Burg stattfinden. Nach kurzem Überlegen beschlossen Isolde und Tristan, sich ihrem Ziel von Westen zu nähern. Das bedeutete zwar einen Umweg durch dichten Wald und an der Fledermaushöhle vorbei, doch so bestand weniger Gefahr, Eriks Jagdgesellschaft in die Arme zu laufen. Oder einem von Reiks Männern.

Die Rechnung schien aufzugehen. Mittag war schon vorüber, als sie unweit des Wasserfalls den Waldrand erreichten. Ein Stück entfernt breitete sich der Festplatz aus. Die Sonne war mittlerweile hinter schwarzen Gewitterwolken verschwunden, die sich höher und höher türmten, und über allem lastete eine drückende Schwüle. Sie fanden einen geschützten Platz im Dickicht, um das bunte Treiben zu beobachten. Während Isolde ihr Handy hervorholte, blickte Tristan sich unruhig um.

»Was ist?«, fragte Isolde.

Tristan zuckte mit den Schultern. »Es ist nur … der Wald. Hörst du was?«

Isolde lauschte. »Nein«, sagte sie. »Gar nichts.«

»Eben«, flüsterte Tristan und Isolde begriff. Kein Vogel sang, kein Blatt raschelte, kein Lüftchen wehte. Nichts. Totenstille.

Und auf dem Fest ging es nicht viel lebhafter zu.

Dabei hatte Erik sich nicht lumpen lassen. Es gab mit Essen beladene Tische, es gab Gaukler, Feuerschlucker und Wahrsager und von seinen neuen Untertanen waren erstaunlich viele erschienen. Aber die Leute redeten kaum und saßen mit düsteren Mienen herum – der dunklen Zeiten wegen, aber auch, weil Erik ihnen das Mahl, das er heute so großzügig austeilte, vorher gewaltsam abgepresst hatte.

Zufrieden registrierten Tristan und Isolde, dass auch Erik und Drexel nicht besonders gut gelaunt waren. Mit steinernen Gesichtern verfolgten sie das Treiben von einer kleinen Tribüne aus, inmitten der übersichtlichen Schar von Eriks Rittern. An den Seiten standen weniger Soldaten, als Tristan erwartet hatte – und obendrein waren sie ziemlich nervös, so, wie sie von einem Bein aufs andere traten. Rasch machte Tristan ein paar Fotos.

Mit schadenfrohem Grinsen betrachtete er die wenigen Banner, die neben der Tribüne in den Boden gerammt waren. Keins davon gehörte einem von Herzog Max' Vasallen. Es war niemand gekommen. Wenn Erik geglaubt hatte, er könnte huldvoll Treueid auf Treueid entgegennehmen, dann hatte er sich gründlich geschnitten.

Der Schall eines Jagdhorns erklang. Von Süden her kamen Eriks Jäger aus dem Wald getrottet, begleitet von einer lustlosen Hundemeute. Diese Jagdgesellschaft tat nichts dazu, das Fest zu beleben. Denn fröhlich sah wahrhaft anders aus. Dafür brauchten Tristan und Isolde nicht einmal das Zoom.

Die Jäger kamen mit leeren Händen zurück. Nicht einen einzigen Hasen hatten sie in den totenstillen Wäldern aufscheuchen können. Es war, als hätte sich alles gegen Erik verschworen.

Dann zerriss ein ohrenbetäubender Knall die drückende Stille.

Ein heftiger Wind fegte über den Platz, der an Bannern und Kleidern zerrte. Und plötzlich begann es zu regnen, als hätte jemand eine Schleuse geöffnet. Auf der Festwiese brach das Chaos aus. Die Leute liefen panisch durcheinander, während im nächsten Moment haselnussgroße Hagelkörner vom Himmel prasselten. Eriks Soldaten versuchten auf sein Zeichen hin für Ordnung zu sorgen. Vergebens.

Isolde, die schleunigst ihr Handy wegpackte, zerrte Tristan am Arm. »Lass uns hier abhauen.«

Doch Tristan schüttelte den Kopf. »Schau, da.«

Ein riesiges Tier kam auf den Festplatz gestürmt. Geschickt suchte es sich seinen Weg zwischen umgestoßenen Tischen und flüchtenden Menschen hindurch, schnappte dabei nach heruntergefallenen Leckerbissen und lief in wildem Zickzack weiter, um den Soldaten auszuweichen, die die Verfolgung aufgenommen hatten. Dann änderte das Tier seine Richtung – und floh direkt auf ihr Versteck zu.

«Riwalin!«, rief Isolde verblüfft.

Die Überraschung war noch nicht verdaut, als sich unversehens einer der Jäger dem Hund in den Weg stellte. Aus vollem Lauf machte Riwalin einen Satz und fegte seinen Widersacher einfach um. Doch der Mann gab sich nicht geschlagen. Ein wilder Kampf entbrannte und plötzlich blitzte eine Messerklinge am Hals des Hundes auf.

»Riwalin!« Blindlings stürmte Tristan seinem treuen Gefährten entgegen.

Isolde schrie auf. »Tristan, bist du irre? Komm zurück!«

Doch er war wie taub. Verzweifelt huschte Isoldes Blick über das Chaos auf der Wiese und blieb an der Tribüne hängen. Dort fuchtelten Drexel und Erik wild mit den Armen, offensichtlich hatten sie Tristan entdeckt. Eine Horde Soldaten setzte sich auf ihr Zeichen hin in Bewegung.

Fluchend stürzte Isolde aus ihrem Versteck. Im Laufen sah sie, wie Tristan dem Jäger das Messer aus der Hand trat und nach Riwalins Halsband griff, um den Hund von dem Mann herunterzuzerren. Doch stattdessen zerriss das Band. Während Tristan verblüfft auf das Leder in seiner Hand starrte, nutzte der Jäger seine Chance und suchte das Weite. Jetzt nestelte Tristan an dem Halsband herum und zog etwas Weißes hervor – ohne die drei Soldaten zu bemerken, die sich ihm von hinten näherten.

»Vorsicht!«, schrie Isolde.

Zu spät. Zwei Soldaten drängten Riwalin zur Seite und hielten ihn mit ihren Hellebarden in Schach, während der dritte Tristan bereits gepackt hatte. Das Pergament, die andere Hälfte der Schatzkarte, fiel zu Boden.

Wie ein Wilder trat und schlug Tristan um sich. Riwalin, zur Hilflosigkeit verdammt, jaulte fürchterlich. Doch es gab kein Entkommen.

Isoldes Denken setzte aus. Die Geräusche verstummten. Die Welt verengte sich zu einem Tunnel, in dem es nur noch Tristan und seinen Gegner gab. Sie rannte schneller. Zog etwas aus der Hosentasche. Wie ein Faustkeil ragte jetzt das Handy aus ihrer geballten Hand. Dann war auf einmal das Gesicht des Soldaten vor ihr. Überrascht wandte es sich ihr zu. Mit dumpfem Laut krachte ihr Handy gegen seine Schläfe. Das Gesicht kippte weg.

Jemand riss sie fort. Weiter, immer weiter …

Die Geräusche kehrten zurück. Verwirrt merkte Isolde, dass sie wie von Sinnen neben Tristan herrannte.

»Nicht umdrehen«, keuchte er, als sie über die Schulter zurückblicken wollte. »Sie sind uns dicht auf den Fersen.«

Grünes Geäst flog auf Isolde zu, Zweige klatschten ihr ins Gesicht. Sie waren wieder in den Wald eingetaucht.

»Wohin?«, japste sie.

»Zurück durchs Wurmloch«, stieß Tristan hervor. »Unsere einzige Chance.«

Sie rannten und rannten, während hinter ihnen die Geräusche ihrer Verfolger leiser wurden. Endlich tauchte die schimmernde Wand des Wasserfalls vor ihnen auf.

Ohne innezuhalten, verschwanden sie hinter dem gleißenden Vorhang und wurden vom kosmischen Strom des Wurmlochs davongetragen.

# 17
## AUS UND VORBEI

FLOSCHHHHHHH!

Der Sog riss Isolde gnadenlos mit sich. Sofort wurde ihr wieder übel. Trotzdem zwang sie sich dazu, die Augen aufzuhalten. Sie wollte auf keinen Fall die Planeten, Sterne und Galaxien verpassen. Viel zu schnell war das faszinierende Schauspiel vorbei. Es rauschte, der Sog verstärkte sich und schon wurde es wieder heller.

FLUSCHHHHHHH!

Isolde schoss aus der wabernden blauen Wand, kippte mit dem Oberkörper nach vorne und biss die Zähne zusammen. Gleich kam der Sturz, gleich kam der Schmerz ... Hä? Zu ihrer großen Überraschung landete sie sicher auf beiden Füßen.

Zwei Sekunden später rauschte Tristan mit Karacho aus dem Wurmloch und krachte neben ihr auf den steinigen Boden.

»Hast du dir wehgetan?«, rief Isolde erschrocken.

Tristan verzog das Gesicht. »Keine Zeit zum Jammern und Wehklagen.« Entschlossen rappelte er sich hoch. »Ist jemand hinter uns her?«

Isolde schüttelte den Kopf. »Ich glaube, die Soldaten haben wir abgehängt. Aber Riwalin hat es nicht geschafft, uns zu folgen.«

»Ich bin mir sicher, dass er sich gerettet hat. Er ist schlau«, beruhigte Tristan sie. »Sorgen sollten wir uns eher um Drexel. Wetten, der schnappt sich jetzt gerade die zweite Schatzkarte? Und er kennt das Wurmloch genauso gut wie wir.«

Isolde stöhnte. Der Schurke wusste bestimmt, wohin sie abgehauen waren. Entweder rauschte er demnächst höchstpersönlich durchs Wurmloch oder er hetzte ihnen Erik Blutaxt samt einer Soldatenhorde auf den Hals – womöglich beides.

Als Isolde Tristan ihre Befürchtungen mitteilte, erklärte er: »Erik braucht seine wenigen Soldaten dringend, um das Volk in Schach zu halten.«

Isolde entspannte sich etwas. »Wir sollten so schnell wie möglich raus aus diesem dusteren Loch.« Doch einen Moment später schnappte sie nach Luft. »Oh, nein! Mein Handy liegt auf der Festwiese.«

»Mist!« Tristan wurde blass. »Trotzdem bin ich froh, dass du mich damit gerettet hast.«

Sie mussten wohl oder übel ohne Licht losgehen. Der flackernde blaue Schein des Wurmlochs erhellte noch ein Stück des Weges, sodass sie ihren alten Fußspuren folgen konnten. Doch bald kamen sie an eine Weggabelung mit mehreren Gängen, die sich in der Finsternis verloren.

»Hast *du* dir vielleicht die richtige Abzweigung gemerkt?«, stöhnte Tristan. Seine Stimme hallte durch die Dunkelheit.

»Nö«, antwortete Isolde überraschend ruhig. »Aber keine Zeit zum Jammern und Wehklagen. Halte mal deine Nase in die Luft.«

»Wieso? Hey, ein Luftzug!«, rief Tristan. »Der wäre mir gar nicht aufgefallen. Du bist genial!«

»Ich weiß«, erwiderte Isolde und lief kichernd voraus.

Irgendwann erreichten sie den Torbogen und den Kerkertrakt. Kurz darauf traten sie endlich ins Tageslicht hinaus. Isolde sog die frische Morgenluft ein: Geschafft!

Ein neuer Tag war angebrochen. Dem Stand der Sonne nach zu urteilen musste es etwa sieben sein, höchstens halb acht. Blieb allerdings die große Frage, welcher Tag heute war. Samstag? Oder doch schon Sonntag oder Montag?

Isolde hoffte inständig, dass ihrem Vater bei der Berechnung der Temporalverzerrung kein Fehler unterlaufen war.

Während sie noch darüber nachgrübelte, merkte sie, dass Tristan sie mit gerunzelter Stirn ansah.

»Auf dem Handy war doch auch unser Schatzkartenteil drauf, oder?«, fragte er leise.

Isolde stöhnte. »Scheiße! Zusammen mit dem Pergament aus Riwalins Halsband haben die Typen jetzt die komplette Schatzkarte. Natürlich nur, wenn der Akku durchhält und Drexel so clever ist, das Bild in den Dateiordnern zu finden. Und wenn das Handy nach dem Schlag überhaupt noch heil ist.«

Die vielen Wenns ließen die Wahrscheinlichkeit einer Vollkatastrophe von 100 auf ungefähr 10 Prozent schrumpfen – aber das war immer noch beunruhigend genug.

Tristan nickte. »Hoffentlich stand im zweiten Schatzkartenteil nichts über das Rote Herz des Berges. Sonst wissen Erik und Drexel sofort, dass Herzog Max sie mit dem falschen Rubin an der Nase herumgeführt hat.«

Isolde musste an die Kerkerzellen denken, an denen sie gerade vorbeigelaufen waren. Der arme Herzog! Was würden Erik von Zorn und Drexel in ihrer Wut mit Tristans Onkel machen?

Eine Bewegung im Augenwinkel riss sie abrupt aus den schrecklichen Gedanken. Drüben beim Südturm lief eine gebeugte Gestalt herum, die irgendein rotes Gerät hinter sich herzog.

»Wir sind nicht allein«, zischte Isolde Tristan zu.

Schnell duckten sie sich hinter ein paar Mauerreste und riskierten einen Blick. Es war Frank, der große blonde Archäologe. Was wollte der denn schon so früh hier? Und wo steckten seine Kollegen Susanne und Rainer?

Jetzt drang seine Stimme zu ihnen herüber.

»Los, komm schon, du toller Bodenradar! Du musst doch auf irgendein Signal stoßen mit deinen elektromagnetischen Wellen! Ich weiß, dass es hier tief unter der Erde jede Menge Geheimgänge gibt. Einer davon führt uns direkt zum berühmten Rubin von Burg Adlerstein, hehe. Und diesen Gang wird nicht die schlaue Susi finden und auch nicht Rainer, der blöde Großkotz, sondern ich ... Aaah! Verflucht! Was war *das*?«

Um ein Haar wäre Frank gestolpert, aber er fing sich im letzten Moment und ging nun in die Knie. »Was haben wir denn *hier*? Ein kleines, unauffälliges Messgerät? Und da drüben ist noch eins. Susi, du miese Ratte! Was treibst du für Spielchen?«

Plötzlich piepte etwas und Frank warf einen Blick auf seine Armbanduhr. »Mist! Ich muss los zur Uni.«

Wutentbrannt dampfte er ab. Kurz darauf hörten sie einen Motor aufheulen und den Geländewagen des Archäologen den Berg hinunterrumpeln.

Isolde stand auf und rieb sich die vom Knien kribbelnden Beine. »Hey, diese Messsonden muss ich mir genauer ansehen. Klingt spannend.«

»Bezwinge deinen Forscherdrang«, sagte Tristan streng. »Wir müssen schleunigst los, sonst kommen wir zu spät zum Frühstück.«

Daran hatte Isolde gar nicht mehr gedacht. Es wurde wirklich höchste Zeit.

Die Räder lagen noch im Gebüsch, wo sie sie versteckt hatten. Isolde wischte den Tau vom Sattel. Dann fuhren sie und Tristan in einem Affenzahn zurück nach Hause.

Als sie sich kurz darauf vorsichtig in die Küche schlichen, sprang die Digitalanzeige der Backofenuhr auf 08:00.

»Punktlandung!«, rief Tristan, streckte Isolde die Hand hin und sie klatschten sich ab. Danach zogen sie sich rasch um, rannten wieder hinunter und machten Frühstück.

»Hmm, hier riecht es ja schon nach Toast und frischem Kaffee!«, freute sich Beatrix Neufeld, als sie eine halbe Stunde später im Bademantel in der Küche erschien. »Ihr seid aber lieb.«

»Und schon so putzmunter!«, ergänzte Johannes Neufeld, der in seiner falsch zugeknöpften Strickjacke und mit den wirren Haaren noch reichlich verschlafen wirkte.

Wahnsinn, die beiden hatten tatsächlich nichts bemerkt! Was vielleicht auch daran lag, dass Isoldes Vater ganz offensichtlich ziemlich müde war.

Als er zum dritten Mal herzhaft gähnte, fragte Isolde: »Oje, hast du schlecht geschlafen?«

»Im Gegenteil«, antwortete Johannes Neufeld vergnügt. »Ich habe wie ein Murmeltier geschlafen, allerdings etwas kurz. Mein Wecker hat um zwei Uhr morgens geklingelt. Ich musste nämlich noch ein paar Minisonden auf der Burg verteilen, um die Schwingungswerte des Wurmlochs zu messen. Ich möchte es ja so schnell wie möglich wieder schließen.«

Seine Frau lächelte. »Wie rücksichtsvoll von dir, dass du die armen Geister von Burg Adlerstein nicht zur Spukstunde gestört hast.«

»Oh, daran habe ich gar nicht gedacht«, gab Professor Neufeld ehrlich zu.

»Äh ... über das Wurmloch wollten Isolde und ich sowieso noch mal mit dir reden, Magister Neufeld, weil ...«

»Genau«, griff Isoldes Vater erfreut den Faden auf. »Ihr glaubt ja nicht, was mir meine Funkmessdaten vorhin übermittelt haben! Das Wurmloch ist zusammengebrochen. Also, nicht so ganz. Aber es ist instabil, es funktioniert nur noch zeitweise. So was passiert normalerweise nur durch Fremdeinwirkung. Habt ihr eine Ahnung, ob da oben auf der Burg mit irgendwelchen Strahlungsquellen herumhantiert wird?«

Strahlungsquellen? Herumhantieren? Sofort hatte Isolde Frank vor Augen, wie er mit seinem Bodenradar den Burghof abgraste. Aber wenn sie jetzt davon erzählte, gab sie gleichzeitig ihr Geheimnis preis. Hm, oder ... vielleicht auch nicht.

»Ja, da waren neulich ein paar Archäologen auf Burg Adlerstein, am ersten Ferientag, als Tristan und ich eine Radtour gemacht haben«, sagte sie.

»Richtig«, bestätigte Tristan mit einem Augenzwinkern. »Die hatten so komische Geräte dabei, rote Kästen, die sie hinter sich hergezogen haben.«

»Doch nicht etwa Bodenradare?« Johannes Neufeld ließ klirrend sein Buttermesser fallen. »Dann wundert mich überhaupt nichts mehr. Wenn ich mir vorstelle, jemand gerät aus Versehen ins Wurmloch, just in der Phase, wo es kollabiert ...«

»Äh, wäre das schlimm?«, fragte Isolde vorsichtig.

»Wenn man nicht auf ewig als Energieecho im Subraum verschwinden will, dann schon«, flüsterte Neufeld. Er sprang auf. »Ich muss sofort die neuesten Messdaten prüfen.« Damit rannte er aus der Küche.

Isolde legte ihr Brötchen unberührt zurück auf den Teller. Das Wurmloch, ihr einziger Weg in Tristans Welt, war nicht mehr offen? Aber wie sollten sie dann Herzog Max befreien, die Armee der Toten verhindern und die seelenlosen Kinder retten? Es stand so wahnsinnig viel auf dem Spiel! Sie konnten doch nicht einfach tatenlos hier herumsitzen, während im Mittelalter eine Katastrophe nach der anderen passierte.

»Alles in Ordnung bei euch, Kinder?«, erkundigte sich Beatrix Neufeld beunruhigt. »Ihr seht auf einmal so blass aus.«

»Alles okay«, schwindelte Isolde. »Wir haben nur ziemlich lange gequatscht gestern.«

»*Ewig* lange« Tristan gähnte übertrieben. »Am besten chillen wir noch ein bisschen in Isoldes Zimmer.«

»Chillen«, wiederholte Beatrix Neufeld halb gerührt, halb amüsiert. »Ach, Tristi, ich bin ja so froh, dass du dich in unserer Zeit schon so wohlfühlst.«

Kurz darauf lag Tristan mit Sphinx in der Hängematte und streichelte die schnurrende Katze, während Isolde im Schneidersitz auf ihrem Bürostuhl saß. Aber von Chillen konnte keine Rede sein.

»Jetzt ist alles vorbei«, murmelte Tristan verzweifelt. »Ich bin schon wieder zu spät und lasse meinen Onkel im Stich.«

Isolde protestierte. »Du bist doch nicht schuld, dass das Wurmloch zusammengebrochen ist. Und wir geben nicht auf, das schwöre ich. Wenn wir schon nicht durchs Wurmloch können, müssen wir wenigstens den Rubin finden, und zwar hier und jetzt! Er ist unsere letzte Chance, Drexel und Co. zu stoppen.« Wütend hämmerte sie auf ihre Tastatur ein und suchte noch einmal die Stichworte »Burg Adlerstein« und »Rotes Herz des Berges«.

»Das ist doch sinnlos«, sagte Tristan müde. »Wenn in deinem Internetz stehen würde, wo man ihn finden kann, hätten ihn längst irgendwelche Schatzsucher ausgebuddelt.«

Isolde wollte nicht zugeben, dass Tristan recht hatte. Verbissen scrollte sie sich durch die Links, die sie inzwischen fast auswendig kannte. Vielleicht hatte sie ja eine klitzekleine Hintergrundinformation übersehen, irgendeinen versteckten Hinweis zwischen den Zeilen …

PLING! Eine Nachricht.

Dankbar für die Ablenkung öffnete Isolde ihr Mailprogramm. »Das gibt's doch nicht!«

»Was ist?«, rief Tristan und wuchtete sich aus der Hängematte. Sphinx lief beleidigt zur Tür, öffnete sie mit einem gezielten Sprung auf die Klinke und weg war sie.

Tristan machte die Tür wieder zu und kam zu Isolde.

Die fing an zu kichern. »Ich … ich hab einen Fehler gemacht, den besten meines Lebens. Schau!«

Sie zeigte auf den Bildschirm, genauer gesagt auf das Foto einer Fledermaus, die sich gerade putzte, während das Tier daneben selig schlummerte. »Ich wollte mich an Dödel rächen wegen diesem Schwimmbad-Foto, du weißt schon. Darum hab ich das Schnuller-Foto von ihm bei einem Wettbewerb eingereicht. Aber ich muss beim Hochladen aus Versehen dieses Foto hier erwischt haben. Stell dir vor, ich bin damit unter die letzten zehn gekommen.«

»Gratuliere«, sagte Tristan, doch es hörte sich eher an wie »Herzliches Beileid«. Er hatte kaum einen Blick auf das Foto geworfen. Mit hängenden Schultern ging er zum Fenster und starrte hinaus. »Aber das hilft meinem Onkel nicht.«

»Warte«, murmelte Isolde. Ihr Fledermaus-Foto hatte sie auf

eine Idee gebracht. Sie zoomte den Hintergrund der Aufnahme näher heran. »Das Höhlensystem muss doch inzwischen supergut erforscht und kartografiert sein. Ha!« Sie sprang auf, hechtete zum Schrank und holte ihren Rucksack heraus.

Tristan rührte sich nicht vom Fleck, während Isolde die Schatzkarte aus der Flasche fummelte. Sie legte sie vorsichtig auf den Drucker und kurz darauf hatte sie auch schon einen herrlich scharfen Scan der Karte auf dem Bildschirm.

»Okay, dann wollen wir doch mal sehen, was es im Internet für Karten gibt … Ach du meine Güte! Das Höhlenlabyrinth ist so gigantisch, dass es Hunderte von kleinen Einzelkarten gibt!«

Jetzt wurde Tristan doch neugierig. »Was zum Teufel machst du da?«

»Der Teufel hat damit nichts zu tun«, antwortete Isolde und musste schon wieder kichern. »Ich vergleiche gerade die modernen Karten der Höhlen unter Burg Adlerstein mit unserem Teil der Schatzkarte. Drück die Daumen, dass irgendeine zu unserer passt.«

Erst sah Tristan Isolde ratlos an, dann verblüfft und schließlich breitete sich ein Grinsen auf seinem Gesicht aus. »Ah, verstehe! Haben wir erst mal die richtige Einzelkarte, suchen wir einfach die passende Anschlusskarte und immer so weiter, bis zurück zur Fledermaushöhle. Wie eine Art Domino! Du bist genial!«

»Wir werden sehen«, seufzte Isolde und sah angestrengt auf den Bildschirm. Dann rief sie einen Kartenabschnitt nach dem anderen auf, um ihn mit der Schatzkarte zu vergleichen.

Tristan bewunderte Isolde für ihre grenzenlose Geduld. Während sie den ganzen Tag – bis auf eine kurze Mittagspause – vor dem Bildschirm hockte, verbrachte er die meiste Zeit dösend in der Hängematte. Die dramatischen Erlebnisse in seiner Zeit hatten ihn mehr Kraft gekostet als gedacht.

Als es dunkel wurde, hatte aber auch Isolde genug. Sie rieb sich stöhnend die brennenden Augen. »Ich brauche mal Pause. Und frische Luft!«

»Gute Idee«, fand Tristan.

Gemeinsam gingen sie zum Fenster und wollten es gerade aufmachen, als …

SCHOCK!

Im Vorgarten stand jemand, der dort eigentlich nicht stehen durfte. Ein Mann in Schwarz, der Kinder quälte.

»Drexel«, flüsterte Tristan tonlos.

Er war ihnen also doch durch das Wurmloch gefolgt. Drexel hatte unverschämtes Glück gehabt und eine stabile Phase erwischt!

Jetzt tauchte unten auch noch Sphinx auf. Ungerührt durchschritt sie ihr Reich, das seit Riwalins Verschwinden wieder ganz ihr gehörte – bis sie den Eindringling bemerkte.

JCHHHHHHHH!

Tristan und Isolde konnten das Fauchen sogar durchs geschlossene Fenster hören. Drexel drehte sich langsam zur Katze um, lächelte sie kalt an und gab ihr einen Fußtritt. Dann marschierte er auf der Straße davon, stadtauswärts …

»Der will garantiert zur Burg, um irgendeine neue Teufelei abzuziehen«, rief Tristan. »Wir müssen hinterher!«

Isoldes Körper verkrampfte sich. Alles in ihr sträubte sich, trotzdem folgte sie Tristan nach unten zu den Rädern.

Sie fuhren auf einem Umweg zu Burg Adlerstein. Weil Drexel zu Fuß trotzdem länger brauchen würde, blieb ihnen genug Zeit, um sich im dichten Brombeergestrüpp beim Nordturm zu verstecken. Mit bangem Herzen warteten sie.

Da, Motorenlärm. Isolde schluckte. Konnte Drexel etwa inzwischen Auto fahren?

Nein, er war es gar nicht. Der Geländewagen der Archäologen erschien beim Südtor, wurde abgestellt und dann kamen sie alle drei anmarschiert: Susanne, Rainer und Frank.

»Endlich wieder hier!«, sagte Susanne, die einen Schubkarren voller Schaufeln, Hacken und Spaten vor sich herschob. »Zu dumm, dass wir unsere Uni-Seminare nicht einfach absagen konnten. Also los jetzt, lasst uns die verplemperte Zeit aufholen, und zwar auf die altmodische Tour: graben, graben, graben.«

»Kein Problem für mich«, sagte Rainer.

Frank dagegen verschränkte die Arme vor der Brust. »Bevor wir anfangen, hätte ich noch eine Frage, Super-Susi: Warum hast du eigentlich die ganzen Messsonden im Burghof aufgestellt?«

»Ich habe keinen blassen Schimmer, wovon du redest«, gab Susanne zurück.

Frank hob eine von Professor Neufelds Sonden auf und hielt sie ihr unter die Nase. »Gib zu, dass du dir den Rubin alleine unter den Nagel reißen willst.«

»Verzeihen Sie, wenn ich Ihr fesselndes Gespräch unterbreche«, mischte sich plötzlich jemand aus dem Hintergrund ein. »Sie suchen nach dem Roten Herz des Berges? Welch ein Zufall! Ich auch.«

Isolde erschrak. Drexel! Wie aus dem Nichts war er aufgetaucht.

»Oh, das ist aber ein schöner Ring, den Sie da am Finger haben«, sagte Rainer, ohne auf Drexels Worte einzugehen.

Drexel streckte bereitwillig seine Hand aus. »Sehen Sie sich den Stein ruhig an. Er ist sehr kostbar. Ich würde sogar sagen, noch kostbarer als der Rubin von Burg Adlerstein.«

Neugierig kamen alle drei Archäologen näher. Mit seltsam hölzernen Bewegungen drängten sie sich vor Zacharias Drexel. Dann umströmte ein rotes Leuchten ihre Körper. Es sah aus, als badeten sie in Blut.

# 18

## DIE ARMEE DER TOTEN

Entsetzt sahen Tristan und Isolde sich an, bevor sich ihre Blicke wieder auf das richteten, was sich nun vor ihnen abspielte.

Kein Zweifel: Drexels Stein der Weisen hatte die drei in seinem höllischen Bann. Ein Stöhnen drang aus ihren Kehlen, dann verstärkte sich das blutrote Glühen und ihre Körper wurden von wilden Krämpfen geschüttelt.

Tristan erwachte aus seiner Starre. Sosehr er sich auch vor Drexels dunklen Kräften fürchtete – die Wut darüber, was der Alchemist Menschen antat, war stärker. Er wollte sich gerade aus dem Versteck auf Drexel stürzen, als das rote Glühen schlagartig verlosch und Susi, Rainer und Frank wie gefällte Bäume hinschlugen.

Damit hatte Drexel offensichtlich nicht gerechnet. Mit einem Kopfschütteln kniete er sich neben seine Opfer.

»Sie leben«, murmelte er. Nachdenklich glitt sein Blick zwischen seinem Ring und den starren Körpern hin und her. »Merkwürdig, der Stein hatte gerade erst damit begonnen, ihre Seelen einzufangen. Es war, als hätte sich ihr Geist abgeschaltet … als letztes Mittel. Interessant.«

Er erhob sich wieder. Das Mondlicht fiel auf sein Gesicht und

Tristan und Isolde konnten sehen, wie er den Stein der Weisen beinahe liebevoll musterte.

»Erwachsene sind wohl untaugliche Gefäße. Aber keine Angst«, sprach Drexel zu dem Stein, als wäre er ein lebendiges Wesen. »Es gibt mehr als genug Kinder, um uns an ihrer Seelenkraft zu laben.«

Er sah zum Mond empor, bevor sein stechender Blick misstrauisch über den Burghof huschte. Gerade noch rechtzeitig zogen Tristan und Isolde die Köpfe ein. »Aber jetzt wird es Zeit für unseren ersten Schritt.«

Als sie wieder hervorlugten, hatte der hagere Alchemist die Hand mit dem Ring weit von sich gestreckt. Wie hypnotisiert fixierte er ihn, während er mit beschwörender Stimme auf den Stein der Weisen einzureden begann:

*Befreit seien von den Fesseln*
*Die hier weilen als Geister*
*Empfangt die Kraft des Steins*
*Und gehorcht dem Meister!*

Isolde und Tristan stockte der Atem. Was für eine Teufelei hatte Drexel nun wieder vor?

*Befreit seien von den Fesseln*
*Die hier weilen als Geister*
*Empfangt die Kraft des Steins*
*Und gehorcht dem Meister!*

Nichts geschah. Abgesehen von den Schweißperlen, die auf Drexels Stirn traten.

Isolde und Tristan sahen sich an.

»Vielleicht ist er jetzt einfach völlig durchgeknallt!«, flüsterte Isolde erleichtert und tippte sich an die Stirn.

Tristan nickte.

*Befreit seien von den Fesseln*
*Die hier weilen als Geister …*

Sie hatten sich zu früh gefreut.

Der Stein der Weisen erwachte mit rotem Glühen wieder zum Leben. Leuchtende Fäden schlängelten sich von ihm fort, tasteten sich hierhin und dorthin durch die Luft, bis fast der ganze Burghof von einem roten Netzgeflecht erfüllt war.

»Ach du Scheiße«, murmelte Isolde und zeigte zu den Resten der südlichen Wehrmauer.

Es war, als hätte sich in dem roten Netz irgendetwas verfangen: drei menschliche Schemen, durchsichtig zunächst, doch nach und nach immer solider.

*… Empfangt die Kraft des Steins*
*Und gehorcht dem Meister!*

Ein rot glühender Blitz fegte durch das Netz bis in die letzte Verästelung. Geblendet schlossen Tristan und Isolde die Augen.

Als sie wieder hinsahen, war das unheimliche Lichtnetz verschwunden. Unverändert lag der Burghof da, scheinbar jedenfalls … denn aus den finsteren Schatten erhoben sich plötzlich drei Gestalten. Schwankend und stöhnend kamen sie auf die Beine.

Tristan traute seinen Augen nicht.

»Knut«, flüsterte Isolde fassungslos.

Tristan schluckte. Ja, Knut, zusammen mit Orok und dem guten alten »Knochenspalter«, alle in voller Kampfmontur. Drexels Zauber hatte sie der Geisterwelt entrissen.

Langsam staksten sie auf Drexel zu.

Den hielt es nicht mehr an seinem Platz. »Knut, mein Sohn!«, rief er. Mit ausgebreiteten Armen eilte er ihm entgegen und drückte ihn an sich. Dann musterte er ihn voller Stolz – aber auch mit einem Fünkchen von Irrsinn in den Augen.

Verwirrt blickte Knut sich um, während seine beiden Spießgesellen nur mit einfältigen Mienen dastanden, offenbar in Erwartung von Anweisungen.

»Vater? Wie kommst du her?«, fragte Knut schließlich.

»Es ist alles gut, mein Junge«, antwortete Drexel fahrig. »Du bist vom Fluch erlöst.«

Knut starrte ihn an. »Du weißt, was geschehen ist? Während all der Jahrhunderte?«

Drexel nickte und hielt Knut seinen Ring vor die Nase. »Alles weiß ich. Ich war auf der Suche nach dir, mein Junge. Ich fühlte, dass du noch irgendwo bist. Dann verschlug es mich in diese Welt, wo Treuherz mir über den Weg lief. Der Treuherz, der doch mit *dir zusammen* in den Abgrund stürzte. Ich zwang ihn, in meinen Ring zu blicken. Und da wusste ich, dass auch du nicht verloren warst. Dank des Steins der Weisen habe ich dich dem Geisterreich entrissen.«

Kaum hatte er den Ring beim Namen genannt, begann der Stein wie ein Herz zu pulsieren.

»Mit ihm werden wir die Welt beherrschen. Zusammen, Vater und Sohn. Mit der Armee der Toten.« Drexels Augen leuchteten irr.

Unwillkürlich trat Knut einen Schritt zurück, während Orok und der Knochenspalter sich stirnrunzelnd ansahen.

»W-was für eine Armee der Toten?«, krächzte Knut.

Drexel erklärte es nur zu gern. »Der Stein hat mächtige Kräfte, gespeist aus reinen Kinderseelen. Es gibt fast nichts Mächtigeres im Universum.«

»Kinderseelen? Was redest du da, Vater?«, flüsterte Knut und wich noch einen Schritt zurück.

»Ah, du glaubst mir nicht«, erwiderte Drexel mit verzerrtem Lächeln. »Ich zeige es dir. Um eine ganze Armee zu erwecken, brauchen wir noch mehr Kinderseelen. Oder natürlich die verstärkende Kraft des Rubins. Aber für ein paar Krieger wird's reichen. He da!«, rief er zu Orok und dem Knochenspalter. »Macht euch bereit, um euer Leben zu kämpfen.«

Die beiden wechselten einen Blick und zuckten die Achseln. Offenbar hielten sie Drexel nur für einen harmlosen Irren.

Tristan und Isolde wussten es besser. Mit böser Vorahnung beobachteten sie, wie Drexel wieder den Stein der Weisen beschwor.

*Erwachet und erhebt euch, ihr Toten*
*Aus ewigem Schlaf und dunklen Reisen*
*Empfangt die Kraft des Steins der Weisen*
*Auf dass ihr gehorcht seinem Boten.*

Diesmal ließ sich der Stein nicht lange bitten. Erneut schlängelten sich seine Energiefäden suchend durch die Luft, bis der Burghof von dem rot glühenden Netz überzogen war. Mit offenem Mund verfolgten Knut und seine Kumpane, wie links vom Südtor sechs blutrote Spitzen in den Erdboden fuhren.

*Eine Reihe von Gräbern*, schoss es Isolde entsetzt durch den Kopf.

*Erwachet und erhebt euch, ihr Toten*
*Aus ewigem Schlaf und dunklen Reisen*
*Empfangt die Kraft des Steins der Weisen*
*Auf dass ihr gehorchet seinem Boten.*

»Ich glaub, ich will das nicht sehen«, murmelte Tristan. Aber wie Isolde konnte er den Blick einfach nicht von dem schaurigen Schauspiel abwenden.

Die Erde tat sich auf und sechs Skelette wühlten sich heraus. Stumm standen sie da, die leeren Augen erwartungsvoll auf Drexel gerichtet – rostige Schwerter und schartige Äxte in den spinnendürren Händen.

Auf ein Fingerschnalzen von Drexel erhoben die Knochenkrieger ihre Waffen.

KLACK! KLACK! KLACK! ... Schaurig hallte das Klappern ihrer Gebeine durch den Burghof, als sie sich in Bewegung setzten.

Orok und der Knochenspalter erwachten aus ihrer Starre. Ihre Körper strafften sich, als Drexel ihnen kurz zunickte.

Knut wollte sich seinen Kampfgefährten anschließen, doch Drexel schüttelte den Kopf. Eine drückende Stille legte sich über Burg Adlerstein.

»Und was jetzt?«, flüsterte Isolde. »Abhauen?«

»Auf keinen Fall«, erwiderte Tristan. »Nie im Leben kommen wir heil durchs Südtor. Wir warten ab. Und halten uns raus.«

Mit angehaltenem Atem starrten sie auf den Burghof. Jeden Moment würde hier die Hölle losbrechen.

Da zerriss ein lautes Sirren die Stille, gefolgt von fröhlichem

Gebimmel. Das bläulich grelle Licht einer Fahrradleuchte tauchte in der Öffnung des Südtors auf. Tristan und Isolde trauten ihren Augen nicht, als ein E-Bike durchs Tor brauste: am Lenker Hermann Dodinger und auf dem Gepäckträger sein Kumpel Kevin.

»Hallo, Tante Susi«, krähte Dödel unbekümmert. »Wo bist du? Ich war mit Kevin im Kino und hab den Haustürschlüssel vergessen. Hallo!?«

Panisch flog Tristans Blick zu Drexel. Wie würde der Alchemist reagieren?

Doch der stand nur da, mit eingefallenem Gesicht und gestützt auf Knut. Offenbar hatte ihn die Beschwörungs-Aktion seine gesamte Kraft gekostet – aber bestimmt nur vorläufig.

»Hallo?!«, rief Dödel unverdrossen weiter. »Keine Sorge, ich brauch kein Geld! Wo steckst du?« Er verstummte, als er im matten Mondlicht Drexel, Knut und seine beiden Kumpane entdeckte.

»He, Jungs!«, rief Dödel, preschte geradewegs auf die Gruppe zu und hagelte Orok und den Knochenspalter bei seiner Eins-a-Schleuderbremsung mit einem Schauer aus Dreck und Steinchen voll.

Tristan und Isolde keuchten erschrocken. Aber statt Hackfleisch aus Dödel und Kevin zu machen, warteten die beiden Krieger reglos auf Anweisungen von Drexel.

»Daher also das Sprichwort ›Das Glück ist mit den Narren‹«, flüsterte Tristan, während Isolde erleichtert seufzte.

Doch Dödel arbeitete schwer dran, sein Glück aufzubrauchen.

»Hey, ihr Rollenspiel-Freaks seid doch bestimmt schon länger hier auf der Burg, oder? Habt ihr meine Tante Susi gesehen? Sie arbeitet nämlich …« Er hielt inne, als Kevin ihn von hinten am T-Shirt zupfte. »He, was is'n?« Genervt blickte er über die Schulter.

Mit kreidebleichem Gesicht zeigte Kevin zur Südmauer.

Dödel hob den Kopf. Starrte auf die Skelettkrieger ... und drehte sich wieder grinsend um. »Ha-ha, fast hättet ihr mich drangekriegt! Ihr seid ja wohl voll die Nerds, was? Cooles Equipment! Also, was ist denn nun ...«, fuhr er fort, als er erneut unterbrochen wurde.

Dieses Mal von einem Stöhnen irgendwo aus den Schatten.

»Tante Susi?«, rief Dödel wie elektrisiert. »Bist du das?« Gefolgt von Kevin rannte er zu den drei dunklen Umrissen, die abseits auf dem Boden lagen. »Was habt ihr mit meiner Tante und ihren Kollegen gemacht, ihr durchgeknallten Idioten? Na wartet! Ich rufe die Polizei und dann könnt ihr euch auf was gefasst machen!« Er fischte sein Handy aus der Tasche.

Tristan und Isolde zuckten zusammen, als Drexel sich auf einmal rührte. Unter Aufbietung aller Kräfte schnarrte er: »KÄMPFT!«

Und dann brach im Burghof die Hölle los.

Mit ohrenbetäubendem Gebrüll stürmten die Skelette von der einen Seite und Orok mit dem Knochenspalter von der anderen Seite aufeinander los. Dazwischen, ziemlich genau in der Mitte, Dödel und Kevin, die zu Salzsäulen erstarrt bei den drei Archäologen verharrten.

Eine Sekunde blickten Tristan und Isolde wie gelähmt auf die albtraumhafte Szene.

»Bleib hier!«, sagte Tristan dann.

»Was hast du vor?«, zischte Isolde.

»Sie raushauen«, antwortete er.

»Sie raushauen!? Hast du überhaupt einen Plan?«

»Mach ich auf dem Weg«, antwortete Tristan. »Sie brauchen Hilfe. Sofort.« Damit stürmte er aus der Deckung – in ein Inferno, das jeden Plan als schlechten Witz erscheinen ließ. Zum Teufel mit der Planerei! Er würde einfach improvisieren.

Erleichtert nahm er wahr, wie Dödel und Kevin sich gerade noch rechtzeitig aus der Kampfzone brachten, bevor Orok und der Knochenspalter mit voller Wucht auf die Skelettkrieger prallten.

Wie eine Sense durch trockenes Schilf fuhr die Axt des Knochenspalters durch die Reihen der Gegner. Prompt zerfielen zwei der Skelette zu Staub, der vom Wind davongetragen wurde.

Als Tristan den Kampfplatz erreichte, waren Orok und der Knochenspalter schon von drei weiteren Skeletten umringt. Mit eckigen Bewegungen hieben die Knochenmänner auf die beiden ein. Schön, die waren erst mal beschäftigt. Rasch klaubte Tristan eine Streitaxt auf, die eines der zerbröselten Skelette hatte fallen lassen. Fieberhaft blickte er sich um.

Drexel stand – auf Knut gestützt – da und genoss die Vorführung. Dödel? Kevin? Ein hastiger Blick zeigte, dass sie nicht in unmittelbarer Gefahr waren. Sie wurden zwar von einem Skelett verfolgt, allerdings rannte das knöchrige Teil eher unbeholfen. Doch so wie Dödel schnaufte, würde er trotzdem bald fällig sein.

Tristan wollte ihm gerade zu Hilfe eilen, als ein schrecklicher Schrei das Kampfgetöse übertönte. Er fuhr herum. Und sah, wie Orok auf das Schwert starrte, das sein Skelettgegner ihm gerade in den Leib gerammt hatte. Dann sank er zu Boden ... und löste sich sogleich in Rauch auf.

Entschlossen packte Tristan die Streitaxt, um Oroks Bezwinger in Knochenstaub zu verwandeln. Doch das Skelett hatte schon kehrtgemacht. Verblüfft blickte Tristan ihm hinterher. Und erstarrte. Denn Isolde war aus ihrem Versteck aufgetaucht ... und das mordlüsterne Ding hielt genau auf sie zu.

Fluchend setzte sich Tristan in Bewegung, als ihn von hinten ein heftiger Schlag an die Schulter traf, der ihn von den Beinen fegte. Noch im Fallen warf er sich herum und schwang die Streitaxt auf Geratewohl durch die Luft. Als die Klinge krachend durch zwei Kniegelenke fuhr, wusste er, dass die Rechnung aufgegangen war. Das Skelett in seinem Rücken sackte ächzend zusammen und zerfiel augenblicklich zu Staub.

Tristan rappelte sich hoch und sah sich um. Der herrenlosen Axt im Gras nach zu schließen hatte sich auch der Knochenspalter zu Rauch verflüchtigt.

*VERDAMMT! Was war mit Isolde?!*

Er wirbelte herum. Und rannte. So schnell wie noch nie im Leben. Aber er würde zu spät kommen, viel zu spät ...

# 19
## SIEG UND NIEDERLAGE

Hilflos hatte Isolde mit angesehen, wie Tristan sich ins Getümmel stürzte. Da rauszugehen war Wahnsinn. Andererseits konnte sie nicht einfach Däumchen drehen, während Dödel und Kevin zu Skelettfutter zerhackt wurden. Die Erkenntnis ließ eine jähe Wut in ihr aufsteigen. Was bildete Tristan sich eigentlich ein? Er durfte das Richtige tun und sie sollte brav hierbleiben, bis ihr blonder Held sie wieder abholte? Konnte er vergessen.

Ohne nachzudenken, stürzte sie Tristan hinterher.

Was sie jedoch schon im nächsten Augenblick bereute, als ein Skelettkrieger auf sie zustürmte, mit erhobenem Schwert. Ihr Blick flog umher – und blieb auf einer Schubkarre mit Hacken und Schaufeln haften, zehn Meter entfernt. Drei Atemzüge später riss sie eine Hacke aus der Karre, drehte sich blitzschnell um und ... wurde vom Gewicht ihrer Waffe beinahe niedergeworfen.

Isolde rang noch um Balance, als ihr Gegner zum tödlichen Streich ausholte.

Entsetzt starrte sie in die leeren Augen des Skelettes. »Vorbei, wie schade«, schoss es ihr durch den Kopf und fast musste sie über den idiotischen Gedanken lachen.

Ein blitzender Strahl sirrte von der Seite durch ihr Gesichtsfeld ... eine Schwertklinge. Erst einen Moment später begriff Isolde, dass die leeren Augen vor ihr verschwunden waren.

Als sie die Hacke fallen ließ und sich verwirrt umsah, fiel ihr Blick auf einen Totenschädel, der davonkullerte – und gleich darauf zu Staub zerfiel, ebenso wie das dazugehörige Skelett vor ihren Füßen.

»Es tut mir leid«, sagte jemand neben ihr.

Wie betäubt wandte sie sich der Stimme zu. Vor ihr stand Knut, mit gesenktem Schwert, bleich wie der Tod.

»W-was tut dir leid?«, stammelte Isolde.

»Alles«, sagte Knut traurig. »Einfach alles!« Damit drehte er sich um und lief zu seinem Vater zurück.

Als Tristan sah, wer Isolde da zu Hilfe geeilt war, blieb er stehen. Er konnte es einfach nicht glauben: Der wagemutige Kämpfer, der selbstlose Retter war niemand anderes als der Verräter Knut Drexel!

»HILFEEEEE!«, riss ihn ein schrilles Kreischen aus der Erstarrung.

Tristans Blick flog über den Burghof. Zwei Skelette waren noch übrig. Eins versuchte gerade Kevin in die Enge zu treiben. Das andere war weiterhin Dödel auf den Fersen, der schwer japste, aber wohl noch durchhielt ... jedenfalls mit etwas Glück. Das war für Kevin eindeutig aufgebraucht.

»HILFEEEEEEEEEEE!« Das Skelett hatte den wimmernden Kevin an die Wehrmauer gepresst, Tristan musste etwas unternehmen.

»HE, KLAPPERGEBISS!«, brüllte er. »Ich hab was für dich!«

Das Skelett fuhr herum.

*Fehler!*, dachte Tristan erleichtert. *Großer Fehler!* Aus vollem

Lauf schleuderte er seine Streitaxt. Mit dumpfem Sirren schwirrte sie auf den Knochenkrieger zu und spaltete ihn in zwei Hälften.

Mit großen Augen starrte Kevin auf die Staubwolke, die gleich darauf vom Wind davongetragen wurde.

»Noch alles dran?«, fragte Tristan besorgt, als er nach ein paar Schritten vor ihm stand.

Kevin wackelte nur mit dem Kopf.

»Na, das nehmen wir mal als Ja«, sagte Tristan aufmunternd. »Also, ich muss dann wieder.« Er drehte sich um. Dödel steckte bestimmt schon in der Tinte.

»AHHHH! HILFEEE!«, ertönte prompt die Bestätigung.

Tristan sah in die Richtung, aus der der Schrei gekommen war. Tatsächlich! Dort hinten lag Dödel am Rand des Loches, das Neufelds Experiment in den Burghof gesprengt hatte. Über ihn gebeugt holte der letzte Skelettkrieger mit einer riesigen Streitaxt zum Schlag aus.

Tristan spurtete los, stellte aber verblüfft fest, dass Hilfe bereits unterwegs war: in Gestalt von Isolde. Sie stürmte auf das Skelett zu, eine Schaufel in den Händen.

»LASS! IHN! IN! RUHE! MISTDING!«, gellte ihr Schrei durch die Nacht.

Mit voller Wucht krachte das Schaufelblatt gegen den Totenschädel. Vom Rumpf gerissen segelte er durch die Luft, um sogleich als Staub zu Boden zu rieseln.

Atemlos kam Tristan bei Dödel und Isolde an.

»Alles in Ordnung?«, japste er.

»Klar, wieso?«, fragte Isolde gereizt, während Dödel wie ein Wackeldackel nickte.

»Wieso?«, explodierte Tristan. »Weil ich mir Sorgen gemacht habe! Warum bist du nicht einfach hinter der Mauer geblieben?«

»Warum?!«, ging nun Isolde in die Luft. »Weil ich Angst um dich hatte. Weil Hermann und Kevin in Not waren. Und weil ich so was von sauer bin.«

»Sauer?«

»Wütend«, fauchte Isolde.

Dödel verfolgte den Wortwechsel wie ein Pingpongspiel.

»Hab schon verstanden«, fauchte Tristan zurück. »Aber wieso denn, Herrgott?«

»Weil du einfach für mich entschieden hast«, knurrte Isolde. »Und überhaupt: weil es so furchtbare Menschen wie Drexel gibt.«

Geschockt sahen sie sich an. Drexel! Den hatten sie ja ganz vergessen.

Zu ihrer Überraschung stand er immer noch an derselben Stelle. Doch schien er langsam wieder zu Kräften zu kommen. Fahrig gestikulierte er auf Knut ein und zeigte in ihre Richtung. Offenbar war er außer sich vor Wut, weil sein Sohn Isolde gerettet hatte. Wortfetzen drangen an ihr Ohr. »Du ... mein Sohn sein? ... eine Enttäuschung ... erbärmlich ... Verräter ...«

Tristans alter Feind stand da, stumm, blass, mit bebenden Lippen.

Eine Welle von Mitgefühl ergriff Tristan, die schon im nächsten Moment in grenzenlose Wut auf Drexel umschlug. Die Welt versank in rotem Zorn.

»Zacharias Drexel«, brüllte er. »Das war deine letzte Teufelei!«

Dann stürmte er, zu allem entschlossen, auf seinen Feind zu.

Drexel, unbewaffnet und feige, wie er war, ergriff die Flucht Richtung Nordturm. Knut verharrte einen Moment, das Schwert halb gezückt. Dann drehte er sich um und eilte seinem Vater nach – dicht gefolgt von Tristan.

Isolde musste nicht überlegen, wo es hinging. Das Wurmloch!

»Oh, Mist!«, stöhnte sie und setzte sich in Bewegung.

»He, und was ist mit mir?«, krächzte Dödel.

»Kümmere dich um Kevin und die anderen!«, rief sie über die Schulter zurück. »Und bau ausnahmsweise keinen Scheiß!«

Isolde rannte weiter, getrieben von nackter Panik. Egal ob Tristan Drexel und Knut zum Kampf stellte oder sie durch das instabile Wurmloch verfolgte: Blindwütig, wie er im Moment war, konnte das Ganze nur in einer Katastrophe enden.

In vollem Lauf stürzte sie durch die dunkle Öffnung, die hinunter zu den Verliesen und der Krypta führte – und wäre um ein Haar auf den glitschigen Stufen ausgerutscht. Verflixt! Wenn sie nicht langsamer machte, brach sie sich am Ende noch den Hals.

Mit einer Hand an der Wand folgte sie den Schritten, die vor ihr durch die Finsternis hasteten. Doch eine dunkle Ahnung sagte ihr, dass sie zu spät kommen würde.

Als sie die Krypta erreichte und das Wurmloch hinter der nächsten Biegung in Sicht kam, war Drexel bereits darin verschwunden. Knut stand noch davor, Tristan im Nacken. Wie hypnotisiert blickte Knut eine Sekunde lang auf die sich sanft kräuselnde Oberfläche, dann tauchte er selbst in das blaue Leuchten ein. Das Licht flackerte plötzlich wie eine Kerze im Wind und verblasste, während Tristan schon im Hechtsprung nachsetzte. Doch im nächsten Moment wurde das Wurmloch fleckig und schwarz – und Tristan flog ins Leere.

Isolde vernahm einen dumpfen Aufprall, gefolgt von einem schmerzerfüllten Stöhnen.

»Tristan!«, schrie sie.

»Verdammt! Verdammt! Verdammt!«, ertönte sein gepresster Fluch.

»Warte! Ich komme.« Isolde hatte sich fast zu ihm vorgetastet, als ein blaues Flackerlicht die Schwärze um sie herum verdrängte. Sie warf einen Blick zurück: Das Wurmloch war wieder da, aber anscheinend alles andere als stabil.

Ächzend rappelte sich Tristan auf und wandte sich sogleich der flackernden Waberwand zu.

»Denk nicht mal dran«, sagte Isolde.

»Aber …«, wollte Tristan protestieren.

»Nichts aber«, schnitt Isolde ihm das Wort ab. »Du hast so was von Schwein gehabt, weißt du das? Schon vergessen, was passiert, wenn das Wurmloch zerfällt und man steckt noch drin? Als Energieecho im Subraum bist du uns allen bestimmt eine Riesenhilfe.«

Finster blickte Tristan sie an, während er sich die schmerzende Schulter rieb. Isolde hatte natürlich recht. Das, was er vorgehabt hatte, war nicht nur unvernünftig, sondern saudämlich. Aber die Enttäuschung war schwer zu ertragen.

»Fast hätte ich die beiden gehabt«, murmelte er.

»Ich weiß«, antwortete Isolde. »Aber uns ist nichts passiert. Nur das zählt. Alles Weitere wird sich finden. Außerdem … Gut möglich, dass wir uns um Drexel sowieso keinen Kopf mehr machen müssen, falls das Wurmloch … Und Knut …« Sie verstummte und blickte traurig zu Boden.

»Ich weiß«, sagte nun wiederum Tristan und berührte sanft ihren Arm. »Er hat dir das Leben gerettet. In Hunderten von Jahren hätte ich nicht gedacht, dass ich ihn mal für etwas anderes als einen elenden Mistkerl halten würde. Ganz schön verwirrend, was?«

Isolde nickte nur.

»Komm.« Tristan hob sein Schwert vom Boden auf. »Gehen wir zurück.«

Draußen auf dem Burghof fanden sie Dödel und Kevin bei den Archäologen, die gerade wieder zu sich kamen. Steif setzten die drei sich auf und blickten sich mit großen Augen um.

»Mama! Mamaaa!«, schrillte Franks Stimme über den Burghof. »Will Hause. Aua-Aua-Kopf.«

»He, du Idiot! Lass den Scheiß, das kann ich bei so einem Brummschädel gerade echt nicht brauchen«, stöhnte Susanne. »Sag mir lieber …«

»Rainer auch Aua-Kopf«, greinte ihr anderer Kollege dazwischen.

Tristan und Isolde sahen sich an. Offenbar hatte Susi das Ganze besser weggesteckt als die beiden Männer. Vielleicht weil sie weiter vom Stein entfernt gewesen war.

Susis verwirrter Blick fiel jetzt auf Dödel. »Hermann? Sag mal, hast du eine Ahnung, was hier los ist?«

»Na, ihr seid doch zum Buddeln hierher auf die Burg gefahren. Weißt du das denn nicht mehr?«, legte Dödel los wie die Feuerwehr, froh sich all den Horror von der Seele zu reden. »Ich hatte meinen Schlüssel vergessen und wollte deswegen zu dir. Na, und als Kevin und ich im Burghof ankamen, hingen da diese schrägen Typen im Kostüm ab. Dann sahen wir euch am Boden liegen. Tja, und im nächsten Moment tauchen diese Mörderskelette auf und …«

Tristan und Isolde wechselten einen alarmierten Blick. Höchste Zeit einzugreifen!

»Ach Gott, Mörderskelette«, lachte Isolde verlegen auf. »Das ist jetzt ein bisschen peinlich«, wandte sie sich an Susi. »Wir haben uns hier mit Freunden zu einem Mittelalter-Rollenspiel getroffen. Die Guten gegen den schwarzen Magier und seine Skelettarmee.«

»A-aber die Skelette! U-und die Waffen! D-das war alles echt«, stammelte Kevin. »Ich hätte mir fast in die Hose gemacht.«

»Danke für das Kompliment«, bügelte Isolde ihn grinsend ab. »Wir geben uns immer größte Mühe. Vor allem mit unseren Outfits. Und den Special Effects. Mit den Hologramm-Skeletten bewerben wir uns beim nächsten Rollenspiel-Konvent in Leipzig. Bin sicher, dass wir mit unserer Performance den ersten Preis einsacken.«

»Hohlgramm-Skelette?«, sagte Dödel verdattert.

»Mensch, Hermann«, übernahm Tristan jetzt das Ruder. »Du bist doch nicht dämlich! Wäre alles echt gewesen, müsste der Burghof doch von Skelettteilen übersät sein, oder?«

Verblüfft sahen sich Kevin und Dödel im verlassenen Burghof um.

»Alles nur Show?«, fragte Kevin schließlich.

»Alles nur Show«, bestätigte Isolde lächelnd.

Während sie zusah, wie die Archäologen schwankend auf die Beine kamen, überlegte sie, an wie viel sie sich tatsächlich erinnerten. Plötzlich hatte sie eine Idee. Etwas gewagt zwar, aber sie würde es darauf ankommen lassen.

»Wir haben unserer Performance sogar einen Namen gegeben«, wandte sie sich an die Archäologen. »›Die Jagd nach dem Roten Herz des Berges‹. Schon mal gehört?«

Tristan neben ihr verfiel vor Schreck in Schnappatmung, aber die drei guckten nur wie die Autos. Da klingelte gar nichts. Offensichtlich hatte der Stein der Weisen jede Erinnerung an Drexel und den Rubin gelöscht.

Zur Sicherheit machte Isolde gleich weiter. »Sie haben's wohl nicht so mit Rollenspielen, was?«

»Äh, nein, wieso?«, antwortete Susi, anscheinend völlig durcheinander und deutlich uninteressiert. Sie griff sich an den Kopf. »Also, ich könnte jetzt eine Kopfschmerztablette gebrauchen. Und ein Bett.«

»Heia-heia-Bett«, krähte Rainer.

»Sandmann, lieber Sandmann«, trällerte Frank begeistert los.

»Okay«, stöhnte Susi. »Ich fahre uns wohl besser zum Durchchecken in die Notaufnahme.« Sie hielt inne. »Äh, wie sind wir eigentlich hergekommen?«

»Euer Wagen steht da draußen«, sagte Dödel und zeigte zum Südtor. »Kevin und ich sind mit deinem E-Bike da. Ach ja, gibst du mir noch den Haustürschlüssel?«

Susi hatte sichtlich Mühe, mitzuhalten. Aber schließlich fischte sie einen Schlüssel aus ihrer Hosentasche. »Hier. Und bring bloß mein E-Bike heil zurück. Und zwar zack-zack!«

»Ja, Tante Susi«, maulte Dödel.

Gleich darauf sahen Tristan und Isolde erleichtert zu, wie Susi und Co. samt Dödel und Kevin abzogen.

Völlig erledigt klaubten sie die rostigen Waffen der Skelette auf und warfen sie kurzerhand ins dichte Brombeergestrüpp. Dann sahen sie sich zufrieden um: Von dem bizarren Kampf war keine Spur mehr zu sehen. Friedlich und unberührt lag der Burghof da, als wäre nichts gewesen.

»Komm, lass uns auch verschwinden. Ich bin fix und fertig«, sagte Tristan schließlich.

Dankbar nickte Isolde. Doch schon nach wenigen Schritten blieb sie wieder stehen.

Vor ihnen funkelte etwas im Mondlicht.

»D-das ist doch …«, murmelte Tristan und verstummte.

»… mein Handy«, flüsterte Isolde völlig baff.

Am nächsten Morgen saßen sie allein beim Frühstück. Beatrix Neufeld machte sich irgendwo im Haus für den Laden bereit, während sich Johannes Neufeld wieder einmal im Arbeitszimmer verschanzt hatte.

Die erste Erleichterung, die Isolde und Tristan gestern noch verspürt hatten, war rasch verklungen. Sicher, sie hatten Dödel und die Archäologen gerettet. Und Letztere waren bei der Jagd nach dem Rubin als Konkurrenten nun vorerst aus dem Spiel. Ein schöner Bonus sozusagen, den sie kurioserweise Drexel zu verdanken hatten – womit die zahlreichen Sorgen auch schon begannen: Denn ausgerechnet Drexel war ihnen entkommen.

»Würde mich nicht wundern, wenn Drexel es heil auf die andere Seite geschafft hat«, knurrte Tristan. »Wenn ich mir vorstelle, wie er jetzt in Ruhe seinen Stein mit armen Kinderseelen auflädt, um Reik eine Skelettarmee auf den Hals zu hetzen … An Onkel Max darf ich gar nicht denken. Und wir stecken hier fest!«

Isolde versuchte ihn zu trösten. »Eines können wir zumindest tun.«

»Und zwar?« Voller Zweifel sah Tristan sie an.

»Den Rubin finden«, sagte Isolde.

Tristan nickte. »Aber nur, wenn sie uns nicht zuvorkommen. Immerhin haben Erik und Drexel jetzt *beide* Kartenteile. Jedenfalls ist das durchaus möglich.«

Doch Isolde schüttelte grinsend den Kopf. »Okay, das Handy war offensichtlich in Drexels Besitz, bevor er es gestern hier verloren hat. Aber denk doch mal nach: Ausgedruckt hat er sich die Karte ja kaum, oder? Und mühsam auf Pergament gepinselt wohl auch nicht. So viel Zeit hatte er in dem ganzen Durcheinander gar nicht.«

»Beim heiligen Christophorus! Du hast recht«, rief Tristan und verspürte plötzlich wieder Hoffnung. »Jetzt müssen wir also nur noch an deinem Computer die richtige Höhlenkarte finden und die Sache ist geritzt. Worauf warten wir noch?«

Isolde musste lächeln. Das war endlich wieder der alte Tristan.

»Na ja«, antwortete sie. »Ein bisschen Arbeit kommt da schon noch auf uns ...«

DING-DONG! Die Haustürklingel.

Isolde seufzte. »Geh ruhig schon nach oben. Bestimmt nur ein Paketbote.«

Im Flur stieß Isolde mit ihrer Mutter zusammen. »Ich sause, ich sause«, flötete Beatrix Neufeld und öffnete die Haustür.

Es war kein Paketbote, sondern Hermann – Dödel – Dodinger, mit knallrotem Kopf und einem zerrupften Blumensträußchen in den Händen, dessen Bestandteile verdächtig nach Nachbargarten aussahen.

Überrascht starrte Isoldes Mutter ihn an. »DU?« Dann fiel ihr Blick auf die Blumen. »Ah«, strahlte sie gerührt und streckte die Hand aus. »Du möchtest dich für dein Benehmen neulich im Laden entschuldigen. Wie nett von dir.«

Beeindruckend schnell brachte Dödel das Sträußchen hinter dem Rücken in Sicherheit. »Äh ... tut mir wirklich leid«, stammelte er. »Aber d-die Blumen sind für ... jemand anderes.«

Verlegenes Schweigen.

Plötzlich dämmerte es Beatrix Neufeld. »Verstehe«, kicherte sie. Ehe Isolde protestieren konnte, schob ihre Mutter sie auch schon nach vorne. »Dann lass ich euch mal alleine, was?« Augenzwinkernd verschwand sie im Haus.

Isolde hätte sich am liebsten in Rosenquarz-Nebel aufgelöst.

»F-für dich«, brachte Dödel schließlich hervor und drückte ihr die Blumen in die Hand.

»Oh, äh, danke, Dö…, äh, Hermann«, stotterte nun auch Isolde. »Wie komme ich denn *dazu?*«

Verlegen musterte Dödel den Boden. »Kleines Dankeschön für gestern. Unheimlich mutig von dir, wie du mich gerettet hast«, nuschelte er.

Isolde war alarmiert. »Aber Hermann! War doch alles nur Fake.«

Dödel hob den Kopf und sah sie an, mit einem Welpenblick, der Isolde völlig aus dem Konzept brachte. »Gestern Abend im Bett kam mir auf einmal alles wieder ganz real vor, weißt du? Die komischen Typen, die Skelette, die Waffen, das Klirren und Scheppern … das war *doch* echt, oder?«

Isolde seufzte. »Das ist viel komplizierter, als du denkst, und glaub mir: Das willst du alles gar nicht wissen, okay?«

Dödel senkte wieder den Blick und nickte.

»Sag mal«, versuchte Isolde es mit einem Ablenkungsmanöver. »Wie geht es eigentlich deiner Tante?«

»Die haben sie mit ihren Kollegen gleich im Krankenhaus behalten«, antwortete Dödel. »Tante Susi geht es schon besser, aber sie kann sich absolut nicht an die letzten Tage erinnern. Die anderen beiden werden wohl noch ziemlich lange brauchen. Die Ärzte meinen, dass womöglich giftige Pilzsporen bei den Ausgrabungen der Grund sind.«

»Oje, die Armen«, heuchelte Isolde. »Und Kevin?«

»Der hatte heute Nacht solche Albträume, dass ihm seine

Eltern einen Monat Fernseh-, Computer- und Handyverbot verpasst haben.«

»Ach du Scheiße«, sagte Isolde und meinte es ehrlich.

Dödel nickte. Schwieg. Starrte.

Eine böse Ahnung beschlich Isolde. Dödel hatte doch noch etwas im Sinn?

»Duhuu?«, sagte er im nächsten Moment. »Ich hatte mir überlegt, ob ... ob ...« Er rang nach Worten.

»Jaaaa?«, half Isolde ihm auf die Sprünge.

»Ob wir mal zusammen ins Kino gehen«, platzte es aus ihm heraus.

In Isoldes Kopf schrillten sämtliche Alarmglocken. »Ich weiß den Vorschlag zu schätzen, Hermann ... wirklich«, versicherte sie eifrig. »Aber leider geht das nicht.«

»Nicht?«, sagte Dödel, sichtlich geknickt.

»Nicht wegen mir«, schob Isolde nach. »Wegen dir!«

»Wegen mir?«

»Überleg doch mal«, lotste Isolde ihn in die gewünschte Richtung. »Was würden denn deine Kumpels sagen, wenn du auf einmal mit einem Mädchen ins Kino gehst. Und ausgerechnet mit mir. Wie uncool ist das denn bitte?! Na, die Sprüche kannst du dir ja wohl vorstellen, oder? Ich meine, wie stehst du dann da?«

Dödels Stirn zog sich in Falten. Doch schlagartig hellte sich seine Miene wieder auf. »Boah«, rief er erleichtert. »Dass ich daran nicht gedacht habe. Danke!« Wieder hielt er kurz inne, offensichtlich auf der Suche nach einem würdigen Abgang. »Dann wenigstens gute Feinde?«, sagte er und streckte Isolde die Hand entgegen.

»Beste Feinde sogar, wenn du willst.« Grinsend schlug sie ein.

»Okay, also, bis dann«, sagte Dödel und trat den Rückzug an.

»Ciao«, rief Isolde erleichtert, schlug die Tür zu und rannte die Treppe hoch.

»Du rätst nie, wer das war.« Kichernd stürmte sie ins Zimmer und stopfte die Blumen in das halb volle Wasserglas auf ihrem Nachttisch.

»Ein Skelett, das uns durch die Lappen gegangen ist?«, grinste Tristan, der bereits am Schreibtisch saß.

»Ha-ha«, sagte Isolde und setzte sich dazu. »Aber schön, dass du deinen Humor wiedergefunden hast.« Während der Computer hochfuhr, erzählte sie, was sich eben an der Haustür abgespielt hatte.

»Donnerwetter!«, schmunzelte Tristan. »Unser Hermann ist immer für eine Überraschung gut. Das muss man ihm lassen.«

PLING!

Tristan merkte auf. »Eine neue Mail, stimmt's?«, sagte er und in seiner Stimme schwang ein wenig Stolz mit.

Isolde nickte nur. Klickerte mit ihrem Mausdings rum. Und starrte mit offenem Mund auf den Bildschirm.

»Was ist? Schlechte Nachrichten?«, fragte Tristan beunruhigt.

Isolde schluckte. »Die Mail ist von Drexel«, flüsterte sie. »Er hat Nalia.«

# 20

## ALLES AUF EINE KARTE

NEIN!«, brach es aus Tristan heraus. »Das kann nicht sein! Reik hat doch ein Auge auf Nalia … Und Drexel weiß gar nicht, wie man Mails verschickt. Geschweige denn, dass er einen Computer besitzt. Ha! Die Nachricht muss von jemand anderem sein.«

Isolde schüttelte den Kopf.

*Klaget und verzaget!*
*In Adlerstein, fürwahr, schmachtet nun die holde Nalia.*
*Schwarze Grüße von des Steines Meister*
*Zacharias Drexel*

Darunter gab es einen Link.

KLICK.

Zuallererst sahen sie nur: FLAMMEN.

Dann wurde das Bild klarer: Kerzen in einem Bodenständer, die verzerrte Schattenbilder auf Wände und Decke warfen. Ein großer Tisch, beladen mit Pergamentrollen und im Zentrum ein glitzerndes Stundenglas.

»Drexels Studierzimmer«, stieß Tristan hervor.

»Nalia«, flüsterte Isolde.

Zögernd trat eine schmale Gestalt ins Licht.

»Hallo Isolde, hallo Tristan. Macht euch keine Sorgen um mich. Es geht mir gut.« Doch ihre angsterfüllten, großen Augen straften ihren Mund Lügen.

Dann wurde sie auch schon zur Seite gedrängt. Drexel winkte höhnisch in die Kamera. »Ihr könnt mich jetzt gut sehen, nicht wahr? Nalia war so freundlich, mich in die magischen Künste deines herrlichen Spielzeugs einzuweihen, liebe Isolde. Wobei ich mir selbstredend schon vorher dies und jenes erschlossen hatte. – Da, nimm!« Er drückte Nalia das Handy in die Finger, damit sie ihn filmte.

Drexel setzte sich an seinen Arbeitstisch und griff nach dem Stundenglas. Während er es langsam hin und her schwenkte und den Sand rieseln ließ, redete er weiter: »Vielleicht fragt ihr euch, wie Nalia hierhergelangt ist. Nun, der liebe Gerold, ihr Aufpasser, hat sie zu mir gebracht und dafür eine ordentliche Belohnung bekommen.« Langsam stand Drexel auf und ließ genussvoll seine Fingerknöchel knacken.

»Ich werde mir übrigens etwas Schönes für Nalia einfallen lassen. Gewiss träumt sie schon lange davon, eine Braut zu werden. Und Erik von Zorn wäre ein formidabler Gatte für sie.«

»NEIN!«, brüllte Tristan erneut.

»Oder aber«, Drexel schwenkte wieder sein Stundenglas, »ich beschwöre ihren Geist und schicke sie ins Wasser. Sie kann bedauerlicherweise nicht schwimmen. Dann ist eure Freundin mausetot.«

Die Videobotschaft brach ab und Tristan fiel in sich zusammen. »Nalia ist verloren, für immer.«

»Wir werden alles dafür tun, um sie zu retten«, widersprach Isolde energisch. Sie checkte ihr Handy. »Drexel hat das Video gestern von meinem Handy aus verschickt, als er unten bei uns im Garten stand. Gleich danach muss der Akku in die Knie gegangen sein.«

Tristan richtete sich auf. »Woher wusste er überhaupt, wo du wohnst?« Eine Sekunde später gab er sich selbst die Antwort. »Himmel, Axt und Teufelshorn! Der Mittelaltermarkt! Er muss es sich aus meiner Seele geklaut haben. Aber da ist noch was, was ich nicht kapiere: Warum kennt Nalia sich eigentlich mit Handys aus?«

Ein Lächeln flog über Isoldes Gesicht. »Sie ist ein Naturtalent. Als du uns in der alten Wassermühle alleine gelassen hast, um den Superhelden zu spielen, habe ich Nalia Fotos von meinen Eltern gezeigt. Sie wollte wissen, was man mit dem Handy noch so alles anstellen kann. Tja, was soll ich sagen? Sie fand sich echt schnell zurecht.«

»Was ihr jetzt zum Verhängnis wurde«, ergänzte Tristan bitter. Er sprang auf und tigerte rastlos durchs Zimmer. »Und wir sitzen wegen diesem blöden Wackelwurmloch in der Gegenwart fest. Selbst wenn dein Vater es wieder in Schwung bringt, wird er es danach gleich wieder schließen, damit nur ja nicht die Ordnung von Raum und Zeit durcheinandergerät.«

»Exakt«, seufzte Isolde. »Aber an der Sache mit dem Wurmloch können wir nichts ändern. Suchen wir lieber weiter nach einer modernen Karte vom Höhlen-Labyrinth. Es muss doch eine geben, die zu unserer Schatzkarte passt.«

Die nächsten zwei Stunden brüteten sie vor dem Bildschirm. Tristan wurde es bald leid. »Lass uns aufhören. Wir werden nichts Passendes finden«, brummte er.

»Von wegen«, rief Isolde. »Sieh mal! Das könnte der richtige Teil sein.« Sie werkelte eine Weile mit der Maus herum, dann präsentierte sie Tristan das Ergebnis: ein Vergleich zwischen ihrer Schatzkarte und einer aktuellen.

»Die passen fast haargenau übereinander«, flüsterte Tristan.

»Der Rest ist nur noch Fleißarbeit«, freute sich Isolde. »Wir müssen Anschluss um Anschluss und Karte um Karte zur Fledermaushöhle zurückverfolgen.«

Nach einer weiteren Stunde quälender Geduldsarbeit war es tatsächlich geschafft. Tristan klatschte in die Hände. »Jetzt kennen wir den Weg durchs Höhlenlabyrinth von der Fledermaushöhle bis zum Schatz.«

Rasch machten sie sich auf den Weg nach unten, als plötzlich Isoldes Vater die Treppe heraufstürmte. Er strahlte, als ob Ostern und Weihnachten zugleich wäre.

»Ein Wunder! Ein wahres Wunder ist geschehen!«, rief er verzückt. »Ich hab das Wurmloch wieder hingekriegt: durch einen Impuls meiner Sonden, die ich oben auf der Burg verteilt hatte. Nun kann ich alles vorbereiten, um das Wurmloch endgültig zu schließen – und zwar mit einem guten, alten EMP.«

Isolde verdrehte die Augen. »Aha, alles klar, Papa. Und jetzt das Ganze noch für normale Leute. Und fass dich bitte kurz. Wir haben nicht ewig Zeit.«

»Kurzfassen? Äh ... Das wird schwierig.« Johannes Neufeld fuhr sich mit beiden Händen durch die Haare, die dadurch noch wirrer abstanden. »Also: Ein EMP ist ein elektromagnetischer Puls. Mein Plan ist folgender: Ich warte auf ein ordentliches Gewitter und hole mir mit dem Blitzabsorber eine fette Ladung Energie in eine Parabolantenne. Damit verpasse ich dem Wurmloch dann sozusagen einen Schlag mit der Keule. Schock, k. o., Klappe zu und alles ist wieder in Ordnung.«

Tristan horchte auf. Vielleicht war doch nicht alles verloren.

Solange Magister Neufeld auf ein Gewitter wartete, hatten sie noch eine Chance, Nalia und die Kinder und Max zu retten.

Isolde blinzelte Tristan verschwörerisch zu und er konnte problemlos ihre Gedanken lesen: »Setzen wir alles auf eine Karte? Ab durchs Wurmloch und zurück ins Mittelalter?«

Tristan hielt den Daumen hoch, was Professor Neufeld als Anerkennung seiner wissenschaftlichen Leistung verstand. »Danke, Tristan! Ich habe mein Bestes gegeben. Ob es allerdings für den Nobelpreis reichen wird …«

Isolde klopfte ihrem Vater auf die Schulter. »Viel Erfolg, Papa! Wir stören dich auch nicht länger. Müssen sowieso los. Also dann, tschüss.«

»Tschüss, Johannes«, verabschiedete sich Tristan. Der zukünftige Nobelpreisträger brauchte sie momentan nicht. Aber die Menschen im Mittelalter schon.

Während Tristan nach oben ins Turmzimmer lief, um sich in Montur zu werfen, schlüpfte Isolde in ihre Cargohose mit den vielen praktischen Taschen. Danach packte sie den Rucksack.

Für eine große Expedition brauchten sie ganz schön viel Zeug: das Handy samt Fotos von den verschiedenen Ebenen des Höhlenlabyrinths und natürlich eine Powerbank zum Aufladen. Außerdem LED-Stirnlampen, zwei normale Taschenlampen, Ersatzbatterien, Markierungskreide, Seile und Pfefferspray.

Zum Schluss schrieb Isolde noch schnell einen Zettel für ihre Mutter, damit sie Bescheid wusste, wenn sie mittags aus dem Laden kam.

Machen eine lange Fahrradtour.
Bis heute Abend,
Kuss, Isolde

Als sie gleich darauf hinaus ins Freie trat, warf sie als Erstes einen Blick zum Himmel. Strahlender Sonnenschein mit ein paar harmlosen weißen Wölkchen. Kein Gewitter in Sicht. Es blieb ihnen also hoffentlich genug Zeit, bevor ihr Vater eine Chance bekam, das Wurmloch wieder zu schließen.

»Na, primos!«, rief sie erleichtert und musste grinsen, als Tristan in seinem Lieblingsoutfit – Lederwams mit Strumpfhosen – anmarschierte.

Er sah sich traurig um. »Schade, dass Riwalin nicht dabei ist. Er fehlt mir.«

»Mir auch«, sagte Isolde. »Wir treffen ihn ganz bald, bestimmt.«

Die nächste Stunde flog nur so an Isolde vorbei, alles war ihr vertraut: die Radstrecke zur Burg, der Weg zum Nordturm, wo Tristan noch einen kleinen Abstecher ins Brombeergestrüpp machte, um eines der rostigen Schwerter herauszuklauben. Danach weiter hinab in die Tiefe zur blauen, wabernden Wand und schließlich das Eintauchen. Nur an die schwindelerregende Reise durchs Wurmloch würde sich Isolde wohl nie gewöhnen. Es war einfach zu viel, wenn man jegliche Kontrolle verlor und das Universum wie ein Tornado an einem vorbeirauschte.

FLOOOSCHHH!

Sie hatten es wieder geschafft. Durch die gleißende Wand des Wasserfalls blickten sie auf die Umrisse von Bäumen und Felsen, und darüber die grelle Sonnenscheibe. Ihrem Stand nach zu schließen war es hier etwa um die Mittagszeit, so wie auf der anderen Seite. Blieb nur die Frage, wie viele Tage – oder Wochen? – seit ihrer überstürzten Flucht vergangen waren.

Als Isolde an dem Wasservorhang vorbeiwollte, hielt Tristan sie zurück. »Ich glaube, ich hab da draußen was gesehen.«

Dann zog er die verwirrte Isolde mit sich in die Hocke. »Nur für den Fall der Fälle. Die Wasserwand wird uns kaum vor Pfeilen schützen.« Obwohl er ruhig und gelassen klang, krallten sich seine Finger fest um den Schwertgriff.

Angestrengt starrten sie eine Weile durch den flirrenden Wasservorhang.

»Sollen wir jetzt?«, fragte Isolde schließlich.

»Moment noch«, erwiderte Tristan.

Isolde ahnte, was er befürchtete: Was war, wenn dieses Wurmlochende von Eriks Männern bewacht wurde? Aber sie mussten irgendwann da raus. Es stand zu viel auf dem Spiel.

»Na schön, ich denke, die Luft ist rein«, flüsterte Tristan. »Gehen wir. Aber ich zuerst.« Vorsichtig trat er hinter dem Wasserfall hervor. Lauschte. Ließ den Blick über die Umgebung gleiten.

Sie umrundeten den kleinen Teich. Als sie unbehelligt die Wiese dahinter erreichten, fragte Isolde leise: »Wohin gehen wir? Zu Reik?«

Tristan nickte. »Er muss erfahren, was mit Nalia ist, falls er es nicht sowieso schon weiß. Dann überlegen wir, wie wir in die Burg kommen, um die Sache ein für alle Mal zu beenden.«

Er wollte losstapfen, als ein Ritter hinter einem der großen Felsblöcke hervortrat. Er war riesig und hatte einem Brustkorb wie ein Weinfass.

Isolde erkannte ihn sofort. Es war einer von Eriks Vasallen, die sie auf der Festtribüne gesehen hatten. Nur dass er heute kein Festgewand trug, sondern einen Kettenpanzer mit blutrotem Waffenrock.

Mit kaltem Grinsen zog er sein Schwert aus der Scheide. »Sieh da, der gute Treuherz«, feixte er. »Und seine holde Isolde. Drexel und Erik hatten also recht, dass ihr hier wieder auftaucht.«

»Donnerwetter«, antwortete Tristan scheinbar ungerührt, während er Isolde sanft hinter sich schob. »Dass ein Hanswurst wie du sich gleich vier Namen auf einmal merken kann. Lass uns vorbei!«

»Sonst passiert was?«, fragte sein Gegner.

»Finde es doch raus«, erwiderte Tristan und ging mit seinem Schwert in Verteidigungsposition.

»Würde ich zu gerne, Knirps«, erwiderte der andere. »Aber leider wollen Drexel und Erik euch lebend. Wobei ›lebend‹ ein ziemlich weit gefasster Begriff ist, oder?«, fügte er augenzwinkernd hinzu. »Ihr habt keine Chance. Gebt auf! Dann hacken wir euch zumindest nichts ab.«

Isolde zupfte Tristan warnend am Lederwams. Hinter ihnen standen zwei von Eriks Soldaten, vertraute Gesichter noch dazu: Pickelgesicht und Lulatsch, die Torwachen.

Sie waren wie die Esel in Eriks Falle getappt.

»Also, was nun?«, rief der Rote ungeduldig. »Ergebt ihr euch oder gönnt ihr uns das kleine Gemetzel?«

Unauffällig klopfte Isolde ihre Cargohose ab. Verflixt, wo war denn nur das Pfefferspray? Hoffentlich kam Tristan jetzt nicht auf die Idee, es diesem Großmaul zu zeigen. Widerstand würde alles nur schlimmer machen.

In dem Moment warf Tristan wortlos das Schwert ins Gras.

»Eine gute Entscheidung, die ihr nicht bereuen werdet«, höhnte der Rote.

»Aber ihr, wenn ihr noch einen Schritt weitergeht«, dröhnte plötzlich eine vertraute Stimme von irgendwo über ihnen.

Im nächsten Moment schlug eine Reihe von Pfeilen vor Pickelgesicht, Lulatsch und dem Roten ein, nur Zentimeter vor ihren Stiefelspitzen entfernt.

# 21

## Ein bitterer Triumph

Verblüfft sahen alle nach oben. Auf den größten Felsbrocken in ihrer Nähe tauchten nacheinander Männer in Kapuzenumhängen auf, unter ihnen Juri und Caspar. Und Reik.

Bevor Isolde auch nur den Mund aufmachen konnte, um Reik von Nalias Schicksal zu berichten, hob Tristans Waffenlehrer die Hand. »Wir reden später, jetzt müssen wir erst mal hier weg. Es war schon riskant genug, Eriks Männer auszuspitzeln, als wir hörten, dass sie hier auf der Lauer liegen.«

Die drei Gefangenen wurden gefesselt und auf Pferde verfrachtet, die Reiks Männer aus dem nahen Wald geholt hatten. Dann saßen auch alle anderen auf. Ehe Tristan und Isolde wussten, wie ihnen geschah, hatten Juri und Caspar sie gepackt und hinter sich in den Sattel gehoben.

In wildem Galopp ging es über die Wiese und weiter in den Wald. Ohne Pause bewegten sie sich auf verschlungenen Wildpfaden voran, bis Tristan und Isolde jede Orientierung verloren hatten. Bei Einbruch der Dämmerung erreichte die Schar endlich ihr Ziel – allerdings war es nicht das vertraute Baumhauslager.

Verblüfft sahen sich Tristan und Isolde auf der Lichtung um. Mehrere provisorische Behausungen gruppierten sich um ein Lagerfeuer herum. Sie bestanden aus Ästen und dicht belaubtem Zweiggeflecht und erinnerten Isolde ein wenig an Indianertipis.

»Juri, Caspar, Isolde, Tristan!« Mit einem Ruck seines Daumens wies Reik auf die größte Hütte.

»Hoffentlich gibt's hier auch was zum Essen«, stöhnte Tristan.

Isolde nickte seufzend. »Ich könnte glatt ...«

»WORUFF!«

Sie warf den Kopf herum. »Tristan, aufpassen!«

Zu spät. Im nächsten Augenblick lag Tristan schon im weichen Gras und wurde von Riwalin unter ausgelassenem Gejaule abgeschleckt.

»Ist ja ... ist ja gut«, japste Tristan. »Wir ... iieh, äh, bäh ... wir freuen uns auch, dich wiederzusehen. Sehr!« Er musste daran denken, wie sein treuer Freund mitten in das Chaos auf Eriks Fest geplatzt war. Und wie die Soldaten ihre Hellebarden gegen ihn gerichtet hatten.

Aber Riwalin ging es ganz offensichtlich gut.

Mit einem letzten begeisterten »WORUFF!« ließ er von Tristan ab, um jetzt Isolde zu begrüßen.

»Wäre schön, wenn ihr dann auch mal kommt«, unterbrach Reik sie. Ungeduldig spähte er aus dem Eingang der Hütte. Er klang angespannt. Offenbar stand etwas Großes bevor – groß und zweifellos gefährlich.

»Da, bedient euch!«, brummte Reik, als sie gleich darauf eintraten. Abwesend zeigte er auf den Boden. Auf einem Leinentuch drapiert lagen ein Schinken und ein Laib Brot bereit, an denen Juri und Caspar schon fleißig mit ihren Jagdmessern herumsäbelten.

»Wir haben wichtige Neuigkeiten«, erklärte Tristan. »Drexel und Erik haben Nalia.«

Ein Ruck ging durch Reiks Körper. »Seid ihr sicher? Woher wisst ihr das?«

»Drexel hat uns eine Nachricht geschickt«, ließ Isolde gleich die nächste Bombe platzen.

Mit großen Augen starrten Reik, Juri und Caspar sie an.

»Eine Nachricht?« Reik fand zuerst die Sprache wieder. »An euch?«

Entschlossen fischte Isolde ihr Handy aus der Hosentasche und spielte Drexels Filmchen vor.

Eine drückende Stille senkte sich über den Raum.

Dann schnellte Juri vom Boden auf. »Das ist Hexenwerk!«, schrie er und hob das Jagdmesser. Mit einem Blick, aus dem Entsetzen, Schreck und Wut sprachen, funkelte er Isolde an. »Ihr seid mit Drexel im Bunde!«

Blitzschnell schoss Reiks Hand vor und packte Juris Handgelenk. »Sind sie nicht, Juri«, sagte er ruhig. »Aber es wird Zeit für ein paar Antworten. Was ist das für ein Ding, Isolde? Und woher kommst du wirklich?«

Isolde sah Hilfe suchend zu Tristan. Aufmunternd nickte er ihr zu.

Sie räusperte sich. »Also, erst einmal ist das kein Hexenwerk, sondern so etwas wie eine Apparatur, eine Maschine«, begann sie. »Mit ihr kann man Bilder einfangen, sogar bewegte, wie ihr gesehen habt. Und noch vieles mehr. Wahnsinnig kompliziert, aber erfunden von Menschen aus Fleisch und Blut.«

»Das müssen dann ja sehr gelehrte Menschen sein«, sagte Reik. »Ich bin weit herumgekommen, aber so etwas habe ich noch nie zuvor gesehen. Also noch einmal: Woher kommst du?«

Isolde rutschte unbehaglich auf ihrem Stuhl herum, während sie nach einer guten Antwort suchte.

»Aus einer anderen Welt«, packte Tristan den Stier bei den Hörnern.

»Einer anderen Welt?«, wiederholte Reik verständnislos, während Juri und Caspar der Mund aufklappte.

Tristan nickte eifrig. »Eine Welt, wie sie in über siebenhundert Jahren sein wird«, erklärte er. »Mit unvorstellbaren Maschinen. Durch eine von ihnen hat es mich dorthin verschlagen, zu Isolde und ihrer Familie. Dabei ist dann aus Versehen eine Verbindung entstanden – so etwas wie ein Tunnel zwischen unseren Welten.« Seine Geisterexistenz behielt er vorerst für sich – sonst würde seinen Freunden vor Verwirrung womöglich der Kopf platzen.

»Eine Welt, wie sie in über siebenhundert Jahren sein wird«, murmelte Reik und schüttelte den Kopf. »Ein Tunnel zwischen den Zeiten ... Da wäre mir Hexerei fast lieber. Ehrlich gesagt verstehe ich kaum ein Wort von alldem. Und dennoch ...« Er wandte sich an Juri und Caspar. »Irgendwie sagt mir mein Gefühl, dass alles wahr ist. Dass wir ihnen trauen können. Und ihr wisst, mein Gefühl hat mich noch nie getrogen.«

Juri und Caspar nickten langsam, auch wenn ihre Mienen verrieten, dass sie an der Sache noch schwer zu kauen hatten.

»Nalia ist also in Eriks Händen«, brach Reik das anschließende Schweigen. »Und Gerold ein Verräter. Eine böse Ahnung hatten wir schon gestern, als wir von unserm kleinen Ausflug zu Eriks Fest zurückkamen und sie und Gerold verschwunden waren. Deshalb haben wir vorsichtshalber das Lager verlegt.«

Tristan und Isolde wechselten einen Blick. *Gestern erst!* Also war auf beiden Seiten des Wurmlochs – wusste der Henker, wieso – die Zeit etwa gleich schnell vergangen. Für Nalia und Herzog Max war es somit vielleicht noch nicht zu spät. Abgesehen davon, dass

Drexel in der kurzen Zeit wohl kaum eine Skelettarmee auf die Beine gestellt hatte.

»Aber jetzt würde mich brennend interessieren, wo *ihr* die ganze Zeit wart«, riss Caspar sie aus ihren Gedanken.

»Und mich, wie Drexel dieses Dings da in die Finger gekriegt hat«, sagte Juri und zeigte auf das Handy.

Unterbrochen von kurzen Zwischenfragen berichteten Isolde und Tristan, was sie alles erlebt hatten: die dramatischen Ereignisse auf Eriks Fest, die überstürzte Flucht durchs Wurmloch, Drexels schockierendes Auftauchen auf der anderen Seite, der nächtliche Kampf gegen seine teuflischen Skelette, Knut ... Nichts ließen sie aus – auch nicht, dass sie nun wussten, wo das echte Rote Herz des Berges war.

Wie versteinert saß Reik da. »Nalia eine seelenlose Marionette, die Ehefrau von Erik, und als Brautgabe von Drexel eine Armee der Toten ...« Energisch schlug er mit der Faust in die offene Hand. »Wir ziehen unseren Angriff vor. Sonst ist alles verloren.«

»Ihr habt also schon einen Plan?«, fragte Tristan gespannt.

Juri nickte. »Wir bekommen Hilfe von einigen der Vasallen, die Herzog Max treu ergeben sind. Sie treffen übermorgen mit Verstärkung hier ein.«

»Eine kleine Vorhut sollte bei Nacht mit Seilen und Greifhaken über die nördliche Wehrmauer klettern«, fuhr Reik fort. »An der Höllenschlucht, wo die Mauer nicht so hoch ist und niemand mit einem Angriff rechnet. Diese Vorhut sollte dann zum Südtor schleichen, die Wachen ausschalten und die Tore für die Hauptstreitmacht öffnen.« Nachdenklich hielt er inne. »Tja, jetzt müssen wir wohl alles auf eine Karte setzen und sämtliche Männer über die Mauer schicken. In der Hoffnung, die meisten Burgbewohner in den Betten zu erwischen.«

»Vielleicht gibt es noch eine andere Möglichkeit«, schaltete sich Isolde ein. Alle starrten sie zweifelnd an, mit Ausnahme von Tristan: Er ahnte, was sie im Sinn hatte.

»Hm-hm«, räusperte sich Reik. »Danke, aber jetzt ist ...«

Nun war es Isolde, die energisch die Hand hob. »Habt ihr schon vergessen, dass Nalia, Tristan und ich erst vorgestern in der Burg waren? Rein, raus, ohne dass jemand etwas gemerkt hat?« Grinsend ließ sie die Frage in der Luft hängen.

»Natürlich, der Fluchttunnel, von dem ihr erzählt habt«, stöhnte Juri, während sich Caspar mit der Hand an die Stirn schlug.

Reik schüttelte den Kopf. »Bei allen Höllenhunden«, knurrte er schließlich. »Ich fürchte, ich werde langsam alt.«

Der entscheidende Angriff würde jetzt also in dieser Nacht stattfinden – nicht über die Mauern, sondern durch den Tunnel. In wenigen Stunden würde sich entscheiden, ob doch noch alles gut ausging. Ob sie Drexel und Erik besiegen und Max und Nalia befreien konnten. Anspannung und Erwartung beherrschten das Lager, während alle sich auf den Kampf vorbereiteten. An Ruhe und Schlaf war nicht mehr zu denken.

Tristan versuchte sich abzulenken, indem er seine Schwertklinge schliff. Isolde leerte unterdessen ihren Rucksack. Verblüfft beobachtete Tristan, wie Gegenstand auf Gegenstand in die zahlreichen Taschen ihrer Cargohose wanderte.

Dann endlich ließ Reik zum Aufbruch sammeln.

»Sei brav, Junge«, verabschiedete sich Tristan von Riwalin. »Und hör auf Gisbert und Jorge.« So hießen die beiden Pechvögel, die per Los verdonnert worden waren auf das Lager und die Gefangenen aufzupassen.

In langer Reihe zogen sie in den Wald: eine Armee aus Schatten. Nach einer halben Ewigkeit erreichten sie die Ausläufer der Höllenschlucht. Dort ließ Reik haltmachen und schickte zwei Kundschafter los. Mit knapper Geste befahl er Tristan und Isolde zu sich nach vorne.

»Ab hier kennt ihr euch besser aus«, flüsterte er. »Ihr übernehmt die Führung, sobald Gawain und Arnulf zurück sind.«

Eine Weile später tauchten die beiden wieder aus der Dunkelheit auf. »Nicht zu fassen, Hauptmann«, erstattete Gawain atemlos Bericht. »Keine einzige Wache, weder auf der Mauer noch auf dem Nordturm.«

»Sicher?«, fragte Reik überrascht.

»So sicher, wie man das bei Mondlicht vom Waldrand aus sagen kann«, erwiderte Arnulf. »Jede Wette, dass Erik mittlerweile zu wenig Leute hat, um alle Wehranlagen zu besetzen.«

»Es gibt nur einen Weg, das herauszufinden«, brummte Reik und wandte sich an Tristan und Isolde. »Also dann, ihr habt's gehört. Abmarsch! Und mucksmäuschenstill jetzt!«

Vorsichtig bewegte sich der Trupp den verschlungenen Pfad in die Höllenschlucht hinunter. Im Gänsemarsch ging es am Rande des Abgrunds entlang. Bisher hatte alles wie am Schnürchen geklappt – fast zu gut, wie Tristan fand.

Doch dann passierte es. Irgendwo hinter ihnen bröckelten Steine und jemand stieß einen erstickten Laut aus. Tristan und Isolde wirbelten herum. Einer von Reiks Männern hing am Abgrund. Offenbar war er dem Rand des Pfades so nahe gekommen, dass der Grund unter ihm nachgegeben hatte. Seine Gefährten vor und hinter ihm zerrten ihn mit unterdrücktem Stöhnen wieder nach oben. Nach einer gefühlten Ewigkeit hatten sie es geschafft. Erschöpft sanken die drei auf den Pfad.

»Bei allen Heiligen!« Erleichtert stieß Reik die Luft aus. »Das war knapp.«

Ohne weiteren Zwischenfall erreichten sie kurz darauf die Tunnelöffnung.

»Da ist es«, sagte Tristan.

Isolde drückte ihm eine eingeschaltete LED-Stirnlampe in die Hand und setzte sich die zweite auf. »Siehst du, Vorbereitung ist eben alles«, grinste sie. Dann übergab sie ihre beiden Taschenlampen an Reik, dessen Männer sich in dem starken Wind vergeblich abgemüht hatten die mitgebrachten Fackeln zu entzünden.

»Hier, nur auf den Knopf da drücken«, instruierte sie den verdutzten Haudegen noch und kroch Tristan hinterher, der bereits im Tunnel verschwunden war.

Eine merkwürdige Stimmung überkam sie, während sie sich vorwärtsbewegte. Zuerst konnte sie das Gefühl nicht recht einordnen. Dann begriff sie: Sie hatte keine Angst! Trotz aller Gefahren. Denn gemeinsam hatten Tristan und sie nun schon so viel überstanden. Außerdem waren Reik, Caspar, Juri und die anderen an ihrer Seite. Und mit ein bisschen Glück konnten sie Eriks Herrschaft und Drexels Plänen ein Ende bereiten. Ein für alle Mal. Ein Hochgefühl durchströmte sie.

»Weißt du was?«, sagte sie zu Tristan, als sie die Tropfsteinhöhle erreicht hatten. »Ich glaube, es wird alles wieder gut!«

Keine Antwort. Tristan starrte einfach nur auf die Wände, die im Licht seiner Taschenlampe glitzerten und funkelten.

»Erde an Tristan!«, rief Isolde. »Was ist los?«

Tristan blickte auf. »Weißt du noch, wie wir durch dieses verdammte Labyrinth kommen? Ich habe mich beim letzten Mal voll auf Nalia verlassen.«

Isolde stöhnte. »Ich auch.«

Von ihrem Hochgefühl war plötzlich nicht mehr viel übrig, aber so schnell gab sie nicht auf. Sie richtete ihre Stirnlampe suchend auf den Boden. Dann tippte sie Tristan, dessen Blick verzweifelt über Wände und Decke huschte, wortlos an. »Alles bestens«, sagte sie mit einem breiten Grinsen.

Verständnislos starrte Tristan sie an.

»Da, unsere Fußspuren«, erklärte Isolde und wies nach unten.

Tatsächlich! Im Gesteinsstaub, der sich über die Jahrmillionen angesammelt hatte, waren ihre Spuren – nicht sehr deutlich, aber sichtbar.

»Dass *mir* das nicht eingefallen ist.« Ungläubig schüttelte Tristan den Kopf, während hinter ihnen Reik und seine Männer nacheinander aus dem Tunnel auftauchten.

»Lass gut sein, Krieger. Du kannst nicht pausenlos die Welt retten. Ab und zu bin auch ich mal dran.«

Als sie die Grundmauern von Burg Adlerstein erreicht hatten, teilte sich ihre Schar in drei Gruppen. Die erste, unter Reiks Führung, sollte Erik in seinen Gemächern gefangen nehmen und anschließend Jagd auf Drexel machen. Caspar würde mit seinen Männern still und leise die Wachen auf den Wehrgängen und Türmen ausschalten, um dann zu Juris Gruppe zu stoßen, die zahlenmäßig am stärksten war. Die sollte in die Unterkünfte der Soldaten vordringen und möglichst viele Gegner im Schlaf überraschen.

Doch erst einmal stiegen alle auf Zehenspitzen die steile Wendeltreppe empor. Nur hin und wieder verharrten sie mit angehaltenem Atem, wenn Reik eine der Türen öffnete, um sich vorsichtig zu orientieren. Bei der fünften Tür war es endlich so weit. Er winkte und Caspars Gruppe verschwand lautlos in den Tiefen der Burg. Wenig später folgten Juris Männer und dann war Reiks Gruppe an der Reihe.

Tristan und Isolde wollten nach draußen schlüpfen, als Reiks Arm hochschnellte. »Ihr nicht«, raunte er.

»Was? Wieso?«, flüsterte Tristan empört.

»Ihr habt genug getan«, erwiderte Reik, während seine Leute in den herrschaftlichen Gemächertrakt hinausschlichen.

»Aber …«, begann Tristan, doch Reiks Blick ließ ihn verstummen.

»Ihr deckt hier unseren Rückzug, für den Fall der Fälle«, sagte sein einstiger Waffenlehrer und glitt hinaus.

Wütend starrte Tristan auf die sich schließende Tür. »Na primos. Heißt also: Bleibt schön hier und kommt den Großen nicht in die Quere!«

Isolde schnaubte empört. »Und was jetzt?«

»Nach allem, was war, drehe ich hier nicht Däumchen«, sagte Tristan entschlossen.

»Wie wär's, wenn wir uns um Nalia kümmern?«, schlug Isolde vor.

»Hervorragende Idee! Was meinst du, wo Erik und Drexel sie gefangen halten?«

Isolde überlegte. »Als zukünftige …« Sie hielt inne und malte mit den Fingern Anführungszeichen in die Luft. »… *Braut* von Erik wohl kaum in den Kerkern.«

Tristan nickte. »Jede Wette, dass man sie in ihre Gemächer gesperrt hat oder wahrscheinlicher noch in Drexels. Bestimmt will er sie im Auge behalten.«

»Nalia und Drexel«, sagte Isolde nachdenklich, um gleich darauf hinzuzufügen: »Heißt: zwei Fliegen mit einer Klappe! Worauf warten wir? Kennst du den Weg?«

»Da wir hier auf der Höhe von Eriks Gemächern sind, müssen wir wieder runter.«

Wortlos machten sie sich an den Abstieg, bis Tristan bei der dritten Tür stehen blieb.

»Hier müsste es sein«, flüsterte er und lauschte.

Nichts rührte sich auf der anderen Seite, also öffnete er die Tür und spähte in den Gang. Einsam und verlassen lag er im Licht einer flackernden Wandfackel da. Tristan packte sein Schwert fester und bedeutete Isolde ihm zu folgen.

Bereits nach kurzer Zeit hatte Isolde jede Orientierung verloren. Tristan bog scheinbar wahllos mal nach rechts, mal nach links ab und führte sie über schier endlose Gänge. Doch wie durch ein Wunder begegneten sie keiner Menschenseele. Eine gespenstische Stille lag über Burg Adlerstein.

»Kein Alarm bisher. Ein gutes Zeichen«, freute Tristan sich.

Isolde schluckte. Da war sie sich nun gar nicht sicher.

Wortlos folgte sie ihm um die nächste Biegung – wo es mit der Ruhe schlagartig ein Ende hatte. Tristan blieb wie angewurzelt stehen.

»Hörst du das auch?«, flüsterte er.

Isolde nickte. Aufmerksam lauschte sie … ein leises Geräusch. Rhythmisch schwoll es an und wieder ab. *Daa-da-dadaaa! Daa-da-dadaaa!* Sie stutzte. Eine Melodie? Schwer zu sagen. Es war auch gut möglich, dass ihnen ihr Gehör in diesen hallenden Gängen einen Streich spielte.

Doch als sie ihren Weg fortsetzten und das Geräusch weiter anschwoll, gab es keinen Zweifel mehr. Es *war* eine Melodie, gespielt auf einer Orgel oder etwas in der Art.

Ein mulmiges Gefühl überkam Isolde. Unvermittelt blieb sie stehen.

»Das kommt aus der Burgkapelle«, raunte Tristan ihr zu. »Tante Isolde liebte Orgelmusik, darum hat Onkel Max ihr extra eine Orgel bauen lassen. Und Drexel hat früher auch gerne mal auf dem Ding gespielt.«

Sie sahen sich an.

*Drexel!*

»Nalia!«, riefen sie gleichzeitig und liefen los – ohne sich darum zu kümmern, dass sie jeden Moment Eriks Männern in die Arme laufen konnten.

Die Töne wurden immer lauter, bis Tristan schließlich schlitternd vor einer Flügeltür stehen blieb. Entschlossen drückte er sie auf und sie betraten die halbdunkle Kapelle.

Kühle, weihrauchschwere Luft wehte ihnen entgegen. Ein paar große Kerzen ließen Schatten über die leeren Bänke tanzen. Und über allem hing die Orgelmusik, deren Dröhnen sich ins Hirn zu bohren schien.

Vorne am Altar stand Nalia. In einem Festgewand, weiß wie der Tod. Die Augen gesenkt. Hände und Füße gefesselt. Und etwas abseits, mit dem Rücken zu ihnen: Drexel, der jetzt die letzten triumphierenden Schlussakkorde spielte. Unheilvoll hallten sie in der Burgkapelle nach.

»Drexel!«, zerriss Tristans Schrei die folgende Stille.

»Tristan! Isolde!«, rief Nalia erleichtert.

Der Alchemist wirbelte herum. Einen winzigen Augenblick schien er um Fassung zu ringen. Aber schon im nächsten umspielte ein höhnisches Lächeln seine Lippen.

»Herrlich, nicht wahr?«, schnarrte seine kalte Stimme. »Eine alte Hochzeitsweise, von mir höchstpersönlich neu arrangiert für die Orgel.« Er wandte sich an Nalia. »Um sie für dich zu spielen, wenn du Erik vor diesem Altar gleich das Jawort gibst.«

»Eher friert die Hölle zu«, sagte Nalia.

»Gräme dich nicht. Der Stein der Weisen wird dich schon

überzeugen.« Mit feierlichem Schritt ging Drexel auf Nalia zu, den Ringfinger erhoben wie ein Kirchenfürst.

*Höchste Zeit, dem Spuk ein Ende zu bereiten*, dachte Tristan.

Doch im selben Moment schlug hinter ihnen die Tür zur Kapelle zu.

»Ah«, frohlockte Drexel. »Wie schön. Die Trauzeugen sind auch gekommen.«

Isolde und Tristan drehten sich um. An der Tür standen zwei von Eriks Vasallen. Festlich gekleidet ... und mit gezückten Schwertern.

»Erledigt sie!«, befahl Drexel, der höflichen Worte offenbar überdrüssig, und konzentrierte sich dann wieder auf die Braut.

»Rette Nalia!«, rief Tristan Isolde zu, die sogleich losstürmte. Er selbst rannte mit erhobenem Schwert in Richtung der beiden Gegner. Zu seiner Überraschung brach einer von ihnen zur Seite aus und jagte durch eine Bankreihe davon, um Isolde zu verfolgen. Na primos!

Egal, einer nach dem anderen. Im nächsten Moment durchschnitt die Klinge des heranstürmenden Gegners pfeifend die Luft. In vollem Lauf warf Tristan sich nach vorne. Drehte sich. Schlitterte an ihm vorbei. Sprang blitzschnell hinter seinem verdutzten Widersacher wieder auf. Und schickte ihn mit einem Schwertknaufhieb ins Land der Träume.

Einer weniger!

Aber jetzt erwachte vorne am Altar Drexels verfluchter Stein mit roter Glut zum Leben. Und gleichzeitig ertönte Isoldes panische Stimme: »Tristan, Hilfe!«

Sein Kopf fuhr herum. Verdammt! Der andere Vasall hatte Isolde in einer Mauernische in die Enge gedrängt. Eisige Angst krallte sich um Tristans Herz. Er stürmte los, ohne die Augen von Isolde abzuwenden.

Er sah, wie sie fieberhaft ihre Hosentaschen durchwühlte. Plötzlich eine Dose in der Hand hatte. Ein Plastikdeckel flog klackernd über den Steinboden. Mit zitternder Hand streckte sie ihrem Widersacher die Dose entgegen und rief: »Keinen Schritt weiter!«

Verdutzt hielt Eriks Mann inne. Brach in schallendes Gelächter aus. Das sogleich erstickte, als ihm ein fetter Sprühstrahl in Mund und Augen schoss. »Argugr«, entfuhr ihm ein gurgelnder Laut, während er zurücktaumelte.

Dann war Tristan da und zog ihm den Schwertknauf über den Hinterkopf. Bewusstlos sackte auch dieser Gegner zusammen.

»Bist du in Ordnung?«, japste Tristan.

Isolde nickte nur und starrte auf die Dose. »Aura-Schutzspray«, las sie fassungslos. »Ich hab die falsche Dose eingepackt.«

»Wirkt auch«, lächelte Tristan. Aber sein Lächeln verschwand, als er mitbekam, wie Drexel von Nalia fortlief und in den Tiefen der Kapelle verschwand.

Wieder rannte Tristan los. Dieses Mal war er Drexel dicht auf den Fersen. Wie von Sinnen folgte er ihm durch eine offene Pforte an der Rückseite der Kapelle ... und blieb wie versteinert stehen.

Vor ihm erstreckte sich ein ellenlanger Gang, aber von Drexel keine Spur. Der Alchemist war fort! Als hätte er sich in Luft aufgelöst. Ungläubig sah Tristan sich um, dann kehrte er in die Kapelle zurück.

Isolde stand bei Nalia am Altar und redete leise auf sie ein. Doch seine Cousine reagierte nicht. Mit toten Augen stierte sie vor sich hin.

»Und?«, fragte Tristan, erfüllt von böser Ahnung.

Isolde schüttelte nur den Kopf. Sie waren zu spät gekommen.

Plötzlich flog die Tür zur Kapelle auf. Es waren Reik und seine Männer. In ihrer Mitte hatten sie Erik von Zorn und zwei seiner Vasallen, gefesselt und schwankend wie Schilfrohre im Wind.

»Wo iss'n mein' Braud?«, lallte Erik und schlug dann lang hin.

Anscheinend waren er und seine Mannen Reiks Truppe geradewegs in die Arme getorkelt: auf dem Weg zur geplanten Hochzeit, die sie im Vorfeld schon ordentlich begossen hatten.

Jetzt hatte Reik Tristan und Isolde entdeckt.

»He, ihr solltet doch …«, polterte er los. Dann machte sich ein Strahlen auf seinem Gesicht breit. »Sei's drum«, rief er. »Wir haben gewonnen! Wie ihr seht, haben wir Erik geschnappt und Herzog Max ist befreit.« Er hielt inne. »Ah, und ihr habt Nalia gefunden.«

»Zu spät«, murmelte Tristan nur. »Zu spät.«

# 22

## DRACO CAVE!

Ruhig und gleichmäßig gingen Nalias Atemzüge. Wie sie mit geschlossenen Augen auf den lindgrünen Kissen dalag, sah sie so friedlich aus.

Am liebsten hätte Isolde sie in diesem Zustand belassen, aber die Sorge war zu groß. »Nalia? Kannst du mich hören?« Sanft berührte sie ihre Freundin am Arm.

Keine Reaktion.

»Wach auf, Cousine!«, rief Tristan laut. »Los, komm schon!« Energisch rüttelte er sie an den Schultern.

Endlich! Nalia blinzelte, an der Schwelle zwischen Schlaf und Wachzustand. »Was ist?«, fragte sie verwirrt. »W-wo bin ich?«

»In der ehemaligen Kemenate deiner Mutter. Du hast zwölf Stunden geschlafen.« Isolde versuchte einen heiteren Ton anzuschlagen. »Wir dachten, wir wecken dich lieber mal.«

Benommen richtete Nalia sich auf, blickte ins knisternde Kaminfeuer und sah dann Tristan und Isolde erstaunt an. Ein vorsichtiges Erkennen flackerte in ihrem Blick auf.

Isolde wurde ganz aufgeregt. Konnte es sein, dass der Schlaf Drexels Seelenraub rückgängig gemacht hatte? Doch plötzlich ging ein Ruck durch Nalias Körper und ihr Blick erlosch.

»Ja, ich will«, schnarrte sie wie eine Aufziehpuppe. »Ich gelobe, meinem Herrn und Gebieter Erik von Zorn treu ergeben zu sein, bis dass der Tod …«

»Nein!«, protestierte Tristan. »Du bist frei, du musst Erik nicht heiraten, seine Herrschaft ist zu Ende.«

»… bis dass der Tod uns scheidet«, vollendete Nalia unbeirrt ihren monotonen Singsang.

Isolde schossen Tränen in die Augen. Immer wieder streichelte sie Nalias Hand. »Es tut mir so leid, was passiert ist.«

»Lass mich mal!«, schnaufte Tristan. Er drängte Isolde zur Seite und nahm Nalias Gesicht in beide Hände. »NALIA … HÖR … MIR … ZU! Eriks Schreckensherrschaft ist vorbei. Wir haben gesiegt. Dein Vater kommt wieder zu Kräften. Ein Großteil der Gegner wurde im Schlaf überrumpelt, der Rest hat kaum Widerstand geleistet und keiner von uns ist ernsthaft verletzt. Jetzt durchkämmen Reiks Männer noch die Burg nach ein paar letzten Versprengten, die in die Keller zurückgedrängt wurden. Dort hat sich ihre Spur vorerst verloren, aber wir werden sie und Drexel finden. Es ist nur eine Frage der Zeit und dann ist alles wieder gut.«

»Alles gut«, wiederholte Nalia mechanisch.

»Verdammt!«, brüllte Tristan und ließ ihr Gesicht los.

»Komm, Tristan«, sagte Isolde leise. »Wir können im Augenblick nichts tun.« Liebevoll berührte sie noch einmal Nalias Hand. »Wir retten dich, ganz bald, versprochen. Bleib einfach hier und ruh dich ein wenig aus.«

Nalia sank in die Kissen zurück und starrte ausdruckslos auf das Porträt ihrer Mutter an der gegenüberliegenden Wand.

Tristan wollte noch etwas sagen, schaffte es aber nicht. Sobald Isolde und er das Zimmer verlassen hatten, brach es aus ihm heraus: »Frische Luft! Ich brauche dringend frische Luft.«

Als sie ins Freie traten, jagten tiefe, graue Wolken über Burg Adlerstein, aus denen erste dicke Regentropfen fielen.

»Was für gruseliges Wetter«, stöhnte Tristan. Wütend und verzweifelt marschierte er mit schnellen Schritten los.

Doch Isolde blieb stehen, das Gesicht kreidebleich. »Oh Gott, was ist *das?*«, murmelte sie und starrte zur südlichen Wehrmauer.

Tristan folgte ihrem Blick. Dort lagen – nebeneinandergereiht – sechs Tote, fünf von ihnen ruchlose Söldner aus den östlichen Steppenlanden, der sechste Gerold, der Verräter. Offenbar hatten sie nichts mehr zu verlieren gehabt und bis zum Letzten für Erik gekämpft.

Ein paar Bedienstete hoben Gräber für sie aus.

»Oh«, sagte Tristan betroffen. »Hätte ich das gewusst, wären wir woanders rausgegangen.«

Isolde schüttelte den Kopf. »Das ist es nicht«, flüsterte sie. »Jedenfalls nicht nur.«

Fragend sah Tristan sie an.

»Überleg mal!«, half Isolde ihm auf die Sprünge. »*Südmauer!? ... Sechs Tote!?*«

Da begriff er. »Drexels Skelettkrieger, die er uns vorgestern auf den Hals gehetzt hat.«

»Tja, oder in 777 Jahren, wie man's nimmt«, seufzte Isolde. »So langsam ist mein Bedarf an Horror und Wirrwarr gedeckt.«

Tristan nickte. Das ging ihm ganz genauso.

Aber wie sich herausstellte, legte der Tag in puncto Wirrwarr erst richtig los.

Tristan und Isolde beobachteten, wie Juri und Caspar ein paar blasse Gestalten aus den Tiefen des Nordturms führten – einige waren so schwach, dass die beiden sie stützen mussten. Obwohl es ein trüber, bedeckter Tag war, kniffen die meisten geblendet die Augen zusammen. Offenbar hatten sie lange kein Tageslicht mehr gesehen. Mit schlurfenden Schritten kam die Gruppe auf sie zu.

»Wer sind diese armen Leute?«, fragte Isolde.

»Gefangene, die in Eriks Kerkern schmachten mussten«, erwiderte Tristan. »Sie haben tapfer gegen ihn gekämpft ... Oh, ein paar Jungen aus der Ritterschule sind auch dabei. Jede Wette, dass Erik vorhatte Lösegeld von ihren Vätern zu erpressen.«

Tristan wollte gerade zu seinen Mitschülern laufen, als ein Mann aus der Menge heraustrat und ihn und Isolde mit großen Augen anstarrte. Wirr und zerzaust stand ihm das graue Haar zu den Seiten ab, gespickt mit schmutzig gelbem Stroh. Zitternd zerrte er sich ein Drahtgestell von der Nase und putzte mit dem Zipfel seines zerrissenen Hemdes daran herum.

Plötzlich hatte Isolde das Gefühl, als würde ihr der Boden unter den Füßen weggezogen. »P-P-Papa?!«

Wäre statt des Regens Konfetti vom Himmel gefallen, hätte die Überraschung kaum größer sein können. Doch es gab keinen Zweifel: Vor ihnen stand Johannes Neufeld. Unendlich froh umarmte Isolde ihren Vater. Dann führten sie ihn davon. Denn bevor er ihre brennenden Fragen beantworten konnte, brauchte er dringend ein heißes Bad, saubere Kleidung und eine ordentliche Mahlzeit.

»Hm, lecker«, nuschelte Johannes Neufeld mit vollem Mund, als er schließlich mit Isolde und Tristan in der Burgküche saß und wie ein Scheunendrescher zulangte. »Was ist das?«

»Geräucherte Ochsenzunge«, erwiderte Tristan.

Isoldes Vater aß mit gesundem Appetit weiter, während Isolde unruhig auf ihrem Stuhl herumrutschte, bis sie es nicht mehr aushielt. »Was machst du hier, Papa?«

»Komisch, das wollte ich euch auch gerade fragen.« Er musterte sie streng. »Habe ich euch nicht ausdrücklich davor gewarnt, durchs Wurmloch zu gehen?«

»Das sagt ausgerechnet der, der selbst niemals durchgehen wollte«, schnaubte Isolde.

Verdutzt starrte Neufeld sie an. »Eins zu null für euch«, räumte er ein. »Tja, ich bin Wissenschaftler. Ich wollte dieses faszinierende Phänomen mit eigenen Augen sehen, bevor ich es endgültig schloss – wenigstens ein Mal. Und als ich das Wurmloch dann aufgespürt hatte und mit all meinen Geräten davorstand, war die Versuchung zu groß. Ihr wart wieder irgendwo unterwegs und deine Mutter im Laden beschäftigt. Nur mal kurz rüber, gucken und wieder zurück, dachte ich. Bloß dass ...«

»... dich hier dann ein paar üble Kerle erwischt haben«, riet Tristan.

Neufeld nickte. »Ich wurde in die Burg verschleppt. Ein unsympathischer Typ namens Erik und ein gewisser Drexel quetschten mich aus: Wer ich bin, wo ich herkomme, wo die anderen Verschwörer stecken ... Ich habe Blut und Wasser geschwitzt, um es zu erklären, ohne gleich als Hexer verbrannt zu werden. Bis mir dämmerte, dass die das irgendwie schon längst wussten.«

Isolde nickte. »Drexel war auf unserer Seite, sogar mehrmals.«

Verblüfft starrte ihr Vater sie an. »Schätze, jetzt seid *ihr* mit Erklären dran.«

Abwechselnd erzählten sie also, was seit Tristans wundersamer Wiedergeburt passiert war und wie im Grunde alles mit Eriks Überfall auf Burg Adlerstein begonnen hatte – vor 777 Jahren oder ein paar Wochen, je nachdem aus welcher Welt man es betrachtete.

Isoldes Vater bekam immer größere Augen. Als sie fertig waren, schüttelte er langsam den Kopf. »Stein der Weisen, Armee der Toten, seelenlose Kinder ... Ich darf gar nicht daran denken, was euch alles hätte passieren können.«

»Ich weiß, Papa«, sagte Isolde. »Aber das mit dem Wurmloch war Tristans Chance, nach all den Jahrhunderten sein Leben wieder geradezubiegen. Und wegen Drexels schwarzer Magie stand auf einmal so viel mehr auf dem Spiel ... auch in unserer Welt.«

Neufeld nickte. »Beunruhigender Gedanke, dass dieser Drexel noch frei rumläuft. Aber vielleicht ... könnte ich was über ihn rauskriegen. Wo er sich versteckt hält. Und wie er all diese schrecklichen Sachen anstellt. An schwarze Magie glaube ich nämlich nicht. Dazu brauche ich allerdings meine Geräte.«

»Deine Geräte?«, fragte Tristan.

»Drexel war ganz fasziniert von ihnen, hat alles in sein Studierzimmer geschleppt und mir dort Löcher in den Bauch gefragt. Vermutlich hat er nicht viel von meinen Erklärungen verstanden. Aber er hat meine Sachen bestimmt bei sich aufbewahrt.« Wieder kam ihm ein Gedanke. »Eigentlich war er in dieser Welt doch auch so eine Art Gelehrter, oder? Ein Wissenschaftler?«

»Eher Teufel in Menschengestalt«, knurrte Tristan. »Wieso?«

»Ich weiß, was du meinst«, lächelte Neufeld. »Aber glaub mir: Ein Wissenschaftler erkennt den anderen – auch wenn Jahrhunderte sie trennen. Als Wissenschaftler wird er irgendwelche Aufzeichnungen haben. Und die hat er bei seiner überstürzten Flucht garantiert nicht mitgenommen.«

»Dann finden wir die bestimmt in seinem Studierzimmer«, rief Isolde. »Und deine Sachen vielleicht auch.«

»Aber vorher müssen wir Onkel Max und Reik davon erzählen«, sagte Tristan und sprang von seinem Stuhl auf. »Gemeinsam sind wir stärker, wenn wir es gegen Drexel aufnehmen wollen.«

Sie fanden Herzog Max im Audienzsaal des Palas, wo er seit dem frühen Morgen Bewohner von Burg Adlerstein empfing. Die meisten waren gekommen, um ihre Freude über seine Wiederkehr zum Ausdruck zu bringen.

Als sie in den Saal kamen, war die Audienz gerade beendet. Flankiert von Juri und Caspar – nun wieder in der Tracht der herzoglichen Leibwache – saß Herzog Max auf seinem Thron. Etwas unterhalb von ihm hatte Reik auf einer kleinen Marmorbank Platz genommen. Müde und bleich wirkte der Herzog. Die Kerkerhaft und Nalias Schicksal hatten ihn gezeichnet. Er würde lange brauchen, um sich zu erholen. Doch kaum hatte er sie gesehen, hellte sich seine Miene auf.

»Tristan!«, rief er. »Und deine lieben Freunde! Reik, Juri und Caspar haben mir alles erzählt. Gestern konnte ich mich gar nicht richtig bedanken.«

Tristan hob abwehrend die Hände. »Was wir getan haben, war nicht der Rede wert. Aber was wir dir zu sagen haben, ist wichtig.«

Ein mattes Lächeln huschte über Herzog Max eingefallenes Gesicht. »Mein guter Treuherz«, sagte er. »Bescheiden wie eh und je. Nun denn. Dann berichtet!«

Die warmherzigen Worte versetzten Tristan einen Stich. Er musste wieder an seine drückende Schuld denken – von der Onkel Max noch nichts ahnte. Er schluckte. Doch als Isolde aufmunternd seine Hand nahm, begann er rasch zu erzählen, was Johannes Neufeld vermutete.

Reik erhob sich von seiner Bank, kaum dass Tristan geendet

hatte. »Und Ihr meint, dass Ihr Drexels Geheimnissen auf die Spur kommt, Magister Neufeld?«

»Wenn ich seine Aufzeichnungen finde, besteht eine gute Chance«, erwiderte Isoldes Vater.

»Was dabei helfen könnte, ihm künftig das Handwerk zu legen«, überlegte Herzog Max laut. »Und womöglich etwas über seinen Verbleib zu erfahren, richtig?«

»Ihr bringt es auf den Punkt, Eure Hoheit«, sagte Johannes Neufeld.

»Ihr habt freie Hand! Stellt Drexels Gemächer auf den Kopf. Zu eurer Sicherheit lasse ich die Wachen dort auf ihrem Posten – falls dieser Schurke plötzlich wieder auftaucht.« Herzog Max erhob sich mit einem müden Lächeln. »Tut mir leid, meine Freunde. Der Tag zehrt an meinen Kräften. Für heute ziehe ich mich lieber zurü –«

Er wurde unterbrochen, als mit lautem Radau die Tür zum Saal aufflog.

»Lasst mich! Ich habe nichts getan«, gellte ihnen ein Ruf entgegen.

Überrascht wandten sich alle dem Eingang zu. Zwei Soldaten der herzoglichen Leibwache kamen herein – mit einem wild zappelnden Knut in ihrer Mitte.

»Knut Drexel«, rief Reik. »Der Sohn des Verräters!«

»Er hielt sich in den Kellergewölben versteckt, Eure Hoheit«, sagte einer der Soldaten, in dem Tristan und Isolde Gawain erkannten.

»Und gibt es irgendeine Spur von Drexel?«, fragte Herzog.

»Leider keine, Eure Hoheit.«

»Wo ist dein Vater, Verräter?«, blaffte Reik.

»Ich weiß es nicht«, beteuerte Knut verzweifelt. »Ich schwör's!«

»Verräterehrenwort«, schnaubte Reik. »Werft ihn in den Kerker. Da fällt es ihm bestimmt wieder ein.«

»NEIN!« Isoldes Ausruf hallte durch den Saal.

Erschrocken über ihren eigenen Mut schlug sie sich die Hand vor den Mund.

Stille senkte sich über die Anwesenden.

»Nein?«, brach Herzog Max das Schweigen. »Und wieso nicht, wenn ich fragen darf?«

Isolde holte tief Luft. »Weil er mir das Leben gerettet hat«, sagte sie. »Und weil er mir versichert hat, wie leid ihm alles tut.«

»Und wennschon«, sagte Reik mit wegwerfender Geste. »Vergesst nicht, auf wessen Seite er bei Eriks Überfall gekämpft hat. Menschen ändern sich nicht.«

»Doch«, schaltete sich Tristan ein. »Menschen ändern sich. Knut war mein ärgster Feind. Trotzdem weiß ich, dass er aus reinem Herzen gehandelt hat, als er Isolde half. Und außerdem«, fügte er hinzu, »kann niemand was für seine Eltern.«

Ungläubig wanderte Knuts Blick zwischen Tristan und Isolde hin und her, während sich Herzog Max gedankenversunken das Kinn rieb.

»Nun, Knut Drexel. Du hast wahrhaft starke Fürsprecher«, verkündete er schließlich. »Darum erspare ich dir den Kerker. Morgen bringen wir dich ins Kloster. Dort kannst du über deine Missetaten nachdenken und Buße tun. Ob bis ans Ende deiner Tage oder bis dein Vater gefunden ist, wird die Zukunft zeigen.«

Isolde und Tristan sahen sich an. Zwar waren sie froh über die Entscheidung des Herzogs. Aber ein Rest von Zweifel blieb auch ihnen. Was würde Knut tun, wenn sein Vater wiederauftauchte und um Hilfe bat?

Aber das waren müßige Fragen. Jetzt ging es erst einmal mit

Isoldes Vater zu Drexels Studierstube. Die erwies sich als wahres Forscherparadies: ein Sammelsurium aus merkwürdigen Apparaturen, Schriftrollen, Gläsern voller Ingredienzien und …

»Meine Geräte! Da sind sie«, flüsterte Johannes Neufeld mit so viel Zärtlichkeit, dass Tristan und Isolde sich nur mit Mühe ein Lachen verkneifen konnten. Er lief zu dem Tisch hinüber, auf dem sein Notebook, ein Laborkoffer und noch ein paar Messgeräte standen. Aufgeregt fasste er alles an, um sich von ihrer Unversehrtheit zu überzeugen – und fegte dabei prompt einen Stapel Pergamentrollen auf den Boden.

Tristan bückte sich danach und pfiff kurz durch die Zähne, bevor er sie zur Seite legte.

»Na, dann lassen wir dich mal alleine, was, Papa?«, sagte Isolde lächelnd und zog Tristan nach draußen. Ihr Vater bemerkte es kaum.

»Und was machen wir jetzt, um Nalia zu retten?«, fragte sie, als sie die Tür hinter sich geschlossen hatten.

»Ich wüsste schon, was«, erwiderte Tristan geheimnisvoll. »Aber erst mal muss ich dringend was essen.«

Sie machten sich zur Burgküche auf, wo Meister Severin ihnen eine Platte mit Brot, Butter und Käse zusammenstellte.

»Also, raus mit der Sprache«, sagte Isolde, als der größte Hunger gestillt war. »Was hast du vor?«

Tristan senkte vorsichtshalber die Stimme. »Wir holen uns das Rote Herz des Berges. Und zwar jetzt, auf der Stelle.«

Überrascht sog Isolde die Luft ein. »Einfach so? Ohne Vorbereitung?«

»Was gibt's da großartig vorzubereiten … bei dem ganzen Zeug, das du in deinen tausend Taschen hast?«, grinste Tristan. »Überleg doch mal. Im Moment sind alle damit beschäftigt, Jagd auf

Drexel und Eriks letzte Getreuen zu machen. Aber sobald etwas Ruhe einkehrt, werden sich Herzog Max und Reik um den Rubin kümmern. Und dreimal darfst du raten, wer dann außen vor ist.«

Nachdenklich starrte Isolde auf die Tischplatte. »Könnte was dran sein«, murmelte sie.

»Da kannst du Gift drauf nehmen«, sagte Tristan. »Nach allem, was wir durchgemacht haben, sollten *wir* das Ganze nun auch zu Ende bringen. Und zwar schnell, damit wir Nalia und all den anderen Kindern helfen können.«

Nalia! Isolde sah die Freundin wieder vor sich in den lindgrünen Kissen. Ihr ausdrucksloses Gesicht, die leeren Augen …

Entschlossen stand Isolde auf. »Okay, bringen wir's zu Ende.«

Wenig später standen sie vor der Fledermaushöhle, Isolde mit ausgebeulter Cargohose, Tristan mit Schwert und einem Seil über der Schulter. Sie starrten auf die gähnend schwarze Öffnung.

»Ich muss gerade daran denken, wie hier alles anfing. Auf dem Nachtausflug, als Dödel und Co. mich zur Burg verfolgten …«

»Wo wir uns dann kennenlernten«, grinste Tristan. »In genau 777 Jahren.«

Einen Moment lang hingen sie ihren Gedanken nach.

»Was meinst du?«, beendete Tristan das Schweigen. »Packen wir's?«

»Packen wir's«, nickte Isolde. Entschlossen öffnete sie den ersten Kartenabschnitt auf dem Handydisplay. Dann verteilte sie die Stirnlampen und gemeinsam drangen sie in die Finsternis ein.

Sie kamen nicht so schnell voran wie gehofft. Immer wieder mussten sie anhalten, um die Karte mit der Umgebung zu vergleichen. Was auf dem Plan so klar und eindeutig wirkte, entpuppte sich in der Realität als ein Wirrwarr aus Gängen, Spalten, Tropfsteingärten oder schroffen Felswänden. Trotz Karte verfranzten sie sich einige Male so sehr, dass sie nur mit Mühe zum Ausgangspunkt zurückfanden. Danach markierten sie den Weg mit Kreide – wodurch sie noch langsamer wurden.

So verrannen die Stunden, während Isolde immer neue Kartenabschnitte aufs Display rief. »Wenn das so weitergeht, gibt der Akku bald seinen Geist auf«, seufzte sie. »Zum Glück haben wir die Powerbank dabei.« Sie klopfte auf eine ihrer Taschen.

»Na, dann ist doch alles gut«, antwortete Tristan.

Doch er sollte sich täuschen.

Denn kurz darauf stießen sie auf das erste richtige Hindernis. Auf der Karte war es eher ein schmaler Graben, doch in der Realität eine Schlucht – so tief, dass sich der Strahl ihrer Stirnlampen in der Finsternis verlor, als sie in den Abgrund blickten.

Isolde schluckte. »Und was jetzt? Sag bitte nicht ›rüberspringen‹.«

Tristan schüttelte den Kopf. »Zu breit.« Nachdenklich sah er zur anderen Seite. »Aber mit dem Seil könnte es gehen. Ich werfe eine Schlinge über den Tropfstein da drüben. Dann nur noch das andere Ende hier befestigen, rüberkraxeln, fertig.«

»Na super«, stöhnte Isolde, während Tristan schon eine Schlinge ans Seilende knüpfte.

»He, wird schon schiefgehen.«

»Genau das befürchte ich ja.«

Schon beim dritten Versuch erwischte Tristan den Tropfstein. »Tref-fer-fer-fer-fer!«, hallte sein Jubelruf in hundertfachem Echo von den Felsen. »Und jetzt mach's mir einfach nach. Hangele dich mit Händen und Füßen am Seil entlang. Dann kann gar nichts schiefgehen.«

»Noch so ein Spruch, und ich schreie«, knurrte Isolde.

Statt zu antworten, hängte sich Tristan ans Seil. Mit dem Rücken zum Abgrund schob er sich flink hinüber. »Jetzt du.«

Zögernd tat Isolde es ihm nach. Sie kam besser voran als erwartet. Doch etwa in der Mitte geschah es: Die Powerbank rutschte aus einer ihrer Hosentaschen und sauste in die Tiefe, bevor sie danach greifen konnte. Nicht der geringste Laut drang aus der Schlucht, kein Aufprall, nichts. Isolde schloss kurz die Augen, aber es half nichts, sie musste weiter. Es dauerte eine gefühlte Ewigkeit, bis sie die andere Seite erreichte.

Von Tristan gestützt sank sie zu Boden.

»Alles okay?«, fragte er besorgt.

»Geht gleich wieder. Zum Glück hab ich das Handy in die Reißverschlusstasche gepackt. Aber die Powerbank ist futsch.«

Mit zittrigen Fingern klaubte Isolde aus den Tiefen ihrer Tasche eine Trinkflasche und einen Schokoriegel. Nachdem sie sich gestärkt hatten und der Schreck einigermaßen überwunden war, drangen sie tiefer in die Höhlenwelt vor. Es wurde immer wärmer – so warm schließlich, dass ihnen das Atmen schwerfiel. Sie durchquerten vier weitere Höhlen, bis sie nach einem langen, breiten Tunnel eine Felsöffnung erreichten.

»Dahinter ist es«, wisperte Isolde. Wendig wie ihre Katze Sphinx schlüpfte sie durch den Spalt.

Tristan stöhnte. »Das ist ganz schön eng hier. – Donnerkeil und Krötenkacke, was ist das?!«

Stumm vor Staunen standen Isolde und er am Rand einer riesigen Höhle. Nein, das war keine Höhle, das war ein Palast! Eine runde Halle mit einer schwindelerregend hohen Kuppeldecke, die ein Architekt nicht vollkommener hätte entwerfen können.

Während Isolde langsam den Kopf bewegte, blitzten immer neue Naturschönheiten im Lichtkegel der Stirnlampe auf. Es war, als würden die bizarren Formationen genau in dem Augenblick entstehen. Von der Decke hing ein prachtvoller Kronleuchter aus unzähligen glitzernden Tropfsteinen. An den Längsseiten wuchsen pflanzenartige Steingebilde aus dem Boden. Manche sahen aus wie tropische Kakteen, andere wie üppige Farne mit scharf gezackten Blättern und wieder andere wie weiß überzuckerte Tannenbäume. Aus mächtigen Spalten im Boden waberten weiße Dämpfe, die aus dem Erdinneren zu kommen schienen. Es war wie eine Weihnachtswunderwelt mitten in den Tiefen des Berges und dabei so warm, als ob jemand ein Kaminfeuer angezündet hätte.

Irgendwo an der Seite tropfte gleichmäßig Wasser von einem Felsen. Als Tristan und Isolde sich umdrehten, um herauszufinden, wo das Geräusch herkam, fiel ihr Blick auf einen seltsam geformten Felsen.

»Wow!« Isolde pfiff durch die Zähne. »So ein riesiges Fossil hab ich ja noch nie gesehen. Das Tier muss vor Jahrmillionen gestorben sein.«

»Ein geflügelter Drache«, flüsterte Tristan. »Ein Fledermausdrache.« Neugierig ging er auf die steinerne Kreatur zu, die zwischen ihren Fußklauen ein paar runde, kleine Steine bewachte. Dracheneier!

Isolde wiederum wich unwillkürlich einen Schritt zurück. Das bizarre Wesen sah täuschend echt aus, so als ob es jeden Moment zum Leben erwachen und sich wütend auf sie stürzen könnte.

Natürlich tat es das nicht und Tristan ging beherzt weiter. »Grundgütiger«, entfuhr es ihm.

»Was ist denn?« Neugierig trat Isolde jetzt doch neben ihn und schnappte nach Luft, als sie sah, was er sah. Träumte sie oder war das wirklich wahr?

Aus dem Schoß des Fledermausdrachen glühte es ihnen rot entgegen.

ROT???

DER RUBIN!

DER SCHATZ!

Da lag er, wie auf dem Präsentierteller, zum Greifen nahe.

Isolde konnte es nicht glauben. Was es wirklich so einfach, wie im Märchen?

Gemeinsam richteten sie ihre Stirnlampen auf den Edelstein. Das Rote Herz des Berges erstrahlte. Sein helles Licht breitete sich aus, floss wie ein warmer Strom zu ihnen und fand den Weg zu ihren Herzen. Plötzlich war dort kein Platz mehr für Angst und Schrecken, sie spürten nur noch Wärme, Liebe und Geborgenheit.

»So schön«, flüsterte Isolde.

»So nah«, flüsterte Tristan zurück. »Endlich!«

Er stapfte los, geradewegs auf den steinernen Drachen zu. Siegessicher streckte er die linke Hand aus …

KRRKKKKKKK!

Tristans Hand zuckte zurück, sein Blick wanderte zu Boden. Zwei Eier aus Sandstein hatte er bei seinem Ansturm zertrampelt, aber das konnte doch nicht so schlimm …

»Pass auf!«, schrie Isolde. »Die Felswand stürzt ein.«

Tristan schoss mit ausgestreckter Hand nach vorne, warf seinen Körper nach rechts und rollte sich blitzschnell zu einer Kugel zusammen. Das Fossil, die Wand, alles geriet ins Rutschen. Eine Lawine rauschte los.

»Tristan, wo bist du?«, brüllte Isolde, so laut sie konnte, bis eine riesige Staubwolke sie umhüllte und zum Schweigen brachte.

Das Getöse ließ nach. Langsam senkten sich die Staubwolken auf die Kakteen und Farne.

»Hier«, hörte Isolde plötzlich eine schwache Stimme. Dann erhob sich ein paar Schritte vor ihr eine Sandkugel aus dem Geröll, Tristan hustete, setzte sich mühsam auf, die linke Faust fest geballt.

»Alles bestens, mir geht's gut«, versicherte er. »Sieh mal, was ich mir geschnappt habe!«

# 23
## Zwischen Leben und Tod

Das Rote Herz des Berges«, jubelte Isolde, nachdem Tristan seine linke Hand geöffnet hatte. Dann ließ sie sich neben ihm auf die Knie fallen.

Feierlich übergab Tristan ihr den kostbaren Schatz, damit sie ihn sicher in ihrer Reißverschluss-Tasche verstauen konnte. Dann sagte er zufrieden: »Jetzt wird alles gut. Wir müssen nur noch zurück durch den Felsspalt und … Teufel noch mal!«

Isolde folgte seinem Blick und hätte am liebsten selbst laut geflucht. Es gab keine Felsöffnung mehr! Sie war verschüttet von einem Berg aus Sandsteingeröll. Es war, als hätte der versteinerte Urzeitdrache noch im Vergehen das Rote Herz des Berges beschützen wollen.

Kreidebleich wandte sie sich wieder Tristan zu. »Das war's. Da graben wir uns in tausend Jahren nicht raus«, flüsterte sie – mit einer Hoffnungslosigkeit, die Tristan fast das Herz brach.

»Dann nehmen wir einfach einen anderen Weg«, sagte er beruhigend.

»Klar«, schnaubte sie und wies zu einer der Bodenspalten, aus der weiße Dämpfe waberten. »Vielleicht da runter? Da wird einem wenigstens gleich schön warm ums Herz.«

»Ich meine doch den Weg durch die Krypta«, wandte Tristan vorsichtig ein.

»Ja, noch besser«, drehte Isolde auf. »Nur zu blöd, dass *der* Weg gar nicht auf meinem Handy ist …«

»Isolde«, versuchte Tristan sie zu unterbrechen.

»… abgesehen davon, dass der Akku sowieso bald im Eimer ist.«

»Isolde!«

»Tristan, mal ehrlich. Wir sind so was von am Ar–«

»ISOLDE!«

Sie zuckte zusammen. Verwirrt schüttelte sie den Kopf, starrte auf Tristan … und dann auf die Pergamentrolle, die er ihr mit mattem Lächeln entgegenstreckte.

»Das ist der Schatzkartenteil aus Riwalins Halsband, der uns durch die Lappen gegangen ist«, erklärte Tristan. »Er steckte zwischen den Pergamentrollen in Drexels Studierstube. Ich hab das Teil sofort erkannt und in meinem Stiefelschaft verstaut. Für den Fall der Fälle.«

Plötzlich fühlte sich Isolde wie ein Ballon, aus dem man die Luft gelassen hatte. »Mensch, Tristan«, stöhnte sie. »Hättest du das nicht gleich sagen können?«

»Wenn ich zu Wort gekommen wäre …« Tristan hob eine staubige Augenbraue.

»Oh Mann«, brummte Isolde. »Ich bin schon fast so schlimm wie meine Mutter, wenn sie ihre Kunden zutextet.«

»Aber du würdest mir niemals ein Lama-Kissen aufschwatzen oder ein Einhorn-Duschbad«, widersprach Tristan grinsend, was Isolde wiederum zum Lächeln brachte.

Stumm lehnte sie den Kopf an seine Schulter. »Eigentlich komisch«, murmelte sie.

»Was denn?«, fragte Tristan.

»Das mit dem *Draco cave!* auf der Schatzkarte: *Hüte dich vor dem Drachen!* Wer hätte gedacht, dass tatsächlich so was wie ein Drache den Rubin bewacht, wenn auch ein versteinerter aus uralten Zeiten.«

»Abt Rodger muss sich gut in den Höhlen ausgekannt haben«, überlegte Tristan. »Und dass es in der Gegend jede Menge Legenden über Drachen gibt, macht die Abschreckung perfekt.« Ächzend rappelte er sich auf und händigte Isolde die Karte aus. »Was meinst du? Sollen wir?«

»Geht es dir denn besser?«

»Gut genug zumindest, dass wir weiterkönnen.«

Unter Isoldes Führung traten sie den Rückweg an. Zum Glück stießen sie auf keine ernsten Hindernisse mehr. Doch es ging stetig aufwärts, sodass ihre Glieder schwer wie Blei waren, als sie endlich den natürlichen Bereich des Höhlensystems verließen und in das Krypta-Labyrinth vordrangen.

Es war, als würden sie in ein Spiegelkabinett eintauchen. Die schwarz schimmernden Obsidianwände des Labyrinthes reflektierten das Licht ihrer Stirnlampen in Tausende verwirrende Facetten und erzeugten teuflische Zerrbilder. Schlimmer war jedoch, dass sie sich nicht mehr auf ihr Gespür für Abstände verlassen konnten. Eine scheinbar weit entfernte Wand tauchte plötzlich direkt vor ihrer Nase auf und eine nahe Abzweigung war anscheinend ellenweit weg.

Sie mussten sich Schritt für Schritt an den Wänden entlangtasten. Dabei stießen ihre Finger immer mal wieder durch Spinnennetze hindurch ins Leere, wenn sie an den Nischen mit den Steinsarkophagen vorbeikamen, in denen Adlersteins Ahnen ruhten. Bald waren sie so erschöpft, dass sie die Veränderung zuerst nicht bemerkten: Ihre Finger berührten keine Wand mehr ...

Sie hatten einen großen runden Saal betreten.

Aufgeregt sah Tristan sich um. »Das Zentrum der Krypta! Es ist genau so, wie Onkel Max es beschrieben hat. Schau, dort in der Mitte stehen zwei Sarkophage, in einem ruht Tante Isolde, der andere wartet auf Onkel Max, bis seine Zeit gekommen ist.«

Mit feierlichen Schritten näherte Tristan sich Herzogin Isoldes Grab, um dort ein stilles Gebet zu sprechen.

Stumm und etwas verlegen hielt Isolde sich im Hintergrund, bis Tristan sie heranwinkte. Er zeigte auf die schwere Steinplatte, die verschoben war.

Isolde begriff sofort: Eriks Männer waren nicht sehr behutsam gewesen, als sie den Sarkophag geöffnet hatten, um den falschen Rubin zu rauben.

»Mögen sie dafür in der Hölle schmoren«, knurrte Tristan.

Er ließ sich auf den Boden sinken und lehnte sich an den Steinsockel. Isolde setzte sich neben ihn und dann starrten sie eine Weile stumm vor sich hin. Die Minuten verstrichen und plötzlich vernahm Tristan Isoldes gleichmäßige Atemzüge. Sie war eingeschlafen!

Er lächelte. Warum eigentlich nicht? Sie hatten das Herz des Berges und nach einer kurzen Rast wären sie umso schneller bei Nalia.

Vorsichtig schaltete Tristan Isoldes Stirnlampe aus und dann seine eigene – teils um Batterien zu sparen, teils um keine unliebsamen Besucher anzulocken. Schließlich trieben sich immer noch ein paar von Eriks Leuten irgendwo in den Tiefen der Burg herum. Und vielleicht ja auch Drexel, der durch die zweite Schatzkarte nun wusste, dass der Weg zum Rubin durch die Krypta führte.

Mit dem festen Vorsatz, für den Fall der Fälle wach zu bleiben, legte Tristan sein Schwert zur Seite und machte es sich in der Finsternis neben Isolde bequem. Er schloss die Augen und lauschte in die Stille, während er an seine Cousine dachte, die hoffentlich schon bald wieder gesund sein würde.

Plötzlich hörte er ein Geräusch. Da ... hallende Schritte ... Stimmengemurmel ... aus einem der Tunnel ...

Er tastete nach Isolde und legte ihr vorsorglich die Hand auf den Mund. Erschrocken zuckte sie zusammen.

»Keinen Mucks!«, flüsterte Tristan ihr ins Ohr. »Wir kriegen Besuch.«

Sie hatten sich kaum hinter den Sarkophagen versteckt, als aus dem Tunnel, der in die Burg führte, flackerndes Licht drang. Fackeln! Die Stimmen wurden lauter. Dann war eine Art Winseln zu hören. Und Wortfetzen.

»... wenn ich die erwische ...«

»... noch bereuen ...«

»... verdammt, zerr doch nicht so, Junge ...«

Vorsichtig lugte Tristan um die Ecke – und erschauderte. Denn dort in der Tunnelmündung tanzten riesige schwarze Schatten über die Wand, zwei menschliche Gestalten offenbar ... und ... ein Hund?

Im nächsten Moment schoss das Tier aus dem Tunnel geradewegs auf ihr Versteck zu. Zweifellos hätte es sich auf Tristan gestürzt, wenn es nicht wenige Zentimeter vor ihm von einer langen Leine gestoppt worden wäre.

»WORUFF! WORUFF!«, bellte der Hund wie verrückt.

Tristan traute seinen Augen nicht. »Riwalin!«, flüsterte er. Und dann: »Vivat und Halleluja!«, als er sah, wer dem Hund gefolgt war: Reik und Caspar!

Sein Jubelruf lockte auch Isolde aus dem Versteck. Überglücklich sah sie in die Runde. Nun würde wirklich alles gut werden.

Doch anders als bei Riwalin war bei Reik und Caspar zunächst nicht viel Wiedersehensfreude zu spüren.

»Tristan, Isolde, wir haben uns solche Sorgen gemacht«, polterte Reik. »Wir dachten schon, ihr wärt Eriks Männern oder Drexel in die Hände gefallen. Stundenlang haben wir die Burg durchkämmt. Zum Glück hatte Caspar die Idee mit Riwalin, sonst –«

»Wir haben ihn gefunden«, unterbrach Tristan kurz entschlossen. »Den Rubin.«

Mit offenem Mund starrten die beiden Männer ihn an.

»Den Rubin?«, krächzte Reik schließlich.

»Genau, das Rote Herz des Berges«, bestätigte Isolde. »Jetzt können wir Nalia und all die anderen Kinder heilen.« Aufgeregt zog sie am Reißverschluss ihrer Hosentasche.

»GRRRRRRR!«, drang plötzlich ein dumpfes Knurren aus Riwalins Kehle.

»He, Junge, nur die Ruhe!«, sagte Caspar und nahm das riesige Tier kürzer. »Das ist jetzt schon die vierte Ratte, der du an den Kragen willst.«

Inzwischen hatte Isolde den Stein hervorgeholt. »Hier ist er«, sagte sie und übergab ihn Reik.

Prüfend hielt er den Rubin in die Höhe, wo er im Licht seiner Fackel in dunklem Rot erglühte. »Tatsächlich«, flüsterte Reik ehrfurchtsvoll. »Das Rote Herz des Berges.«

In diesem Moment nahm Tristan eine Bewegung aus dem Augenwinkel wahr. Eine bleiche knöchrige Hand schoss aus der Finsternis vor und entriss Reik den Rubin. »Tötet sie«, schnarrte gleich darauf eine vertraute Stimme. Drexel!

Dunkle Gestalten drangen auf sie ein. Reiks Fackel fiel zu Boden, als er zum Schwert griff. Riwalin riss sich bellend los, die Hölle brach aus und die Instinkte übernahmen.

Tristan warf sich zur Seite und riss Isolde zu Boden. Ein rascher Blick zeigte, dass Reik, Caspar und Riwalin in einen wilden Kampf mit drei Männern verstrickt waren – vermutlich die Letzten von Eriks Leuten. Dahinter: Drexel, der wie hypnotisiert auf das Rote Herz des Berges starrte.

Im nächsten Moment lösten sich seine Augen von dem Rubin und ihre Blicke trafen sich. Der schwarze Magier drehte sich um und ergriff die Flucht.

»Halt, du Teufel!«, schrie Tristan und sprang auf. Er stürzte sich mitten durch das Kampfgetümmel, um Drexel zu folgen, der mit seltsam schlurfenden Bewegungen davonstrebte.

*Der Stein*, dachte Tristan. *Er zehrt an seinen Kräften. Er muss diese drei Krieger gerade erst seinem Willen unterworfen haben.*

Kurz bevor Drexel aus dem flackernden Licht der Fackeln verschwand, hatte Tristan ihn eingeholt. Mit einem Hechtsprung warf er sich auf ihn und riss ihn um. Ein hohes PLING ertönte und etwas rollte klimpernd zur Seite.

Da lag es! Nur ein paar Meter entfernt: das Rote Herz des Berges.

Tristan ließ von Drexel ab und spurtete los. Doch Isolde kam ihm zuvor. Triumphierend hob sie den Rubin auf und hielt ihn in die Höhe.

»Bravo, ihr beiden«, ertönte Reiks Stimme.

Tristan drehte sich um. Sein Waffenmeister und Caspar sahen müde, aber stolz zu ihm und Isolde herüber. Eriks Männer waren erledigt, sie hatten alle drei überwältigt – zusammen mit Riwalin. Der stand noch immer knurrend über seinem hingestreckten Gegner. Ein wenig Blut tropfte aus einer Wunde an seinem Bauch, doch schien es zum Glück nichts Ernstes zu sein.

*»Stundenglas, Stundenglas, löse des Kosmos Bande«*, hallten plötzlich gemurmelte Worte durch die Krypta.

Drexel! Verflixt! Den hatten sie für einen kurzen Moment völlig vergessen.

Erschöpft gegen eine Mauer gelehnt saß der Magier auf dem Boden. In den Händen hielt er sein Stundenglas, auf das er beschwörend einredete. *»Auf dass ich wandle von Zeit zu Zeit und Ort zu Ort, frei in einem fort.«*

Gelähmt vor Überraschung und Entsetzen verfolgten sie, wie sich Drexels Konturen auflösten. Caspar erwachte als Erster aus der Starre. Sirrend wirbelte sein Jagdmesser durch die Luft – und prallte harmlos klirrend von der Mauer ab. Der schwarze Magier war verschwunden.

»Verfluchter Teufelsbraten«, schnaubte Caspar und machte Anstalten, blindlings loszustürzen.

Doch Reik hielt ihn zurück. »Lass! Eine dunkle Ahnung sagt mir, dass wir ihn nirgends mehr finden werden. Kümmern wir uns lieber um die da.« Er wies auf die drei Männer, die stöhnend auf dem Boden lagen. »Fessele sie mit ihren Schwertgurten.«

Abrupt wandte er sich Tristan und Isolde zu. »Genug herumgetrödelt. Der Rubin kommt nicht von selbst zu Nalia und den Kindern. Lauft mit Riwalin voraus. Er kennt den Weg. Caspar und ich kommen mit den drei Galgenvögeln nach.«

Sicherheitshalber übergab Isolde Reik noch rasch ihre Karte. Dann tauchten sie und Tristan auch schon ins Labyrinth ein.

Als wüsste Riwalin, was auf dem Spiel stand, stürmte er so schnell voran, dass Tristan die Leine nur mit Mühe in der Hand behielt. Wände, Grabnischen und Abzweigungen flogen im bleichen Licht von Isoldes Handyleuchte vorbei. Ein aufgescheuchter Schwarm Fledermäuse umflatterte ihre Köpfe. Aber all das kümmerte sie nicht. Jede Müdigkeit war vergessen und schließlich hatten sie es geschafft: Sie waren wieder in der Burg.

Als Erster lief ihnen Juri über den Weg. Mit einem Trupp Leibgardisten steuerte er die Krypta an, um nach Reik und Caspar zu sehen, die nach seinem Geschmack überfällig waren.

Rasch erzählten Tristan und Isolde, was geschehen war.

»Worauf wartet ihr noch?«, rief Juri aufgeregt. »Bringt den Rubin zu Nalia. Wir helfen Reik und …«

Ein lang gezogenes, klagendes Winseln unterbrach ihn.

Erschrocken blickten alle auf Riwalin. Der treue Hund war röchelnd zu Boden gesunken, sein mächtiger Brustkorb hob und senkte sich beängstigend schnell. Dann sahen sie es. Eine kleine, rote Lache sickerte unter seinem Körper hervor. Und dort, wo sie eben hergekommen waren, zog sich eine dünne Spur Bluttropfen über den Boden.

»Die Wunde«, rief Tristan. »Sie muss durch die Anstrengung tiefer geworden sein.«

»Armer Riwalin.« Isolde wollte sich neben den Hund knien.

Doch Juri hielt sie zurück. »Keine Zeit! Der Rubin muss zu Nalia und den anderen Kindern.«

Tristan zerriss es fast das Herz, aber Juri hatte recht. »Wir sind bald wieder zurück«, flüsterte er seinem geliebten Hund zu.

»Na, macht schon!«, drängte Juri. »Wir kümmern uns um ihn.«

Tristan und Isolde stürzten davon, geradewegs zu Nalias Gemächern. Sie nickten der Wache zu, die vor der Tür stand, und traten ein.

Herzog Max, der am Bett seiner Tochter saß, blickte überrascht auf. Isolde konnte sehen, dass in seinen Augen Tränen standen.

»Tristan? Isolde?«, rief er mit rauer Stimme. »Welch ein Glück! Wir waren so in Sorge um euch! Reik sucht alles nach euch ab. Wo habt ihr bloß gesteckt?«

»Das ist eine lange Geschichte«, antwortete Isolde. »Und das hier die kurze Antwort.«

»Das Rote Herz des Berges«, flüsterte Herzog Max. Fassungslos nahm er den Stein aus Isoldes Hand. »Woher habt ihr …«, begann er und brach kopfschüttelnd ab. »Egal. Denn wenn die Legenden stimmen …« Plötzlich leuchtete Hoffnung in seinen Augen.

»… können wir Nalia jetzt heilen«, vollendete Tristan den Satz. »Und all die anderen Kinder, die Drexel auf dem Gewissen hat, auch.«

Herzog Max nickte stumm. Dann wandte er sich zu Nadia und schüttelte sie sanft an der Schulter, bis sie aufwachte.

Sie starrte ihren Vater an – mit kalten, seelenlosen Augen, in denen keinerlei Wiedererkennen lag, wie Tristan und Isolde schaudernd feststellten.

»Mein Kind«, sagte Herzog Max nur. Behutsam nahm er Nalias Hand. Legte das Herz des Berges hinein, faltete ihre Finger darüber und umschloss sie fest in seiner.

Dann geschah es: Ein warmes, rotes Leuchten umfing ihre Hände. Breitete sich auf ihre Körper aus. Und zog sich schließlich zum Ursprung zurück, bevor es wieder verblasste.

»Vater?!«, erklang gleich darauf Nalias Stimme. Verwirrt blickte sie sich um. »Wie bin ich hergekommen?«

Ohne zu antworten, nahm Herzog Max seine Tochter in die Arme und drückte sie an sich.

Tristan schluckte und trat verlegen von einem Fuß auf den anderen. Sollten sie dableiben oder lieber weggehen? Isolde schob ihn sanft in Richtung Nalia.

Als seine Cousine sich aus den Armen ihres Vaters löste, wandte sie sich ihm und Isolde zu und fragte leise: »Kann es sein, dass ihr zwei in der letzten Nacht bei mir Wache gehalten habt? Es schien mir so, also würde ich euch spüren, während ich von einem Albtraum in den nächsten taumelte. Danke!« Damit fiel sie erst Isolde und anschließend Tristan um den Hals.

Nicht zu fassen! Tristan hatte nicht gewusst, dass man so unendlich froh und glücklich sein konnte.

Da räusperte sich Herzog Max. »Auch ich sage Danke, Tristan und Isolde. Ihr habt mir meine Tochter wiedergegeben.« Er schluckte, dann fügte er hinzu: »Und jetzt holt die Wache herein. Man soll Boten in alle Dörfer und Siedlungen schicken, auf dass die Kinder hergebracht und geheilt werden«

»Sehr gerne«, rief Tristan begeistert.

»Dann lassen wir euch mal alleine«, fügte Isolde hinzu.

»Weißt du was?«, sagte Tristan zu ihr, nachdem sie die Wache zum Herzog geschickt hatten. »Jetzt wird alles wieder gut! Auch mit Riwalin.«

Isolde nickte. »Komm, lass uns zu Papa gehen. Wir haben viel zu erzählen. Und vielleicht hat er ja was Wichtiges über Drexel herausgefunden.«

Das hatte er tatsächlich – allerdings anders als erwartet. Denn als sie Drexels Studierstube betraten, fanden sie Isoldes Vater in unerwarteter Gesellschaft vor. Neben ihm am Tisch, hinter einem Notebook und einem Gewirr verkabelter Messgeräte verschanzt, saß Knut Drexel und schaute ihnen verlegen entgegen.

»Ah, ihr Lieben, wie schön, wie schön«, begrüßte Isoldes Vater sie überschwänglich. »Ihr glaubt nicht, auf was der junge Mann und ich gestoßen sind.«

»Sollte Knut nicht in einem Zimmer sitzen und darauf warten, dass er ins Kloster gebracht wird?«, fragte Isolde verblüfft.

»Sollte er, sollte er«, antwortete Neufeld und rieb sich vergnügt die Hände. »Ich habe Herzog Max gebeten mir Knut eine Zeit lang zur Verfügung zu stellen. Dachte, dass er mir weiterhelfen könnte bei ein paar Sachen, über die ich gestolpert bin. Er ist ja Drexels Sohn.«

»Und das hat Onkel Max einfach so gemacht?«, wunderte sich Tristan.

Neufeld grinste und schüttelte den Kopf. »Habe mir ganz schön den Mund fusselig geredet und mich am Ende verbürgt, dass Knut kein Unheil anrichtet. Aber da besteht keine Gefahr. Ich erkenne einen guten Jungen, wenn ich ihn sehe. Und ein wissenschaftliches Naturtalent mit phänomenaler Auffassungsgabe auch, was, Knut?« Er unterstrich das dicke Lob mit einem Klaps auf Knuts Schulter.

Der wurde rot wie eine Tomate, während Tristan vor Staunen den Mund nicht zubekam.

»Und auf was genau seid ihr nun gestoßen?«, fragte Isolde.

»Auf zwei äußerst interessante Dinge.« Hektisch schob Neufeld ein paar Pergamentrollen beiseite, bis eine Halskette mit einem roten Edelstein zum Vorschein kam. »Erstens: Drexel hat herausgefunden, dass damit was nicht stimmt. *Welche Enttäuschung: Nach allen Tests ist das Kleinod nicht magischer als ein Kieselstein!*, schreibt er hier in seinen Aufzeichnungen. *Die Finte wird der Herzog noch bereuen. Aber mit Fortunas Hilfe wird mich die gefundene Karte vielleicht noch zum echten Rubin führen!* Das war das Letzte, was er vor seiner Flucht geschrieben hat. Aber das ist alles noch gar nichts gegen Entdeckung Nummer zwei!« Jetzt fischte Isoldes Vater nach einer Pergamentrolle. »Ihr habt doch was von einem Stundenglas erzählt ... bei dem merkwürdige Sachen mit Drexel passiert sind, oder?«

»Ja, wieso?«, fragte Isolde.

»Weil das echt der Hammer ist«, antwortete Neufeld. »Bitte entschuldigt den unwissenschaftlichen Ausdruck.«

»Hammer?«, wiederholte Tristan baff.

Neufeld nickte eifrig. »Wenn man seinen Aufzeichnungen glaubt, dann hatte dieses Stundenglas nur einen Zweck: den Körper aus den Fesseln der Raum-Zeit zu lösen.«

Tristan und Isolde guckten ihn an, als würde er Latein reden.

»So etwas wie eine Zeitmaschine«, half Neufeld ihnen auf die Sprünge. »Mit der man sich von einem beliebigen Ort im Universum zum anderen bewegen kann, einfach so, auch ohne Zeitreise, quasi ...«

Isolde und Tristan wechselten einen Blick. Das hörte sich übel an.

»Aber, wie soll das gehen?«, fragte Isolde ihren Vater beklommen.

»Tja, große Preisfrage, was?« Mit leuchtenden Augen wies Professor Neufeld auf ein Glasgefäß, in dem sich ein paar unscheinbare Gesteinsbröckchen befanden. »Angeblich mithilfe von Sternenstaub. Knut hat mich auf diese Spur gebracht. Erzähl es ihnen ruhig, mein Junge.«

Knut räusperte sich. »Es war ... vor etwa zwei Jahren«, begann er zögernd. »Da hat Vater bei seinen Sternenbeobachtungen gesehen, wie so eine Art brennender Stern vom Himmel fiel. Ganz hier in der Nähe. Er machte sich auf die Suche und fand schließlich einen Stein. Einen äußerst merkwürdigen, der niemals kalt wird und der die Farbe ändert.« Knut seufzte. »Nun, jedenfalls nahm er ihn mit, um ihn zu untersuchen. Und dann fing es an ...«

»Was denn?«, fragte Isolde behutsam.

»Vater veränderte sich«, flüsterte Knut. »Zuerst langsam, kaum merklich. Lange wollte ich es nicht wahrhaben. Doch am Ende wurde er so, wie ihr ihn kennt ... wie *wir* ihn kennen.« Er verstummte und senkte den Blick.

Neufeld legte ihm tröstend die Hand auf die Schulter. »Knut hat mir gezeigt, wo sein Vater Reste von diesem Stein verwahrt«, sagte er und hielt das Glas mit den Bröckchen in die Höhe. »Das meiste hat er wohl für den Stein der Weisen und das Stundenglas gebraucht. Aber den Rest hier konnte ich untersuchen. Dreh mal das Notebook um, mein Junge.«

Tristan und Isolde starrten auf einen Salat aus rätselhaften Zacken und Kurven.

»Äh, ja und?«, sagte Isolde und zuckte die Achseln.

»Ich habe so was noch nie gesehen. Das Zeug sendet haufenweise merkwürdige Schwingungen und Strahlung aus«, erklärte Neufeld aufgeregt. »Und einige davon beeinflussen die Theta- und Alpha-Wellen des menschlichen Gehirns.«

Verständnislose Blicke.

»Es verändert die Persönlichkeit! Mehr noch ...« Neufeld zögerte, bevor er fortfuhr. »Ich glaube fast, es hat so etwas wie ein Bewusstsein. Anders gesagt: Es lebt.« Ein bedrückendes Schweigen legte sich auf die Studierstube, das im nächsten Moment von einem lauten Klopfen an der Tür unterbrochen wurde. Juri stand mit bedrückter Miene in der Öffnung.

Eine böse Ahnung erfüllte Tristan. »Riwalin?«, fragte er.

Juri schüttelte nur stumm den Kopf.

# 24
## Ein neuer Ritter

Die Welt war voller Leben an diesem wunderschönen Sommertag. Feldgrillen zirpten, Bienen summten und flogen munter von Blüte zu Blüte. Die junge Eiche auf dem Hügel, von dem man eine wunderbare Aussicht auf Burg Adlerstein hatte, trug stolz ihre grüne Blätter-Rüstung. Ein Rotkehlchen flog heran, ließ sich auf der Baumkrone nieder und zwitscherte sein Lied von Glück und Frieden.

Tristan sah und hörte das alles und es machte seine Trauer nur noch größer.

Wie aus weiter Ferne drang Nalias ruhige Stimme an sein Ohr: »Wir haben uns hier versammelt, um Abschied zu nehmen. Riwalin, der treueste Hund auf Erden, ist nun bei Gott im Himmel.«

»Er hat tapfer gekämpft bis zum Schluss«, sagte Isolde feierlich, »und ist immer an unserer Seite geblieben, um uns zu verteidigen.«

Alle drei sahen zu einem kleinen, einfachen Holzsarg, der neben dem ausgehobenen Erdloch am Fuß der Eiche ruhte.

Tristan konnte sich nur mit Mühe auf den Beinen halten. Doch dann spürte er Isolde und Nalia rechts und links neben sich. Unmerklich waren die beiden ein Stück näher gerückt. Jetzt standen sie so dicht bei ihm, dass sich ihre Schultern berührten. Seine Freunde waren hier. Das gab ihm die Kraft zu sprechen.

»Bevor wir Riwalin begraben«, sagte Tristan, »möchte ich, dass wir uns an ihn erinnern, wie er war. So neugierig und verspielt als Welpe, immer in Bewegung. Die Jagd fand er aufregend, konnte aber keiner Fliege was zuleide tun. Ein echter Draufgänger und immer hungrig. Geräucherte Ochsenzunge war sein Leibgericht. Meins auch.«

Ein Lächeln huschte über Isoldes Gesicht und Nalia nickte dazu.

»Ich werde nie vergessen«, fuhr Tristan fort, »wie mutig Riwalin gegen Drexel und Eriks Soldaten gekämpft hat. Wie er uns geholfen hat Onkel Max zu befreien, den Rubin zu finden und Nalia und die Kinder zu heilen. Wie er mich beschützt und begleitet hat, in friedlichen und in gefährlichen Tagen. Immer an meiner Seite, so treu! Treu bis in den Tod.« Tristan brach ab und wischte sich eine Träne aus den Augenwinkeln.

Auf einmal wurde es still in der Natur. Die Grillen, Bienen und Vögel hielten inne. Erst nach einer Weile fingen sie wieder an zu zirpen, zu summen und zu pfeifen.

Tristan gab Isolde und Nalia ein Zeichen. Sie fassten sich an den Händen, machten sich gegenseitig Mut. Zu dritt hoben sie den Sarg hoch und trugen ihn zum Erdloch. Behutsam ließen sie ihn ins Grab hinabgleiten.

Dann holte Nalia einen Korb mit Blumen, die sie im Morgengrauen auf den Wiesen rund um Burg Adlerstein gepflückt hatte. Sie nahm eine davon in die Hand, ließ sie auf die Holzkiste fallen und sagte: »Wir werden immer an dich denken, Riwalin.«

Nachdem sie alle Blumen verstreut hatten, griff Tristan zur

Schaufel, brachte es aber nicht über sich, Erde auf Riwalins Sarg zu werfen. Da spürte er eine große, warme Hand auf seiner Schulter.

»Lass mich das machen«, brummte Reik. »Ich kümmere mich auch um den Grabstein. In Ordnung?«

»Ja, gern«, sagte Tristan, unendlich froh diese Aufgaben seinem Waffenlehrer überlassen zu können.

Reik nickte den drei Freunden anerkennend zu: »Schön habt ihr das gemacht mit dem Begräbnis für Riwalin. Und jetzt dürft ihr euch wieder dem Leben zuwenden. Geht ruhig schon mal vor zum Rittersaal, sonst kommt ihr noch zu spät zum großen Jubelfest.«

Tristan wusste bereits jetzt, dass er beim Festmahl keinen Bissen hinunterbekommen würde, aber er freute sich für die Menschen im Herzogtum, die so lange Hunger hatten leiden müssen.

»Ist das schön!«, entfuhr es Isolde, als sie zu dritt den Rittersaal betraten.

Die lange Tafel war in ein Lichtermeer aus Kerzen getaucht. Goldene Trinkpokale glänzten um die Wette. Unzählige Schüsseln, Platten und Holzteller waren randvoll mit Fasan, Wildschweinbraten, Gerstensuppe, Aal, Nüssen, Feigen, Äpfeln und Birnen. Dazu gab es Holzofenbrot mit Schmalz in rauen Mengen und Honigwein. Das sah alles so schmackhaft aus, dass Tristan doch hier und da etwas probieren musste.

In kurzer Zeit wanderten die feinen Speisen in die hungrigen Mägen der Menschen. Die Gesichter röteten sich vom Wein und man erzählte sich gegenseitig abenteuerliche Geschichten.

Doch als Herzog Max irgendwann aufstand, wurde es still im Saal.

»Wie mancher von euch weiß, liegen Trauer und Freude oft nah beisammen. Sie sind wie die zwei Seiten einer Medaille. Heute haben wir nicht nur den Tod unseres treuen Riwalin zu beklagen, sondern auch ein anderes, sehr schönes Ereignis zu feiern.« Der Blick des Herzogs wanderte zu seinem Neffen.

Tristan wurde rot. Ach herrje! Er wusste, was nun kam, und hätte es liebend gern auf irgendeinen Tag in der fernen Zukunft verschoben.

»Ich möchte meinen lieben Neffen Tristan für seine großen Verdienste belohnen. Er soll hinfort nicht mehr Knappe, sondern Ritter sein.« Herzog Max hob huldvoll die Hand und winkte seinen Knappen zu sich her.

Plötzlich wurde Tristan von Zweifeln überwältigt. Er hatte das nicht verdient! Ja, er hatte gekämpft und sein Bestes gegeben, um seinen Onkel zu retten, aber seine ursprüngliche Schuld hatte er dadurch nicht auslöschen können. Sie war immer noch da.

Isolde gab ihm einen Stups. »Hey, lass deinen Onkel nicht warten. Komm schon, jetzt ist dein großer Auftritt, das ist deine Show.«

Mit einem Seufzer stand Tristan schließlich auf, eilte zu seinem Onkel und sah ihn flehentlich an: »Auf ein Wort unter vier Augen. Bitte! Ich muss mit dir reden.«

Verwundert hob Herzog Max die Augenbraue. »Na gut. Es scheint ja sehr dringlich zu sein.« Er ging mit Tristan zu einer Seitentür und sie traten hinaus in einen schmalen Gang.

Tristan holte tief Luft. »Onkel Max! Ich habe es nicht verdient, zum Ritter geschlagen zu werden, weil ich dir keine Ehre gemacht habe.«

»Das sehe ich anders, mein lieber Junge.«

Tristan schluckte. Am Tag zuvor hatte er mit Nalia gesprochen.

Ihr seinen kindischen Streich zu gestehen war schon schwer genug gewesen. Das hier war noch schwerer. Aber es half nichts, er musste endlich reinen Tisch machen. »Ich ... ich wusste von Erik von Zorns Plan«, begann er stockend. »Am Morgen des Überfalls habe ich Drexel und Erik zufällig belauscht und wollte dich warnen. Aber auf dem Weg habe ich mich ablenken lassen ... habe ich kostbare Zeit verloren. Und dann war es zu spät. Ich bin schuld, dass du gefangen wurdest und im Kerker schmachten –«

»Halt!«, unterbrach ihn der Herzog. »Bevor du dich weiter quälst, will ich dir etwas erzählen. Ich wusste auch von dem entsetzlichen Plan, denn ich hatte einen Spion in Eriks Reihen. Natürlich habe ich sofort alle nötigen Vorbereitungen getroffen, um den Überfall zu vereiteln. Aber die Wachen am Tor haben sich bestechen lassen, sie waren Verräter.«

Tristan wurde ganz schwindelig. »Du hast davon gewusst? Wirklich?«

»Ja«, antwortete Onkel Max ruhig. »Dich trifft keine Schuld, Tristan. Du hättest den Überfall nicht verhindern können. Keiner hätte das vermocht.«

Tristan konnte es immer noch nicht glauben. Die Worte seines Onkels stoben wie helle Funken durch sein Gehirn. »Aber ... dann ...«, brachte er mit rauer Stimme hervor.

»Aber dann hast du jetzt nichts mehr dagegen, Ritter zu werden?«

»Nein!«, rief Tristan, dass es durch den langen Gang hallte. »Nein!«, rief er ein zweites Mal, noch lauter, erleichtert und überglücklich. Endlich, endlich musste er die schwere Last nicht mehr tragen. Endlich war er frei!

Herzog Max lachte. »Komm, Junge. Es wird wirklich Zeit.«

Im Saal wurden sie bereits ungeduldig erwartet. Reik und Caspar hatten sich mit Fahnen aufgestellt. Herzog Max führte Tristan zu ihnen und ließ ihn vor sich knien.

Tristan war so aufgeregt, dass er kaum ruhig bleiben konnte. Ein herrliches Kribbeln breitete sich in seinem ganzen Körper aus.

»Tristan Treuherz«, hörte er die feierliche Stimme seines Onkels. »Ich schlage dich hiermit für deine treuen Dienste zum Ritter.« Eine Schwertspitze berührte sanft erst Tristans linke, dann die rechte Schulter.

»Vivat, vivat, Tristan!«, riefen Reik und Caspar und kreuzten die Fahnen vor ihm.

»Du darfst dich nun wieder erheben, um deinen Schild und dein Schwert entgegenzunehmen«, sagte sein Onkel. »Halte es in Ehren, Tristan. Mögen dir Schwert und Schild Glück bringen und dich schützen vor allen Gefahren.«

Tristan stand unsicher auf. Doch als er sein neues Schwert in die Hand nahm, war es, als ob ihm auf wundersame Weise neue Kraft zuströmte. Und der Schild brachte ihn zum Staunen. Er war unglaublich kunstvoll gearbeitet.

»Dein Wappen hast du dir selbst ausgesucht«, fuhr Herzog Max fort. »Zwei Efeuzweige, die sich um einen herzförmigen Stein ranken. Gut gewählt, mein lieber Junge! Der immergrüne Efeu gilt als Zeichen der Treue, der Beständigkeit und des ewigen Lebens. Möchtest du uns noch verraten, warum du den lateinischen Spruch ›Semper amici‹ hinzugefügt hast?«

Tristan drehte sich zu den Gästen um und suchte Isolde. Da stand sie zwischen ihrem Vater und Nalia, genauso glücklich und strahlend wie er selbst.

»Ohne meine Freunde hätte ich das alles niemals geschafft«, bekannte er freimütig. »Nicht ohne Nalia und vor allem nicht ohne Isolde, die in der ganzen gefährlichen Zeit stets an meiner

Seite war. Dafür bin ich unendlich dankbar. ›Freunde für immer‹ sei daher mein Leitspruch.«

Isoldes Wangen röteten sich. Ihre Augen glänzten wie zwei kostbare Edelsteine, als sie ihm zulächelte.

»Vivat, vivat, Tristan!«, riefen Reik, Caspar und Juri.

Tristan nahm seinen Schild und riss ihn hoch. »Danke, danke euch allen!«

Der ganze Saal applaudierte und jubelte und ließ ihn hochleben.

Johannes Neufeld klatschte so begeistert, dass ihm beinahe die Brille von der Nase rutschte. Als es wieder ruhiger wurde, beugte er sich zu Isolde und sagte: »Tja, für mich wird es leider Zeit zum Aufbruch. Von Tristan und Herzog Max hab ich mich schon verabschiedet.«

Isolde glaubte sich verhört zu haben. »Aber die Feier hat doch gerade erst angefangen.«

»Zu Hause wartet jede Menge Arbeit auf mich. Das Wurmloch schließt sich nicht von alleine.« Er seufzte. »Außerdem haben wir deiner Mutter einiges zu erklären, denke ich. Oder willst *du* das lieber übernehmen?«

»Da lasse ich dir gerne den Vortritt«, lächelte Isolde.

»Hab ich mir fast gedacht«, erwiderte Johannes Neufeld mit einem Zwinkern. Dann wandte er sich an Nalia, die neben Isolde saß. »Es hat mich sehr gefreut, dich kennenzulernen. Du bist eine bemerkenswerte junge ...« Er brach plötzlich ab, nestelte in seiner Tasche herum und holte einen verschlossenen Glasbecher hervor. »Äh, bemerkenswerte junge Dame, wollte ich sagen, die ein besonderes Abschiedsgeschenk verdient.«

»Oh, danke«, antwortete Nalia und musterte etwas ratlos die sandig-graue Substanz im Glas.

Isolde keuchte erschrocken auf: »Das ist doch nicht etwa Drexels Sternenstaub?«

»Das gefährliche Zeug?« Neufeld winkte entrüstet ab. »Das habe ich in einer Bleikapsel versiegelt und Herzog Max gegeben. Damit es für alle Zeiten in den tiefsten Tiefen des Berges verschwindet.« Für einen winzigen Augenblick trat ein Flackern in seinen Blick. »Nein, das hier ist Kunstdünger«, erklärte er dann. »Wird eigentlich erst in rund siebenhundert Jahren erfunden. Von Isolde weiß ich, wie sehr du Pflanzen liebst, Nalia. Du wirst staunen, wie fantastisch sie damit wachsen.«

Nalia lächelte. »Das ist so nett von –«

»Nicht der Rede wert«, unterbrach er sie mit verlegenem Räuspern. »Falls du mehr brauchst: Ich habe dem jungen Drexel gezeigt, wie man es herstellt.« Er wies in eine Ecke, wo Knut auf einer Bank saß, abseits und allein.

Für die meisten war er immer noch der böse Balg des bösen Magiers – von diesem Drexel, der wohl mit dem Teufel im Bunde war. Denn obwohl Herzog Max' Männer weiterhin die ganze Gegend nach Drexel durchkämmten, blieb er wie vom Erdboden verschluckt.

»Seid nett zu Knut«, murmelte Neufeld. »Er hat ein gutes Herz.«

Isolde und Nalia nickten.

»So, und jetzt muss ich wirklich los«, sagte Johannes Neufeld.

Isolde begleitete ihren Vater zum Südtor, wo Caspar mit den Geräten des Professors wartete. »Danke, Papa, für alles«, sagte sie und drückte ihn fest an sich. »Und pass ja gut auf dich auf!«

»He, keine Sorge«, erwiderte Johannes Neufeld. »Caspar wird mich zum Wurmloch begleiten, das der Herzog jetzt Tag und Nacht bewachen lässt. Was soll da passieren? Und wir sehen uns ja morgen schon wieder … oder in einer Stunde, wie man's nimmt.«

Isolde stutzte. »Oh Mann, an diese Temporalverzerrung gewöhne ich mich nie. Bist du sicher, dass zu Hause erst ein paar Stunden vergangen sind – und nicht vielleicht schon Wochen oder Monate?«

Neufeld sah sie an, als würden ihr plötzlich Spaghetti auf dem Kopf sprießen. »Natürlich bin ich sicher«, antwortete er. »Alles tausendfach berechnet. Und außerdem: Das war doch bei eurer ersten Wurmlochreise genauso.«

»Schon«, gab Isolde zu. »Aber jetzt beim zweiten Mal war hier in etwa genauso viel Zeit vergangen wie bei uns. Also für mich klingt das Ganze einfach nur unberechenbar.«

»Ach so«, strahlte Neufeld. »Das irritiert dich. Ganz einfach: Aus der temporären Instabilität des Wurmlochs ergab sich eine Phasenangleichung bezüglich der Zeitfluktuationen an beiden Enden der Raum-Zeit-Brücke, sodass …«

»Mann, Papa!«, stöhnte Isolde. »Ich krieg noch Migräne.«

»Na, dann die Kurzversion«, seufzte Neufeld. »Alles ist okay: Ich bin gleich um 17 Uhr zu Hause und du eine Stunde später, pünktlich zum Abendbrot – jedenfalls, wenn du in fünfundzwanzig Stunden aufbrichst.«

Sosehr sich Isolde auch wünschte, dass die Zeit nicht verginge, irgendwann war es dann doch so weit. Der nächste Tag war da, ihr Rucksack gepackt und die Stunde des Lebewohls gekommen. Schweren Herzens nahm sie von all ihren Freunden auf Adlerstein Abschied

»Danke«, flüsterte Isolde, als Nalia ihr die Hand auf die Wange legte und ihr ein letztes Mal tief in die Augen blickte, bis auf den

Grund ihrer Seele. »Vielleicht sehen wir uns ja doch irgendwann mal wieder, in einer anderen Welt oder so.«

Nalia nickte ganz leicht. »Ja, das wäre schön.«

Damit riss Isolde sich von ihrer Freundin los, um sich mit Tristan zum Wurmloch aufzumachen. Wortlos liefen sie nebeneinander her, bis Tristan zu Isoldes Verwunderung plötzlich vom Weg abwich. Fragend sah sie ihn an.

Tristan lächelte. »Ich habe noch eine kleine Überraschung«, erwiderte er und hielt ein Leinensäckchen in die Höhe.

Bald ahnte Isolde, wohin es ging. In einer merkwürdigen Mischung aus Freude und Trauer blieb sie mit Tristan vor der jungen Eiche stehen, unter der Riwalin seine letzte Ruhe gefunden hatte.

Tristan räusperte sich. »Es hätte ihn sicher gefreut, dass wir beide noch einmal zusammen hier sind«, sagte er leise und holte sorgsam etwas aus dem Säckchen hervor.

Isolde schluckte. »Glaube ich auch.«

»Hier«, sagte Tristan, »zwei Efeusprösslinge. Einer für dich, einer für mich.« Dann zeigte er auf das Grab.

Isolde nickte. Sie knieten sich nieder und pflanzten die Sprösslinge in die Erde, auf jeder Seite des Grabsteins einen. Mit den Jahren würden sie den Stein emporwachsen und sich vereinen … zu einem untrennbaren Ganzen, so wie ihre Freundschaft.

»Bald werden wir auf immer durch die Zeiten getrennt sein«, sagte Tristan feierlich. »Aber wenn wir an diesen Ort kommen, du in deiner, ich in meiner Welt, werden wir uns wieder ganz nahe sein.«

Isolde schluckte. Das war ein schöner Gedanke, einer, der Trost und Kraft gab. Sie erhob sich und blickte auf die Sprösslinge. Die Erkenntnis traf sie wie ein Blitz. »Zwei Efeuzweige, die einen Stein umranken«, flüsterte sie. »Das ist dein Wappen!«

Tristan lächelte. »Das Zeichen unserer ewigen Freundschaft«, sagte er und erhob sich ebenfalls. »Der ich alles zu verdanken habe. Semper amici, Isolde.« Mit diesen Worten nahm er sie in den Arm.

»Semper amici, Tristan«, flüsterte Isolde, während ihr die Tränen über die Wangen strömten. So standen sie eine Weile da, bis sich das Unvermeidliche nicht mehr aufschieben ließ.

»Tja, ich schätze, es ist so weit«, sagte Tristan, als sie das Wurmloch erreicht hatten. Verstohlen warf er einen Blick zu den zwei Soldaten, die die Brücke zwischen den Zeiten bewachten. Doch glücklicherweise sahen die geflissentlich zur Seite. »Danke für alles. Und dass ich dich in Gefahr gebracht habe, tut mir sehr leid.«

»He, kein Problem«, erwiderte Isolde mit schiefem Lächeln. »Immerhin habe ich dir die spannendsten Sommerferien meines Lebens zu verdanken.« Dann musste sie plötzlich laut schniefen. »Verdammt«, schimpfte sie mit brüchiger Stimme. »Bringen wir es endlich hinter uns, bevor ich noch zur Heulsuse werde.«

»Bringen wir es hinter uns«, krächzte auch Tristan.

Isolde nickte. Mit festen Schritten marschierte sie auf den Wasserfall zu. *Nicht zurücksehen, nicht zurücksehen*, dachte sie dabei die ganze Zeit. Doch unmittelbar vor der wabernd blauen Fläche des Wurmlochs konnte sie nicht anders. Sie drehte sich um.

Durch die schimmernde Wasserwand hindurch nahm sie Tristans fließende Gestalt wahr, eine Hand zum letzten Gruß erhoben.

Kurz erwiderte Isolde ihn. Dann trat sie einen Schritt zurück und der Wirbel aus Raum und Zeit riss sie davon.

# EPILOG

Zuerst spürte sie es in den Schnurrhaaren. Es war nur ein feiner Luftwirbel, aber er sagte ihr, dass sich irgendwo im Haus jemand bewegte und die herrliche Nachtruhe störte. Dann roch sie es, die drei unverkennbaren Duftmischungen: Ihre Dosenöffner waren noch wach!

Verärgert hob sie den Kopf. Es gab eine unausgesprochene Vereinbarung. Nachts gehörten die Menschen in ihre Betten und das Haus ihr alleine. An diese Vereinbarung hatten sich die drei meistens gehalten. Doch in letzter Zeit brachen sie diese Regel des Öfteren. Was auch immer sie heute aufgescheucht hatte, Sphinx musste es wissen. Schließlich war sie die Chefin hier.

Widerwillig verschob sie also den gewohnten Rundgang durch Haus und Garten auf der Suche nach saftigen Mäusen und erhob sich von ihrem Lieblingsplatz, der herrlich warmen dritten Treppenstufe vor dem Turmzimmer. Langsam setzte sie Pfote vor Pfote und bewegte sich lautlos zwei Stockwerke hinab, hinunter ins Erdgeschoss.

Ihre Augen, wie geschaffen für schummeriges Dämmerlicht, durchdrangen jeden Winkel des Flurs. Aha! Die Tür zum Kratzsofa-Paradies stand einen Spaltbreit offen, dahinter flackerte

Licht. Zielstrebig steuerte Sphinx darauf zu. Gedämpfte Stimmen drangen an ihr feines Katzenohr. Was gab es hier mitten in der Nacht zu reden? Die Menschen redeten schon am Tag viel zu viel, statt zu genießen und zu schweigen.

Leise schlüpfte Sphinx hinein, blieb aber schon nach wenigen Schritten stehen. Igitt! Große Frau hatte ein stinkendes Stäbchen angezündet.

Kleine Frau – sie war der Lieblingsmensch von Sphinx – wedelte mit den Händen und stöhnte: »Ach, Mama! Musste das sein?«

»Ja, Isi«, sagte große Frau. »Es ist ganz, ganz wichtig, dass wir die Aura von all den bösen Geistern, Rittern und Alchemisten, denen du begegnet bist, gründlich vertreiben.«

»Die gruseligen Skelette der Totenarmee hast du vergessen, Schatz«, mischte sich Brillen-Mann ein.

»Hör bloß auf!«, rief große Frau entsetzt. »All diese Gefahren, Isi! Nicht auszudenken, was passiert wäre, wenn du den Atlantis-Schutzanhänger und das Aura-Spray nicht dabeigehabt hättest.«

Der Lieblingsmensch kicherte. »Den Anhänger hatte ich gar nicht mitgenommen. Aber das Aura-Spray hat voll eingeschlagen. Danke, Mama.«

»Sehr gerne.« Große Frau strahlte und betrachtete ihre Lieben mit glänzenden Augen.

Alle drei Dosenöffner hatten ihre Schlafanzüge an. Die großen Menschen saßen in den bequemen Sesseln und der Lieblingsmensch auf dem wunderbaren Kratzsofa. Sphinx wollte gerade genüsslich ihre Krallen ausfahren, da sagte große Frau: »Was Tristi jetzt wohl macht?«

Stille. Dann schwappte völlig unerwartet eine Gefühlswelle

auf sie zu. Der Lieblingsmensch war traurig. Richtig schlimm traurig.

Brillen-Mann checkte mal wieder überhaupt nichts und plapperte munter drauflos: »Tristan und Isolde hätten es auch ohne dein fragwürdiges Aura-Spray geschafft. Die beiden waren unglaublich mutig und clever. Ich bin so stolz auf sie.« Er räusperte sich. »Ähem … Meine wissenschaftliche Begleitung und Beratung waren natürlich außerordentlich nützlich, vielleicht sogar entscheidend. Und meine Aufgabe ist noch nicht zu Ende. Habt ihr heute Mittag den Wetterbericht gehört? Schwere Gewitter sind im Anmarsch.«

*Ach, wirklich?*, dachte Sphinx. Das spürte sie schon seit drei Tagen in den Pfoten!

»Heute ist die Nacht der Nächte«, redete Brillen-Mann weiter. »Ich habe alles Nötige vorbereitet. Um Mitternacht werde ich auf Burg Adlerstein sein und das Wurmloch schließen.«

Der Lieblingsmensch fing an zu weinen.

»Aber Isilein, was hast du denn?«, rief Brillen-Mann erschrocken.

»Du vermisst Tristan, stimmt's?«, fragte große Frau. »Er fehlt uns allen sehr. Er ist so ein lieber Junge.«

Der Lieblingsmensch sprang auf und rannte an Sphinx vorbei.

»Isolde wird darüber hinwegkommen«, murmelte Brillen-Mann hilflos. »Das ist alles nur eine Frage der Zeit … also wenn wir von unserem herkömmlichen Verständnis von Zeit ausgehen natürlich.«

Diesen Schwachsinn musste Sphinx sich nicht länger anhören. Schnurstracks machte sie eine Kehrtwendung und folgte der Duftspur ihres Lieblingsmenschen. Es war klar, wohin er sich geflüchtet hatte: in sein Zimmer.

Ein beherzter Sprung, und schon tat die Klinke, was Sphinx wollte. Die Katze hatte freie Bahn. Der Lieblingsmensch fegte gerade den Rucksack vom Bett und warf sich auf die Decke, hemmungslos schluchzend.

Sphinx setzte sich ans Kopfende des Bettes, fing an zu schnurren und wartete. Der Lieblingsmensch beruhigte sich ein wenig, hob langsam den Kopf und flüsterte: »Sphinx! Komm her zu mir.«

Na, endlich! Der Lieblingsmensch richtete sich auf und die Katze konnte auf seinen Schoß springen. Dort rollte sie sich ein.

Der Lieblingsmensch kraulte Sphinx. Zuerst hinter dem rechten Ohr, da wo sie es am liebsten mochte, und danach überall. Die Katze machte die Augen zu, warf ihren schnurrenden Motor an und hielt ganz still.

Langsam, Streichelstrich für Streichelstrich, beruhigte der Lieblingsmensch sich. Sphinx schmiegte sich noch enger an ihn. Dann hörte sie kurz auf zu schnurren, öffnete die Augen und sah ihren Lieblingsmenschen an. Er hatte die schönsten Augen auf der ganzen Welt: dunkelgrün wie taufeuchtes Gras am Morgen.

Sie waren sich ganz nah, Sphinx und der Lieblingsmensch. Und sie verstanden sich, ohne ein Wort und ohne Miau.

Nach einer Weile seufzte der Lieblingsmensch tief und sah auf den Boden. Ein paar Sachen waren beim Runterwerfen aus seinem Rucksack gerutscht: eine Taschenlampe, ein brauner, angebissener Apfel und ein Holztäfelchen mit einem Lederband.

Der Lieblingsmensch hob das Holztäfelchen auf und starrte es an. Es zeigte ein Bild. Sphinx warf auch einen Blick darauf und erkannte sofort ihren zweiten Lieblingsmenschen. Tristan. Er grinste ihr fröhlich entgegen, als würde er leibhaftig vor ihr stehen. Aber leider hatte er seinen Arm um diesen Eindringling, diesen viel zu großen Hund, geschlungen.

Der erste Lieblingsmensch schüttelte verwundert den Kopf. »Ich wusste gar nicht, dass Nalia so toll malen kann. Sie hat dich und Riwalin wunderbar getroffen. Sag, wann hast du mir das bloß in den Rucksack geschmuggelt, du schlauer Fuchs?« Vorsichtig strich der Lieblingsmensch über das Bild. »Ich bin so froh, dass du endlich wieder lachen kannst, Tristan. Ich werde dich nie vergessen. Und stell dir vor, was ich heute auf Burg Adlerstein entdeckt habe: An Riwalins Grab, an der Eiche, die es immer noch gibt, wachsen zwei Efeutriebe. Sie sind ein Stück am Stamm hochgeklettert und haben sich ineinander verschlungen. Ist das nicht toll?«

Mit einem glücklichen Lächeln auf den Lippen stand der Lieblingsmensch da, völlig in das Bild versunken. Sphinx zog sich dezent zurück. Jetzt konnte sie ihren Lieblingsmenschen getrost alleine lassen. Der schlimmste Kummer war fürs Erste überstanden.

Zufrieden machte die Katze ihren gewohnten Rundgang durchs Haus. Große Frau lag endlich dort, wo sie hingehörte: in ihrem Bett. Brillen-Mann war in seinem Zimmer mit den vielen schönen Raschelpapieren.

Er hielt eine glitzernde kleine Glasröhre in der Hand und ging damit zu einer Klappe in der Wand. »Tja, Drexel. Ich konnte einfach nicht widerstehen, eine winzige Probe von deinem magischen Pulver mitzunehmen. Aber ich schließe sie nun fest im Tresor ein, damit sie nicht in falsche Hände gerät. Und dann muss ich mich sputen. Ich höre schon das Donnergrollen.«

Sphinx legte auch einen Zahn zu. Bevor der große Prasselregen kam und die ängstlichen Mäuschen sich in ihre Löcher verkrochen, wollte sie unbedingt noch so ein Tierchen zum Nachtmahl vernaschen. Elegant schlüpfte Sphinx durch die Katzenklappe hinaus ins Freie. Eine schwarzgelbe Wolkenwand türmte sich über der Garage auf. Ein gezackter Blitz fuhr quer über den Himmel ... und tauchte eine Mantelgestalt in grelles Licht, die mit beiden Händen ein merkwürdiges Spielzeug aus zwei Glaskugeln umklammert hielt.

Als Katze vergisst man seine Feinde nicht. Niemals.

Sphinx' Nackenhaare stellten sich auf und aus der Tiefe ihrer Kehle kam ein Knurren, das ihrem zweitgrößten Feind Riwalin alle Ehre gemacht hätte.

© Thomas Dashuber

Henriette Wich wurde 1970 in Landshut geboren und war schon als Kind eine Leseratte. Nach ihrem Studium der Germanistik und Philosophie in Regensburg arbeitete sie sechs Jahre als Lektorin in einem Kinderbuchverlag. Seit Sommer 2000 ist Henriette Wich freie Autorin für Kinder und Jugendliche. Sie lebt mit ihrer Familie in München.

© Carola Dreller

Christian Dreller wurde 1963 in Neumünster geboren. Nach dem Studium der Slawistik arbeitete er in Kinder- und Comicbuchverlagen. Seit 2005 ist er als Autor und Übersetzer im Kinder- und Jugendbuch tätig und freut sich darüber, dass er sich ganz dem widmen kann, was ihn schon als Kind am meisten faszinierte: der bunten und vielfältigen Fantasiewelt von Geschichten.